Anna Jane Greenville

Teufel von Oxford

Copyright © 2023 by

Drachenmond Verlag GmbH
Auf der Weide 6
50354 Hürth
https://www.drachenmond.de
E-Mail: info@drachenmond.de

Lektorat: Stephan R. Bellem
Korrektorat: Michaela Retetzki
Satz & Layout: Astrid Behrendt

Umschlagdesign: Alexander Kopainski
Bildmaterial: Shutterstock
Illustrationen: Anna Jane Greenville

Druck: Booksfactory

ISBN 978-3-95991-563-2
Alle Rechte vorbehalten

Für Emma, Daisy, Elena, Laura, Christine, Evelyn, Andrea, Matteo, Lisa, Bita, Astrid, und alle, die tapfer gegen ihre Dämonen kämpfen

Kapitel 1

Eine finstere Spur

Der September nahte seinem Ende, und die Vorboten der grauen Wintermonate wurden spürbar in dem rauen Herbstwind, der eisig durch die Gassen heulte. Unnachgiebig säuselte er zwischen den alten Universitätsgebäuden, üppig verzierten Kapellen und dicht gedrängten Reihenhäusern. Oxford war erbaut für die Reichen und Talentierten. Hohe Wände und spitz zulaufende Zäune trennten Wissen und Kultur von den engen Straßen und engstirnigen Ansichten außerhalb ihrer Tore.

Verrußte Ziegel und verdrecktes Kopfsteinpflaster säumten den Weg des gemeinen Volkes, während den Einflussreichen die ganze Welt zu Füßen lag. Das war der Lauf der Welt im Jahr 1888. Manche genossen ein strahlendes Leben, während andere selbst die schwach flackernden Lichter der Straßenlampen mieden.

So wie ich.

Die anbrechende Nacht verscheuchte die Passanten von den sonst überfüllten Einkaufsstraßen. An ihrer statt krochen Nebelschwaden aus dunkeln Verstecken hervor und ließen ein Wahrzeichen nach dem anderen aus dem Panorama Oxfords verschwinden. Das war meine liebste Zeit.

Geübt darin, unbemerkt zu bleiben, huschte ich von einer dunklen Ecke zur nächsten und verschmolz mit den Schatten. Am Ende von Norham Gardens blieb ich stehen. Viktorianisch-gotische Villen und herrschaftliche Anwesen dominierten die elitäre Wohngegend. Die Pracht der Häuser raubte mir den Atem und zwang mich, vor Ehrfurcht zu erstarren. Zwischen mir und den Bewohnern der Anwe-

sen lagen so viele Welten, dass ich noch nicht einmal eifersüchtig sein konnte. Ihr Leben war für mich so ungreifbar wie die Sterne.

Ein kalter Schauer lief mir über den gebeugten Rücken und bis in die Fingerspitzen, die ich tief in die Taschen des abgetragenen Mantels grub. Kälte stieg vom Pflaster durch meine dünnen Sohlen und biss mir in die Zehen. Ich spannte die Schultern an, um das Zittern zu unterbinden, und drückte den Rücken gegen eine raue Steinwand. Mit großen Augen und gespanntem Blick beobachtete ich die Straße, die in eine andere Welt führte. Eine Welt aus Bällen, Macht und Juwelen.

Das Rattern einer sich nähernden Kutsche ertönte in der Ferne. Ich schreckte auf. Wer war außer mir so spät noch unterwegs? Wie als Antwort auf meine Frage durchbrachen zwei schwarze Biester den Nebel. Ihre Hufe schallten laut über das Kopfsteinpflaster. Die rostigen Räder kamen unter quietschendem Protest zum Stehen und beleidigten mit diesem widerlichen Geräusch die Eleganz des monumentalen Anwesens, vor dem sie hielten. Die hohen Fenster, verziert mit Ornamenten um den massiven Sims, funkelten arrogant im schwachen Schein des bedeckten Mondes. Zwei eindrucksvolle Säulen ragten bis zum Dach des hohen Eingangstores, das von zwei Adlern aus Stein bewacht wurde. Die Statuen wirkten, als könnten sie jeden Moment zum Leben erwachen, um das Haus vor Eindringlingen zu schützen.

Ich huschte am Zaun vorbei und kroch durch die Hecke, die das Anwesen umgab. Von dort aus konnte ich die Kutsche im Licht der Laterne, die über dem Bock des Fahrers flackerte, besser sehen. Zwar war ich nicht ihretwegen gekommen, doch nun wollte ich wissen, was es mit der nächtlichen Ankunft auf sich hatte. Voyeurismus war schließlich keine Straftat.

Als ich die Blätter beiseiteschob, ging die Tür auf, noch bevor der Kutscher, ein schmächtiger Junge in geflicktem Jackett, diese erreichte. Ihm entgegen trat ein hochgewachsener Gentleman. Dramatisch schwang der tiefrote Mantel des Herrn in die Höhe, als er auf das Pflaster sprang. Der Größenunterschied zwischen den beiden war beachtlich und auch ihre Kleidung das genaue Gegenteil voneinander.

In einer Hand hielt der Hausherr Zylinder und Gehstock, die andere reichte er in Richtung der Kutsche. Eine in einen weißen

Seidenhandschuh gehüllte Hand ergriff seine von pechschwarzem Leder umhüllten Finger. Galant half er seiner Gefährtin hinaus. Ihr üppiges Kleid war verziert mit echten Federn und erleuchtete mit bunten Farben die dunkle Straße.

Ich kroch noch näher heran, sodass ich ihr Gesicht im Schein der Laterne besser erkennen konnte. Besonders fielen ihre roten Lippen und die ausdrucksstarken dunklen Augen auf, die von schwarzen Locken gerahmt wurden. Die Lady flüsterte ihrem männlichen Begleiter etwas zu. Zusammen mit einem zarten Lächeln kamen weiche Grübchen auf den rosigen Wangen zum Vorschein. Wer solche Schönheit einmal zu Gesicht bekam, vergaß sie nicht wieder. Ihr Partner stand mit dem Rücken zu mir, sodass mir sein Gesicht verborgen blieb.

Der junge Kutscher verneigte sich vor seinem Herrn und nahm erneut Platz hinter den Pferden, während das Paar zum Hauseingang schritt. Dort hielt der Gentleman die Tür auf, und nachdem beide hineingetreten waren, fiel das Holz mit einem Knall ins Schloss. Das Geräusch war wie ein Startschuss für die Pferde, und sie zogen das schwarze Gefährt zurück in die Dunkelheit, aus der es gekommen war.

Die Stille hielt erneut Einzug, bis das sanfte Rascheln meiner Bewegung sie störte. Das Paar hatte etwas Ominöses an sich, bedingt durch die späte Ankunft. Deswegen beschloss ich, mehr über sie herauszufinden. Ich löste mich von der Hecke und schlich in ihrem Schatten zum hinteren Teil der Villa. Dort erklommen dicke Efeuranken die Wände und umrahmten die Fenster, welche über den wilden Garten wachten.

Ich lugte durchs Glas. Das Innere des Anwesens war nicht minder imposant als das Äußere, doch das schwache Licht des verschleierten Mondes ließ das grandiose Mobiliar unheimlich wirken. Die Holzverläufe auf den Kommoden wirkten wie Augen, die Kerzenständer darauf wie Hörner und das Gitter im Kamin glich den Zähnen eines Ungeheuers. Verstärkt wurde die Atmosphäre noch durch eine Vielzahl von Ölporträts, die die Seidentapeten zierten. Auch hier führte das mangelnde Licht dazu, dass sie bedrohlich erschienen. Die Gesichter waren kaum zu erkennen, doch ihre Blicke deutlich spürbar.

In die Mitte dieser optischen Kuriositäten trat das Paar. Sie waren zwei Schatten vor einem dunklen Hintergrund. Ich presste das Gesicht gegen die Scheibe, um sie besser zu erkennen.

Die Lady und der Gentleman schritten langsam, gebannt von ihrer Unterhaltung, entlang der großen Ölgemälde und hielten vor einer verhüllten Leinwand, die gegen einen Sessel lehnte. Über ihr war ein freier Platz. Ich wusste nicht viel über die Eigenarten der Wohlhabenden. Gehörte es sich, mitten in der Nacht Kunstobjekte zu betrachten?

Der Gentleman nahm eine Kerze vom Kaminsims und entfachte sie. Mit der Spitze seines Gehstocks hob er das Leinentuch an und brachte die Flamme näher heran. Sein breiter Rücken erlaubte mir nicht, das Bild zu erkennen.

Beim Betrachten gab die Dame ein so durchdringendes Quietschen von sich, dass sogar ich es hörte. Ihr Gegenüber lachte schallend.

Das Geräusch hatte etwas so Bedrohliches an sich, dass es mir einen Schauer über den Rücken jagte. Das schien auch die Dame so zu empfinden, denn sie wich zurück. Er ließ jedoch nicht zu, dass sich der Abstand zwischen ihnen erweiterte, und machte einen Satz vor.

Die Dame rannte los. Er hinterher. Ich sah bewegungslos zu. Mein Körper war vor Schreck wie eingefroren. Die Frau erreichte die Tür, doch der Mann packte sie am Arm. Dabei fiel ihm die Kerze zu Boden und erlosch. Ein Gerangel entbrannte, dann hob er seinen Gehstock in die Höhe und ein plötzliches blaues Licht hüllte das Paar ein. Es strahlte immer heller und blendete mich.

Was war das? Wovon wurde ich da Zeugin?

Das Licht verschwand so schnell, wie es erschienen war, und mit ihm die Dame. Zurück blieben tausend Fragen und das Gefühl akuter Gefahr. Mein Verstand raste.

Der Rücken des Mannes bebte vor Anstrengung, sein Gehstock war gebrochen. Langsam richtete er sich auf und wischte sich die zerzausten Haarsträhnen aus dem Gesicht. Sein Blick wanderte langsam und mit Bedacht durch den Raum, so als wäre ihm jetzt erst aufgefallen, wo er sich befand. Der Mond trat hinter den Wolken hervor, und ich erhaschte endlich einen Blick auf sein Gesicht.

Sein Gesicht! Wenn er sich weiter umdrehte, würde er mir direkt in die Augen sehen! Ich ließ mich zu Boden fallen und schob die Efeuranken wie einen Vorhang vor mir zu. Mein Herz hämmerte mit solcher Wucht, als würde es aus meinem Brustkorb fliehen wollen. Auf allen vieren kroch ich durch das Gebüsch. Ich musste hier weg.

Was auch immer er mit der Frau gemacht hatte, ich wollte nicht die nächste sein. Mich durchfuhr eine Eiseskälte. Er hatte mich nicht gesehen, oder? Ich drehte mich vorsichtig um, mein Körper war so verkrampft, dass es sich anfühlte, als würde mein Hals von der Bewegung brechen. Der Gentleman trat in dem Moment ans Fenster. Langsam ließ er den Blick über den dunklen Garten schweifen. Ich blieb vollkommen still. Das Gebüsch und die Dunkelheit waren meine schützenden Komplizen – ihnen musste ich vertrauen, auch wenn mich das Verlangen wegzurennen zu übermannen drohte. Es fühlte sich an wie eine Ewigkeit, bis er endlich vom Fenster wegtrat und ich die Flucht ergriff.

Ich rannte den ganzen Weg zurück, bis Tausende Nadeln in meiner Lunge brannten. Der Nebel hatte sich verzogen, deswegen bemühte ich mich, innerhalb der Schatten zu bleiben. Immer wieder sah ich mich um, um sicherzugehen, dass mir niemand folgte. Jedes Mal war die Straße leer, doch das war nur ein geringer Trost. In mir war eine unbeschreibliche Unruhe. Ich konnte das Gesehene nicht deuten – es überstieg meine Vorstellungskraft.

Unweit der High Street öffnete sich eine enge Gasse in Richtung eines einsamen kleinen Ladens. Selbst tagsüber war es ein Leichtes, diesen zu übersehen, doch in der Nacht wirkte es so, als wäre er gänzlich von der Finsternis verschlungen. Das Einzige, was den Laden verriet, war das Aufprallen des Schildes gegen die klapprige Tür, wann immer der Wind es gebot. Die abgesplitterte Farbe und die ungepflegte Fensterfront deuteten darauf hin, dass das Geschäft von *Mr Copper & Co's Collection of Canes* nicht sonderlich gut lief. Trotz geringer Nachfrage bot Mr Copper seine handgefertigten Gehstöcke weiter zum Verkauf an, so wie sein Vater vor ihm und dessen Vater davor es getan hatten.

Als der Wind zur Ruhe kam und das Schild aufhörte, hin und her zu schwingen, löste ich mich aus der Dunkelheit und ging auf den Laden

zu. Die Hände hatte ich tief in die Taschen des zu großen Mantels gesteckt, dennoch hatte die Kälte ihnen sämtliches Gefühl entzogen. Das Ertasten des Schlüssels wurde dadurch zur Herausforderung, und erst nach langem Kramen umschloss ich seine filigrane Form und führte ihn in das Schloss. Es zu entriegeln erforderte erheblichen Kraftaufwand, da die Scharniere über die Jahre verrutscht waren – das leise hinzubekommen war eine Frage des Geschicks. Nach langem Ringen gab die Tür endlich nach. Auf Zehenspitzen trat ich ein und ließ das alte Holz sachte hinter mir zufallen.

Mit einem tonlosen Seufzer streifte ich den Mantel von den Schultern und lehnte mich gedankenverloren gegen die Wand. Noch immer raste mein Herz.

»Bist du erneut um die Anwesen der Reichen geschlichen?«, ertönte die vorwurfsvolle Stimme meines Onkels. Ich sprang auf vor Schreck. Meine Reaktion ließ ihn zurückweichen. Er war kaum mehr als eine Kontur zwischen dem Tresen und dem Regal, das bis zum Rand mit unterschiedlich großen Schachteln und Kartons zugestellt war. Seine Schultern waren seit Jahren in einer Haltung der permanenten Anspannung gefangen.

»Du bist noch auf?«, gab ich kleinlaut von mir.

»Dasselbe wollte ich dich fragen.«

Darauf fiel mir keine Antwort ein, denn was ich erlebt hatte, wirkte wie ein Albtraum. Überhaupt war mein Verstand leer oder, besser gesagt, er war so fixiert auf das blaue Licht und das Verschwinden der Frau, dass für eine Unterhaltung mit meinem Onkel keine Kapazität blieb.

»Was ist los, Susie? Du bist doch sonst nicht auf den Mund gefallen.« Mein Onkel verfehlte die tadelnde Wirkung, die er erzielen wollte. Dafür war er in zu großer Sorge um mich, das erkannte ich an seiner Stimme. Normalerweise weckte das tiefe Schuldgefühle in mir, doch auch dazu war ich momentan nicht fähig.

Benommen musterte ich die Fliesen zu meinen Füßen. Diese waren einst quadratisch gewesen, doch über die Jahre in die verschiedensten Formen gesplittert.

»Warum bist du nur plötzlich so versessen darauf, diesen Leuten nachzustellen? Sie gehören einer anderen Klasse an als wir, Susie. Sie

leben in einer anderen Welt und mögen es nicht, diese mit unserer in Berührung zu bringen.« Trotz der strengen Worte gelang es ihm nicht, die Wärme in seiner Stimme zu verstecken. »Hör bitte auf, dich in ihre Angelegenheiten einzumischen.«

»Ich mische mich nicht ein«, erwiderte ich endlich. Meine Stimme war rau von der nächtlichen Kälte. »Ich beobachte nur. Sonst nichts, Onkel.« Erneut spielte sich der Verlauf der Nacht in schnellen Bildern in meinem Gedächtnis ab. Ein einzelner Gedanke war so laut, dass ich ihn unwillkürlich aussprach: »Worauf bin ich da bloß gestoßen?«

Ich bemühte mich, sachlich nachzudenken, anstatt der Panik freien Lauf zu lassen, auch wenn Letzteres sehr verlockend war.

Welche möglichen Erklärungen gab es also? Als das blaue Licht erstrahlt war, konnte ich nichts sehen. Wäre es dann nicht möglich, dass die Frau entkommen war? Nein. Wäre es ihr gelungen zu fliehen, hätte sie der Mann sicherlich verfolgt, anstatt im Zimmer zu verweilen. Und hätte er sie ... mir stockte der Atem ... *ermordet*, so wäre ihr Körper zu Boden gegangen. Doch die Lady hatte sich plötzlich wie in Luft aufgelöst, ohne jegliche Spur.

Ich sah Hilfe suchend zu meinem Onkel, sein trauriger Blick war so belastend, dass ich stumm blieb. Über die Jahre war ich ihm schon oft zur Last gefallen, dabei wollte ich das Gegenteil. Schließlich hatte ich nur noch ihn.

Mr Copper schob seine Brille hoch in den wilden Mob grauer Haare und rieb sich die müden Augen. »Eifersucht ist eine Eigenschaft, die man nicht nähren sollte, Susie«, sprach er voller Verständnis. »Als jemand, dessen Geschäft trotz eiserner Arbeitsmoral wenig Einkommen erzielt, kann ich die dunklen Gefühle nachvollziehen, die beim Betrachten der Reichtümer anderer aufleben.«

Ich sah mit aufgerissenen Augen zu ihm auf. Mir war nur seine großzügige Seite bekannt; dass er auch Finsternis im Herzen trug, überraschte mich. Dennoch lag er falsch. Was mich motivierte, um die Häuser der Elite zu schleichen, war nicht Eifersucht.

»Eines Tages wird dich deine Faszination für die Oberschicht in große Schwierigkeiten bringen.«

»Nein«, widersprach ich, weil ich nicht ertragen konnte, dass er so über mich dachte. Die Wahrheit konnte ... wollte ich ihm nicht

sagen, aber ihn im Glauben zu lassen, dass ich aus niederen Beweggründen anderen nachstellte, noch viel weniger. »Um Faszination geht es nicht.«

Wie es wohl war, schöne Kleider zu tragen und in den eindrucksvollen Häusern zu wohnen, fragte ich mich schon, doch war es nicht das, was meine Gedanken beherrschte. Ich suchte Hinweise, und heute hatte ich mehr bekommen, als mir lieb war.

»Susie«, flüsterte er fürsorglich und verlor sogleich das bisschen Autorität, das er sich im Verlauf des Gesprächs mühsam erarbeitet hatte. Zu oft hatten wir Diskussionen dieser Art geführt. »Geh zu Bett, Kind.«

Mr Copper gab auf.

»Sehr wohl, Onkel«, erwiderte ich und senkte den Kopf. Ich wollte meinem verbliebenen Verwandten nicht so viel Kummer bereiten.

Der Mann schlurfte schweren Schrittes die knarrende Treppe hinauf. Unser Haus war ein Relikt aus längst vergangenen Tagen. Die Wände bestanden aus Lehm und Holz, die sich unter dem Gewicht des Dachs verbogen hatten und nun gegen das Nachbarhaus lehnten. Es wirkte von innen noch schmaler als von außen. Wie es unverändert durch die Jahrhunderte gekommen war, war mir ein Rätsel. Wahrscheinlich wurde es einfach übersehen – so klein und unscheinbar, wie es war.

Nachdem ich meinen Onkel die Tür zu seinem Schlafzimmer schließen hörte, blieb auch mir nichts anderes übrig, als zu Bett zu gehen. Ob es mir gelingen würde zu schlafen, war allerdings fraglich.

Bevor ich nach oben ging, warf ich einen Blick zum Fenster. Onkel stellte darin seine Gehstöcke aus und dekorierte sie sorgsam. Jede Woche wechselte er die Auslage, putzte aber nie das Fenster. Es war so verdreckt, dass man seine Kreationen kaum von außen erkannte. Ich trat näher heran und wischte mit dem Finger über das Glas. Es war schon wieder staubig, obwohl ich erst vor zwei Tagen gewischt hatte. In einem so alten Haus war es immer staubig, egal wie sehr man sich bemühte.

Aus dem Augenwinkel sah ich etwas am Fenster vorbeihuschen. Ich blickte auf, starrte in die Nacht. Mein Atem ging schneller. Konnte mir der Mann doch gefolgt sein? Allein bei dem Gedanken wurde mir schlecht.

Ich schluckte und begab mich zur Tür. Vorsichtig öffnete ich sie und lugte hinaus. Alles war still. Die Dunkelheit verbarg all jene, die ihre Gesellschaft suchten. Noch eine Weile ließ ich die Nachtluft meine Gedanken kühlen, musterte die Schatten um mich herum, bis mir eine eigenartige Form auffiel. Es sah so aus, als trug die Laterne, die schon seit Jahren nicht mehr brannte und auch nie repariert wurde, einen Zylinder. Mein Herz begann schneller zu schlagen.

»Ist da jemand?«, fragte ich mit zaghafter Stimme.

Ich blinzelte, um meine Augen zu fokussieren.

»Sie da mit dem Zylinder«, forderte ich den Schatten heraus, doch er rührte sich nicht.

»Susanna!«

Ich sprang vor Schreck mit dem Kopf gegen das Ladenschild. Dann ließ ich meinen Blick am Gebäude hochwandern. Im ersten Stock hatte sich Mr Copper aus seinem Fenster gelehnt.

»Geh endlich ins Bett«, mahnte er.

Ich sah nochmals zu dem Zylinder, doch fand den Schatten nicht wieder.

In dem Moment wurde mir bewusst, dass ich nicht ein Auge zubekommen würde. Zu viele Fragen weckte das blaue Licht, zu hoch war die Wahrscheinlichkeit, dass der düstere Gentleman mir gefolgt war. Wer war er, und was hatte er getan? Oder waren das alles nur die Hirngespinste einer Fantasie, die sich nach Abenteuern sehnte? Eine Fantasie, die sogar blaue Lichter heraufbeschwören konnte? So würde es mir sicher jeder auslegen, wenn ich meine Geschichte erzählen würde. Ich konnte es selbst kaum glauben, wie würde es also jemand anderes tun? Hätte ich doch niemals das Notizbuch meines Bruders gefunden, dann hätte ich nicht erneut angefangen, nach ihm zu suchen.

Kapitel 2

Eine Fährte der Verwirrung

Der anbrechende Tag nahm der Stadt ihren unheimlichen Schleier und tränkte die majestätischen Universitätsgebäude in gleißendes Licht. Selbst die einsame Gasse zu Mr Copper & Co's Collection of Canes erschienen viel freundlicher. Ein einsamer Sonnenstrahl verirrte sich bis in den Laden und machte den tanzenden Staub sichtbar.

Trotz mangelnder Kundschaft stand Mr Copper auch heute so früh auf wie in all den achtzehn Jahren seiner Geschäftsführung und den zweiunddreißig davor, in denen sein Vater den Laden geführt hatte. Wie jeden Morgen positionierte er sich hinter dem Tresen und beobachtete voller Erwartung die Tür, als würden die Massen jeden Moment in den Laden strömen.

Hinten in der Vorratskammer mühte ich mich unterdessen mit der Organisation des engen Raumes ab. Ich hatte vier Tassen starken Tee getrunken, um der Müdigkeit zu entkommen, die mich nach einer schlaflosen Nacht plagte. Im Teein-Rausch stellte ich eifrig die schweren Kisten und Schachteln um, geleitet von der Überzeugung, dass eine neue Ordnung mehr Platz schaffen könnte. Doch das viele Gerümpel, von dem Onkel sich zu trennen weigerte, wollte sich nicht untergeben und attackierte mich mit Staubschwaden, Spinnweben und willkürlichen Gegenständen, die aus den Schachteln fielen. Warum Onkel darauf beharrte, die Stoff-, und Holzreste sowie diverse metallische Ornamente und Verzierungen zu behalten, war mir ein Rätsel. Wirklich verarbeiten konnte man die Dinge für Gehstöcke nicht mehr. Es war wohl Nostalgie, die Mr Copper an die Gegenstände band. Ich hatte noch nie verstanden, wie man nutzlosem

Trödel so viel Wichtigkeit zusprechen konnte. Allerdings hatte ich auch nie viel besessen und konnte womöglich gar nicht einschätzen, welche Bedeutung simple Dinge haben konnten, wenn ihnen mehr innewohnte als materieller Wert.

Gerade hatte ich die letzte Schachtel auf den deckenhohen Turm abgelegt, da fing das Konstrukt an zu wackeln und brach in sich zusammen. Die Mühe der letzten Stunden war völlig umsonst gewesen, und der Lärm übertönte Onkels Stimme aus dem Nebenraum. Nun war meine Engelsgeduld am Ende. Sollte das blöde Chaos doch weiter vorherrschen!

Ich befreite mich unter Anstrengung aus dem Sumpf an Trödel und watete wie ein Reiher zur Tür.

»Ich konnte dich nicht verstehen, Onkel«, rief ich und nahm den Austausch als Vorwand, die Rumpelkammer zu verlassen, doch bevor ich es in die Freiheit schaffte, lugte sein grauer Wuschelkopf hinein.

»Ich kann bisher keinen Fortschritt entdecken«, gab Onkel mit einem Hauch Belustigung in seiner Stimme zu, als er die Unordnung musterte.

»Das gehört alles zum Prozess«, flunkerte ich, »es muss erst schlimmer werden, bevor es sich verbessern kann.«

Onkel hielt andächtig inne. »Wie dem auch sei … könntest du den Prozess unterbrechen, um für mich zur Post zu laufen?«

»Aber natürlich!«, erwiderte ich voller Eifer. Das war eine gute Gelegenheit, der unmöglichen Aufgabe, die ich mir selbst gestellt hatte, zu entfliehen. »Und keine Sorge, du wirst den Lagerraum kaum wiedererkennen, wenn ich damit fertig bin.«

Onkel nickte mit Bedacht und ließ seinen Blick über die umgefallenen Türme schweifen. »Das befürchte ich.«

Ich tat so, als hätte ich ihn nicht gehört, und nahm die Briefe, die er hochhielt. Einer war adressiert an eine entfernte Großtante, der er regelmäßig schrieb, obwohl die alte, strenge Frau bekanntermaßen die Gesellschaft anderer mied und nie antwortete. Mr Copper hielt es für seine Pflicht, eine Verbindung zu all seinen entfernten Verwandten aufrechtzuerhalten, auch wenn er nie Dank dafür zu erwarten hatte. So war er einfach, ganz gleich, ob es ums Geschäft oder Privates ging, und das schätzte ich sehr an ihm. Auf dem zweiten Kuvert stand die

Anschrift seiner Bank. Wirklich interessant wirkte keiner von beiden. Der Mangel an Geheimnissen und Skandalen machte Onkel zu einer verlässlichen Konstanten in meinem Leben.

»Ich komme so schnell wie möglich wieder«, versprach ich und griff nach dem Mantel auf dem Weg hinaus.

Oxford war unvergleichlich schön zu dieser Tageszeit. Die sandig goldenen Universitätsgebäude mit ihren Türmen und burgähnlichen Fassaden regierten die Aussicht. Sie unterschieden sich architektonisch so stark voneinander, dass man sich vorkam wie auf einer Ausstellung von Märchenschlössern. Durch die vielen Studenten und staunenden Besucher waren die Straßen so lebhaft, dass es schwer vorstellbar war, wie sehr sich die Atmosphäre zur Nacht hin wandelte.

Ich kannte jede Ecke und noch so kleine Gasse, jeden Pub und jeden Laden. Selbst die meisten Menschen waren mir vertraut, auch wenn ich nie mit ihnen sprach. Da war zum Beispiel die ältere Dame, die jeden Nachmittag vor ihrer Haustür kehrte. Sie hatte stets Süßigkeiten in den Taschen für die Nachbarskinder, die auf der Straße spielten. Auf der anderen Seite lief die Dienstmagd, die in einem der eindrucksvollen Anwesen angestellt war. Sie trug zwei schwere Körbe, gefüllt mit Lebensmitteln vom Markt und machte dennoch einen Umweg durch die Innenstadt, um am Milchjungen vorbeizukommen und mit ihm einen verstohlenen Blick gegen ein schüchternes Lächeln auszutauschen. Dann war da noch der Bäcker, der seine mehlbedeckte Schürze ausklopfte und jeden Morgen das alte Brot an die Vögel verfütterte; die Mutter mit ihren drei zankenden Kindern, die unterwegs zum Park waren; der Student, dessen Gesicht selbst beim Laufen hinter Büchern versteckt war; der Zeitungsjunge, der den neuesten Skandal in die Straße hinausbrüllte.

Ich gab mir große Mühe, meine Umgebung und Mitmenschen wahrzunehmen und auf Details zu achten – auf diese Weise fühlte ich mich ihnen verbunden. Echte Bekanntschaften einzugehen fiel mir seit dem Verschwinden meines Bruders schwer. Auch wenn mein Gesicht nur selten jemand erkannte, so war der Copper-Skandal in ganz Oxford ein Begriff.

Der Nachname stand wie eine Wand zwischen mir und anderen. Sobald er ertönte, verlor ich meine Anonymität – plötzlich meinte

jeder, mich zu kennen, dennoch blieb ich ihm treu und nannte ihn mit Stolz. Ganz gleich, welche Meinung andere hatten.

Ich bog in die Hauptstraße ein und verschmolz mit dem bunten Treiben. Eigentlich war mein Leben ziemlich unspektakulär. Wenn die vermeintlichen Exzesse meines Bruders in Vergessenheit geraten würden, wäre ich der langweiligste Mensch Englands.

Ein tiefes Rot blitzte in meinem Augenblickwinkel auf, und ich drehte instinktiv den Kopf dorthin. Mein Puls beschleunigte sich unwillkürlich und mein Herz raste. Eine Frau trat aus einem Blumenladen, sie war mir fremd, doch trug sie ein rotes Kleid. Es war so rot wie der Mantel des Herrn, der blaue Blitze heraufbeschwören und Menschen verschwinden lassen konnte. Seit letzter Nacht war mein Leben gar nicht mehr so unspektakulär, und sosehr ich auch versuchte vorzugeben, es wäre alles normal, die Erinnerungen ließen sich nicht unterdrücken. Ein Kleid genügte, um meine Gedanken zurück ins Chaos zu werfen.

Es war Erics Notizbuch gewesen, das mich vergangene Nacht um die Villen in Norham Gardens hatte schleichen lassen. Ich hatte es auf dem Dachboden gefunden, und sein Inhalt ließ mir keine Ruhe. Die Seiten waren gefüllt mit Porträts. Erst hatte ich angenommen, dass es womöglich nur ein Kunstprojekt meines Bruders war – nichts weiter als ein Zeitvertreib. Doch je öfter ich es betrachtete, desto mehr wirkten die Bleistiftskizzen wie eine Studie. An jedem der Bilder standen Uhrzeit, Datum und Ort. Das letzte Bild in dem Notizbuch zeigte einen Mann, und als Ortsangabe war Norham Gardens vermerkt. Zwar hatte ich nur einen kurzen Blick auf den Gentleman gestern erhascht, doch ähnelte er der Zeichnung. Die spitze Nase, der strenge Blick und die schwarzen langen Haare stimmten überein. Hätte ich ihn doch nur besser sehen können …

Gedankenverloren erreichte ich die Post, und wie so oft fand sich eine lange Schlange davor. Die Royal Mail war nicht gerade für ihre Schnelligkeit bekannt. Tief seufzend nahm ich meinen Platz ganz hinten ein. Vor mir stand ein Mann, der seine Nase in der aktuellen Ausgabe der *Oxford Gazette* vergrub. Auch ich hätte jetzt gern etwas zum Lesen gehabt, dann wäre ich meinen rasenden Gedanken nicht hilflos ausgeliefert.

Nach vierzehn Minuten, von denen ich jede einzelne auf der Uhr eines Kirchturms verfolgt hatte, wurde die Warterei unerträglich und ich lugte über die Schulter des Herrn vor mir, um in seiner Zeitung mitzulesen. Das schwarz-weiße Porträt einer feinen Dame zog mich sofort in seinen Bann. Ihre Frisur war wahnsinnig modisch. Die aufgetürmten Locken aus dunklem Seidenhaar wurden zusammengehalten von einem kleinen, seitlich sitzenden Hut. Der Blick der Dame wirkte sehr intensiv, obwohl es nur ein Abdruck auf billigem Zeitungspapier war. Die Lippen waren pechschwarz, was den Schluss zuließ, dass sie im wahren Leben tiefrot sein mussten. Sie waren zusammengeführt in einem sanften Lächeln, das Grübchen zum Vorschein brachte unter den definierten Wangenknochen.

Es war, als würde mich ein Blitz treffen! Ich hatte diese Frau schon einmal gesehen ... womöglich war ich sogar die letzte, die das von sich behaupten konnte.

»Das gibt es doch nicht!«, murmelte ich, und der Mann vor mir drehte sich echauffiert um.

Ich hatte mich so weit vorgelehnt, dass mein Kinn nahezu auf seiner Schulter lag.

»Ja, sagen Sie mal!«, tönte es empört unter dem dichten Schnauzbart hervor, und der Mann faltete seine Zeitung zusammen, als würden die Worte verschwinden, wenn jemand anderes mitlas.

In dem Moment, als er die Zeitung wegdrehte, erblickte ich die Überschrift: *Ratlosigkeit und Sorge am Parklane Anwesen: Lady Gwen Barlow ist verschwunden!*

»Ich bitte vielmals um Entschuldigung, Sir«, murmelte ich, während mich blankes Entsetzen überkam. Der Mann konnte nicht wissen, was in mir vorging, und nahm wahrscheinlich an, dass mir der Fauxpas aufrichtig leidtat. Zufrieden wandte er sich seiner Zeitung zu.

Die Gedankenspirale schickte mich auf eine Reise, von der mir schlecht wurde. Die Dame auf dem Bild war die Frau von gestern Nacht, und nur ich wusste, was geschehen war. Hätte ich doch nur das Gesicht des Täters richtig gesehen.

Mein Herz setzte einen Schlag aus. Was, wenn die Frau noch gerettet werden konnte und Hilfe brauchte? Ich schluckte. Was, wenn sie tot war? Ein kalter Schauer lief mir über den Rücken.

Mich schubste jemand, und mir blieb vor Schreck fast das Herz stehen.

»Kannst du bitte weitergehen? Dein Vordermann ist schon weit vorausgegangen«, meckerte die Frau hinter mir.

Ich nickte nur und stapfte dem Mann mit der Zeitung hinterher, ohne meinen Gedankenfluss zu unterbrechen ... Hätte ich gestern Abend etwas tun sollen? Wenn ja, was? Ich hätte ja schlecht an der Tür des Mannes klopfen und ihn zur Rede stellen können. Dann hätte er mir bestimmt das Gleiche wie Lady Barlow angetan.

Ich schüttelte den Kopf. Nichts zu tun war feige gewesen! Doch konnte ich die Uhr nicht zurückdrehen und musste überlegen, was jetzt noch getan werden konnte.

Vor mir raschelte der Mann mit der Zeitung, als er die nächste Seite aufschlug. *Ja, genau!* Ich musste zur *Oxford Gazette* gehen und berichten, was ich gesehen hatte. Der Reporter des Artikels über Lady Barlow würde sicher etwas mit den Informationen anzufangen wissen. Ich durfte keine weitere Zeit verlieren!

Kapitel 3

Eine seltsame Deutung

Ich lief von der Hauptstraße in eine enge Seitengasse und kam heraus am Radcliffe Square. Obwohl ich mein ganzes Leben in Oxford verbracht hatte, verleitete der Platz mich dazu, andächtig innezuhalten, wann immer ich ihn passierte. In seiner Mitte war die Radcliffe Camera, eine zylinder-förmige Bibliothek in einem neoklassischen Gewölbe aus sandfarbenem Stein, umrundet von Säulen und einer Balustrade. Obenauf saß eine Kuppel, die die Farbe des Himmels reflektierte. Die eindrucksvolle Bibliothek war nicht nur das Herz des Platzes, sondern auch das der Universitäten und der ganzen Stadt. Der Eintritt wurde nur Studenten, Professoren und anderen Privilegierten gestattet – eine Parallelwelt, zu der ich nicht einmal in meinen kühnsten Träumen zählen würde. Auch wenn ich sie von innen nie gesehen hatte, so wusste ich genau, von wo aus man den besten Blick auf das Äußere hatte.

Neben der Radcliffe Camera befand sich die höchste Kirche Oxfords, benannt nach der Jungfrau Maria. Sie ragte bis hoch in die Wolken und war wie eine Mischung aus Palast und Kathedrale mit ihren Turmspitzen auf Turmspitzen, spitz zulaufenden Bogenfenstern, Gargoyles und Mauerzinnen. Wer sich ihr enges Treppengewölbe hinauftraute, überblickte vom Turm aus die Stadt und den gesamten Radcliffe Square. Auch über die hohe Mauer des All Saint College, das das architektonisch überwältigende Trio des Radcliffe Square abschloss.

Unter den neununddreißig Colleges war dieses so elitär, dass davon selbst die Elite ausgeschlossen wurde. Nur Absolventen einer

der Universitäten Oxfords durften sich dort für einen der wenigen Plätze bewerben. Und das spiegelte sich in der Architektur wider. Eine hohe Steinmauer erschwerte den Einblick in diese exklusive Welt, der nur durch das Eisentor, in das vergoldete Blätter eingelassen waren, erhascht werden konnte. Mit seinen zwei Türmen, den Bogenfenstern und Dachzinnen hatte es Ähnlichkeit mit der Kirche, doch bot weniger Verzierungen – als hätte es ein Übermaß nicht nötig. Dafür war das viereckige Gebäude, das um eine runde Rasenfläche verlief, umso massiver und erhabener.

Diese Überlegenheit schüchterte mich sonst ebenso stark ein, wie sie mich faszinierte. Nur nicht heute. Heute war meine Mission bedeutender als die jedes Studenten, heute wusste ich mehr über das Verschwinden der Lady Barlow als jeder andere.

Ich überquerte den Radcliffe Square erhobenen Hauptes und schnellen Schrittes. Welcher University of Oxford-Student konnte schon von sich behaupten, gerade ein Leben retten zu gehen? Ich schluckte. *Hoffentlich war es noch nicht zu spät!* Als mich dieser Gedanke ereilte, beschleunigte ich das Tempo.

Die Pressestelle der *Oxford Gazette* war nicht weit vom Radcliffe Square in einem klassischen viktorianischen Gebäude aus rotem Ziegelstein mit weiß umrahmten Erkerfenstern. In einer anderen Stadt wäre so ein gepflegtes Gebäude bestimmt herausgestochen, aber im Vergleich zu den Universitätsbauten wirkte es blass. Dennoch konnte man es nicht verfehlen, dank der großen Gruppe an besonders enthusiastischen Zeitungsjungen, die die Schlagzeilen dramatisch hinausposaunten, um sie den Passanten schmackhaft zu machen. Sie waren dabei so erfolgreich, dass ihre brechenden Jungenstimmen musikalisch untermalt wurden vom Klimpern der Pennys der vielen Käufer.

Ich bannte mir einen Weg durch die Menschenmasse und lief ins Gebäude, ohne um Erlaubnis zu fragen, schließlich hatte ich wichtige Informationen, die nicht warten durften. Das verlieh meinem Gang das gleiche Selbstbewusstsein wie den Reportern, die dynamisch die Schwingtür passierten. Im Inneren hielt ich allerdings kurz an und musste mich neu orientieren.

Viel Zeit blieb nicht, bis jemand meine Anwesenheit hinterfragen würde. Als Frau stach ich in dem von Männern dominierten Umfeld

heraus und musste handeln, ehe ich des Raumes verwiesen werden konnte. Ohne lange nachzudenken, steuerte ich auf die erste Tür zu, die ich entdeckte. Vielversprechenderweise war sie mit der Aufschrift *Presse* versehen.

Dahinter verbarg sich eine große Halle mit einem Meer an Schreibtischen, die allesamt eng beieinanderstanden. Dichter Qualm lag in der Luft, da viele der Reporter Pfeife rauchten. Sie liefen entweder wild umher oder saßen an ihren Plätzen und hämmerten auf ihren Schreibmaschinen. Im hinteren Bereich standen große schwarze Metallmonster, die bogenweise bedrucktes Papier ausspuckten. Das Rattern erfüllte den gesamten Raum.

Als ich das sah, schwand mein Mut. Die Geschwindigkeit, der Lärm, die rauen Gesichter und die stickige Luft waren so anders als Onkels ruhiger Laden, in dem die Zeit vor Jahren stehen geblieben zu sein schien. Der Rauch füllte die Lunge und stach in den Augen, er machte es zunehmend schwerer, sich auf das noble Vorhaben zu konzentrieren.

»Hast du dich verlaufen?«

Ein Mann packte mich am Arm. Er musterte mich argwöhnisch, nahm sich dann behutsam die Pfeife aus dem Mund und steckte sie in die Westentasche. Die Zeit war ungnädig zu seiner Weste gewesen, hatte ihren Stoff ausgeleiert und sie um die Hälfte ihrer Knöpfe erleichtert. Lose hing das Kleidungsstück von den Schultern des Trägers. Sein gelblich weißes Hemd war stellenweise von Druckertinte beschmiert. Alles in allem machte er einen rabiaten Eindruck und wirkte wie jemand, mit dem man sich nicht anlegen sollte.

Ich richtete mich auf und streckte die Brust raus, um das zunehmend dominierende Gefühl der Einschüchterung zu überspielen.

»Ich muss unbedingt mit dem Reporter sprechen, der den Artikel über Lady Barlow und ihr Verschwinden verfasst hat«, verkündete ich in einem Tonfall, der dringlich klingen sollte, nur leider ins Hysterische umschlug. Trotz der Bemühung, laut und deutlich zu sprechen, ging meine Stimme im Lärm der geschäftigen Druckerei unter.

Der Mann hob eine Augenbraue und musterte mich prüfend, dann verzog er die Lippen zu einem Grinsen. Er nahm die Pfeife wieder zur Hand und wies damit die Richtung.

»Folge mir«, sagte er mit einem Lachen in der Stimme.

Ich legte die Hände vor mir ineinander und schritt in ruhigem Tempo hinter ihm her. Wenn man aufgeregt war, sollte man seine Bewegungen besonders langsam und achtsam ausführen – das hatte Onkel mir beigebracht. Der Mitarbeiter führte mich an einen Schreibtisch, auf dem sich Berge von Papier und Zeitungen türmten. Er setzte sich auf den leeren Stuhl und begann umgehend, darauf zu kippeln.

»Richard Reeves, wie kann ich weiterhelfen?«

Ich betrachtete den Mann unsicher. Konnte jemand, der so wenig acht auf sein Äußeres gab, ein ernst zu nehmender Reporter sein? Onkel putzte sich jeden Tag heraus, rasierte sich und legte Wert, dass seine Kleidung sauber war und richtig saß. Der Herr vor mir schien das genaue Gegenteil zu praktizieren.

»Den Artikel haben Sie geschrieben?«, fragte ich, um ganz sicherzugehen, dass ich an die richtige Person geraten war.

»In der Tat.« Er nickte stolz.

Ich zögerte. Zwar hatte ich viel über die Geschehnisse nachgedacht, doch nicht überlegt, wie ich sie am besten wiedergeben sollte. Das blaue Licht sollte ich wahrscheinlich lieber nicht erwähnen.

»Ich glaube …«, gab ich stockend von mir. Das war kein besonders vielversprechender Anfang. Ich musste überzeugter und überzeugender klingen. »Ich bin mir sehr sicher, dass ich weiß, wer das Verschwinden der Lady zu verschulden hat.«

Der Reporter hörte auf zu kippeln und lehnte sich vor. Seine Ellenbogen stützte er auf dem Tisch ab und musterte mich eindringlich. Seine Lippen formten sich zu einer harten Linie unter dem dichten Schnauzbart, und die Augen begannen zu funkeln.

»Tust du das, ja?«

Ich nickte vorsichtig. »Ich habe sie gestern Abend in Begleitung eines Mannes gesehen. Sie sind gemeinsam aus einer Kutsche gestiegen und haben ein großes Anwesen betreten.«

Mr Reeves Augen wurden zu Schlitzen. Ich interpretierte das als brennendes Interesse, was dazu führte, dass die Worte aus meinem Mund zu einem Wasserfall zusammenliefen.

»Der Gentleman war groß gewachsen und hatte dunkelbraunes Haar. Er trug einen langen roten Mantel und Gehstock. Sein Anwe-

sen befindet sich am Ende von Norham Gardens. Zwei Adlerstatuen flankieren den Eingang ...«

Ein lauter Knall brachte mich zum Verstummen. Mr Reeves hatte mit der offenen Hand auf den Schreibtisch geschlagen. Es war laut genug um uns herum, dass außer mir niemand anderes auf das Geräusch reagierte.

»Könnte es sein, dass du Mr James Frederik Darvill von Westford Manor meinst?« Der zuvor noch so entspannte Reporter war plötzlich außer sich. Ich wusste nicht, ob er wütend auf mich war oder ob der Name, den ich mir sofort merkte, starke Emotionen in ihm weckte.

»Leider weiß ich nicht, wie er heißt, nur wo er wohnt«, gab ich vorsichtig zu. »Die Fassade seiner Villa weist allerlei Verzierungen auf. Und seine schwarze Clarence wird von einem sehr jungen Kutscher gefahren.« Ich hatte das Gefühl, dass sich das Fenster für Erklärungen schloss, daher wollte ich noch so viele Informationen wie möglich preisgeben.

Mr Reeves brach in lautes Gelächter aus. »Das ist bei Weitem der beste Verdächtige des Tages«, grölte er. »Hey, Martin, hör dir das mal an!«

Ein weiterer Mann, der keinen Schnauzer, aber dafür einen sehr ähnlichen Kleidungsstil wie Mr Reeves hatte, lugte hinter einem Stapel Zeitungen am Nebentisch hervor und ließ seinem Sitznachbarn die volle Aufmerksamkeit zuteilwerden.

»Laut der kleinen Möchtegerndetektivin hat Mr Darvill Lady Barlow entführt«, teilte er seinem Kollegen jauchzend vor Lachen mit. Der andere Mann schlug sich die Hand vor die Stirn und fing ebenfalls an zu lachen.

»Meine Güte«, rief Martin, »man kann keine Vermisstenanzeige abdrucken, ohne dass die halbe Stadt zu Sherlock wird.«

Meine Wangen glühten. Dass meine Geschichte möglicherweise niemand glauben würde, war mir in den Sinn gekommen. Dennoch war ich wütend, schließlich hatte ich die Wahrheit gesagt. Anstatt mich aufzuregen, versteckte ich die Hände in den Taschen des viel zu großen Mantels. Wenn ich doch nur das Gleiche mit meinen hochkochenden Gefühlen machen könnte.

»Ich kann nicht mit Sicherheit sagen, ob er sie entführt hat, aber sie waren ganz bestimmt zusammen letzte Nacht.« Ich wollte noch

nicht aufgeben, doch mir war bewusst, dass ich nun auf keinen Fall die ganze Wahrheit erzählen konnte. Sonst würden sie mich nicht nur auslachen, sondern für verrückt erklären.

»Mein gut gemeinter Rat an dich«, sagte Mr Reeves mit herablassender Stimme, die heiser war vor Lachen. »Ich würde meine Vermutungen nicht so laut kundtun, wenn ich du wäre. Sogar wir machen einen großen Bogen um Mr Darvill. Er mag es gar nicht, wenn man sich in seine Angelegenheiten einmischt, und hat das Geld und den Einfluss, die Leute davon abzuhalten. Erst letzten Monat wurde der alte Arty gefeuert, nachdem er Mr Darvill um ein Interview zu dessen Kunstsammlung gebeten hat.« Er zuckte mit den Schultern, als ob das der ganz natürliche und richtige Lauf der Dinge war. »Die reichen Leute erachten es als unverschämt, wenn das gemeine Volk an sie herantritt. Und so kleine Dummchen wie du mit deinen absurden Anschuldigungen geben ihnen recht.«

Martin pflichtete seinem Kollegen mit einem Kopfnicken bei.

»Was heißt hier absurde Anschuldigungen?«, echauffierte ich mich, obwohl ich wusste, dass dieser Kampf verloren war. »Sie sind der Sache doch noch nicht einmal nachgegangen. Was für eine Art Reporter sind Sie eigentlich?«

»Einer, der seine Anstellung behalten und seine vier Kinder durch den Winter bringen möchte«, antwortete er. »Ich arbeite für eine Zeitung, nicht für die Metropolitan Police!«

Hilflos blickte ich mich um. Die Mitarbeiter in unmittelbarer Nähe hatten ihre Aufgaben niedergelegt und lauschten dem Austausch. Grimmig und mit verschränkten Armen musterten sie mich. Zwei machten sogar einen Schritt auf mich zu. Es war, als müsste Mr Reeves nur das Kommando geben, und ein halbes Duzend Reporter würde sich auf mich stürzen, an Armen und Beinen packen und vor die Tür werfen wie eine Straßenkatze.

Ich öffnete den Mund, um zu sprechen, doch mir fiel nichts ein, was Mr Reeves umstimmen könnte. Einen Augenblick lang betrachtete ich sein selbstgefälliges Grinsen. Es machte mich wütend, dass die Faktenlage weniger wichtig war als mein sozialer Status. Eine junge Frau aus ärmeren Verhältnissen konnte ja nicht recht haben, wenn sie einen Gentleman belastete. Aber das war nicht das erste Mal, dass

mir Voreingenommenheit begegnete. Kurz bevor mein Bruder verschwand, hatte ich die gleiche Erfahrung gemacht. Egal wie sehr ich ihn vor Gericht verteidigte, meine Aussage hatte kein Gewicht.

Schließlich richtete ich den Blick zu Boden und gab mich geschlagen.

»Danke für Ihre Zeit«, sagte ich kleinlaut und machte mich auf den Weg hinaus, dabei vermied ich sämtlichen Augenkontakt. Ich konnte die urteilsvollen Blicke trotzdem spüren. Sie waren unerträglich, schließlich wusste ich, dass die Wahrheit auf meiner Seite war, doch das änderte nichts an meiner Machtlosigkeit.

»Verzeihung«, durchbrach eine andere weibliche Stimme das laute Rumoren der Maschinen. Eine kleine ältere Dame kam zu der Tür herein, durch die ich gerade fliehen wollte. Schnurstracks lief sie auf Mr Reeves zu.

»Verzeihung«, wiederholte sie nun etwas lauter. Die Dame war einen ganzen Kopf kleiner als ich, dabei war ich selbst nicht groß, nichtsdestotrotz strotzte sie nur so vor Selbstbewusstsein.

»Ich weiß, wo Lady Barlow zu finden ist«, verkündete sie.

»Ich kann kaum erwarten, es zu hören«, rief Mr Reeves mokant. »Wo wurde die Gute diesmal gesichtet?«

Mit großen Augen sah ich ihr zu. Wenn die Dame durch einen Zufall meine Behauptung bestätigte, dann würde es für Mr Reeves viel schwerer sein, die Tatsachen zu ignorieren.

»Vor einigen Tagen, am Mittwoch, nein, ich meine, es war Donnerstag ... oder doch nicht?« Die Dame verlor sich in Gedanken, und meine Hoffnung schwand, noch bevor sie richtig aufgeblüht war. »Jedenfalls habe ich diese Frau gesehen, als ich meinen Mr Dabbles, meine Französische Bulldogge, spazieren führte.« Sie zeigte auf das Bild in der *Oxford Gazette*, die sie selbst mitgebracht hatte. »Sie war in Begleitung der Königin Viktoria von England und einem Herrn, der Lord Wellington wie aus dem Gesicht geschnitten war. Vielleicht sein Zwillingsbruder? Sie grüßten mich alle drei ganz freundlich, und wir verabredeten uns zum Bridgespielen.«

Mal abgesehen davon, dass Lord Wellington längst verstorben war, keinen Zwillingsbruder gehabt hatte, und wenn doch, dieser hundertneunzehn Jahre alt wäre, hatte die Königin sicherlich Besseres zu tun, als mit dem gemeinen Volk Karten zu spielen, vor allem, da sie sich

momentan gar nicht in Oxford aufhielt. Das hielt die Dame nicht davon ab, weiter ihre Geschichte zu spinnen – sehr zur Belustigung der Reporter. Ich hatte genug gehört und verließ schnellen Schrittes den stickigen Presseraum.

Draußen auf der Straße trat ich mit aller Kraft eine Eichel aus dem Weg, aber das linderte weder die Wut noch die Pein.

Wozu wurde die Vermisstenanzeige überhaupt aufgegeben, wenn niemand am Finden der Frau interessiert war? Ich rieb mir die Augen. War ich womöglich genauso verrückt wie die ältere Dame? Schließlich war es wahrscheinlicher, Königin Viktoria zu begegnen, als jemanden in einem blauen Lichtstrahl verschwinden zu sehen. Zudem war die Frau von ihrer Geschichte genauso überzeugt wie ich von meiner. Vielleicht hatte mein Verstand mir einen Streich gespielt. So oder so, täte ich wohl gut daran, das alles zu vergessen und mein ruhiges, langweiliges Leben weiterzuleben. Das alles war nicht mein Problem und brauchte mich nicht zu kümmern … oder?

Ich holte tief Luft, um hochkommende Gefühle daran zu hindern, die Überhand zu gewinnen und sich in verräterische Tränen zu verwandeln. Ich schloss die Lider, atmete langsam ein und aus. Wollte ich die Art von Mensch sein, der andere ihrem Schicksal überließ? Wenn Lady Barlow noch zu retten war und Hilfe brauchte, dann musste ich Pein und Wut überwinden und handeln. Die Familie der armen Lady sehnte sich bestimmt nach ihrer Wiederkehr – ein Gefühl, das mir vertraut war. Ich wusste besser als sonst jemand, wie es war, eine geliebte Person zu vermissen. Welche Rolle spielte es also, was eine Handvoll Reporter dachte? Eine Frau war in Not, da durfte ich nicht tatenlos bleiben.

Wenn die Zeitungsleute nutzlos waren, so musste ich an die nächste Instanz herantreten, und das war die Polizei. Nur der Gedanke daran bereitete mir Bauchschmerzen. Die Polizei hatte meinem Bruder unrecht getan und ihn zu drastischen Maßnahmen gezwungen. Es war ihre Schuld, dass Eric nicht mehr da war. Mein Vertrauen in die Staatsdiener war so sehr erschüttert, dass ich die Straßenseite wechselte, wenn sie mir entgegenkamen. Doch das spielte jetzt keine Rolle. Ich musste über meinen Schatten springen.

Widerwillig, aber voll neuer Hoffnung machte ich mich auf den Weg zur Wache. Diese war ein ganzes Stück von der *Oxford Gazette*

entfernt, und das gab mir Zeit, die Gedanken zu ordnen und aufgewühlte Gefühle zu beruhigen.

Im Gegensatz zur Zeitung befand sich die Polizeistation in einem unauffälligen Gebäude aus grauem Ziegel, das sich über drei Stockwerke erstreckte. Davor lag eine breite und leere Straße, so als ob nicht nur ich, sondern ganz Oxford einen Bogen um die Staatsdiener machte.

Im Inneren ging es ruhig und geordnet zu. Auch die Atmosphäre war ganz anders als bei der *Oxford Gazette*. Grimmige Schwere hing in der Luft und sorgte für eine erschlagend ernste Atmosphäre. Von den grauen Wänden war bestimmt noch nie ein Lachen widergehallt.

Es gab viele Schreibtische, doch nur wenige Männer. Ihre Kollegen waren wohl auf Patrouille oder anderweitig beschäftigt. Wäre ich einer von Ihnen, ich würde auch alles tun, um diese Räumlichkeiten zu meiden. Die einzige Dekoration waren Kreidebeschriftungen und obskure Zeichnungen sowie Fotografien chaotischer Räume. Bei genauerem Hinsehen erkannte man darin hin und wieder leblose Körper. Ein Tresen mit einem Wachtmeister dahinter hinderte mich daran, näher an die abgebildeten Tatorte heranzutreten. Die Falten um seine Augen sowie der gezwirbelte Schnauzbart mit grauen Verläufen wiesen darauf hin, dass er auf die Pensionierung zuging.

»Sir«, begann ich höflich, »dürfte ich Sie kurz stören?«

Er hob seinen müden Blick, sah mich kurz an und widmete sich dann wieder seinem Papierkram. Erst nachdem er fertig geschrieben hatte, erhob er sich und kam näher zu mir heran.

»Was kann ich für Sie tun, Miss?«, fragte er und stützte die Ellenbogen auf dem Tresen ab.

Ich verlagerte das Gewicht von einem Fuß auf den anderen. Die Anspannung packte mich an den Schultern. »In der *Oxford Gazette* wurde eine Vermisstenanzeige aufgegeben«, leitete ich vorsichtig ein. Nach dem Debakel bei der Zeitung wählte ich die Worte besonders bedacht.

»Bezüglich der Lady Barlow. Ich bin darüber im Bilde.« Der Mann kratzte sich am Hinterkopf. »Sehr tragisch, das Ganze.«

»Ich könnte eine Spur haben, falls es Sie interessiert«, warf ich ein wenig zu hastig ein. Die Polizeiwache wirkte wie der falsche Ort für große Emotionen und Übereifer.

Der Staatsdiener hielt kurz inne und musterte mich. Sein Gesichtsausdruck veränderte sich. Die vielen Jahre im Dienst manifestierten sich in einem erfahrenen Blick, der die Rechtmäßigkeit des Sprechers festzustellen geübt war.

»Die wäre?«, forderte er professionell reserviert.

Das Blut pumpte schneller durch meine Adern. Jetzt zählte jedes Wort. »Auf meinem Spaziergang vergangene Nacht sah ich eine Dame, die der in der *Oxford Gazette* abgebildeten Person sehr ähnelt. Sie war in Begleitung eines Gentlemans.«

Der Polizist holte Bleistift und Schreibblock aus der Jackentasche seiner dunkelblauen Uniform hervor und blätterte zu einer leeren Seite. »Können Sie den Mann beschreiben?«

Die Einladung weckte neuen Enthusiasmus. »Er war groß und hatte dunkles Haar. Seine Kleidung, ein roter Mantel und seidener Zylinder, wirkte wohlhabend.« Die Worte kamen immer schneller, und der Beamte fing jedes einzelne auf Papier ein. »Das Paar war unterwegs in einer Kutsche und stieg an einem Anwesen aus. Ich glaube, es heißt Westford Manor, und der Hausherr ist ein Mr Darvill.«

Der Polizist schlug das Notizbuch plötzlich zu und sah missmutig zu mir auf. Sein Blick machte unmissverständlich klar, dass ich eine Grenze überschritten hatte.

»Jetzt hören Sie gut zu …«

Noch bevor ich den Rest hörte, erkannte ich am Tonfall, dass seine Rede Enttäuschung hervorrufen würde. Diesmal war es noch schlimmer als bei der Zeitung, weil mich der Polizist hatte einen Moment glauben lassen, dass er mich ernst nehmen würde.

»Mr Darvill ist, wie Sie ganz richtig angenommen haben, ein respektabler Gentleman.« Unter der professionellen Ruhe brodelte hörbar die Wut. »Ein einfaches Mädchen wie Sie sollte sich hüten, einen Mann wie ihn so dreist zu beschuldigen!«

Nun konnte ich mich nicht mehr zurückhalten. Der angestaute Frust entlud sich in einem Schwall aus Worten. »Es ist kein Verstoß gegen das Gesetz, zum ärmeren Teil der Gesellschaft zu gehören, und umgekehrt dürfen sich die Reichen nicht alles erlauben!«

Der Mann bellte ein Lachen. »Naives Wunschdenken!«

Ich holte zum Gegenschlag aus. »Wenn es so ist, dann ist das traurig«, erwiderte ich. »Würden nicht nur einfache Mädchen wie ich, sondern auch einfache Männer wie Sie den Status quo hinterfragen, dann wäre es anders.«

Seine Augen wurden zu Schlitzen, durch die er mich boshaft anfunkelte. Er schloss sie kurz und holte tief Luft.

»Ich weiß nicht, was Sie in der Nähe der Villa zu suchen hatten, aber mein Berufsinstinkt sagt mir, dass Sie und Ihr loses Mundwerk besser daran täten, sich von Mr Darvill fernzuhalten.« Die blasse Haut des Beamten nahm stark an Farbe zu. »Verleumdung kann üble Konsequenzen mit sich bringen.«

»Verleumdung?«, japste ich. »Welches Interesse hätte ich daran, den Namen eines mir fremden Mannes zu beschmutzen?«

»Das würde ich auch gern wissen.« Er musterte mich mit intensivem Blick, der unter die Haut ging. »Mr Darvill ist ein gut aussehender junger Mann. Vielleicht hoffen Sie, so seine Aufmerksamkeit zu gewinnen.«

»Wie bitte?« Das war nun wirklich zu viel des Guten. Mir nicht zu glauben war eine Sache, zu behaupten, dass ich mir alles ausdachte, weil ich wollte, dass dieser Kriminelle mich wahrnahm, eine ganz andere. »Das ergibt doch gar keinen Sinn!«

»Was in den Köpfen junger Frauen vorgeht, ergibt selten Sinn«, erwiderte er und musterte mich noch intensiver. »Sagen Sie einmal«, sagte er mit zusammengekniffenen Augen. »Ihr Gesicht kommt mir bekannt vor ... Habe ich Sie schon einmal festgenommen?«

»Nein«, erwiderte ich erschrocken. Nun suchte er auch noch nach einem Grund, mich zu verhaften?

»Wie lautet Ihr Name?« Er ließ nicht locker.

Ich spielte mit dem Gedanken, aus der Tür zu rennen, doch das würde so wirken, als stimmten seine Unterstellungen. Tapfer rührte ich mich nicht vom Fleck.

»Susanna Copper, Sir«, gestand ich widerwillig.

Der Polizist lehnte den Kopf zurück. »Ah«, hauchte er gedankenversunken. »Jetzt ergibt alles einen Sinn.«

Ich presste die Lippen zusammen und flehte innerlich, dass er nicht fortfahren würde.

»Du bist die Schwester von diesem Taschendieb, der dem Galgen entkommen ist.«

Das unbefugte Betreten eines Grundstücks nicht mitgezählt, hatte ich noch nie eine Straftat begangen. Doch allein die Assoziation mit Eric reichte, um mich verdächtig zu machen. Nun war es an mir, wütend zu werden.

»Er war kein Taschendieb«, presste ich mit schwindender Beherrschung hervor.

»Stimmt«, gab der Staatsdiener andächtig zu. »Es ist schon eine ganze Weile her, daher ist meine Erinnerung getrübt. Er hat Schlösser geknackt, nicht wahr?« Ein weiterer intensiver Blick folgte und erstach mich wie ein kalter Dolch. »Er hat die wohlhabende Elite unserer Gesellschaft bestohlen ... ist das der Grund, warum du nun einen Gentleman wie Mr Darvill schamlos beschuldigst? Soll das eine Art Vergeltung sein?«

»Nein«, wetterte ich, »nichts dergleichen. Ich wollte bloß ...« Welchen Sinn hatte es noch, zu argumentieren. Der Polizist wollte mir nicht glauben, und es gab nichts, was ich sagen konnte, um ihn umzustimmen. Zu groß waren die Vorurteile. Tränen der Wut stachen in meinen Augen, doch ich würde sie auf keinen Fall vor diesem Mann fallen lassen.

Der Beamte lehnte sich über den Tresen. »Lauschen Sie meinem großzügigen Angebot, Miss Copper.«

Ich ballte die Hände erneut zu Fäusten, wohl wissend, dass sein Angebot alles andere als großzügig sein würde.

»Ich werde vergessen, was Sie heute gesagt haben, und Sie werden sicherstellen, dass sich unsere Wege nie wieder kreuzen. Falls doch, so werde ich annehmen müssen, dass Sie nichts Gutes im Schilde führen, und mein Instinkt trügt mich nie.«

»Sie können denken, was Sie wollen, Sir«, sagte ich an dem letzten Rest von Selbstbeherrschung festhaltend. »Doch ich habe nichts als die Wahrheit gesagt.«

Mit diesen Worten machte ich auf dem Absatz kehrt und lief schnellen Schrittes aus der Tür. Hinter mir hörte ich ein spöttisches Schnaufen und konnte die Tränen nicht mehr zurückhalten. Mit beiden Händen versuchte ich sie zurück in die Augen zu reiben. Das

Polizeigebäude und die ihm innewohnenden Beschuldigungen wollte ich so weit hinter mir lassen wie möglich. Blindlings rempelte ich dabei jemanden an.

»Entschuldigung«, murmelte ich und wischte mir das Gesicht trocken, um zu erkennen, wer da stand.

»Nein, gar nicht schlimm«, sagte die ältere Dame, der ich bei der *Oxford Gazette* begegnet war. Ihr silbernes Haar war in einem Haarnetz gefangen, und vor den müden Augen saßen runde Brillengläser, die sie wie Lupen vergrößerten. Sie ließ das große Tuch mit Blumenmuster von ihren Schultern gleiten und griff in die Tasche ihres ausgeblichenen braunen Rocks.

»Hier, bitte schön.« Die Fremde reichte mir ein Taschentuch. »Ich weiß, wie frustrierend es ist, wenn einem niemand Glauben schenken mag.«

Plötzlich brannte Schuld tief in meiner Brust, dafür, dass ich der älteren Frau mit denselben Vorurteilen begegnet war, die ich am eigenen Körper erfahren hatte. Hinter ihren wirren Geschichten steckte noch immer ein Mensch, der sich verletzt fühlte, wenn andere über ihn lachten. Das hatte ich für einen Moment vergessen.

Dankend nahm ich das Taschentuch entgegen.

»Die Leute halten an ihrem Glauben fest, denn sie haben nur selten den Mut, vom vertrauten Pfad abzuweichen und ihren Horizont zu erweitern. Dabei ist unsere Welt doch um vieles wundersamer, als wir es fassen können, und nur wer sich ihr öffnet, kann ihre Geheimnisse entdecken.«

Ich war überrascht von so klaren und tiefsinnigen Worten. Die ältere Dame schenkte mir ein warmes Lächeln und legte ihre knochigen Finger sanft auf meine Schulter.

»Ich werde bei der Polizei mein Glück versuchen, auch wenn ich nicht davon ausgehe, dass der Ausgang ein anderer sein wird. Schließlich kann ich nur weitersagen, was ich erlebt habe, dann kann niemand behaupten, ich hätte tatenlos zugesehen.«

Nach ihrer heroischen Ankündigung lief die Dame an mir vorbei in die Polizeistation.

Das Aufeinandertreffen hatte mich so verzaubert, dass ich ganz vergaß zu weinen.

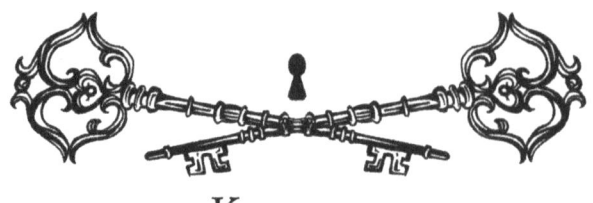

Kapitel 4

Eine Fährte der Dunkelheit

»Nicht doch!«, platzte es aus mir heraus, als ich an einem Teehaus vorbeiging, aus dem gerade zwei Damen traten. Mein plötzlicher Ausruf erschreckte die beiden, sodass sie fast ihre Einkaufstüten fallen ließen. In der ganzen Aufregung hatte ich doch tatsächlich vergessen, zur Post zurückzukehren und Onkels Briefe abzuschicken. Ich machte auf dem Absatz kehrt und rannte so abrupt los, dass mir die verdutzten Damen aus dem Weg sprangen.

Eine Uhr zierte den Kirchturm am Ende der Straße, ihre goldenen Zeiger mahnten, dass mir nur wenige Minuten blieben. Meine Beine überschlugen sich fast, als ich an den farbenfrohen Läden, wartenden Kutschen und duftenden Bäckereien vorbeihechtete. In dem Moment grummelte mein Magen. Ich hatte seit heute Morgen nichts gegessen – auch das hatte ich vergessen. Darum würde ich mich aber später kümmern.

Die Post war bereits in Sichtweite. Im Gegensatz zum Morgen stand nunmehr keine Schlange davor, und die Tür war verriegelt. Ich war zu spät.

Den ganzen Tag war ich umhergehetzt und hatte nichts erreicht. Mit dem schweren Gefühl des Versagens auf den Schultern trat ich den Heimweg an.

»Vor der Post standen so viele an, dass ich gar nicht mehr drangekommen bin. Mir wurde die Tür vor der Nase zugemacht.« Das war die armselige Ausrede, die ich Onkel auftischte. Im übertragenen Sinn hatten sich so einige Türen heute verschlossen, und so fühlte sich die Lüge fast wie die Wahrheit an.

»Nicht so schlimm, morgen ist ein neuer Tag.« Mr Copper trat dem Problem mit gewohntem Pragmatismus entgegen. Dass er mir einfach so glaubte, ohne die Geschichte zu hinterfragen, verschlechterte mein Gewissen. Ich genoss sein volles Vertrauen und nutzte es schamlos aus, um genau das zu tun, was er mich gebeten hatte zu unterlassen: Ich hatte mich in die Angelegenheiten anderer eingemischt und war in Schwierigkeiten geraten.

Auf mein Seufzen hin schenkte er mir ein warmes Lächeln.

»Es ist wirklich nicht so schlimm, wenn die Briefe erst morgen rausgehen, und du kannst ja nichts dafür, wenn die Schlange so lang war.«

Mir war elend zumute, und zu allem Übel grummelte genau in dem Moment mein Magen peinlich laut.

»Magst du etwas essen?«, fragte Onkel so fürsorglich, dass sich mein leerer Magen vor Schuldgefühlen nun auch noch drehte. »Es ist noch etwas von meinem Mittagessen übrig geblieben. Wenn du magst, mache ich es dir warm.«

Ich hatte Onkel gar nicht verdient.

»Das wäre toll«, gab ich kleinlaut von mir.

Mit einem Strahlen bis über beide Ohren lief er in die Küche.

»Ich widme mich wieder der Rumpelkammer.« Das war mein armseliger Versuch, mich irgendwie nützlich zu machen. Anstatt mich meinen Gefühlen zu stellen, würde ich lieber im Chaos versinken. Es war leichter zu sortieren.

Voller Tatendrang trat ich in den vertrauten kleinen Raum, der aussah, als wäre ein Wirbelwind durch ihn hindurchgefegt. Die Kammer war so voll, dass darin kein Platz blieb für den Argwohn der Welt. Niemand machte sich hier über mich lustig, niemand sagte verletzende Dinge über Eric.

Doch trotz des Versuchs, mich mit Arbeit abzulenken, konnte ich nicht anders, als an ihn und die Zeit, als wir noch zusammengelebt hatten, zu denken.

»Susie, bist du fertig?«

»Fast«, antwortete ich hastig und lehnte mich über meine Kreation. »Nicht gucken«, warnte ich meinen Bruder, der durch die Tür lugte. Das sah er als Einladung, genau das Gegenteil zu tun. Er trat in mein Zimmer und lief schnurstracks auf meinen Schreibtisch zu. Ich umarmte das Metallgehäuse so fest, dass mich die Kanten und Schrauben halb erstachen.

Mein Bruder stürzte sich auf mich.

»Nein!«, quiekte ich, als Eric meine Arme von dem Gegenstand pellte, den ich mit aller Kraft zu verstecken versuchte. Ich spielte kurz mit dem Gedanken, ihn zu beißen, aber das letzte Mal war er richtig sauer geworden, daher traute ich mich nicht.

»Ha!«, triumphierte er und hielt das Schlossgehäuse in die Luft.

Ich sprang auf und streckte mich so lang wie möglich, erreichte es trotzdem nicht. Eric war acht Jahre älter, und für eine Zwölfjährige war ich ziemlich klein.

»Du bist so gemein«, meckerte ich und verschränkte beleidigt die Arme.

»Jetzt schmoll nicht, ich will doch nur helfen«, sagte er mit einem Lachen in der Stimme. Er nahm mich nie ernst. Mit Adleraugen betrachtete er den Gegenstand, drehte ihn dabei hin und her. »Von wegen fast fertig – du hast kaum angefangen«, schlussfolgerte er nach kurzer Inspektion des Schlosses.

Deswegen wollte ich es ihm nicht zeigen. Ich bekam es einfach nicht richtig hin, obwohl ich seit einer ganzen Stunde mein Bestes gab.

»Lass es mich dir noch mal zeigen.« Eric setzte sich an meinen Platz am Schreibtisch, und ich lehnte mich über seine Schulter. Das Schloss positionierte er in der Mitte des Tisches und nahm die beiden Nadeln, mit denen ich zuvor vergeblich herumhantiert hatte. Vorsichtig führte er sie in das Schlüsselloch, und nur kurz darauf ertönte schon das Klacken. Der Riegel löste sich.

»Wie machst du das?«, fragte ich und stampfte mit dem Fuß auf. »Ich hab ewig herumgestochert, und nichts ist passiert!«

Eric lachte. »Mit Geduld. Nur wenn du geduldig bist, kannst du präzise arbeiten.« Er hob das Schloss an und neigte es. »Schau, mit

der einen Nadel musst du diesen kleinen Hebel anheben und mit der anderen diesen dort umlegen.«

»Das hab ich probiert«, wetterte ich weiter. »Warum muss ich überhaupt Schlösser knacken lernen? Sollten wir nicht eher Schlösser herstellen? Sind mittlerweile mehr Aufträge reingekommen?«

»So viele Fragen.« Eric verdrehte die Augen und stand auf. »Wer ein gutes Schloss konstruieren möchte, muss verstehen, wie das Innenleben funktioniert, und dazu gehört, zu wissen, wie man es knackt.« Er stupste mich mit dem Zeigefinger gegen die Nase an. »Also üb weiter fleißig, anstatt dir über die Auftragslage Sorgen zu machen.«

Bildete ich mir das ein oder war die Stimmung abgekühlt? Eric war sonst nicht so ausweichend und sprach offen über unsere Kunden. In letzter Zeit mied er das Gespräch zu Aufträgen. Vielleicht machte ich mir auch zu viele Gedanken. Mein großer Bruder wusste immer, was er tat. Auf ihn war Verlass.

Ich nahm das Schloss und lugte durch das Schlüsselloch. Innen war es detailliert gearbeitet – typisch für meinen Bruder. Er war ein noch besserer Schlossermeister, als Vater es gewesen war. Aber seit Eric den Betrieb übernommen hatte, hatte sich viel verändert.

Die Schlosserei war gleich neben Onkels Geschäft. Im Gegensatz zu Mr Arthur Copper, der sich auf die kunstvoll handgearbeitete Herstellung von Gehstöcken spezialisiert hatte, schmiedete unsere Familie alltägliche Schlösser. Jeder brauchte Schlösser, und so waren wir bisher immer gut über die Runden gekommen.

Da früher immer so viel zu tun gewesen war, hatte Vater uns das Handwerk beigebracht. Er war der Meinung gewesen, dass jede Fähigkeit wertvoll im Leben war. Tage und Nächte hatten wir gemeinsam im Arbeitsraum verbracht. Mit meinen kleinen Händen und den jungen Jahren hatte ich anfangs noch Schwierigkeiten, die Geräte zu bedienen, was stets für viele Lacher gesorgt, aber auch zu liebevoller Unterstützung geführt hatte. Obwohl ich immer so getan hatte, als würden mich die Neckereien fürchterlich aufregen, war tatsächlich das Gegenteil der Fall. Ich hatte es geliebt, Vater und Bruder zu belustigen, und stellte mich manchmal sogar mit Absicht schusselig an, nur um ihnen ein Lächeln zu entlocken. Sonst wurden sie viel zu ernst, wenn sie sich in die Arbeit vertieften.

Nur weil Vater so ein guter Lehrer gewesen war, konnte Eric die Schlosserei nach dessen Tod vor drei Jahren übernehmen. Doch trotz großen Talents und eiserner Disziplin begann die Zahl der Kunden zu schrumpfen. Während Onkel mit seinen Gehstöcken nie von hoher Nachfrage verwöhnt gewesen war und eher auf wenige Stammkunden setzte, die seine Kunst schätzten und ihm über die Jahrzehnte treu blieben, ereilte unser zuvor florierendes Geschäft ein großes Unglück: Ein neues Kaufhaus eröffnete.

Etwas Derartiges hatte ich noch nie zuvor gesehen. Es war ein einziges, riesiges Gebäude, das alles anbot, was sonst die vielen kleinen Läden in der Hauptstraße verkauften. Von Kleidung bis hin zu Schlössern konnte man dort alles erwerben, und dazu war es auch noch günstiger. Mit den Preisen konnten wir nicht mithalten, hatte Eric gesagt, dann würden wir Minus machen. Doch er hatte mir versichert, dass die Qualität unserer Produkte die des Kaufhauses bei Weitem übertraf, und dass die Kunden das schon bald merken würden. Meiner Meinung nach konnte das gar nicht schnell genug passieren.

Zu Vaters Lebzeiten war die Schlosserei eine kleine Berühmtheit gewesen. Häuser, die mit einem *Copper Lock* ausgestattet waren, galten als besonders sicher. Sogar die Bank von Oxford hatte die Tresorschlösser von ihm und Eric persönlich anfertigen lassen. Dazu hatte es einen Artikel in der *Oxford Gazette* gegeben. Voller Stolz bewahrte ich ihn auf, darin war das einzige Foto, das ich von Vater hatte. Es kam mir vor, als wäre seither eine Ewigkeit vergangen.

Doch von dem Ruhm war nicht mehr viel geblieben. Vielleicht war Eric deswegen so versessen darauf, die Schlösser zu knacken. Er wollte wahrscheinlich herausfinden, wo die Schwachstellen lagen, und sie so noch sicherer machen. Dabei musste ich ihn natürlich unterstützen. Mit frischem Elan stellte ich mich meiner Aufgabe von Neuem. Gerade als ich die Nadeln wieder zur Hand nahm, räusperte sich Eric.

»Ich werde heute Abend ausgehen.« Er kratzte sich am Hinterkopf und blickte etwas verloren im Zimmer umher.

Ich musterte ihn. Dass er so unsicher wirken konnte, kannte ich gar nicht von ihm. »Wo gehst du hin?«

»Das ...« Er sah mich an, und sein Ausdruck erinnerte mich an den, den er bei Vaters Beerdigung vor drei Jahren getragen hatte. Neben der Trauer plagte ihn damals auch die Ungewissheit, ob er es schaffen würde, die Schlosserei zu führen. »Das ist nicht so wichtig. Eine völlig langweilige Angelegenheit. Konzentrier dich in der Zwischenzeit auf das Schloss, und wenn du damit fertig bist, dann probier dich an Vaters Meisterstück.«

»An seinem Meisterstück?«, entfuhr es mir in hohem Ton. »Ich schaffe ja noch nicht mal das hier.«

»Na, dann gib dir mehr Mühe.« Er grinste mich herausfordernd an. Da war er wieder! Der selbstbewusste Bruder, der mich nie mit Gejammer davonkommen ließ.

Er ging, und ich wandte mich meiner Aufgabe zu. Das Kratzen der Nadeln gegen das Metall war untermalt vom beständigen Ticken der Standuhr und dem gelegentlichen Knacken des Stuhls unter mir. Stunde um Stunde floss zäh wie Kleister, doch mein Unterfangen blieb erfolglos. Vom Frust übermannt, schob ich das Schloss von mir weg und begab mich in die Küche. In dem kleinen Raum im untersten Stockwerk unseres bescheidenen Reihenhauses suchte ich die Schubladen einer selbst gezimmerten Holzkommode nach Keksen ab. Sonst hatten wir immer welche im Bestand gehabt, doch mittlerweile reichte das Geld nur noch selten für Leckereien. Ich fand keine Kekse und aß stattdessen eine Scheibe des trockenen Brotes, das vom Frühstück übrig geblieben war. Es schmeckte so fade, dass ich es zurück auf den Teller legte und doch lieber wieder nach oben ging, um mich dem Schloss zu widmen.

Erneut brachte ich die Nadeln in Position, es klackte und das Gehäuse sprang auf. Ich war so überrascht vom Erfolg, dass ich die Fäuste in die Luft warf und laut rief: »Eric, es hat geklappt!«

Das hohle Echo meines Ausrufs erinnerte mich daran, dass ich allein war. So vertieft war ich in meine Arbeit gewesen, dass es sich anfüllte, als erwachte ich aus einer Trance. In der Zwischenzeit hatten die Zeiger der Standuhr gemeinsam die Eins erreicht, und Eric war noch immer nicht wieder daheim. Was machte er spätnachts bloß?

Ich streckte den Rücken durch, der vom Buckeln versteift war und sah mich um. Mein Zimmer war nicht groß, dafür schön eingerichtet

mit Möbelstücken, die Eric und Vater gemeinsam gezimmert hatten. In der Ecke stand ein großer Schrank mit Schnitzereien, die Waldtiere darstellen sollten, wenn auch kaum als solche erkennbar waren. Die beiden Männer waren zwar handwerklich begabt, ihre Schnitzereien ließen jedoch zu wünschen übrig. Das hatte sie allerdings nicht abgeschreckt, ihr mangelndes Talent an all meinen Möbeln auszulassen. Auch am Kopfteil des Bettes und am Stuhl hatten sie sich auf diese Weise vergriffen. In die Lehne hatte Eric einen – wie er behauptete – Igel geschnitzt. Er lachte jedes Mal schelmisch, wenn ich mich dagegenlehnte, und sagte so etwas wie: »Lass dich nicht am Po piksen.« Ich wurde nicht müde, ihn darauf hinzuweisen, dass sein Igel aussah wie eine Sonne. Daraufhin erwiderte er nur: »Dann verbrenn dir nicht den Hintern.«

Ich schob einen der Vorhänge beiseite. Draußen war es stockfinster. Wo war Eric bloß? Mit meinem Bruder zu diskutieren war zwar zwecklos, dennoch ärgerte ich mich, dass ich mir diesmal nicht mehr Mühe gegeben hatte, herauszufinden, wo er heute Nacht hingegangen war. Sonst war er auch kein Geheimniskrämer.

Während ich mich mit dem Schloss beschäftigt hatte, war mir die Stille im Haus nicht so stark aufgefallen wie jetzt. Früher war das nie so gewesen, aus der Werkstatt waren immer Geräusche hervorgedrungen. Seit einer ganzen Woche ruhten die dortigen Geräte — so lang wie noch nie.

Ich trat hinaus auf den Flur. Entlang der Wand hing eine Girlande aus Schlüsseln. Die hatte ich gebastelt aus Stücken, die ich in einer Kiste im Keller gefunden hatte. An der Dekoration vorbei lief ich zum Wandschrank am Ende des Gangs. Darin waren die unterschiedlichsten Schlösser verstaut, auch jenes, das Eric als Vaters Meisterstück bezeichnet hatte. Es war ein Gusseisengehäuse mit detaillierten Metallornamenten. Was es vor allem auszeichnete, waren die drei Schlüssellöcher. Ich wusste gar nicht, wo ich anfangen sollte.

In dem Moment schlug die Haustür ein Stockwerk tiefer auf, und ich war schneller auf der Treppe, als Eric ein Schloss knacken konnte.

»Eric? Bist du wieder da?«, rief ich hinunter in die Dunkelheit.

Ein Stöhnen bremste mich aus.

»Eric?«, fragte ich vorsichtig. Als ich die letzte Stufe hinabstieg und um die Ecke sah, war es tatsächlich mein Bruder, aber in einem solchen Zustand, dass mir das Blut in den Adern gefror.

»Eric!«, kreischte ich und rannte zu ihm. Sein Ärmel war zerrissen und offenbarte eine blutige Wunde. Sein linkes Auge war blau und geschwollen. »Was ist passiert?«

»Nichts«, stöhnte er durch zusammengebissene Zähne. Ob es Schmerz oder Wut war, konnte ich nicht sagen. So hatte ich meinen Bruder noch nie gesehen. Ich stützte ihn an seinem gesunden Arm und half ihm in die Stube.

»Hol ein frisches Bettlaken und zerschneide es zu schmalen Streifen, tränke einige davon in Alkohol. Den findest du in der oberen Schublade in der Küche«, keuchte er und ließ sich auf einen Stuhl fallen. Das Holz knarrte unter der Last.

»Ich hol alles!«

Ich rannte so schnell ich konnte erst in die Abstellkammer, dann in die Küche und wieder zurück. In der kurzen Zeit hatte Eric sein Hemd vom Arm gezogen und die grausige Wunde entblößt. Es war ein sauberer Schnitt, als hätte ihn jemand mit einem Messer oder Dolch angegriffen. Mir wurde schummrig vor Augen, aber ich schüttelte das Ohnmachtsgefühl ab. Eric brauchte mich jetzt. Unter seiner Anweisung säuberte und verband ich die Verletzung.

»Was ist nur passiert?«, wiederholte ich. Unzählige Ideen kamen mir in den Sinn – eine schlimmer als die andere. War er in einen Straßenkampf geraten? Hatte ihn jemand zu einem illegalen Schwertduell herausgefordert? War er Opfer eines Überfalls?

»Nichts, Susie«, grummelte er.

Sein Ausdruck war so abweisend, dass ich mich nicht traute, noch einmal zu fragen. In seinen Augen sah ich, dass er sich vor mir versperrte wie die Schlösser, die wir einst gemeinsam konstruiert hatten.

»Ich möchte nun zu Bett gehen, es war ein langer Tag«, sagte mein Bruder in frostigem Ton.

So wollte ich den Abend nicht enden lassen. Wenn er schon nicht von den Ereignissen zu erzählen bereit war, dann wollte ich wenigstens noch eine Weile an seiner Seite bleiben.

»Magst du vielleicht einen Tee trinken, um dich aufzuwärmen?«, versuchte ich ihn umzustimmen.

»Nein«, sagte er mit rauer Stimme und sah zu mir auf. In seinen Augen war keine Spur von der Zuneigung und Vertrautheit, die mir sonst immer zugutekam. Es kam mir vor, als wäre zwischen uns plötzlich eine unsichtbare Mauer, und je stärker dieses Gefühl wurde, desto weniger wollte ich von seiner Seite weichen.

»Bitte«, flüsterte ich.

»Susie.« Er rieb sich die Augen mit der unverletzten Hand. »Ich möchte jetzt nicht mit dir diskutieren. Lass mich bitte allein.«

Die Abweisung schnitt so tief durch mich hindurch, dass nun ich das Gefühl hatte, einen Verband zu brauchen. Ich trat von einem Fuß auf den anderen, als wäre ich festgeleimt und könnte meine Sohlen kaum lösen. Ich fürchtete, wenn ich jetzt ging, würde die Distanz zwischen uns für immer bleiben. Aber wenn ich blieb, würde ich ihn verärgern.

»Ich hab dich lieb«, sagte ich leise und zwang meine zitternden Beine hinaus auf den Flur. Mir standen die Tränen in den Augen, und ich wollte sie Eric nicht sehen lassen.

Das war der erste vieler Abende, an denen er ohne Erklärung das Haus verließ und erst beim Morgengrauen wiederkam. Als Souvenir brachte er verschiedene Verletzungen mit. Manche sahen aus, als wären sie durch scharfe Gegenstände entstanden, andere wirkten wie Prellungen. Ich half ihm, sie zu verarzten, und löcherte ihn mit Fragen, doch je öfter ich das tat, desto mehr distanzierte sich Eric von mir.

»Wie versprochen: Linseneintopf mit Karotten«, zwitscherte Onkel fröhlich, als er den Kopf durch die Tür der Rumpelkammer steckte und mir eine dampfende Schüssel mit den Resten seines Mittagessens reichte.

Dankend nahm ich sie entgegen. »Das riecht lecker.«

Über das Kompliment freute sich Onkel so sehr, dass sich ein breites Grinsen über seine Lippen legte und er sogar das Chaos um uns herum unkommentiert ließ. Es war zwar deutlich besser als vorher, aber weit entfernt von jeglicher Perfektion. Ich setzte mich auf eine Kiste und begann zu löffeln.

»Lass es dir schmecken«, meinte er und verschwand auf den Flur. »Ich werde jetzt fegen und dann abschließen. Ich glaube kaum, dass heute noch jemand kommt.«

Die Schüssel war schneller leer, als Onkel den Besen erreichen konnte. Ich hätte noch drei Portionen essen können, so hungrig war ich. Mit dem Ärmel wischte ich mir den Mund ab und brachte die Schüssel zurück in die Küche. Im Vorbeigehen sah ich Onkel den Eingangsbereich fegen. Dabei bewegte er sich ganz langsam und nur auf einer Stelle. Er zögerte den Ladenschluss immer auf diese Weise hinaus, als hoffte er doch noch auf Kunden.

Bis er die Tür abschloss, wollte ich meine Arbeit beenden, dann würde der heutige Tag kein völliger Reinfall sein und ich hätte wenigstens etwas geschafft.

Gestärkt und voller Tatendrang wandte ich mich wieder den Kisten und Schachteln zu. Eine nach der anderen stopfte ich im Akkord ins Regal. Die Dinger waren ganz schön schwer, und mir brach der Schweiß aus. Im Gegensatz zu Onkels Besen, der immer langsamer über den Boden schrammte, wurde ich immer schneller. Runter, hoch, runter, hoch. Mir wurde immer heißer – so heiß wie bei der Polizei, als ich vor Wut gekocht hatte. Kaum zu glauben, dass mich der Wachmann krimineller Absichten beschuldigt hatte nur aufgrund der Verwandtschaft zu meinem Bruder.

Ich schüttelte den Kopf und Schweißperlen flogen in alle Richtungen. Meinen Gedanken befahl ich, mich nicht daran zu erinnern.

Die letzte der Kisten wanderte in den verbliebenen Spalt auf dem obersten Regal. Schwer atmend lehnte ich mich zurück und bewunderte mein Werk. Vor mir ragte ein Regal bis zur Decke, das zum Bersten voll war. Die einzelnen Holzplanken bogen sich unter dem Gewicht. Obwohl ich keinen Platz gewonnen hatte, war die Rumpelkammer nun zumindest ordentlich.

Als wollte sie mir zum Erfolg gratulieren, ertönte die Türklingel. Ein Kunde etwa? Und dann noch zu so später Stunde?

Vom Empfang hallte Onkels aufgeregtes Trappeln wider. Neugierig lugte ich aus der Abstellkammer hervor, blieb aber wie angewurzelt stehen, als ich sah, wer uns da besuchte.

Ein Mann in langem rotem Mantel betrat den kleinen Laden. Seine Gegenwart ließ die Wände näher zusammengerückt erscheinen. Mit dem schwachen Licht der Eingangstür im Rücken wurde sein markantes Profil in dunkle Schatten gehüllt. Mit der einen Hand nahm er den Zylinder ab, in der anderen hielt er einen Gehstock. Ihn umgab der Geruch des Geldes.

Zwar waren die Männer, die Onkels Dienste in Anspruch nahmen, allesamt wohlhabender als wir, der Unterschied war aber noch nie so dramatisch gewesen. Dieser Mann war nicht einfach gut betucht, er gehörte einer anderen Welt an – einer Welt voller Lords und Ladys und Bällen und Reisen in fremde Länder. Er war einer derer, die sich ein Studium in Oxford leisten konnten – wahrscheinlich vermochte er sogar die Universitäten so großzügig zu sponsern, dass die Speise- und Festsäle nach ihm benannt wurden. Meine Fantasie ging vollends mit mir durch. Was machte so jemand wie er in unserem bescheidenen Laden?

»Guten Abend«, richtete sich der Herr mit einem Nicken an Mr Copper wie selbstverständlich. Er schien den Unterschied zwischen ihm und uns nicht zu bemerken, oder zumindest tat er so. Das ließ die Situation noch skurriler wirken, denn wäre er uns hochnäsig begegnet, dann käme mir sein Erscheinen realer vor. Was seine Ankunft noch einschüchternder gestaltete, war die Silhouette einer Kutsche, die ich durch das Ladenfenster erkannte. Noch nie war ein Kunde mit der Kutsche zu uns angereist. Dass so ein großes Gefährt überhaupt durch die enge Gasse passte, überraschte mich.

Onkel schien ebenso sprachlos wie ich, fing sich aber wieder, sobald sein Blick vom eleganten Antlitz und Aufzug des Fremden auf seinen Gehstock fiel.

»Sie sind an den richtigen Ort gekommen, Sir«, flötete Mr Copper – eine Behauptung, die ich stark hinterfragte. »Einen sehr guten Abend auch Ihnen!«

Der Fremde ließ den Blick durch unseren Laden schweifen. Erneut überraschte mich, dass er dabei so gar nicht herablassend schien. Eher wirkte es so, als wäre er neugierig und machte sich einfach nur mit seiner Umgebung bekannt.

»Sie sind Mr Copper, liege ich richtig?« Der Mann im roten Mantel zeigte gen Ladenschild nach draußen. Sein Ausdruck war freundlich und glatt wie eine Maske.

»Sehr wohl, Sir, treten Sie ein!« Onkel versuchte noch nicht einmal seine Euphorie zu verstecken. »Sie erweisen mir zum ersten Mal die Ehre, nicht? Es ist immer eine große Freude, neue Kunden begrüßen zu dürfen.«

Der Mann verzog die Lippen zu einem Lächeln, das seine Augen nicht erreichte. Er trat nur zwei Schritte vor und stand schon in der Mitte des Ladens. Das Licht der alten Öllampe auf dem Tresen erreichte ihn nun viel besser, und mir wurde heiß und kalt zugleich, als ich sein Antlitz musterte.

»Mein Name ist James Frederick Darvill. Verzeihen Sie die späte Ankunft. Ich hoffe, das macht keine allzu großen Umstände.«

Ich packte den Türrahmen, um Halt zu finden. Zwar hatte ich ihn bereits erkannt, doch den Namen aus seinem Mund zu hören, versetzte mir einen zusätzlichen Schlag. Zudem konnte ich nun mit Gewissheit sagen, dass er der Mann von Erics letzter Zeichnung in dem Notizbuch war, das mich dazu verleitet hat, die Suche nach meinem Bruder wiederaufzunehmen. Unter diesen Umständen fiel es mir allerdings schwer, mich über die Fährte zu freuen. Schließlich war der Herr vor mir gefährlich. Bestenfalls konnte er Menschen wie ein Zauberkünstler verschwinden lassen, schlimmstenfalls war er ein Mörder.

Mr Copper konnte das nicht wissen und strahlte von Ohr zu Ohr. »Ganz und gar nicht! Darf ich?«, fragte er und fixierte mit leuchtenden Augen den Gehstock des potenziellen Kunden. Das Holz war in der Mitte geborsten und nur mit einer dünnen Lederschnur umwickelt. Damit hatte er Lady Barlow angegriffen, kurz bevor das blaue Licht erschienen war! Ich konnte förmlich spüren, wie sämtliche Farbe mein Gesicht verließ.

Das schäbige Konstrukt passte gar nicht zu dem eleganten Äußeren des Trägers. Der Mut, sich so in der Öffentlichkeit zu präsentieren, bedeutete einen weitreichenden Einfluss, der Schutz vor dem Urteil anderer bot. Dasselbe konnte man von mir nicht behaupten, deswegen musste ich aufpassen, mir nichts anmerken zu lassen.

James Frederik Darvill reichte Onkel das Objekt. Mr Copper hielt es hoch und drehte es zu einer Seite und dann zur anderen. Er schaute den angebrochenen Kopf an und widmete sich dann dem Stiel. Prüfend fuhr er mit den Fingern über die Kerben und Risse im Holz. Dabei durchlief sein Gesicht eine Vielzahl an Ausdrücken. Erst als er die Augenbrauen fragend hochzog, gelang es Onkel, den Blick vom Gehstock zu lösen und ihn auf Darvill zu richten. »Was ist dieser Schönheit widerfahren?«

Über das Gesicht des Gentlemans legte sich eine unlesbare Maske. Er sah auf und unsere Blicke trafen sich. Starr klammerte ich mich an den Türrahmen.

Im Gegensatz zu der Nacht, als ich um sein Haus geschlichen war, hatte ich nicht den Schleier der Dunkelheit, um mich vor ihm zu verstecken. Ein schrecklicher Gedanke wuchs in mir heran. Konnte es möglich sein, dass er mich gesehen hatte? Nein. Ich versuchte mich zu beruhigen. Wenn er wusste, was ich gesehen hatte, hätte er bestimmt längst etwas getan. Oder wartete er nur auf den richtigen Moment und würde auch mich im blauen Licht verschwinden lassen?

»Ein Unfall«, antwortete er gelassen auf Onkels Frage. Sein Ton war wie ein Diamant, hart und zur Perfektion geschliffen.

Mr Copper schnalzte mit der Zunge. »Solch delikate Handarbeit muss mit viel Fürsorge gehandhabt werden«, führte er aus, ohne der angespannten Atmosphäre in seinem Geschäft Beachtung zu schenken.

»Das wurde sie«, gab der Gentleman zurück, »doch dann musste sie einen etwas anderen Nutzen erfüllen als vom Hersteller vorgesehen.«

Bildete ich mir das ein, oder richtete er diesen Kommentar an mich? Meine Muskeln versteiften sich weiter, als ich die Bedeutung seiner Worte erfasste.

»Der Kopf hat sich nahezu vollständig gelöst«, merkte Onkel an und strich mit der Hand über die vergoldete Kobra.

»Deswegen bin ich hier«, offenbarte Darvill mit einer Selbstverständlichkeit, die so gar nicht angemessen war. Nicht nur, dass jemand wie er unseren kleinen Laden gewählt hatte, er war auch noch persönlich vorbeigekommen, anstatt einen Bediensteten zu schicken. Ob er mich nun genau gesehen hatte oder nicht, es steckte definitiv mehr hinter diesem unerwarteten Besuch. Es war frustrierend,

dass ich in seinem Auftreten keinen Hinweis entdeckte, der meine Befürchtungen belegen könnte. Seiner Stimme, der Haltung und auch seinem Gesicht wohnte eine Gelassenheit inne, die jegliche boshafte Intention, wenn es diese gab, verschleierte. Aber trotz oder gerade wegen der irreführenden Fassade war ich mir sicher, dass sich etwas Unheimliches hinter seinen braunen Augen, der geraden, spitz zulaufenden Nase und den langen dünnen Brauen verbarg.

Mein Verstand raste und malte sich ein noch schlimmeres Szenario aus. Was, wenn mich jemand von der *Oxford Gazette* oder der Polizei bei Darvill verpetzt hatte? Das war mir bis jetzt noch gar nicht in den Sinn gekommen! Dem Wachmann hatte ich sogar meinen Namen verraten.

Die Schwelle zur Rumpelkammer knarrte ängstlich unter meinen Füßen.

»Ich bin nicht sicher, ob ich die Schönheit reparieren kann«, gab Mr Copper schweren Herzens zu.

»Sie hat für mich keinen sentimentalen Wert, daher würde es mich nicht stören, sie zu ersetzen.« Der Gentleman gestikulierte zum randvollen Regal hinterm Tresen. »Nennen Sie mir den Preis für Ihr bestes Stück.«

Mr Copper riss die Augen weit auf, und die dicken Brillengläser trugen dazu bei, dass sie noch größer wirkten. Die Aussicht auf ein vorteilhaftes Geschäft glättete seine Falten, und die Gelegenheit, seine Handwerksarbeit unter Beweis zu stellen, gab seiner Haut einen jugendlichen Farbstich.

»Sie sind zu großzügig, Sir«, hauchte er begeistert. »Lassen Sie mich Ihnen einige Optionen zeigen. Ich hole sie schnell.«

Mr Coppers unverkennbares Schlurfen wirkte beschwingter denn je, als er um den Tresen herum und an mir vorbeiging. Um ihm den Weg in die Kammer frei zu machen, blieb mir nur, näher an den Fremden heranzutreten.

»Wo hast du die schwarze Holzkiste – ach! ich sehe sie schon!« Onkel kramte etwas aus dem Regal, dabei rumpelte und krachte es hinter mir. Ohne mein Einschreiten würde die frisch geschaffene Ordnung nur von kurzer Dauer sein, dennoch traute ich mich nicht, den Fremden aus den Augen zu lassen.

Der reiche Duft seines Parfüms stieg mir in die Nase. Dieser unterschied sich stark vom Körpergeruch meinesgleichen, der stets eine Mischung aus Schweiß und Handwerk des Trägers war. Die Bitterkeit der neuartigen Note kitzelte meine Nasenhaare und beschwor ein Niesen. Ich wollte den Augenkontakt nicht unterbrechen und versuchte es mit aller Kraft zu unterdrücken. Der Staub in der Luft zwischen ihm und mir tanzte provokant. Der Moment zog sich, bis ich nicht mehr dagegen ankämpfen konnte und dem Kitzeln nachgab. Damit war das Wettstarren verloren.

»Gesundheit!«, rief Onkel aus dem Nachbarraum. Lautstark wühlte er sich durch die Türme aus Kisten, die ich so mühsam gestapelt hatte.

Über das Gesicht des Gentlemans legte sich ein mokantes Schmunzeln. »Nett, deine Bekanntschaft zu machen, Miss Copper«, raunte er.

Ich antwortete erst nach einer kurzen Pause. »Ebenso.«

»Du bist die Tochter des Gehstockmeisters, nehme ich an.« Unter dem beiläufigen Geplauder spürte ich einen Hauch von Verhör. Meine Sinne waren in Alarmbereitschaft.

»Nein, Sir«, erwiderte ich. »Er ist mein Onkel.«

»Verstehe«, kam es mit Bedacht zurück. »Ich kannte einst einen Mr Eric Copper«, führte der Gentleman aus. »Der war Schlosser, meine ich.«

Meine Augen weiteten sich. Die Finger klemmte ich in den blassblauen Rock.

»Sein Geschäft war hier irgendwo in der Nähe gewesen«, fuhr der Mann fort. »Bestand da wohl eine Verwandtschaft?«

Ich hatte mir geschworen, Eric niemals zu verleugnen, auch wenn ich diesem Mann lieber nichts von mir verraten wollte. »Das war mein Bruder.«

»Aha.« Darvills Tonfall hätte als beiläufig interpretiert werden können, wenn da nicht dieses eigenartige Funkeln in seinen Augen gewesen wäre.

»Stimmt die Geschichte, die man sich erzählt?«, forschte er weiter.

Ich packte den Rock mit beiden Fäusten. »Welche Geschichte meinen Sie?« Ich wusste genau, was er als Nächstes sagen würde. Allein die Vorahnung war genug, um meine Wut von Neuem zu entfachen.

Darvill lächelte mit entnervendem Selbstbewusstsein. »Na, die vom Schlosser, der seine eigenen Schlösser knackte.«

Bevor ich etwas dazu sagen konnte, kehrte Onkel zurück von seiner Odyssee durch die Rumpelkammer. Dafür war ich ihm dankbar, denn mit Fortschreiten des Gesprächs wurde es zunehmend schwerer, die Beherrschung zu wahren. Ich hasste die Anschuldigungen, denen Eric stets ausgesetzt war.

»Würden Sie bitte Holz und Kopf wählen? Anschließend würde ich die Länge ausmessen, die Sie benötigen.«

Mr Copper legte einen Stapel Schachteln auf dem Tresen ab und öffnete eine nach der anderen. Der Gentleman beugte sich über den Inhalt und zeigte auf das dunkelste Holz und einen runden Silberkopf mit detaillierten Ornamenten.

»Exzellente Wahl«, befürwortete der Handwerker freudig. »Sie werden in ganz Oxford keine bessere Qualität finden, das versichere ich Ihnen.«

Darvills Blick traf erneut den meinen. »Da bin ich sicher.«

»Sie können den Gehstock morgen abholen, Sir.«

»Ich bin die kommenden Tage geschäftlich in London und komme erst Freitag wieder. Würden Sie ihn solang für mich aufbewahren?«

»Selbstverständlich!«

»Dann verabschiede ich mich dankend«, sagte der Gentleman und setzte seinen Zylinder wieder auf. Er fixierte mich mit einem Blick, der sich wie eine Fessel um mich schlang. »Hat mich gefreut, Miss Copper.«

Mich gar nicht.

Kapitel 5

Der Schatten von Kontrolle

Das kleine Geschäft am Ende der Gasse wurde erneut in Dunkelheit getränkt, als die späte Stunde Einzug hielt und sämtliche Geräusche des Tages zum Verstummen brachte. Das Kopfsteinpflaster wirkte, als wäre es zum Leben erwacht, so eng gedrängt wuselten die Ratten darüber. *Mr Copper & Co's Collection of Canes* war von ihnen umzingelt.

Mir lief es eiskalt den Rücken runter, als ich durch die matte Glasscheibe blickte. Ich hatte keine Angst, aber doch Respekt vor der großen Anzahl der Tiere und ihren unzähligen scharfen Zähnen und Krallen.

Das Knarren der Ladentür ließ sie aufhorchen. Hunderte rot funkelnde Augen fixierten mich, als ich in ihr Territorium trat. Angespannt schnüffelten die Nager in die kalte Luft, als ob sie festzustellen versuchten, ob Angriff oder Flucht die bessere Wahl war.

Ich wusste, dass man gut beraten war, nicht zu lang in ihrer Gegenwart zu verweilen. Vorsichtig schritt ich um die nackten Schwänze, die sich um meine Füße wanden wie die Finger verlorener Seelen aus der Unterwelt. Eine besonders große Ratte fauchte mich an und stellte sich angriffslustig auf. Ich sprang ihr aus dem Weg, und die nächste Ratte bot mir die Stirn. Nach und nach erweckte ich den Zorn der ganzen Kolonie, dann lief ich los. Wenn ich schnell genug war, bekamen sie mich nicht zu fassen. Diesen Tanz vollführte ich nicht zum ersten Mal.

Die Gasse mündete in der Hauptstraße – dort war ich in Sicherheit vor den Raubtieren. Es erwartete mich jedoch eine andere Art von Gefahr, und deswegen suchte ich den Schutz der Schatten.

Die Luft kühlte ab und saugte die gelagerte Wärme aus Wänden und Boden. Sie stieg in Nebelschwaden auf. Mein warmer Atem verpuffte in einer Wolke und verschmolz mit der Dunkelheit.

Ich war aufgeregter als auf allen vorherigen nächtlichen Exkursionen. Grund dafür war das vorangegangene Aufeinandertreffen mit dem Mann im roten Mantel. James Frederik Darvill war ein reicher und, der Reaktion der Reporter und Polizei nach zu urteilen, einflussreicher Gentleman. Zwischen ihm und Eric lagen Welten, und doch schien es eine Verbindung zu geben. Wieso sonst sollte jemand wie Darvill meinen Bruder und seine Schlosserei kennen und danach fragen? Zusätzlich war da noch die Skizze, die Eric vor seinem Verschwinden in einem Notizbuch festgehalten hatte.

Zu viele Ungereimtheiten zwangen mich, der Sache auf den Grund zu gehen.

Ich konnte nicht anders.

Besessen vom Lösen des Rätsels lief ich von Schatten zu Schatten und so an den Universitäten vorbei in die wohlhabende Wohngegend, in der sich Darvills Anwesen befand.

Hohe Hecken und Zäune schotteten die Villen genauso ab wie die hohen Mauern die Colleges.

Ich stellte den Kragen meines weiten braunen Mantels auf, der einst Eric und vor ihm Vater gehört hatte. Die Anspannung ging durch meinen gesamten Körper, als ich in der Ferne das Dach von Darvills dominantem Wohnsitz erblickte. Die Villa wurde mit jedem Schritt größer. Im Schutz des Schattens, den der Zaun warf, näherte ich mich ihr mit animalischer Wachsamkeit.

Vorsichtig griff ich nach den Gitterstäben und kletterte an ihnen hoch. Die Spitzen waren scharf, und so warf ich meinen Mantel über sie, bevor ich mich drüberwagte. Oben angekommen, erwischte mich ein rauer Windzug. Ich zitterte vor Kälte und sprang hinab ins Gras. Der Tau war gefroren, und es knirschte unter meinen Sohlen. Dann zog ich meinen Mantel vom Zaun und schlüpfte wieder hinein. Dessen Wärme ermutigte mich, obwohl das Gebäude vorwurfsvoll durch seine dunklen Fenster auf mich herabsah.

Der mittlere Turm verdeckte den Mond hinter sich und warf einen Schatten über den Rasen, der aussah wie ein Henker mit Kapuze. Der

Anblick ließ mich innehalten. Es war wie eine Mahnung, dass mich der wahre Henker, erwarten würde, sollte ich erwischt werden.

Ich schluckte und schaute zu dem Fenster, durch das ich Lady Barlow hatte verschwinden sehen. Dieser Ort brachte die Erinnerung eindringlich zurück. Auch ihr Kreischen hallte darin wider, und ich wusste, es gab kein Zurück. Mir wollte niemand helfen, also musste ich auf eigene Faust versuchen, ihr Verschwinden aufzuklären. All meinen Mut zusammennehmend rannte ich auf das monumentale Anwesen zu.

Am hinteren Teil des Gebäudes fand ich das Küchenfenster. Der rußverschmierte Rahmen verriet es. Es war einen Spaltbreit offen und entließ die Düfte eines wahrscheinlich pompösen Abendessens zum Abschied des Hausherrn, der nach London aufgebrochen war. Seine Abwesenheit war meine Chance!

Das Fenster war zu klein, um sich hindurchzuquetschen, doch daneben war die Hintertür, gesichert nur mit einem alten Schloss aus Gusseisen.

Ich holte die vertrauten Werkzeuge hervor, die mein Bruder hinterlassen hatte, und führte diese durchs Schlüsselloch. So wie er es mir beigebracht hatte, schob ich die zwei Nadeln in Position und bewegte sie so lange umher, bis ein vielversprechendes Klacken ertönte. Einige geschickte Handbewegungen später sprang die Tür auf und eröffnete den Weg in die Höhle des Löwen. Ich füllte meine Lunge mit Nachtluft und trat ein.

Die Küche war eine stickig warme Halle. Ein langer Holztisch verlief vom Eingang bis zur hinteren Wand, wo ein Heizofen samt Kochplatten stand, mit zwei breiten Schrankwänden zu jeder Seite.

Es war kaum zu fassen, ich war tatsächlich in ein mir völlig fremdes Reich eingedrungen. Einfach so. Es war ein eigenartiges Gefühl, jemandes Privatsphäre auf diese Weise zu durchbrechen. Ich gab es ungern zu, aber es war aufregend und ich genoss sogar das Herzklopfen. Auch wenn das vielleicht töricht wirkte, so war ich geradezu stolz auf mich.

Ein Windstoß wehte durch die offene Tür, und ich umklammerte meinen Mantel. Erics Mantel. Mir wurde mulmig. Ihm wurde nachgesagt, bei den Reichen eingebrochen zu sein. Ich hatte das immer für

eine Lüge gehalten, doch jetzt, da ich mich in einer fremden Küche umsah, wirkte diese Anschuldigung nicht abwegig.

Mein Selbstvertrauen schwand wieder, und die Kälte eroberte mein Herz. War dies alles, was es brauchte, um eine Kriminelle zu werden? Dann war ich genauso schlimm wie die Gerüchte, die meinem Bruder nachhingen. Mir wurde schwindelig, und ich fuhr mir mit beiden Händen durch die Haare, als könnte ich so meine Gedanken ordnen. Meine Sinne schrien, ich sollte umkehren, doch war ich aus gutem Grund hier. Ich wollte nicht stehlen, sondern Anhaltspunkte zu Lady Barlow finden. *Das wird dir niemand glauben*, sagte eine fiese kleine Stimme in meinem Kopf. Doch das war egal! Mein Hunger nach der Wahrheit befahl, dass ich Darvills Machenschaften auf den Grund ging. Mit diesem Entschluss beruhigte sich der Tumult in meinem Kopf, und ich konnte wieder klar denken.

Genau in dem Moment ertönte ein Rascheln aus der hintersten Ecke und erschreckte mich beinahe zu Tode. Dann ertönte das Fiepen einer Maus, und ich atmete vor Erleichterung auf. Noch war alles gut, noch hatte mich niemand gesehen, und wenn ich vorsichtig war, dann würde das auch nicht passieren. Wer sollte mich auch erwischen? Darvill war nicht da, und sein Personal schlief irgendwo unterm Dach. In so großen Häusern waren die Räume der Belegschaft immer ganz weit weg, sodass ihre Anwesenheit den Bewohnern nicht auffiel.

Meine Augen passten sich den neuen Lichtverhältnissen an, und ich erkannte meine Umgebung deutlicher, das gab mir Mut, voranzuschreiten. Schnellen, lautlosen Schrittes näherte ich mich einem schmalen Treppenaufgang und folgte diesem bis zu einem engen Flur.

Dem lieblosen Erscheinungsbild nach zu urteilen, war dieser Bereich ausschließlich für die Bediensteten reserviert und sollte ihnen erlauben, wie in allen Anwesen unserer Zeit, unbemerkt durch das Haus zu gelangen. Das erwies sich als sehr hilfreich für meine Zwecke, und so nutzte ich dankbar den langen Flur. Die Einfachheit der Bediensteten räume stand in starkem Kontrast zum Reichtum, der sich hinter der Holztür am Ende des Ganges befand. Auf ihrer Rückseite war die Tür als Wand getarnt, um die Schönheit der herrschaftlichen Halle nicht zu stören. Selbst im schwachen Licht des Mondes, das durch die hohen französischen Fenster fiel, war

die Extravaganz unverkennbar. Tiefrote Polster auf Stühlen, Sesseln und Sofas mit dünnen, kurvenreichen Beinen und grazil verwobenen Rücklehnen, dazu dunkles Holzmobiliar und eine Unmenge an riesigen Gemälden mit vergoldeten Rahmen reihten sich perfekt ein zwischen den mit Satin tapezierten Wänden. Einzig die vielen Vasen, Skulpturen und, man konnte es nicht anders sagen, Schnickschnack auf den Kommoden ringsherum fielen heraus. Ihre hohe Anzahl nahm dem Raum einen Teil seiner Eleganz und erinnerte an Onkels Rumpelkammer. Darvill erschien nicht wie jemand, der sein Zuhause mit Erinnerungsstücken zustellte, dafür wirkte er nicht sentimental genug. Andererseits waren die Reichen oftmals exzentrisch und schwer einzuschätzen.

Mit einem Schreck stellte ich fest, dass es das Zimmer war, in dem das blaue Licht Lady Barlow hatte verschwinden lassen. Auf leisen Sohlen schlich ich über den verblassten alten Teppich. Er widersprach ebenfalls dem modernen Stil und konnte somit nur von historischer Bedeutung sein, denn an mangelndem Budget konnte es nicht liegen, dass er nicht schon längst ersetzt worden war.

Das Gefühl, etwas Verbotenes zu tun, wurde wieder stärker. Genau wie mein Onkel seine Gehstöcke mit viel Liebe und Hingabe kreierte, hatte ein Meister seines Handwerks diesen Teppich seinerzeit erschaffen, und nun beschmutzte ich ihn.

Vielleicht war Darvill einfach nur ein Kunstsammler und das Gerümpel auf den Kommoden von unschätzbarem Wert? Die vielen Ölgemälde deuteten etwas in der Richtung an. Grimmig blickten die gemalten Frauen auf mich herab. Eine war schöner als die andere. Ihnen wohnte etwas Unheimliches inne – vielleicht lag es auch an dem schummrigen Licht.

Ich schüttelte den Versuch, Darvills Einrichtungsstil nachzuvollziehen, ab und lief weiter ins Foyer, wo sich eine geschwungene Marmortreppe einladend vor mir erstreckte. Ich wusste nicht, wo sich die Antworten auf meine Fragen verbargen, aber ich war sicher, dass der große Saal keine Hinweise bereithielt. Dessen schillernde Fassade war geradezu perfekt, um die dunklen Geheimnisse des Hausherrn vor Besuchern zu verstecken.

Zaghaft setzte ich einen Fuß auf die erste Treppenstufe und erwartete ein Knarren, doch der Marmor war kein morsches Holz, wie es bei uns zu Hause der Fall war, und so blieb das Gebilde stumm. Ich schlich die Treppe hinauf und erreichte das erste Stockwerk. Vor mir erstreckte sich ein breiter Korridor, der so lang war, dass ich das Ende nicht sehen konnte. Auf der einen Seite lag die Fensterfront, die den Blick über den finsteren Garten freigab, auf der anderen verlief eine Wand, die dicht besiedelt war von Porträts. Genau wie im Saal waren es wunderschöne Frauen. Entlang des Gangs standen Podeste mit verschiedenen Vasen und Statuen, die nicht aufeinander abgestimmt waren und ebenso willkürlich zusammengestellt wirkten wie die im Saal. Noch weniger als die Gegenstände zueinander, passte ich in diese Umgebung. Dennoch wagte ich mich vor.

Gelegentlich hielt ich inne und lauschte. Die Stille wog schwer, fast so, als ob mich das Haus für das unerlaubte Eindringen strafte und sich weigerte, mit mir zu sprechen. Eigentlich wimmelte es doch in jedem Gebäude von Eigengeräuschen. Im Gehstockgeschäft knackte und säuselte es in jeder Ecke. In dem Anwesen schien es nicht so zu sein. Erneut überkam mich der Wunsch, umzukehren, doch ich erstickte ihn. Ich war bereits zu weit gekommen. Die Hinweise auf Lady Barlow mussten hier irgendwo sein.

Mit jedem Schritt schlug mein Herz lauter. Ich ging entlang der verzierten Wände und eindrucksvoller Porträts, die sich dicht an dicht reihten und urteilsvoll hinabblickten. Durch die Stille drang plötzlich ein kaum hörbares Flüstern. Ich blieb stehen. War es der Wind? Ich blickte in die finsteren Gesichter aus Öl und wagte mich weiter vor. Mit jedem Schritt wurde das Flüstern deutlicher, doch Worte erkannte ich darin nicht. Das konnte nur meine Einbildung sein. Wer sollte da schon flüstern? Die Gemälde etwa? Meine Nerven lagen einfach blank. Noch ein Schritt und erneut schwere Stille. Ich hielt neben einem Abschnitt der Wand, der kahl war. An ihm war ansonsten nichts Besonderes, und ich wollte weiter, doch das Flüstern raunte auf. Ich trat zurück und es verstummte wieder. Einbildung hin oder her – irgendetwas wollte meine Aufmerksamkeit auf diese Stelle lenken. Ein unwillkürliches Zittern brachte meine Schultern zum Beben.

Jeder Fleck der Wand war von Porträts geziert, nur hier nicht. Vielleicht war dort eine geheime Tür wie die, die zu den Bedienstetenräumen führte.

Mit vor Aufregung zitternden Händen untersuchte ich die Wand, und tatsächlich war ein kleiner Spalt an jeder Seite. Ich hörte für einen Moment auf zu atmen, dann drückte ich vorsichtig dagegen. Es bewegte sich nichts, nur ein sanftes Knarren ertönte – wie das von Holz. Das war vielversprechend. Dahinter musste sich etwas verbergen. Erneut tastete ich die Wand ab und fand in dem detaillierten Muster ein Schlüsselloch, das man mit dem bloßen Auge nicht sah. Dafür waren die Ornamente der Tapete zu wild.

Aus meiner Tasche kramte ich mein Werkzeug hervor und stocherte im Schlüsselloch herum. Klack. Sanft und geräuschlos öffnete sich die Tür zu einem Raum, der nach Papier, Büchern und Whiskey roch. Das Licht traute sich kaum ins Zimmer.

In der Dunkelheit konnte ich die Umrisse eines Schreibtisches erkennen, der mit Schreibutensilien, Büchern und merkwürdigen Gegenständen bedeckt war. Noch mehr Gerümpel.

Ich richtete den Blick an den Kuriositäten vorbei auf das große Bücherregal, das die Wand fast vollständig verdeckte und nur Platz für das verhangene Fenster und den Kamin ließ.

Als ich einen weiteren Schritt machte, bemerkte ich, dass nicht nur der Tisch, sondern auch der Boden mit Papier bedeckt war. Bücher lagen verstreut zu meinen Füßen.

Vielleicht war mir ein Einbrecher zuvorgekommen? So sah es zumindest aus. Bevor die Fantasie mit mir durchgehen konnte, beschloss ich, das Zimmer zu inspizieren. Es war zu dunkel, um die verstreuten Papierbögen zu lesen, aber ich tastete sie trotzdem ab. Wahllos entnahm ich Bücher aus den Regalen und blätterte in ihnen, um zu sehen, ob etwas zwischen den Seiten versteckt war. Ich betrachtete die Gegenstände auf dem Tisch, drehte den Globus am Fenster, schaute hinter die Gemälde.

Mit einem Seufzen stellte ich fest, dass ich keine Ahnung hatte, wonach ich in diesem geheimen Raum eigentlich suchte. Es gab keine Hinweise, die mich ansprangen, und erst recht keine Lady Barlow in der Unordnung. Das Einzige, was mich leitete, war ein vages,

unheimliches Gefühl. Etwas lauerte in diesem versteckten Arbeitszimmer, und ich war entschlossen, es zu enthüllen.

Ein Gefühl wie tausend Nadeln unter der Haut durchfuhr mich, als ich einen Blick auf die dunkelste Ecke des Zimmers erhaschte. Ohne bewusste Absicht hatte ich sie bisher gänzlich gemieden. Mein Puls beschleunigte sich, als ich mich zu ihr wandte.

Ich hatte bereits eine ganze Weile in dem Raum verbracht, und jede Minute, die verstrich, erhöhte das Risiko, entdeckt zu werden. Neugier hatte das Gefühl für Gefahr getrübt.

Vorsichtig streckte ich die Hand aus, als meine Füße zögerten, einen weiteren Schritt nach vorn zu machen. Die Fingerspitzen ertranken in Schwärze, dann wickelte sich plötzlich etwas um sie wie die Schwänze von fünf Ratten – es war eine Hand, eine, die viel größer war als meine. Ich hätte aufgeschrien, wenn ich vor Schreck nicht vergessen hätte, wie man Stimmbänder bediente.

»Eine wunderschöne Nacht, Miss Copper«, sagte eine Diamantstimme.

Meine Knie wurden weich.

»Was für eine interessante Wendung diese Nacht genommen hat.« Jede Silbe strahlte bedrohliche Kälte aus, als James Frederik Darvill sich wie ein Geist aus seinem Grab aus einem Samtsessel mit hoher Lehne erhob. Dahinter ragte eine Standlampe empor, die nach Öl roch.

Ich schluckte, dabei war mein Hals so trocken, das ich fürchtete, er könnte zerbröckeln.

Darvills Gesicht war eine Leinwand aus Schatten, die seine Züge zu einer teuflischen Grimasse verzerrten.

Obwohl ich immer noch nicht in der Lage war zu sprechen, erinnerte ich mich daran, dass ich von ihm wegmusste. Ich versuchte, meine Hand aus seinem kalten Griff zu lösen, doch er ließ nicht locker.

»Lassen Sie mich gehen«, hauchte ich lautlos.

»Welch kurioser Wunsch«, entgegnete er amüsiert, »wenn man bedenkt, dass du mich aufgesucht hast.«

Ich wurde blass. Er grinste.

»Was machen Sie hier?«

»Was ich in meinem eigenen Haus mache? Nun, ich habe gerade das Buch *Eine Studie in Scharlachrot* beendet und das Licht gelöscht, um zu Bett zu gehen, bevor ich von deinem Besuch überrascht wurde.«

Er trat näher an mich heran. »Noch spannender als mein Buch, das ich wirklich empfehlen kann, ist die Frage, was du hier machst, Susanna.«

Mein Herz schlug mir bis zum Hals, ich konnte nicht klar denken. »Nein, ich meine, Sie sollten in London sein«, brachte ich mühsam hervor.

»Was ist das größere Verbrechen?«, fragte er mit einem Lächeln. »Eine Planänderung? Oder ein Einbruch?«

Voller Entsetzen sah ich Darvill an, doch es war das Gesicht meines Onkels, das vor meinem inneren Auge erschien. Bis ins Detail malte ich mir seinen Gesichtsausdruck aus, wenn er seinen letzten Rest Familie zum Galgen schreiten sehen müsste. Das größte Verbrechen war, den armen alten Mann im Stich und vor Einsamkeit vergehen zu lassen. Das konnte ich nicht zulassen.

»Verbrechen ...«, zischte ich, »dessen Begehen ist Ihnen nicht fremd!«, platzte es leidenschaftlich über meine Lippen.

Darvill sah mich durch zusammengekniffene Augen an.

»Ich habe keine Ahnung, was du da anzudeuten versuchst.«

»Ich habe Sie gesehen! Als Sie ...« Mir stockte der Atem. Was würde er jetzt mit mir machen? »Wo ist sie? Was haben Sie mit ihr gemacht?«

»Armes Mädchen, du scheinst ganz verwirrt zu sein.« Er ließ meine Hand los und strich mir mit dem Handrücken über die Wange. Ich zuckte zusammen, die Berührung hinterließ ein Gefühl wie tausend Nadeln auf der Haut.

»Sie wissen genau, wovon ich rede!« Meine Stimme zitterte. »Haben Sie nicht deshalb den Laden meines Onkels aufgesucht?«

Darvill lachte auf, ich schreckte zurück.

»Wenn du eine gute Einbrecherin werden willst, musst du noch einiges lernen. Zum Beispiel solltest du dich nicht gleich verraten.« Er strich sich eine Haarsträhne von der Stirn und sah mich abfällig an. »Tatsächlich hatte ich vergangene Nacht einen Schatten am Fenster gesehen, doch hätte ich dich nie so schnell gefunden, wenn du

nicht versucht hättest, mich anzuzeigen. Der Wachtmeister war so gut, mich aufzuklären.«

Hatte ich mein eigenes Grab geschaufelt? Würde er mit mir das Gleiche machen wie mit Lady Barlow? Kalter Schweiß formte sich auf meiner Stirn.

»Dabei bin ich doch unschuldig. Ganz im Gegensatz zu dir. Und das wird sicher auch der Richter so empfinden, dem ich dich morgen früh vorführen werde.« Seine Stimme war kaum lauter als ein Flüstern, seine Drohung so folgenschwer, dass sie keiner hohen Lautstärke bedurfte.

Ein kalter Schauder ließ jeden meiner Muskeln erzittern, und doch verspürte ich einen Anflug von Hoffnung. Wenn er mich hängen sehen wollte, würde er sich nicht die Zeit nehmen, mit mir zu spielen. Etwas führte er im Schilde!

»Wenn Sie mir schon eine Falle stellen, dann wollen Sie sicher mehr, als mich an den Galgen oder ins Gefängnis zu bringen«, sagte ich mit einer Tapferkeit auf den Lippen, die jene in meinem Herzen bei Weitem überstieg.

Er zog mich an meiner zitternden Hand zu sich.

»Das hängt davon ab«, sagte er. »Welchen Preis bist du bereit für deine Freiheit zu zahlen?«

Ich unterdrückte die Angst, die mich gänzlich einzunehmen drohte. »Einen hohen.«

Er grinste zufrieden. »Hast du die Talente deines Bruders?«

Es war das erste Mal, dass außer Onkel und mir jemand anerkennend von Eric sprach, und doch erfüllte es mich mit Abscheu. Das lobende Hervorheben seiner vermeintlichen Vergehen war schlimmer als der übliche Hohn.

»Ich bin hier, oder nicht?«, fragte ich durch zusammengebissene Zähne.

»Ja, das bist du«, antwortete er. »Und knackst Schlösser und schleichst umher wie eine wahre Einbrecherin. Sogar mein Arbeitszimmer hast du gefunden und geöffnet, zu dem ich nicht einmal meinem Personal den Zugang gestatte.«

Der Vergleich mit einer Einbrecherin beschämte mich, die Wahrheit dahinter war leider nicht zu leugnen. Dennoch war ich momen-

tan bereit, alles zu tun, um ihn zu beschwichtigen. »Mein Vater und mein Bruder haben mir viel beigebracht.«

Normalerweise würden mich diese Worte mit Stolz erfüllen, aber im Moment schien es, dass meine Stärke mein Verderben sein würde.

»Der Preis wird wahrlich hoch sein«, stimmte er mit einem Nicken zu. »Sehr hoch.«

»Sie sind ein Teufel«, presste ich zwischen zusammengebissenen Zähnen hervor.

»Wenn es nur das wäre«, gab er mit einem Funkeln in den Augen zurück.

Kapitel 6

Ein Schleier der Schuld

Über die folgenden Nächte schmälerte sich der Mond zu einer Sichel, die wie eine Sense über Oxford hing. Die Wolken zogen auf, und ein Donnern grölte aus der Ferne. Der Himmel begann zu weinen. Ein Regenschauer zog vom Land in die Stadt herein, um den Schmutz von den Straßen zu waschen. Doch egal wie viel Wasser fiel, manche Dinge konnten nicht weggespült werden.

Schuldgefühle, zum Beispiel.

Ich steckte einen Metalldraht in ein Schlüsselloch, brachte ihn in Position und drehte daran, bis das Klacken des Riegels ertönte. Die Verandatür ging knarrend auf. Mein Herz hämmerte gegen den Brustkorb, als wollte es ausbrechen und davonlaufen. Verübeln konnte ich es ihm nicht.

Nach einem kurzen Blick über die Schulter auf den immer stärkeren Regen, dem ich gerade rechtzeitig entkommen war, schlüpfte ich durch die Tür eines fremden Hauses. Alles war still. Bevor ich tiefer eindrang, erlaubte ich meinen Augen, sich an die Dunkelheit zu gewöhnen. Erst als ich die Formen der Möbel erkennen konnte und sicher war, dass mein Fortbewegen nichts umwerfen oder sonstige Geräusche verursachen würde, wagte ich einen weiteren Schritt vor.

Die Stube des Hauses war bei Weitem nicht so prachtvoll wie der Saal von Darvill, aber es war immer noch größer und schöner, als ich es mir jemals im Leben erarbeiten könnte.

Was dem Zimmer an Prunk mangelte, gleichte es mit Gemütlichkeit aus. Während Darvills Heim an ein Museum erinnerte, strahlte meine jetzige Umgebung eine behagliche Wärme aus. Das

Sofa war verblasst, doch man erkannte noch immer den fröhlichen Senfton, der auch den vielen Kissen innewohnte. Die Stühle um den polierten Holztisch waren bunt zusammengewürfelt, doch auch wenn sie nicht zueinanderpassten, war jeder auf seine Weise einladend durch farbenfrohe Muster auf den breiten Sitzen. Über den Tisch war ein Läufer gelegt, der selbst gehäkelt aussah. Auch hier war nicht Perfektion, sondern Freude das Ziel gewesen und durch die Orange-, Rosa- und Grüntöne erreicht worden. Auch in diesem Haus gab es viele Bilder an den Wänden, doch anstatt ominöser Schönheiten war es ein und dieselbe vierköpfige Familie, die über die Jahre verewigt worden war. Der Herr des Hauses hatte einen Bart, der mich an meinen Vater erinnerte, die Dame hatte ein Gesicht voller Sommersprossen, die sie an beide Töchter vererbt hatte. In der Vitrine zwischen den zwei deckenhohen Fenstern, die zur Veranda zeigten, waren reichlich Trophäen ausgestellt – einige davon selbst gebastelt. Im Glas der Vitrine spiegelte ich mich wider und wirkte wie ein grauer Fleck auf einem Regenbogen.

Von Fröhlichkeit war sowohl in meinem Ausdruck als auch in der gebeugten Körperhaltung keine Spur. Mein Mund war eine harte Linie, die Augen angespannte Schlitze. Der alte Mantel hing traurig von meinen verkrampften Schultern, und der hochgekrempelte eisenblaue Rock offenbarte ein Paar abgetretener Stiefel, die genauso wenig in das Kleidungsensemble passten wie ich in dieses Haus.

Es war eine Schande, hier einzubrechen. Doch mir blieb keine Wahl. Auf leisen Sohlen ging ich aus dem Wohnzimmer und über den Flur zur dritten Tür links, so wie Darvill mich angewiesen hatte.

Ich legte die Hand auf den Türknauf, dann hielt ich kurz den Atem an, um den Geräuschen zu lauschen. Kein einziges war zu vernehmen. Ich drehte den Knauf, aber die Tür blieb verschlossen. Aus der Tasche holte ich eine Metallplatte und steckte sie in den Schlitz zwischen Tür und Rahmen, genau dort, wo der Riegel saß. Mit einem Ruck zog ich sie durch. Die Tür schwang auf und enthüllte eine kleine Bibliothek.

Erst setzte ich einen Fuß über die Schwelle, dann den anderen. Sie fühlten sich an wie Blei. Ein Geräusch ertönte vom anderen Ende des Korridors. Steif lauschte ich der ohrenbetäubenden Stille, bis sie

von einem weiteren Geräusch derselben Art unterbrochen wurde. Schnarchen. Ich atmete aus. Die Geräusche kamen jetzt in häufigeren Abständen, sie bedeuteten keine Gefahr, dennoch blieb ich wachsam.

Ich versuchte meine Nerven zu beruhigen, indem ich mir in den Nasenrücken kniff. Ob es half, konnte ich nicht sagen, aber der Schmerz lenkte mich auf jeden Fall ab. Dann ging ich weiter hinein und ließ den Blick durch den Raum schweifen. Er enthielt eine riesige Sammlung von Büchern. Irgendwo zwischen ihnen war die Buchstütze, wegen der ich gekommen war. Sie hatte die Form eines Schwans mit Augen aus grünem Glas. Ich suchte die Regale systematisch ab, bis ich das eiserne Federtier entdeckte. Vorsichtig nahm ich es in die Hand und positionierte das letzte Buch in der Reihe schräg, damit es nicht herunterfiel und mein Eindringen verriet.

Auf dem Weg nach draußen schloss ich die Bibliothekstür gekonnt und schnell ab, um keinen Hinweis darauf zu hinterlassen, dass jemand unbefugt eingedrungen war. Auf der Veranda dauerte dasselbe Unterfangen wesentlich länger. Wind und Regen peitschten mir ins Gesicht und durchnässten meine Geräte. Erfolglos stocherte ich im Schlüsselloch herum, und je hektischer ich arbeitete, desto mehr verrutschten meine Geräte.

Leise fluchend zog ich den Kragen hoch. Von oben schmetterten große Tropfen auf mich nieder, als wollte mich der Himmel strafen. Die Kleidung sog immer mehr Wasser auf, und mit ihm die Kälte, sie brachte meine Hände zum Zittern und erschwerte die Aufgabe weiter. Mich überkam die Wut, und am liebsten wollte ich einfach nur davonlaufen, aber ich konnte die Tür nicht offen lassen, der Wind würde sie auf und zu schlagen und das ganze Haus wecken.

Ich schloss die Augen und erinnerte mich an die Worte meines Bruders. Er hatte mich immer wieder gedrängt, Geduld zu üben. Erneut öffnete ich die Lider und fuhr mit dem Metalldraht langsam durch die Öffnung. Ich erspürte damit den Hebel und legte ihn um. *Geschafft!*

Nun nahm ich die Beine in die Hand und rannte. Die Pfützen auf meinem Weg waren bereits gut gefüllt und liefen immer voller. Ich war so nass, dass es sich nicht lohnte, sie zu umgehen. Schmutzspritzer flogen in alle Richtungen.

Bis auf die Knochen durchnässt lief ich den ganzen Weg, bis Darvills prächtiges Anwesen in Sichtweite kam. Erst dann verlangsamte ich mein Tempo. Der Widerwille, zu ihm zurückzukehren, war stärker als das Unbehagen, das das eiskalte Wasser, das in meinen hochgezogenen Kragen hinablief, auslöste.

Schwer atmend stand ich vor seinem Tor und beobachtete die dunklen Umrisse des Gebäudes und seine grell erleuchteten Fenster. Wie schön warm es darin sein musste, und doch wohnte dem Haus nur Kälte inne.

Nasses Haar klebte mir an der Stirn. Ich schob es zurück, bevor ich den Zaun bestieg. Mittlerweile war ich so oft drübergeklettert, dass ich den Mantel gar nicht mehr über die Spitzen legen musste, sondern einfach drübersprang.

Jeder Muskel in meinem Körper spannte sich an, als ich durch die knarrende Hintertür eintrat. Geleitet von der Zuversicht der Verdammnis, schritt ich vom Personalbereich in die Wohnräume des Hausherrn.

Das Wasser, das der alte Mantel aufgesogen hatte, tropfte auf die polierten Holzbretter im Flur, und meine Schuhe hinterließen eine Schlammspur, die mir bis in Darvills Arbeitszimmer folgte. So erbärmlich sie auch war, das war meine Rache dafür, dass ich wegen ihm durch Wind und Regen laufen und in fremde Häuser eindringen musste.

Den Schreibtisch hatte ich in den letzten Tagen großzügig befüllt. Das Gerümpel darauf war angereichert mit einem eisernen Kandelaber, einem rosenförmigen Kamm, einem bestickten Taschentuch, einer hölzernen Elefantenstatue, einem angeknabberten Bleistift, einem Hundehalsband, einem rostigen Metallring und einer Teetasse mit Sprung.

Ich stellte die Buchstütze zu den Gegenständen und erweiterte so die Vielfalt an nutzlosem Zeug. Alles lag an derselben Stelle, an der ich es zurückgelassen hatte. Die bloße Tatsache, dass in meiner Abwesenheit nichts angerührt worden zu sein schien, ärgerte mich. Warum sollte ich all diese Dinge besorgen, wenn sie gar nicht gebraucht wurden?

Gerade als ich mich frustriert abwenden wollte, erregte ein grünes Funkeln meine Aufmerksamkeit. Es fuhr so schnell über den rosen-

förmigen Kamm, dass ich glaubte, es mir nur eingebildet zu haben. Argwöhnisch nahm ich den Gegenstand in die Hand und betrachtete ihn von allen Seiten. Er war alt und matt vor lauter Kratzern. Da war nichts, was funkeln konnte. Als ich das Schmuckstück dicht vors Gesicht hielt, erhellte ein weiterer Funke für den Bruchteil einer Sekunde die Dunkelheit, diesmal kam er aus dem Auge des hölzernen Elefanten. Ich nahm die Statue in die andere Hand und sah zwischen den beiden Dingen hin und her. An ihnen war rein gar nichts Bemerkenswertes. Weder der rosenförmige Kamm noch der Elefant funkelten oder leuchteten. Die einzige Erklärung war, dass die Müdigkeit meinen Sinnen einen Streich spielte.

»Susanna«, stieß eine amüsierte Stimme aus. »Du bist immer noch da?«

Erschrocken über die plötzliche Ansprache, ließ ich beide Sachen fallen und wirbelte herum. Darvill stand an der Tür. Er sah aus, als ob er sich gerade bettfertig gemacht hatte und mittendrin unterbrochen wurde. Sein weißes Hemd war nur noch zur Hälfte geknöpft und hing lose über der schwarzen Seidenhose. Die Füße waren nackt. Ohne den Blick von ihm abzuwenden, bückte ich mich und hob die Gegenstände auf, um sie zurück zum restlichen Gerümpel zu legen.

Sein Blick verfolgte jede meiner Bewegungen mit räuberischer Aufmerksamkeit.

»Meine Arbeit ist getan«, murmelte ich angespannt, »ich gehe jetzt nach Hause. Und für Sie bin ich Miss Copper, Sir.«

Er schmunzelte. »Miss Copper ist mir zu lang. Aber wenn dir Susanna nicht gefällt, kann ich dich auch Susie nennen.«

Ich zuckte zusammen. Nur mein Bruder und Onkel nannten mich so. »Diese Ansprache ist ausschließlich für meine Familie reserviert«, presste ich durch zusammengebissene Zähne hervor.

Das belustigte ihn nur noch mehr. »Wenn man die Geheimnisse bedenkt, die wir teilen, stehen wir uns fast genauso nah.«

»Das tun wir ganz bestimmt nicht.« Zornig funkelte ich ihn an und setzte an, an ihm vorbeizugehen.

Jeder Sinn in meinem Körper war rau und gereizt. Ich fühlte mich unterkühlt und übermüdet, und Darvills Anwesenheit gab mir den Rest. Mein Eindruck von ihm, als er in unser Geschäft gekommen

war, hatte sich als falsch erwiesen. Er war sich seines guten Aussehens und seiner Überlegenheit durchaus bewusst und dominierte sein Gegenüber mit penetranten Blicken und der lästigen Angewohnheit, niemals beiseitezutreten, wenn man an ihm vorbeiwollte. So wie jetzt, ich musste mich regelrecht an ihm vorbeiquetschen, und kam dennoch nicht durch.

Ruhig betrachtete James Frederik Darvill mich, wir waren einander unangenehm nah, und seine mangelnde Kleidung verstärkte mein Unbehagen. Schlamm und Dreck, die ich mitgebracht hatte, knirschten unter meinen Sohlen.

»Hm«, raunte er, sah über den verschmutzten Boden und dann zu mir.

Ich erwiderte seinen Blick mit einem grimmigen Stirnrunzeln und den Worten: »Sie haben mich bei diesem teuflischen Wetter rausgeschickt, also können Sie sich kaum beschweren, dass ich bis auf die Knochen durchnässt zurückkehre.«

»Armes Ding«, gab er zurück, ohne jegliche Bemühung, es so klingen zu lassen, als ob er es tatsächlich meinte. »Und sieh dir diese Ringe unter deinen Augen an«, fuhr er auf ähnliche Weise fort und streckte seine Hand aus, um mein Kinn zu berühren. »Du solltest wirklich mehr schlafen, du wirst sonst noch vor Erschöpfung umkippen, Susanna.«

»Sehr lustig«, stieß ich wütend aus und löste mich von seinen kalten Fingern. »Zu welchem Zweck lassen Sie mich all diese Sachen stehlen? Ist es nur zu Ihrer persönlichen Unterhaltung?« Ich ballte die Fäuste, bis die Knöchel weiß wurden. »Sosehr ich es auch versuche, ich kann in den Dingen, die ich bringe, keinen Zweck oder Wert erkennen.«

»Überlass mir die Bewertung von Zweck und Wert.« Ein unleserliches Lächeln erschien auf seinen Lippen. »Konzentrier du dich auf deine Aufgaben. Und da du sie sowieso erfüllen musst, hab doch einfach Vergnügen daran.«

»Vergnügen?«, stieß ich ungläubig aus, dann hielt ich inne und schloss für einen Moment die Augen. Er wollte mich nur ärgern, und wenn ich aus der Haut fuhr, gewann er. Als ich die Lider wieder öffnete, war mein Ton deutlich ruhiger. »Ich habe schon mehr als genug

getan ... mein Verbrechen, Ihr Grundstück ohne Erlaubnis betreten zu haben, rechtfertigt nicht die absurden Aufgaben, die Sie mir auferlegen.«

»Stimmt«, sagte er nachdenklich. »Aber von den wohlhabenden Familien Oxfords gestohlen zu haben«, er deutete auf das Zeug auf dem Schreibtisch, »bringt dich in eine wesentlich prekärere Position als zuvor.«

Mein Herz schlug schneller, als ich zu verstehen begann, in welcher teuflischen Abwärtsspirale ich gefangen war.

»Ich habe es auf Ihren Befehl hin getan!«, zischte ich ihn an.

»Und dies, meine Liebe«, meinte er selbstgefällig und hob die Augenbrauen, »ist der Zweck und Wert dieser Gegenstände.«

Kälte breitete sich unter meiner Haut aus und kapselte mein Herz ein.

»Sie«, stotterte ich verzweifelt, »Sie können nichts beweisen. Die Sachen sind in Ihrem Besitz!«

Er grinste. »Momentan schon.« Genüsslich ging er zum Tisch hinüber und hob die schwanenförmige Buchstütze auf. »Wäre es nicht schade, wenn eines dieser Dinger im Laden deines Onkels auftaucht?«

Ich konnte ihn nur stumm anstarren, als eine neue Welle kalten Grauens über mich rollte.

»Für den Onkel eines verurteilten Kriminellen wird der Prozess wahrscheinlich ziemlich kurz sein – oder vielleicht wird der Richter auf das Mädchen schauen, das in die Fußstapfen ihres Bruders getreten ist?«, führte er freudestrahlend aus. »Sei mal ehrlich, wie wahrscheinlich ist es für einen angesehenen Gentleman mit einem stattlichen Vermögen, wertlosen Schnickschnack zu stehlen?«

Bei dem Gedanken, meinem lieben Onkel so viel Schaden zuzufügen, fiel mir das Atmen schwer.

»Und mach dir bitte keine Sorgen um Beweise, ich werde bei Bedarf reichlich davon vorlegen«, sagte er und breitete die Arme auseinander wie ein Bühnendirektor, »ich rate dir dringend, mich nie dazu zu bringen, zu solchen Mitteln zu greifen.«

Ich war sprachlos und starrte Darvill mit verzweifelter Wut an, erkannte keinen Ausweg, seiner Macht zu entkommen.

»Du darfst gehen«, erlaubte er mir mit abwertendem Blick.

»Sir«, protestierte ich und ertränkte die Wut in geschlagener Höflichkeit. »Sie haben versprochen, dass es bald ein Ende haben wird. Mein Onkel macht sich Sorgen über mein nächtliches Verschwinden.«

»Die jüngste Anfrage nach einem weiteren Gehstock sollte ihm etwas Trost spenden.« Darvill zuckte die Achseln. »Mein Rat an dich: Hindere ihn lieber daran, dir zu viel Aufmerksamkeit zu schenken.«

»A-aber –«

»Es ist jetzt mein vierter, und ich muss sagen, dein Onkel versteht sein Handwerk wirklich. Er hat Glück, einen so treuen Kunden gefunden zu haben, findest du nicht?«, fuhr er breit lächelnd fort.

Meine Schultern sackten hinab.

»Möchtest du sonst noch etwas besprechen?«, fragte er. »Ich schätze unsere nächtlichen Unterhaltungen sehr.«

Ich hasste ihn von ganzem Herzen.

»Danke«, antwortete ich trotzig. »Ich habe schon mehr gehört, als ich wollte.« Resigniert stapfte ich erst den Flur und dann die Treppe hinunter und hinterließ dabei noch mehr dreckige Abdrücke. Seinen Blick konnte ich weiterhin auf mir spüren, als ich die geschwungene Treppe hinunterstieg und er am oberen Geländer verweilte.

Unten in der Küche umarmte mich warme Muffigkeit. Mir war elend zumute, und ich brauchte einen Moment, um mich zu beruhigen. Meinen jetzigen Zustand wollte ich Onkel nicht vor Augen führen.

»Eines Tages wird dich deine Faszination für die Oberschicht in große Schwierigkeiten bringen«, hatte Onkel immer gepredigt. Er konnte nicht ahnen, dass dieser Tag nun gekommen war. Meine naive Suche nach der Wahrheit hatte mich zur Sklavin dieses Monsters gemacht. Und doch gab es trotz der unmöglichen Lage, in der ich mich befand, immer noch einen Hoffnungsschimmer. Wenn ich nahe genug bei Darvill blieb, könnte ich vielleicht genug Beweise gegen ihn sammeln und sein Geheimnis aufdecken. Möglicherweise würde ich dabei sogar über Hinweise auf den Aufenthaltsort meines Bruders stolpern.

Es bestand jedoch auch die Möglichkeit, dass ich vorher für meine Verbrechen verurteilt werden würde. Vor meinem inneren Auge erschien das Gesicht meines Onkels, und mit ihm beißende Schuld.

Das Einzige, was zwischen ihm und der Einsamkeit stand, war ich. Wenn mir etwas widerfuhr, hätte er niemanden mehr. All seine einstigen Freunde hatten aufgrund von Erics Ruf nach und nach den Kontakt abgebrochen.

»Es ist nichts Persönliches«, hatte einer von ihnen beteuert, »dem Geschäft tut es nicht gut, wenn man mit den Coppers assoziiert wird. Dafür hast du doch sicherlich Verständnis?«

Anders als ich hatte Onkel das. Arthur Copper war einfach ein sehr guter und loyaler Mann, der nie ein böses Wort über andere sprach. Umso weniger wollte ich mich in die Reihen derer gesellen, die ihn verletzten.

Mein Gesicht vergrub ich in den Händen, unglücklich darüber, dass ich Onkel immer mehr im Stich ließ. Hatte sich Eric in seinem Moment der Verzweiflung auch so gefühlt? Oft hatte ich mich gefragt, wie er auf einen solch verhängnisvollen Pfad geraten konnte. Aber jetzt wurde mir schmerzlich bewusst, dass der Pfad manchmal die Menschen wählte. Natürlich war jeder für seine Entscheidungen verantwortlich, doch diese Entscheidungen wurden durch Umstände eingeschränkt. Wenn man nur zwischen schlecht und schlimmer wählen konnte, trug man dann weiterhin die gesamte Schuld? Je mehr ich darüber nachdachte, desto wütender wurde ich auf Darvill. Bestimmt hatte er Eric zum Stehlen gebracht, wie er mich dazu erpresste. Bestimmt hatte er den armen jungen Mann zu Verbrechen gezwungen und ihn die Drecksarbeit erledigen lassen. Diese Erklärung gefiel mir am besten, es tat gut und wirkte richtig, jemand anderen verantwortlich zu machen für Erics vermeintliche Fehltritte.

Mein Hass auf Darvill wurde stärker. Wenn er meinem Bruder wehgetan hatte, wenn dieser Teufel der Grund für meine Einsamkeit war, dann würde ich ihn dafür bezahlen lassen. Das letzte Wort war noch nicht gesprochen. Darvill würde mit seinen Machenschaften nicht davonkommen.

»Miss?«

Ich schreckte auf. Konnte man nicht einen Moment Ruhe haben?

Die kleine Gestalt eines Jungen, der mir irgendwie bekannt vorkam, näherte sich aus der Spülküche. Seine Augen lagen tief in ihren Höhlen, und seine Wangenknochen standen hervor.

»Es tut mir sehr leid, Miss«, sagte er schüchtern und mit dem Hauch eines irischen Akzents, dann blickte er von seinen Füßen hoch und wieder zu Boden. »Ich bin nicht umhin gekommen, einen Teil Ihrer Unterhaltung mit dem Herrn mitzuhören«, erklärte er entschuldigend.

Sofort nahm ich eine defensive Körperhaltung ein und verschränkte die Arme vor der Brust.

»Und?«, forderte ich vorwurfsvoll. Ich hatte noch weniger Interesse, mit seinen Schergen zu sprechen, als mit Darvill selbst.

»Wissen Sie, er ist kein schlechter Mensch …«

Ich prustete ungläubig los. »Soll das ein Scherz sein?«

Mein Gegenüber sah überrascht auf und wurde noch schüchterner und verkrampfter als zuvor. »Auf keinen Fall, Miss. Mr Darvill hat eine direkte Art, die fälschlicherweise wie ein Angriff wirken kann. Dabei ist er einfach nur deutlich und beschönigt nichts.« Der Junge begann nervös seine knochigen Hände zu kneten. »Ich habe eine Weile gebraucht, um ihn zu verstehen, und ich dachte, es könnte Ihnen helfen, wenn Sie dasselbe täten.«

Ich war hin- und hergerissen. Sollte ich bei diesem Kind und seinen unaufgeforderten Ratschlägen die Beherrschung verlieren oder die Geduld aufbringen, ihm weiter zuzuhören? Die Erschöpfung machte mich missmutig, und so war Geduld ein besonders seltenes Gut, dennoch überwand ich mich. Nicht im Traum würde mir einfallen, jemandem zu vertrauen, der mit Darvill in Verbindung stand, aber wenn ich Informationen über dieses Scheusal sammeln wollte, dann war dies eine gute Gelegenheit.

Mit einem tiefen Seufzer unterdrückte ich den Wunsch, den Jungen zum Teufel zu jagen. »Wie heißt du?«

»Timothy«, erwiderte er schulderfüllt, als wäre es ein Vergehen, so genannt zu werden. »Timothy Danton.«

»Dann erzähl mal, Timothy.« Ich schlang die Arme noch enger um mich, als ob dies helfen könnte, die negativen Gefühle bei mir zu behalten. »Inwieweit irrt mich mein Eindruck?«

Das Gesicht des Jungen hellte sich auf. »Wissen Sie, der Herr hat gewisse Ziele, und alle Menschen und Dinge sieht er lediglich als Mittel zum Zweck.«

»Das klingt definitiv nach einem schlechten Menschen«, entgegnete ich entrüstet. »Wenn Menschen für ihn nur Werkzeuge sind und er sie ausnutzt, ohne einen Gedanken daran zu verschwenden, was es für sie bedeutet!« Ich wurde emotionaler, als ich wollte.

»Nun«, murmelte Timothy und knetete seine Hände noch heftiger. »Es bedeutet, dass er persönlich nichts gegen Sie hat, im Gegenteil! Dass er sich so sehr bemüht, Sie um sich zu haben, ist ein echtes Kompliment an Sie und Ihre Fertigkeiten.«

Die Argumentation des Jungen war für mein übermüdetes Hirn so unbegreiflich, dass ich mich entschied, nicht weiter auf meinem Standpunkt zu beharren. Es hatte keinen Sinn, seinen Atem an jemanden zu verschwenden, der dermaßen geblendet war.

»Danke für den Aufmunterungsversuch«, sagte ich zähneknirschend. »Mr Darvill ist der Letzte, von dem ich mir ein Kompliment wünsche.«

Wenn man freiwillig für so ein Scheusal arbeitete, konnte man nur über lose Moralvorstellungen verfügen. Es tat mir leid, dass jemand so Junges einem so negativen Einfluss ausgesetzt war.

Ich neigte abschätzend den Kopf. Wie alt war er eigentlich? Der kleinen und schlanken Statur nach zu urteilen, konnte Timothy nicht älter als zehn sein. Wobei das Verhalten und die Art, wie er redete, erwachsener wirkten. Zumindest diesen Umstand wollte ich aufklären. »Sag, wie alt bist du?«

»Vierzehn, Miss. In etwa einem Monat werde ich fünfzehn«, verriet er mit, na ja, nicht gerade Stolz, doch zumindest mit viel weniger Schüchternheit.

»Vierzehn? Das hätte ich nie gedacht!«

Und der Junge wurde sofort wieder übermäßig verlegen. Ich machte mir Sorgen, dass er sich die Finger brechen könnte, so heftig rang er sie.

»Wir haben im Waisenhaus nie genug zu essen bekommen, und die Arbeit war hart«, erklärte er. Sein braunes Haar fiel über die tief liegenden Augen. »Wenn der Master mich nicht aufgenommen hätte, hätte ich es nie bis in so ein hohes Alter geschafft.« Der Junge schmunzelte über seinen Witz.

Ich konnte mich bei einer solch deprimierenden Offenbarung nicht zum Lächeln verleiten lassen. Mein Interesse hingegen war wieder geweckt. Warum sollte ein Unhold wie Darvill ein Waisenkind aufnehmen? Sicher nicht aus Güte. Der Junge selbst sagte, für ihn waren alle nur Werkzeug mit einem bestimmten Zweck. Was könnte der Zweck dieses Jungen sein?

Ich wollte gerade mit der Fragerei beginnen, als der Mann, der bei mir Mordgelüste weckte, die schmale Treppe hinunterstieg und barfuß die Küche betrat. Trotz seines nachlässigen Aufzugs wirkte seine stattliche Figur fehl am Platz in der bescheidenen Umgebung und noch bescheideneren Gesellschaft. Allein seine Körperhaltung drückte aus, dass ihm die Welt zu Füßen lag. Der Junge wirkte in seiner Gegenwart wie ein Zwerg. Besonders als der Hausherr neben ihn trat und seine Hand auf dessen Schulter legte.

»Du redest viel, Timothy.« Überraschenderweise klang Darvill amüsiert und nicht wütend.

»Entschuldigen Sie, Sir, wenn ich unnützes Zeug gesprochen habe.« Timothy senkte den Kopf. »Ich dachte, es könnte der Miss helfen.«

»Der Miss würde helfen, sich um ihre eigenen Angelegenheiten zu kümmern, anstatt meine Bediensteten zu belästigen.« Darvill warf mir einen bösen Blick zu.

Zugegeben, wenn ich mich aus den Angelegenheiten anderer herausgehalten hätte, wäre ich nicht in der jetzigen Situation. Aber die Annahme, dass ich seine Bediensteten belästigt hatte, wenn es doch Timothy war, der mich angesprochen hatte, war zutiefst irritierend. Umso mehr, da genau das Darvills Ziel war.

Es gab so viele Dinge, die ich sagen wollte, ich erkannte allerdings, dass ein weiterer Streit genauso enden würde wie der erste. Darvill war gekonnt darin, meine aufkochenden Emotionen gegen mich zu verwenden und so meine Freiheit womöglich noch weiter einzuschränken. Nein, ich musste klug sein, wenn ich die Absicht hatte, mich jemals von ihm zu befreien.

»Timothy, warum gehst du nicht zu Bett? Miss Copper war gerade dabei, uns zu verlassen, und Reisende sollte man nicht aufhalten.«

Da gab ich ihm ausnahmsweise recht. Je länger ich blieb, desto wahrscheinlicher war es, dass ich mich in eine noch kompromittierendere Lage bringen würde.

»Nichts könnte mich dazu bewegen, auch nur eine Sekunde länger als nötig zu bleiben«, zischte ich und wandte mich der Hintertür zu. Darvill gab ein Siegesschnauben von sich.

»Meine Güte, wenn dein Geschick dein Temperament nicht wettmachte ...« Er beendete den Gedanken nicht und ließ die Andeutung dessen, was er gemeint haben könnte, drohend in der stickigen Luft der dunklen Küche hängen.

Kraftvoll riss ich den Griff auf und stürzte nach draußen. Keine weitere Silbe wollte ich hören und rannte durch die nasskalte Nacht, begierig, nach Hause zu kommen und zu schlafen, bis dieser ganze Albtraum vorbei war.

Kapitel 7

Ein Spiel mit Korruption

Seltsame Geräusche rissen mich aus dem Schlaf. Sofort öffnete ich die Augen und sprang auf die Beine, bereit, mich auf den Eindringling zu stürzen. Die feindselige Begrüßung erschreckte Onkel, und er ließ beinahe das Tablett fallen.

»Ich habe dir Scones mit Clotted Cream und Marmelade mitgebracht«, sagte er mit besorgter Miene. »Du rennst den ganzen Tag und die ganze Nacht herum und isst kaum etwas.«

Augenblicklich entspannte ich mich, merkte dabei, wie verkrampft mein Körper von den Zehenspitzen bis zum Haaransatz war. Mit beiden Händen rieb ich mir übers Gesicht, in der Hoffnung, die Augenringe, die Darvill angesprochen hatte, zu kaschieren. Doch in dem schmalen Standspiegel, der in der Ecke lehnte, sah ich, dass es nichts brachte. Der Druck, die Sorgen und die Erschöpfung standen mir ins Gesicht geschrieben.

»Es tut mir leid, Onkel, ich bin in letzter Zeit nicht ich selbst – die Scones werden das wieder richten.« Ich versuchte, auf einer fröhlichen Note zu enden.

»Dieser Mr Darvill scheint dich ziemlich hart für dein Geld arbeiten zu lassen«, murmelte Mr Copper, während er das Tablett auf dem kleinen Tisch unter dem einsamen Fenster abstellte.

»Mr Darvill?« Ich war umgehend in Alarmbereitschaft. Woher wusste er das, und noch wichtiger, wie viel wusste er?

»Er ist neulich vorbeigekommen, um einen seiner Gehstöcke abzuholen, und hat dann direkt einen weiteren bestellt«, begann Onkel, ohne die in mir aufsteigende Panik zu bemerken. Während

sich Falten über meine Stirn legten, zerschmolzen seine Züge zu einem Lächeln. Neue Aufträge waren der Schlüssel zu seinem Glück, und jetzt, da dank Darvill so viele hereinkamen, war Onkel zu einem wahren Sonnenschein geworden.

Seit dem Prozess gegen Eric hatte ich ihn nie mehr so munter gesehen wie jetzt. Ich war dankbar für die Freude in seinen Augen, auch wenn der Empfänger dieser Dankbarkeit Darvill war.

Plötzlich wurde Mr Coppers Gesichtsausdruck wieder ernst. »Er teilte mir mit, dass du jetzt für ihn die eine oder andere Assistenzarbeit verrichtest. Ich bin zwar sehr froh, dass du deine Aufgaben mit Hingabe erfüllst, bis zur Erschöpfung sollte es aber nicht führen. Mr Darvill ist ein vernünftiger Mann. Ich bin sicher, er wird es verstehen, wenn du ihm sagst, dass du längere Ruhezeiten brauchst.«

Darvill und vernünftig? Ich konnte Onkel unmöglich sagen, wie weit von Vernunft Darvill entfernt war, doch war ich froh, dass der dubiose Hausherr meine wahren Aufgaben nicht offenbart hatte. Zu erfahren, dass ich eine Diebin geworden war – ausgerechnet das Vergehen, das zu Erics Verurteilung geführt hatte –, würde ihm das Herz brechen. Stattdessen hatte Darvill eine Lüge gesponnen … »Assistenzarbeit« … von wegen! Das war in gleichem Maße unverschämt wie auch erleichternd. Einerseits hatte er die Dreistigkeit, Onkel Ammenmärchen zu erzählen … andererseits musste ich es dann nicht tun.

»Ich gebe zu, dass wir das zusätzliche Einkommen gut gebrauchen können«, fügte Mr Copper mit einem schüchternen Lächeln hinzu.

Meine Augen weiteten sich unwillkürlich. »Einkommen?«

Bezahlte mich Darvill?

»Acht Schilling die Woche sind ziemlich großzügig. Er hat das Geld neulich höchstpersönlich vorbeigebracht. Ich habe mir erlaubt, es in eine kleine Truhe zu stecken«, erklärte Onkel die verblüffende Nachricht mit einem beiläufigen Schulterzucken, als wäre es das Gewöhnlichste der Welt, von einem Erpresser bezahlt zu werden. Nur gut, dass Onkel nicht die Wahrheit kannte! Das musste auch weiterhin so bleiben, bis ich Darvill entlarvte, und dann würde ich der ganzen Welt verkünden, was für ein Scheusal er war. Mit keinem Geld der Welt würde er sich dann freikaufen können!

»Wir sollten einen Teil davon für deinen Hochzeitstag beiseitelegen. Leider war ich nie in der Lage, eine große Mitgift für dich anzusparen.«

Ich fiel aus allen Wolken. Heirat? Mitgift? Mit dem schlechten Ruf, den uns Eric hinterlassen hatte, stand ganz außer Frage, dass mich irgendjemand heiraten wollen würde. Und im Moment verschlechterten sich die Aussichten zunehmend. So oder so, ich würde niemals Geld von Onkel annehmen. In den vergangenen harten Jahren hatte er so viel für mich getan, dass ich ihm jeden Penny überlassen würde, den Darvill für mich zahlte. Doch das würde ich ihm jetzt nicht sagen. Er schien es so zu genießen, über Mitgift und Hochzeit zu sprechen, dass es eine gute Ablenkung war von den Sorgen, die ich ihm sonst immer bereitete.

»Wie auch immer«, sagte Onkel. »Du solltest die Scones probieren, ich hoffe, sie sind gut geworden.«

»Wollen wir sie gemeinsam essen?«

»Nein, nein«, winkte Onkel ab und lachte. »Ich möchte den Laden nicht allein lassen. Wer weiß, vielleicht kommt ja noch ein Kunde wie Mr Darvill vorbei.«

Ich verzog das Gesicht, schluckte aber das »Ich hoffe nicht« hinunter, das mir im Hals steckte.

Als Onkel die Treppe wieder hinunterging, schlurfte ich auf wund gelaufenen Sohlen zum Tisch hinüber. Den langen Schatten zog ich hinter mir her, als würde er eine Tonne wiegen.

Die Scones rochen köstlich, und ich war gerührt, dass Onkel sich die Mühe gemacht hatte, welche zuzubereiten und sogar Clotted Cream und Marmelade gekauft hatte. Das waren starke Indikatoren dafür, dass es uns finanziell wirklich besser ging.

Gleichzeitig war mir der Preis für diesen Luxus schmerzlich bewusst. Zwar hatte Darvill meinen Verwandten von der Ehrlichkeit meiner Arbeit überzeugt, doch ich bezweifelte, dass ein Richter genauso gutgläubig sein würde, wenn ich bei den Diebeszügen erwischt werden würde. Tatsächlich hatte Darvill klargestellt, dass er mich persönlich an die Polizei verraten würde und mir – oder, schlimmer noch, Onkel! – die gesamte Schuld in die Schuhe schieben würde, wenn ich nicht tat, was er befahl.

Ich pulte ein Stückchen vom Scone ab und steckte es in den Mund. Das Gebäck war so frisch, dass es noch warm war. Das brachte schöne Erinnerungen zurück, und ich setzte mich auf den beschnitzten Stuhl, um in ihnen zu schwelgen. Jeden Samstag hatten Onkel, Vater, Eric und ich uns zu Tee und Scones zusammengesetzt. Das war eine Ewigkeit her, doch obwohl ich allein in dem kleinen Zimmer war, spürte ich das Beisein meiner Familie mit jedem Bissen stärker. Der reichhaltige Geschmack ließ mich meine Probleme für einen Moment vergessen.

Mit schweifendem Blick suchte ich den Raum ab, als ob ich tatsächlich Gäste darin finden könnte. Gesellschaft leisteten mir nur das knarrende Bett und die zerkratzte Kommode. Von den Möbeln mit Erics Schnitzereien hatte ich Tisch und Stuhl mitnehmen können, sie waren als einzige leicht genug für den Transport gewesen.

Den nächsten Scone schnitt ich in zwei Hälften und bedeckte beide mit einer dicken Schicht Marmelade und einer noch dickeren Schicht Clotted Cream. Die Vergangenheit wurde davon so lebendig, dass ich die Unterhaltungen und das Lachen von Eric und Vater geradezu hören konnte.

Eine Träne kämpfte sich hoch, doch ich blinzelte sie weg. Wenn ich die ganzen angestauten Gefühle erst zuließ, dann gäbe es kein Halten mehr. Dabei musste ich die Beherrschung wahren, schließlich erwartete Darvill mich bald wieder, und ich wollte stark sein, um gegen ihn zu bestehen.

Ob es mir gefiel oder nicht, dieser kleine Moment der Glückseligkeit war nur möglich, weil Darvill in mein Leben getreten war. Das änderte nicht, dass er ein Bösewicht war, aber zumindest brachte er Onkel ein kleines bisschen Freude. Niemand zwang ihn, die Gehstöcke zu bestellen, und er war sicherlich nicht verpflichtet, meine Dienste zu bezahlen, und doch hatte er sich dafür entschieden. Vielleicht war an Timothys Ausführung etwas Wahres dran.

In dem Moment, als ich an ihn dachte, kamen noch mehr Schuldgefühle in mir auf – ein Gemüt, das langsam zum Dauerzustand wurde. Diesmal war es bedingt dadurch, dass ich ihm gegenüber so abweisend gewesen war, und dabei schien er selbst viel durchgemacht zu haben. Wenn ich ihn das nächste Mal sah, würde ich mich ent-

schuldigen. Dass er für Darvill arbeitete, war seine Entscheidung und rechtfertigte nicht, dass ich meine schlechte Laune an ihm ausließ.

Ich seufzte und nahm einen weiteren Bissen vom Scone. Viel wusste ich nicht über Darvill, und doch hatte ich mir eine Meinung über ihn gebildet – schneller sogar als die Richter über Eric.

Ich schüttelte den Kopf mit so viel Wucht, dass mir kurz schwindelig wurde. Wie konnte ich Darvills Situation mit Erics vergleichen? Mein Bruder war nicht wie Darvill! Sie hatten nicht einmal die kleinste Gemeinsamkeit.

Oder?

Ich strich mir die Krümel von den Händen und beugte mich vor, um unter die Matratze des Bettes zu greifen. Dort ertastete ich einen Ledereinband und zog ihn hervor. Das war das Notizbuch meines Bruders, in dem er Zeichnungen von verschiedenen Männern und Frauen festgehalten hatte. Im Gegensatz zur Holzschnitzerei war seine malerische Begabung wesentlich ausgeprägter. Die Bilder zeigten sehr detaillierte Studien verschiedener Menschen, allesamt der Oberschicht zugehörig, wenn man ihren Kleidungsstil betrachtete.

Am roten Lesebändchen öffnete ich die letzten bemalten Seiten. Auf ihnen hatte Eric, und dessen war ich mir nun sicher, Darvill dargestellt. Sein Gesicht war unverkennbar, und mein Bruder hatte es perfekt getroffen. Mit dem Finger fuhr ich die Bleistiftstriche nach. Darvill war mit gutem Aussehen gesegnet. Sein kantiges Gesicht und die dunklen Augen wirkten sehr maskulin, im Gegensatz dazu waren seine gerade Nase und die langen Brauen eher fein. Auch seine Lippen waren schmal, verbargen aber eine ziemlich spitze Zunge. Wenn ich nur daran dachte, stieg in mir die Wut auf! Ich seufzte, denn es brachte ja doch nichts, sich aufzuregen.

Darvill war hochgewachsen, breitschultrig und wirkte ziemlich kräftig. Mit einem weiteren tiefen Seufzer musste ich mir eingestehen, dass ich ihm in jeder Hinsicht unterlegen war. Vielleicht könnte ich versuchen, ihn zu vergiften? Der Gedanke zauberte ein Lächeln auf meine Lippen, aber um ehrlich zu sein, hatte ich nicht den Mumm dazu.

Ich blätterte durch die anderen Skizzen. Allesamt zeigten sie schöne Menschen, größtenteils Frauen. Ein bisschen erinnerten sie mich an

die Ölporträts auf dem Anwesen. Vielleicht verband Eric und Darvill ja eine Hingabe für Kunst? Hatte der verruchte Gentleman meinen Bruder dazu gezwungen, Kunstobjekte für ihn zu stehlen? So etwas Ähnliches verlangte er ja auch von mir. Womöglich tat er nur so, als wären die geklauten Gegenstände wertlos, und in Wirklichkeit waren es Relikte von unschätzbarem Wert! Was, wenn die Buchstütze, die ich ihm gebracht hatte, einst einer Königin gehört hatte?

Da war sie schon wieder: meine blühende Fantasie. Sie hatte mich nicht zum ersten Mal in Schwierigkeiten gebracht – allerdings noch nie so tief wie jetzt.

Ich schlug den hellbraunen Ledereinband wieder zu und steckte das Notizbuch zurück an seinen Platz. Dann nahm ich den leeren Teller und brachte ihn zum Abwaschen nach unten in die Küche. Die Treppe war sehr schmal, und ich durfte nicht vergessen, mich auf der letzten Stufe zu ducken, da sogar ich sonst an die Deckenkante stieß, und dabei war ich eher klein. Das Haus, in dem Eric und ich früher gewohnt hatten, in dem auch die Schlosserei Platz fand, war größer und weitläufiger gewesen. Ich hatte vieles zurücklassen oder verkaufen müssen, weil es in Onkels Heim nicht reingepasst hätte. Mein altes Bett hätten wir nicht einmal die Treppe hochbekommen, und es gab auch niemanden, der uns beiden geholfen hätte, da sich alle Bekannten aufgrund der Gerüchte um Eric von uns distanziert hatten.

Gerade als ich wieder hochwollte, läutete die Türklingel. War das etwa schon wieder Darvill? Ich sollte doch sowieso später zu ihm kommen, warum ließ er mir keinen Moment Ruhe?!

Aufgebracht lief ich in den Verkaufsbereich, doch der Mann, der eingetreten war und sich mit Onkel unterhielt, war ein Fremder. Ich atmete erleichtert auf.

»Ich habe gehört, dass Mr James Frederik Darvill hier öfter bestellt«, forschte der potenzielle Kunde zaghaft nach. Er schien kaum zu glauben, dass so hoher Besuch unseren bescheidenen Laden frequentierten konnte, und lugte skeptisch hinter einem Paar halbmondförmiger Brillengläser hervor. Der Herr mittleren Alters war elegant gekleidet in steifem grauem Anzug. Eine Goldkette hing aus seiner Westentasche heraus, die auf eine teure Uhr hindeutete. Seine

Schuhe waren auf Hochglanz poliert. Normalerweise hätte so jemand Ehrfurcht in mir hervorgerufen, doch nach Darvills Auftritt beeindruckte mich so leicht niemand mehr – das sollte kein Kompliment sein! Trotzdem war es erfreulich, dass sich das Gerücht herumsprach und nun neue Kunden anlockte. Ambitionierte Geschäftsleute und Bankiers der gehobenen Mittelschicht haben schon immer Gentlemen nachgeeifert und zu imponieren versucht. Das wirkte sich nun zu unserem Vorteil aus.

»Aber ja«, sagte Onkel in einem verschwörerischen Flüstern, als verriete er ein Staatsgeheimnis. »Ich fertige bereits den sechsten Gehstock für ihn an.«

»Dann bestelle ich gleich zwei«, verkündete der Mann und hob einen Finger in die Luft, als wäre er auf einer Aktion und versuchte jemanden zu überbieten.

Onkels Augen leuchteten auf, und er begann dem Herrn, wie zuvor Darvill, die verschiedenen Holzarten und Köpfe vorzuführen. Im Gegensatz zu meinem Erzfeind kannte sich der neue Kunde gar nicht aus und hatte wahrscheinlich noch nie einen Gehstock besessen, deswegen schaute er sich alles genau an und brauchte lange, um eine Entscheidung zu treffen. Darvill hatte keine Sekunde überlegt und sofort auf seine Favoriten gedeutet. Das zeugte von dem tiefen Verständnis für Materialien und Ästhetik eines wahren Kenners – auch das sollte kein Kompliment sein! Auf gar keinen Fall!

Ich zog mich wieder zurück, bevor ich noch mehr schmeichelhafte Vergleiche aufstellen konnte, wie zum Beispiel, dass der Mann mich demonstrativ ignorierte, im Gegensatz zu Darvill, der sich mir respektvoll vorgestellt hatte. Argh! Nein, er war ein Unhold ohne jegliche vorteilhafte Eigenschaft.

An der Standuhr im Flur vorbeilaufend bemerkte ich die Zeit und schreckte zusammen. Darvill erwartete mich heute früher als sonst, und ich war spät dran. Ich lief hoch in mein Zimmer, um den Mantel zu holen, doch er war nicht da, wo ich mich erinnerte, ihn gelassen zu haben.

Eigentlich wollte ich Onkel und seinen neuen Kunden nicht unterbrechen, doch ich hatte es nun wirklich eilig und keine Zeit, das ganze Haus abzusuchen.

»Ich möchte nicht stören«, leitete ich mein erneutes Eintreten in den Verkaufsbereich ein. Onkel war fixiert auf die Zurschaustellung seiner Schätze, während der Herr mürrisch aufblickte. Er wirkte überfordert von der Auswahl, und anstatt ihm mit der Entscheidung zu helfen, stellte Onkel immer mehr Möglichkeiten vor. Der ganze Tresen und Boden drum herum waren bedeckt mit Kisten. Er war eben eher ein Künstler als Geschäftsmann. »Hast du zufällig meinen Mantel gesehen, Onkel?«

Er sah kurz von seiner Arbeit auf und nickte. »Ich habe ihn zum Trocknen über den Herd gehängt. Es ist ein Wunder, dass du dir darin nicht den Tod geholt hast. Das Ding war bis auf die letzte Naht durchnässt.«

Immer wieder schaffte er es, mich mit seiner Fürsorge zu überraschen, und dabei wusste ich doch eigentlich, was für ein guter Mensch er war – ganz im Gegensatz zu einem gewissen Jemand!

»Vielen Dank«, rief ich Onkel zu und rannte im Galopp in die Küche. Auf dem Weg hinaus kam ich wieder an Onkel und dem Herrn im grauen Anzug vorbei. In der kurzen Zeit hatten sich die Kisten und Kartons noch um einiges vermehrt, und der Kunde wirkte zunehmend verwirrter. Wenn Onkel so weitermachte, würde er ihn noch vergraulen.

»Das sieht aus wie eine Kombination, die Mr Darvill gefallen würde.« Ich deutete auf ein helles Stück Holz und einen geschwungenen Griff.

Die Augen des Kunden leuchteten erleichtert auf.

»Die nehme ich!«, rief er, bevor er überhaupt wahrgenommen hatte, was ich da ausgesucht hatte.

Eigentlich war das so gar nicht Darvills Stil, aber er passte zu dem Herrn.

Damit verabschiedete ich mich und rannte hinaus auf die Straße.

Die Wolken zogen mit dem starken Wind mit. Hier und da war ein blauer Fleck am Himmel, aber auch dieser wurde stetig dunkler. Das Kopfsteinpflaster glänzte, und die Pfützen waren vollgelaufen. Es hatte den ganzen Tag geregnet.

Ich nahm einen großen Zug frischer Luft und machte mich auf den Weg zu Darvills Villa. Die Scones hatten gutgetan, und ich fühlte

mich viel besser auf das Aufeinandertreffen vorbereitet als in der Nacht zuvor.

Oxford war zu dieser Tageszeit am geschäftigsten. Die Leute rannten durch die High Street und versuchten, in die Geschäfte zu kommen, bevor es in den Feierabend ging. Die Schlange vor dem Postamt verlief um das Gebäude herum. Neue Leute stellten sich weiterhin an, während jene ganz vorn immer unruhiger wurden, als ihnen dämmerte, dass sie es möglicherweise nicht vor Ladenschluss schaffen würden.

Am Ende hatte Onkel seine Briefe selbst versenden müssen. Es hatte ihm nichts ausgemacht, aber wenn ich damals einfach nur zur Post gegangen wäre, hätte uns das vieles erspart.

Ich sah in die Gesichter der Leute, die an mir vorbeigingen, niemand erwiderte den Blick. Bei wem würde ich heute Nacht wohl gezwungen sein zu stehlen? Keiner dieser Leute hatte mir etwas getan, und doch knackte ich rücksichtslos ihre Schlösser und kletterte in ihre Häuser, nahm ihnen Dinge weg, die mir nichts bedeuteten, aber für die Besitzer von großem Wert sein könnten. Meine Schultern sackten nach unten. Wie hatte Eric das ausgehalten, und auch noch so viele Jahre lang? In dem Moment, als ich diese Frage stellte, bemerkte ich, dass ich von seiner Unschuld nicht mehr so überzeugt war wie noch am Anfang, und verwarf daher den Gedanken wieder. Nein, ich musste weiter an ihn glauben, sonst war alles, was ich tat, umsonst!

So tief war ich in Gedanken, dass der Weg zu Darvill unbemerkt an mir vorbeizog und ich mich schon bald am Westford Manor wiederfand. An der Hintertür des Anwesens begrüßte mich Timothy. Er war gerade dabei, eine Unmenge an Stiefeln zu putzen. Er schaute auf, und sein Gesicht hellte zu einem schüchternen Lächeln auf. Umgehend legte er den alten Lappen und die verfranzte Bürste beiseite und öffnete mir die Tür. Da erinnerte ich mich, wie unfreundlich ich zu ihm gewesen war, und wollte mich entschuldigen.

»Der Master ist oben im Speisesaal«, versicherte mir der Junge. »Er wartet schon.« Timothy trat von einem Fuß auf den anderen und wirkte nervös. Das bedeutete mir, dass der Hausherr wahrscheinlich sauer war über mein Zuspätkommen. Die Entschuldigung wollte ich

aber nicht aufschieben. Eine Minute hin oder her würde kaum den Ausschlag geben.

»Bevor ich zu ihm hochgehe, muss ich dich um Verzeihung bitten, Timothy.«

Mit großen Augen sah er mich an. »Wofür?« Noch bevor ich antworte, schoss ihm die Röte ins Gesicht.

»Für mein Verhalten dir gegenüber. Es war nicht angebracht –«

»Das macht wirklich nichts«, warf er hastig ein und wirkte noch angespannter als zuvor. »Aber Sie sollten wirklich zum Master gehen. Unpünktlichkeit macht ihn zornig.«

Ich winkte mit der Hand ab. »Dann brauche ich mich nicht zu sorgen. Er ist schon längst zornig mit mir.«

Meinen Humor verstand Timothy wohl nicht und packte mich am Arm.

»Beeilung!«

»Nimmst du meine Entschuldigung an?« Ich ließ nicht locker. Es war mir wichtiger, mich mit anständigen Menschen gut zu stellen, als so jemanden wie Darvill zu beschwichtigen.

»Tu ich, tu ich! Und nun schnell.« Er zog mich durch die Tür und wies mit dem Finger ungeduldig Richtung Treppe.

Ich nickte ihm dankend zu und marschierte weiter. Zum ersten Mal betrat ich die Küche und fand diese überlaufen mit Bediensteten vor. Da ich bisher nur nachts auf Westford Manor gewesen war, war Timothy der einzige mir bekannte Angestellte. Dass ein einziger Gentleman in der Lage war, Arbeit für so viele Leute zu generieren, war beeindruckend. Wäre ich eine Dame, fielen mir nicht einmal genug Aufgaben für ein Dienstmädchen ein. Es würde sich bei mir langweilen.

Mit großen Augen beobachtete ich das Küchenpersonal. Der köstliche Duft ließ vermuten, dass sie gerade das Abendessen des Hausherrn fertig zubereitet hatten. Alle schienen jetzt ihre jeweiligen Utensilien zu reinigen. Die meisten waren mir fremd, und selbst die, die ich kannte, überraschten mit ihrer Vielfalt. Löffel, Spachtel, Töpfe, Pfannen in unterschiedlichsten Größen und Formen türmten sich im Spülbecken.

Alle waren so von ihrer Arbeit eingenommen, dass sie mich nicht beachteten. Bis auf eine mangelnde Uniform unterschied ich mich auch nicht sonderlich von den anderen. Sie trugen schlichte schwarze Kleider oder Anzüge mit gerüschten Schürzen. Ich trug wie immer meinen braunen Mantel, ein blassgrünes Kleid darunter und dazu Lederstiefel. Erst als ich den Raum durchquert und auf die erste Stufe der schmalen Treppe trat, hörte ich ein neugieriges Flüstern.

»Das ist sie«, murmelte eine weibliche Stimme hinter mir.

Mein Blick schoss zur Sprecherin, zwei Dienstmädchen starrten mich an und wandten sich ertappt ab. Ich errötete.

Was immer sie über mich wussten, es konnte nichts Gutes sein.

Seufzend stieg ich die Treppe hinauf und erreichte das Foyer. Dort kam mir ein weiteres Dienstmädchen mit Besen und Eimer entgegen. Sie rannte mich fast um, so eilig hatte sie es, und war schneller durch die versteckte Bedienstetentür verschwunden, als ich »Au« rufen konnte. Nur ihre Absätze hörte ich die Treppe hinabklackern.

Alle Dienstmädchen sahen gleich aus. Schwarze Kleider, strenge Frisuren, schnelle Bewegungen. Ich beneidete sie um die Ehrlichkeit ihrer Arbeit.

Erneut fand ich mich unter den wachsamen Blicken der Gemälde wieder. Zum ersten Mal strömte so viel Licht durch die großen Fenster, dass ich die Gesichter deutlich erkennen konnte. Es fühlte sich an, als könnten sie meine Gedanken lesen und wüssten, welche Schandtaten ich trieb. Eine Frau war schöner als die nächste. Auch wenn sich ihre Züge, Kleidung und Haltung stark voneinander unterschieden, so hatten sie alle eins gemein: einen messerscharfen Blick, der einem direkt in die Seele starrte und es schwer machte, die Augen von ihnen abzuwenden.

Trotz meiner Verspätung konnte ich mich kaum losreißen. Die Zurschaustellung weiblicher Perfektion war wie ein Bann. Zum einen erfüllte mich der Anblick mit wohliger Wärme, zum anderen war ich erschreckend willenlos. Die Augen zu schließen war ein Kraftakt, der mir nach langem Ringen endlich gelang.

Ich atmete tief durch.

Was war das nur für ein seltsames Gefühl? Es waren doch bloß Bilder. Ich wurde wütend auf mich selbst. Von wegen Bann, bestimmt

bildete ich mir den Unsinn bloß ein, nur weil mir Darvills Anwesen insgesamt Unbehagen bescherte. Erneut sah ich auf die Bilder, und der Effekt von vorhin blieb aus.

»Dachte ich es mir doch!«, stieß ich wütend hervor. »So ein Unfug, ich muss mich zusammenreißen.« Nach einer kurzen Pause fügte ich hinzu: »… und aufhören, Selbstgespräche zu führen.«

Ich schüttelte die Schultern aus und schnaubte entschlossen. Erst dann ging ich weiter vom Foyer in den hallenden Flur. Auch dort waren die Wände dicht an dicht mit Gemälden bedeckt. Hier erschienen die Damen noch atemberaubender. Ich erstarrte plötzlich, als ein vertrautes Paar Augen mir entgegensah. Die dunklen Lippen, ausdrucksvollen Augen und das seidenfeine schwarze Haar. Dieses Gesicht hatte sich mir so stark eingeprägt, dass ich es überall erkennen würde.

»Lady Barlow«, flüsterte ich leise. Darvill war ein elender Schuft.

Ich war so überrascht von der Begegnung, dass ich einen Moment brauchte, um die Gedanken zu ordnen. Es war schockierend dreist von Darvill, sie in seiner Sammlung auszustellen, während sie noch als vermisst galt. In welcher Beziehung stand er zu ihr? Könnte sie irgendwo im Haus versteckt sein, oder war das alles ein großes Missverständnis und Darvill war unschuldig? Dieser letzte Gedanke ließ mich spöttisch schnauben. Er war vieles, aber unschuldig ganz sicher nicht. Es überkam mich eine grausige Vorstellung, und ich drehte mich langsam um die eigene Achse. Wenn dieses Gemälde Lady Barlow zeigte, wer waren dann all die anderen, und in welchem Zusammenhang standen sie zu Darvill?

Ich ballte die Hand zur Faust und schwor einmal mehr, die Wahrheit herauszufinden. Ich hatte keine Angst vor ihm. Seit dem Verschwinden meines Bruders bekam ich nicht mehr so leicht Angst!

Entschlossen lief ich bis ans Ende des Flurs und schob mit Schwung eine große Doppeltür mit Ornamentverglasung auf. Dahinter lag der Speisesaal, in dem der Hausherr gerade eine köstlich duftende Ente verspeiste.

»Du bist spät dran«, eröffnete James Frederik Darvill genervt und stopfte sich ein rosiges Stück Fleisch in den Mund.

»Sie können froh sein, dass ich den Weg durch ihr Labyrinth von einem Haus überhaupt gefunden habe. Wie viele Zimmer braucht ein einziger Mann?«, gab ich grimmig zurück.

Darvill grinste und deutete auf einen Stuhl am anderen Ende des Tisches, wo Geschirr und Silberbesteck für eine weitere Person gedeckt waren.

»Warum nimmst du nicht Platz? Der Butler nimmt dir den Mantel ab und, wenn du nicht aufpasst, auch die spitze Zunge.«

Er schnitt bedeutungsschwer in die Entenbrust auf seinem Teller und ließ dabei den Blick nicht von mir ab. Ich musste schlucken. Meine Zunge würde ich dann doch gern behalten.

Moment! Hatte ich richtig gehört? Er wollte mit mir gemeinsam zu Abend essen? Wenn das stimmte, musste es eine Falle sein. Er würde mich auf keinen Fall ohne Hintergedanken zu seinem fantastisch aussehenden Abendessen begrüßen. So eine Umgebung war einfach zu schick für meinesgleichen. Die schneeweiße Spitzentischdecke, die kunstvoll bemalten Vasen mit frischen Blumen darin, die Fülle an Speisen in noch nie da gewesenen Formen, zudem die Armee an Personal, die mit hinterm Rücken verschränkten Händen um den Tisch standen – das war einfach keine Welt, in die ich passte. Auch wenn ich davon geträumt hatte, zur Oberschicht zu gehören, konnte ich kaum weiter davon entfernt sein.

Darvill musterte mich und legte sein Besteck ab. »Muss ich etwa nochmals bitten?«

Steif trat ich näher. Ein Butler zog den Stuhl zurück, und ein anderer nahm mir, wie versprochen, den Mantel von den Schultern. Vorsichtig ließ ich mich auf den Platz sinken. Das Polster war weich und der Stoff seidig glatt, nur die detailreich geschnitzte Holzlehne drückte unangenehm gegen den Rücken. Im Gegensatz zu meinem dilettantischen Bruder hatte hier ein Meisterschnitzer Hand angelegt, und jeder Stuhl war eine Skulptur aus Rosenranken und Schmetterlingen. Die Ästhetik machte den Diskomfort allemal wett.

»Der Rücken einer Dame berührt nie die Lehne ihres Sitzes beim Dinieren«, wies Darvill an, nahm Messer und Gabel und grub sie in sein Essen.

Zwar war ich keine, richtete mich aber sofort gerade auf. Auch wenn ich niemanden täuschen würde, so wollte ich zumindest nicht unhöflich vor den anderen Bediensteten wirken. Sie hatten sich solche Mühe gegeben, alles anzurichten.

»Ich habe eine Frage«, verkündete ich, während zwei seiner Angestellten meinen Teller mit Essen schmückten. Anders konnte man das nicht nennen, was die beiden Herren in ihren steifen Pinguinanzügen taten. Sie verwendeten sehr kleine Mengen und arrangierten diese wie ein Kunstwerk.

»Natürlich hast du das«, erwiderte Darvill. Er tat wieder so, als nähme alles seinen geregelten Gang genauso wie damals, beim ersten Betreten unseres Geschäfts. Dieser Mann schien sich in den absurdesten Situationen am wohlsten zu fühlen. Zu allem Übel spielte sein Personal auch noch mit, ohne eine Miene zu verziehen, doch nach dem Kommentar, den ich in der Küche mitbekommen hatte, war klar, dass mir nicht alle unter ihnen so wohlgesonnen waren wie Timothy.

Wie konnte Darvill das egal sein? Was, wenn sich unter den feinen Familien Oxfords herumsprach, dass er mit Ladenmädchen speiste? Vielleicht war er auch zu reich für solche Sorgen. Mit Geld konnte man sich anscheinend auch einen Ruf kaufen – bei Polizei und *Oxford Gazette* traute sich auch niemand, ein böses Wort über ihn zu verlieren. Mich konnte er nicht kaufen!

»Bevor du deine Fragen aussprichst, lass mich für ein wenig Privatsphäre sorgen.« Er warf einem Butler einen Blick zu, dieser schaute zum Unterbutler, der zum Unter-Unterbutler, und so ging das die Rangordnung runter bis hin zu den Zimmermädchen. Das Blicke-Pingpong führte dazu, dass sich die gesamte Armee innerhalb von Sekunden mobilisierte und den Raum verließ. In ihrer Abwesenheit wirkte der Raum noch größer und der Tisch noch länger. Auch Darvills Präsenz gewann an Macht.

Davon ließ ich mich nicht einschüchtern!

»Also dann, sprich.«

Das tat ich auch und fiel direkt mit der Tür ins Haus.

»Wie ist es möglich, dass Sie das Porträt von Lady Barlow an Ihrer Wand hängen haben?«

Es war kühn von mir, die Sache direkt anzusprechen, ich hoffte ihn damit zu überraschen und auf diese Weise eine ehrliche Reaktion zu entlocken. Jede seiner Bewegungen beobachtete ich genau, um nichts zu verpassen.

Er sah auf. War es Ärger, Irritation oder etwas anderes, was in seinen Augen funkelte? Ich konnte es nicht sagen, aber es ließ mein Herz höherschlagen.

»Sie ist eine Freundin der Familie.«

»Sie haben viele Freundinnen in der Familie«, bemerkte ich. »Und die Damen sind alle sehr schön.«

»Ich bin ein Sammler schöner Dinge.«

»Zählen dazu auch die Dinge, die ich bringe?«, fragte ich und blieb bei einer offensiven Fragestellung.

Darvill schätzte mich ab, seine Lippen verzog er zu einem Grinsen. »Das würdest du wohl gern wissen, was?«

»Tatsächlich würde ich das, ja.«

»Dann bleib lang genug bei mir und du wirst es erfahren.«

Das war eine unerwartete Wendung. Er wollte, dass ich von seinen ominösen Angelegenheiten erfuhr? Warum ließ er mich dann so lang im Dunkeln? Wollte er, dass ich noch tiefer hineingezogen wurde, damit ich keine Möglichkeit mehr hatte, ihm zu entkommen? Die bloße Vorstellung ließ mich erschaudern.

Darvill griff in die Tasche seiner Samtweste und zog ein sauber gefaltetes Blatt Papier hervor. »Und wo wir gerade dabei sind. Den ersten Hinweis auf deine Aufgabe für heute Abend findest du hier.«

Ich stand auf und machte mich auf den absurd langen Weg zu ihm ans andere Tischende.

»Bei der Distanz braucht man ja eine Kutsche, wobei die Pferde wahrscheinlich auf halber Strecke an Erschöpfung sterben würden.«

»Weniger quatschen, mehr laufen, sonst wird das Essen kalt«, höhnte er gelassen in seinem Stuhl lehnend.

»Sie können mir ja entgegenkommen, wenn Sie es so eilig haben.«

»Ich bin ein alter Mann und muss mich ausruhen.«

»Von wegen! Sie sind doch erst Ende zwanzig ... maximal Anfang dreißig, wenn Sie sich einen Bart wachsen lassen würden.«

»Gut geschätzt«, sagte er amüsiert.

Eine Woche und drei Tage später erreichte ich ihn endlich und wurde von seinem schelmischen Grinsen begrüßt.

Ich schnappte ihm das Papier aus der Hand und machte mich auf den Rückweg, begleitet von seinem tiefen Lachen.

Zurück an meinem Platz, faltete ich den Zettel auf, es war die Blaupause eines komplizierten Schlosses.

»Heute Nacht werde ich dich begleiten.« Er lächelte mich an und schob sich zufrieden ein perfekt angebratenes Stück Kartoffel in den Mund.

Ich schluckte den Protest hinunter, der sich auf meinen Lippen gebildet hatte, und steckte die Blaupause in die Tasche. Was hatte das alles zu bedeuten? Gedankenverloren wandte ich mich dem Teller zu und schnitt ein Stück Ente ab. Ich führte es zum Mund und kaute. Es zerschmolz wie Butter auf der Zunge, dennoch konnte ich das kulinarische Meisterwerk kaum würdigen.

»Würde es etwas bringen, zu fragen, worum es bei dem heutigen Ausflug geht?«

»Überhaupt nicht«, erwiderte Darvill mit einem falschen Lächeln. »Und um ehrlich zu sein, würde es mir nichts ausmachen, es zu erzählen, nur du würdest es nicht glauben.«

In seinem Gesicht suchte ich nach Hinweisen, aber der Mann schaffte es wie immer, eine unlesbare Maske aufzusetzen. »Ich verstehe Sie nicht, Mr Darvill.«

»Ah ja.« Er lehnte sich in seinem Stuhl zurück und führte die Fingerspitzen beider Hände vor sich zusammen. »Menschen sind immerzu bestrebt, einander zu verstehen, sich gegenseitig Attribute zuzuordnen – gut, schlecht, großzügig, geizig, hübsch, hässlich. Eine Person ist nicht nur eines davon, jeder ist alles in verschiedenen Ausprägungen, die sich je nach Situation verändern.«

Ich ließ seine Worte einen Moment in der Luft hängen, bevor ich antwortete. »Sie haben das einzigartige Talent, den klarsten Verstand vollkommen durcheinanderzubringen.«

Er lachte. »Danke schön.«

»Das sollte kein Kompliment sein«, stellte ich klar.

Daraufhin hob er herausfordernd eine Augenbraue.

Ich biss von einer orangefarbenen Spirale ab. Sie war köstlich. »Was ist das?«

Darvill sah zu meinem Teller, und auf seinen Lippen formte sich ein noch breiteres Grinsen. »Das ist ein exotisches Gemüse und sehr schwer zu beschaffen, ich weiß nicht, ob du davon gehört hast.«

Ich beugte mich neugierig vor.

»In höheren Kreisen ist es als Karotte bekannt«, flüsterte er verschwörerisch.

Ich sank auf den Stuhl zurück und stocherte peinlich berührt mit der Gabel im Gemüse herum. »Da, wo ich herkomme, sind Karotten lang und spitz … und nicht so unbeschreiblich lecker.« Essen hatte für mich immer nur dazu gedient, den Bauch zu füllen, aber dieses Mahl war so viel mehr. Es war ein Erlebnis.

»Sie sind in Rotwein eingelegt und karamellisiert. Die hauchdünne Spiralenform trägt nicht nur zur Ästhetik bei, sondern macht sie besonders knackig. Wie gesagt, sammle ich schöne Dinge, daher ist auch meine Köchin eine Künstlerin«, erklärte Darvill stolz.

»Das kann man so sagen«, erwiderte Ich ehrfürchtig und runzelte die Stirn. »Warum verschwenden Sie solche Delikatessen an mich?«

»Ein Abendessen ist eine gute Möglichkeit, mehr über einen Menschen zu erfahren.« Er lächelte wissend. »Vorhin hast du davon gesprochen, mich nicht zu verstehen, nun, vielleicht möchte auch ich mehr über dich erfahren?« Seine Augen leuchteten auf.

Ich errötete ein wenig und stopfte mir noch einige Karottenspiralen in den Mund. Jetzt, da ich wusste, was es war, erkannte ich die vertraute Textur. »Es gibt nichts über mich zu erfahren.«

»Da bin ich anderer Meinung«, sagte Darvill leiser. »Ich finde dich sogar ziemlich faszinierend.«

Mein Herz setzte einen Schlag aus, und ich verschluckte mich an den Karotten. Während ich in eine Serviette hustete, die aus dickerem Stoff war als mein Kleid, suchte ich in seinem Gesichtsausdruck nach Anzeichen von Spott, doch er blieb ernst.

»Faszination führt auf gefährliche Pfade«, sagte ich aus schmerzlicher Erfahrung. »Mich hat sie hierhergeführt. Ich war fasziniert von dieser fremden, reichen Welt und ihren Geheimnissen, und nun komme ich nicht los.«

Sosehr ich Darvill auch hasste, so sehr reizte es mich auch, mehr über ihn herauszufinden. Es war ein Spiel mit dem Feuer. Wenn er

mir gegenüber ähnlich empfand, dann wollte ich mir gar nicht ausmalen, zu welchen fatalen Konsequenzen dieses Spiel führen könnte.

»Gefährliche Pfade sind mir die liebsten«, gab Darvill mit einem Schmunzeln zu. »Alle anderen sind langweilig.«

Leider erkannte ich mich in seinen Worten wieder. Diese Gemeinsamkeit lud die Stimmung zwischen uns auf und weckte eine seltsame Begierde in mir. Ich betrachtete Darvill. Ein herausforderndes Lächeln umspielte seine Lippen. Im warmen Licht der Kerzen, die in goldenen Ständern den Tisch zierten, wirkte sein kantiges Gesicht geradezu aristokratisch. Von der ersten Begegnung an hatte ich versucht zu ignorieren, mit welch gutem Aussehen der Teufel gesegnet war – versessen darauf, nur das Schlechte in ihm zu sehen. Doch in diesem Moment fiel mir das schwer. Diesem gefährlichen Bann konnte ich nur mit einem entschiedenen Themenwechsel entkommen.

»Onkel hat mir gesagt, dass Sie mich bezahlen«, lud ich zu einer Erklärung ein.

»In der Tat.«

»Warum?«

»Du machst gute Arbeit – da finde ich eine angemessene Bezahlung nur fair.« Er zuckte mit den Schultern. Schon wieder tat er so selbstverständlich.

Was sollte das? Warum zeigte er sich plötzlich so zuvorkommend und anständig? Konnte er nicht weiterhin der gemeine Erpresser bleiben? Das würde meiner Gefühlswelt einen großen Gefallen tun.

»Noch mehr Fragen?« Darvill schien die Unterhaltung zu genießen.

»Ja«, sagte ich mit einem intensiven Blick. Themenwechsel! Schnell! »Hätten Sie keinen längeren Tisch bekommen können, oder ist dem Wald das Holz ausgegangen?« Ich musste stark bleiben, ich durfte ihn nicht ins Herz lassen. Für eine Träumerin wie mich, die seit Erics Verschwinden wenig Kontakt zu anderen Menschen hatte, bedurfte es nicht viel, um das eigene Herz zu verraten. Nichts war leichter, als sich in einen reichen und gut aussehenden Gentleman zu verlieben. Und ehe ich mich's versah, würden auch mir, genau wie Reportern und Polizei, tausend Gründe einfallen, sein Fehlverhalten zu entschuldigen. Ich musste mir nochmals bewusst machen, welch

kriminelle Energie in ihm steckte, und mich seinem Charme entziehen, doch das war nicht leicht, wenn man einsam war.

Lachend nahm er einen weiteren Bissen. »Es tut mir leid, ich kann dich von so weit weg kaum hören.«

Meine Lippen brachen fast zu einem Lächeln aus, aber ich hielt mich gerade noch zurück. Der Grund, warum er mich zu sich gerufen hatte, war das Begehen eines weiteren Verbrechens, und daran änderte auch das nette Geplauder nichts. Egal wie stark mein Herz pochte.

Kapitel 8

Ein Hauch von Wahnsinn

Noch nie zuvor war ich mit einer Privatkutsche gefahren. Der Innenraum war sauber und gepflegt, die Ledersitze in einwandfreiem Zustand, ganz anders als in den öffentlichen Kutschen, die täglich Dutzende Leute umherfuhren. Als Darvill einstieg und mir gegenüber Platz nahm, versuchte ich nicht daran zu denken, dass dies die Clarence war, mit der er vor Kurzem erst Lady Barlow herumgefahren hatte.

Mit dem Gehstock, den Onkel für ihn gemacht hatte, klopfte er zweimal ans Dach und gab dem Kutscher auf diese Weise den Befehl loszufahren. Zu meiner Überraschung war es Timothy, der die Pferde lenkte, was auch erklärte, warum er mir bei unserer Begegnung in der Küche so bekannt vorgekommen war. Ich hatte ihn in der Nacht von Lady Barlows Verschwinden gesehen. Der Hausherr musste großes Vertrauen in den Jungen haben, wenn er ihn an seinen kriminellen Streifzügen teilhaben ließ.

Ich blickte nach draußen auf die dunkle Straße. Wir überholten mehrere Passanten, die das schwarze Gefährt mit ihren Blicken verfolgten und sich zweifellos fragten, welche eleganten Personen es transportierte. Sie hatten ja keine Ahnung, was für einen hohen Preis man für eine Mitfahrgelegenheit zahlen musste.

Darvill ließ mir nicht viel Zeit, die Fahrt zu genießen, bevor er das Wort ergriff. »Kannst du dieses Schloss knacken?«

Aus der Innentasche seines langen roten Mantels holte er ein Metallgehäuse hervor. Beim genaueren Hinsehen erkannte ich, dass es ein Riegelschloss aus Messing war, mit aufwendiger Verzierung und

vergoldeten Ornamenten auf dem äußeren Kasten. Am bemerkenswertesten war jedoch, dass es drei Schlüssellöcher gab.

»Das kann nicht sein!«, stieß ich hervor und öffnete das Gehäuse. Das war kein gewöhnliches Riegelsystem. Solch komplexe Handwerkskunst hatte ich bisher nur einmal im Leben gesehen.

»Das hier«, murmelte ich ehrfürchtig, »ist eines von den Schlössern meines Vaters. Sein Meisterstück.«

Es war eine seiner kompliziertesten Kreationen. Von dieser Sorte gab es nur wenige, jedes mit einem einzigartigen System. Tränen brannten mir in den Augen, als meine Brust vor Stolz anschwoll. Viele Stunden hatte er in der Werkstatt damit verbracht, Ideen zu skizzieren und wieder zu verwerfen, bis das perfekte Schloss entstanden war. Bei jedem Schritt hatte er Eric und mich miteinbezogen, denn er war fest davon überzeugt, dass die Förderung von Wissen und Können immer einen Vorteil im Leben bot. Ich drückte das Schloss an die Brust. Was würde er jetzt von mir denken, wenn er wüsste, dass ich die Metallrätsel zu knacken gezwungen war, an deren Sicherung er so hart gearbeitet hatte?

Vor meinem Gesicht erschien ein Taschentuch. Ich sah überrascht auf.

»Wisch dir das Gesicht ab und sag mir, ob du es entriegeln kannst. Nutz die Blaupause, die ich dir gegeben habe, sie könnte helfen.«

Die Blaupause, natürlich! Wie konnte ich übersehen haben, dass es eine von Vaters Skizzen war? Das imposante Abendessen hatte mich völlig vereinnahmt und meine Wahrnehmung getrübt.

Ich nahm Darvills nachtblaues Seidentuch und trocknete damit die Träne, die sich unbemerkt hinausgeschlichen hatte. Als ich den edlen Stoff seinem Besitzer zurückgeben wollte, hob er die Hand.

»Behalte es.«

Ich betrachtete den zarten Spitzenrand und die gold-schimmernden Initialen J.F.D. Um so etwas Feines zu kaufen, müssten Onkel und ich zwei Wochen lang von Brot und Wasser leben.

»Sie sind heute Abend beunruhigend zuvorkommend«, sprach ich versehentlich laut aus.

Darvill schmunzelte. »Ich habe dir gesagt, dass es keine Trennlinie zwischen Güte und deren Gegenteil gibt, da beide stets zu jedem

Menschen dazugehören.« Ungeduldig trommelte er mit den Fingern auf dem Kopf seines Gehstocks. »Nun zum Schloss.«

Ich rutschte auf dem Sitz zurück und zog die Blaupause heraus. »Dies ist ein komplexes System, das für dieses spezielle Schloss einzigartig ist. Das heißt, man kann es nur entriegeln, wenn das Innenleben bekannt ist, sonst ist es wie die Suche nach der Nadel im Heuhaufen.« Ich hielt inne und sah zu Darvill, er blickte angespannt zurück. »Jetzt, da ich weiß, wie es innen aussieht, kann ich dieses hier mit den richtigen Handgriffen knacken«, fuhr ich fort, »aber ein anderes Schloss desselben Typs hätte ein anderes Innenleben. Beim Knacken eines Schlosses geht es darum, welchen Riegel oder Hebel man zuerst löst oder zieht und welcher darauf folgt. Bei einem solchen Schloss wird es eine Weile dauern, nicht nur alle Mechanismen zu finden, sondern auch die verschiedenen Kombinationen auszuprobieren.«

»Zeit ist ein entscheidender Faktor«, überlegte Darvill laut.

»Ja«, bestätigte ich. »Je länger es dauert, ein Schloss zu knacken, desto höher ist die Wahrscheinlichkeit, entdeckt zu werden.«

»Wie viel Zeit?«

Ich betrachtete das Schloss genau.

»Mein Vater hat nur wenige davon erschaffen – ein halbes Dutzend, um genau zu sein.« Ich drehte das Schloss hin und her. »Und eines davon halte ich in Händen, ein weiteres, das ich kenne, wurde nach London geschickt und ein drittes wird bei der Bank in Oxford verwendet. Bleiben nur noch drei Möglichkeiten, wie das Schloss, das ich knacken soll, aussehen könnte.« Als ich so darüber nachdachte, wurde mir bewusst, wie hinterhältig diese Aufgabe war. Schließlich hatte irgendjemand sein Vertrauen in ein *Copper Lock* gesetzt und würde nun ausgerechnet von einer Copper hintergangen werden.

»Erinnerst du dich an alle Mechanismen?«

»Nicht an alle«, sagte ich wehmütig und entsinnte mich, wie schwer es mir anfangs gefallen war, Schlösser zu knacken. »Aber Eric hat mich viel üben lassen, besonders an dieser Art von Schlössern, daher sind sie mir vertraut.«

Darvills Mundwinkel zuckten zu einem schelmischen Grinsen. Sein Gesichtsausdruck erinnerte mich daran, dass dies, so stolz ich auf mein Talent auch sein mochte, nicht der richtige Zeitpunkt war,

damit anzugeben. Je besser ich war, desto mehr Schaden richtete ich an. Dennoch pochte mein Herz aufgeregt. Die Straftaten, in die Darvill mich verstrickte, waren spannender als das ewige Sortieren der Rumpelkammer. Auch wenn ich die Aufgaben hasste, so gab mir der Nervenkitzel ein Gefühl, das ich nur schwer beschreiben konnte. Es hatte etwas Berauschendes, ein Schloss zum Aufspringen zu bringen, sich Zutritt zu verschaffen an Orte, an denen man nicht sein durfte, und dann mit rasendem Herz zu entkommen.

Wie gefährlich diese Empfindung war, wagte ich kaum zu bedenken. Noch schlimmer war die Genugtuung, mit Darvill über mein Handwerk zu sprechen, das ich aufgrund meiner Stellung in der Gesellschaft nicht entfalten konnte. Erst jetzt bemerkte ich, wie sehr es mir fehlte. Wenn ich ein Mann wäre, könnte ich meine eigene Schlosserei führen, doch niemand würde das gleiche Vertrauen in eine Frau stecken – besonders eine mit Verbindung zu einem vermeintlich kriminellen Bruder. Wer hätte Gedacht, dass sich all die Vorurteile, die mir nach seinem Prozess zuteilwurden, einmal bewahrheiten würden. Andererseits waren die Vorurteile mitschuldig an meiner Situation. Hätte der Wachtmeister seine Arbeit getan, anstatt mich auch noch zu verraten, dann hätte ich nicht selbst Nachforschungen anstellen müssen.

»Wenn ich erst einmal herausgefunden habe, welches der drei verbleibenden Systeme es ist, kommt es auf Geschick an«, erklärte ich.

»Und davon hast du reichlich«, bemerkte Darvill.

Ich zuckte zusammen bei den lobenden Worten. Sie gaben mir eine Genugtuung, die ich nicht verspüren wollte.

»Ich verlasse mich auf dich«, sagte er in einem bedeutungsschweren Ton, dann wandte er seinen Blick ab und schaute nachdenklich aus dem Fenster. Die Antworten schienen ihn zufriedengestellt zu haben, und er widmete sich weiteren Grübeleien, an denen er mich nicht teilhaben ließ. Ich wüsste nur zu gern, was er vorhatte.

Während ich ihn so betrachtete, stieg mir die Hitze ins Gesicht. Sein Profil, die gerade Nase und die grimmigen Augen – das allein reichte, um mein Blut vor Wut zum Kochen zu bringen, und doch war da noch etwas anderes. Er hatte mir eine Bestimmung gegeben, und nun auch noch Anerkennung. Das bestärkte die beunruhigenden

Gefühle. Ich wollte diese Arbeit nicht genießen, und doch freute ich mich geradezu darauf, mein Geschick an Vaters Schloss zu testen. Ich wusste, wie falsch es war, so zu fühlen, doch sosehr ich auch dagegen ankämpfte, es gelang mir nicht, die Euphorie zu ersticken.

Als Nichte eines Ladenbesitzers, dessen Geschäft stets am Rande des Bankrotts stand, hatte es nie viel Raum gegeben, sich zu beweisen. Ein bisschen Buchhaltung, etwas Hausarbeit, die eine oder andere Besorgung – das war's. Und plötzlich war ich eine Spezialistin, jemand mit einem natürlichen Talent für das Lösen komplizierter Puzzles. Es wäre so schön, wenn ich das alles haben könnte, nur ohne den kriminellen Aspekt. Dann würde ich Darvill ehren und respektieren, so wie Timothy es tat. Ich seufzte leise. Ich war ein Niemand, und Darvill gab mir das Gefühl, jemand Besonderes zu sein, aber leider zu den falschen Konditionen.

Wieder grübelte ich, was Darvill erreichen wollte. Er hatte alles, was das Herz begehrte: Reichtum, Aussehen, Einfluss, Klasse. Was suchte er, das er mit seinem Geld nicht kaufen konnte?

Plötzlich drehte er sich um und sah mir direkt in die Augen.

»Das ist ein ziemlich verzehrender Blick, den du mir zuwirfst«, raunte er, »man könnte fast meinen, du beginnst dich in mich zu verlieben.«

Ich sprang fassungslos vom Sitz auf und schlug mit dem Kopf gegen das Dach. Schlimmer als der Schmerz war nur Darvills sadistisches Lachen.

»Machen Sie sich nicht lächerlich«, brummte ich und rieb mir die pochende Beule.

»Nein«, erwiderte er. »Das überlasse ich dir.«

Ich verschränkte die Arme vor der Brust und verdrehte die Augen. Etwas Besseres fiel mir nicht ein.

»Aber jetzt reiß dich zusammen«, meinte er seriös. »Wir sind fast da.«

Nur kurze Zeit später hielt die Kutsche. Sofort riss ich die Tür auf und sprang raus, bevor Darvill auch nur die Gelegenheit hatte, unsere Ankunft zu verkünden. So sehr wollte ich seiner Nähe entkommen.

Ich landete in einem Feld aus hohem Gras, das mir bis zur Taille reichte. Ohne den hellen Mond und die baumelnden Laternen der Kutsche hätte man die eigene Hand in der Dunkelheit nicht sehen

können. Weit in der Ferne schimmerte eine Ansammlung vieler kleiner Lichter. Waren wir so weit weg von Oxford?

Selbstgefällig lachte er und folgte dicht hinter mir. Auch wenn ich seinem Hohn gern entfliehen wollte, in dieser Umgebung mochte ich mich nicht verlaufen.

»Warte hier«, befahl Darvill.

»Wo soll ich denn sonst hin?«, erwiderte ich schnippisch. Er warf mir einen abschätzigen Blick über die Schulter zu, der wohl bedeuten sollte, dass die Zeit zum Spaßen vorbei war.

Dem hochgewachsenen Gentleman machte das hohe Gras nichts aus, er durchquerte es mit einer Leichtigkeit, als würde es sich vor ihm freiwillig niederknien. Außerhalb meiner Hörweite gab er Timothy irgendwelche Anweisungen. Der Junge schaute seinen Herrn wie ein Hund an, der begierig darauf war zu gefallen. Nachdem Darvill sich von ihm löste, gab Timothy den Pferden das Kommando loszulaufen. Über den schmalen Pfad, auf den die Kutsche gerade so passte, entfernte sich das Gefährt und war bald kaum noch zu hören.

»Ich sehe hier keine Häuser«, kommentierte ich. Zu meiner Aufregung gesellte sich nun Nervosität, die sich in einem Zittern entlud. »Brauchen wir nicht wenigstens eins? Oder ist das Schloss an einem Baum befestigt? Oder plündern wir heute Nacht ein geheimes Grab mitten auf dem Feld?« Ich wollte gelassen und lustig klingen, doch die Worte kamen in einem Schwall und wirkten dadurch eher hysterisch. Eine lebhafte Vorstellungskraft konnte manchmal ein echter Fluch sein.

»Wir werden zu Fuß weitergehen«, wies Darvill an. Er ignorierte meine humoristischen Ausführungen. »Die Kutsche macht zu viel Lärm, um damit zu fahren.«

Entschlossen ging der Gentleman voran. Ich folgte ihm, aber seine Schritte waren so schnell, dass ich Mühe hatte mitzuhalten. Zudem war der Boden noch nass von den starken Regenfällen der Vortage, und das erschwerte das Vorankommen. Ich kämpfte mich durch den Schlamm, während die alten Stiefel immer tiefer darin versanken. Noch ärgerlicher war, dass Darvill vollkommen anmutig voranschritt und nur anhielt, um mit einem Hauch Überlegenheit und Ungeduld auf mich zu warten. Ich verfluchte das Kleid, dessen weiter Rock sich

immer wieder am Gestrüpp verfing. Das war der Beweis. Ich war durch und durch Stadtmensch und kein Mädchen vom Lande.

»Ich mag die Wildnis nicht«, grummelte ich leise.

»Wildnis?«, schnaubte Darvill. »Wir sind nur fünf Meilen von Oxford entfernt.«

Ich wollte nicht wie ein Jammerlappen wirken und biss mir auf die Lippe. Eigentlich konnte es mir egal sein, was Darvill von mir dachte. War es aber nicht. Dass er mein Geschick gelobt hatte, bedeutete mir mehr, als ich zugeben wollte. Tapfer stapfte ich ihm weiter nach durch den weichen Grund. Der linke Stiefel sackte so tief ein, dass er stecken blieb. Beim Versuch ihn herausziehen, verlor ich das Gleichgewicht und fiel gegen Darvills Rücken.

»Jetzt ist nicht der richtige Moment zum Schmusen«, sagte dieser kühl. »Beherrsch dich.«

Ich musste ein paarmal nach Luft schnappen, bevor ich diese Dreistigkeit überwinden und zum verbalen Gegenschlag ausholen konnte. »Ihr Aussehen und Geld mag sicher die eine oder andere Dame beeindrucken, aber ich würde niemals freiwillig den Körperkontakt zu Ihnen suchen!«

Im Mondschein blitzten seine Zähne zu einem Grinsen auf. »Du findest, ich sehe gut aus, ja?«

Gerade holte ich tief Luft für einen Protest, der sich gewaschen hatte, als der Fiesling die Hand hochhielt.

»Leise«, flüsterte er. »Wir sind fast da.«

Mit seinem Geschwätz hatte Darvill die Nervosität in mir kurz unterbunden, nun ergriff sie jedoch vollen Besitz von mir.

In der Ferne wurde das schwache Licht in einem Sprossenfenster immer deutlicher – die Sprossen waren so dicht beisammen, dass sie an ein Gitter erinnerten.

Der langsam vom Boden aufsteigende Nebel streute den hellen Schein. Ich konnte kaum die Umrisse des abgelegenen Cottage erkennen, es war kein besonders großes oder prächtiges Gebäude. Es wirkte sogar ziemlich bescheiden, und das ließ mein Herz sinken. Stehlen war schon schlimm genug, aber von denen zu nehmen, die nicht viel hatten, war noch schlimmer.

Widerwillig folgte ich Darvill in der Hoffnung, dass es sich so wie zuvor nur um wertlosen Plunder handeln würde.

In der Stille zwischen uns stieg die Spannung spürbar. Für jemanden, der normalerweise vor Selbstbewusstsein nur so strotzte, war Darvill auf einmal ungewöhnlich verkrampft. Beunruhigend. In seinem Schatten lauernd, folgte ich ihm an der bröckeligen Hausfassade entlang bis zum hinteren Ende des Cottage. Mir fiel auf, dass es an der gesamten Wand kein einziges Fenster gab, nur Efeuranken, die sich bis zum Dach wanden.

Darvill nickte mit dem Kopf in Richtung einer Holztür. Sie war größtenteils von Efeu und Moos bedeckt. Sie wirkte, als wäre sie seit Jahren nicht mehr benutzt worden.

Darvill holte eine Streichholzpackung hervor und entfachte drei Hölzer gleichzeitig.

Mit der Hand schob ich die Blätter beiseite und fand darunter ein klobiges und rostiges Schloss. Das war ganz sicher nicht die Arbeit meines Vaters. Ich warf Darvill einen fragenden Blick zu, doch er nickte ernst. Es zu knacken dauerte keine Sekunde, aber als das marode Holz aufknarrte, offenbarte es dahinter eine Stahltür mit einem der schönsten Schlösser meines Vaters. Sein erstklassiger Zustand stand in starkem Kontrast zum verwitterten Holz der ersten Tür. Vater hatte stets die besten Materialien verwendet. Das Schloss war der Beweis, dass es sich lohnte, in gute Qualität zu investieren. Es würde bestimmt noch Hunderte Jahre halten. Die Lichtquelle in Darvills Hand erlosch, und er entfachte sofort neue Streichhölzer.

Ich berührte das kalte Messing und fuhr mit dem Finger die drei markanten Schlüssellöcher nach. Als wäre es gestern gewesen, sah ich mich neben Vater in seiner Werkstatt sitzen, während er Eric und mir seine Kreationen erklärte. Ich schloss die Augen und erinnerte mich an die sechs verschiedenen Mechanismen, die er verbaut hatte. Dann musterte ich die Verzierungen und Ornamente vor mir. Von einem Schlüsselloch zum nächsten variierten sie ganz leicht. Noch während ich die Werkzeuge positionierte, kam mir deutlich die Erinnerung daran, wie das Innere aussah. In Gedanken sezierte ich die Mechanik, und als ich den Metalldraht hervorholte, wusste ich genau, in welche Form er zu biegen war.

Nacheinander steckte ich einen Draht in jedes der Löcher. Präzise rastete eines nach dem anderen ein. Ich schluckte trocken, während ein Schweißtropfen auf meiner Stirn hervortrat.

Klack-klack-klack.

Der innere Hebel saß fest in seiner Halterung und weigerte sich nachzugeben. Die Öse meines Metalldrahts rutschte ab, ich brachte sie erneut in Position und versuchte, mit Feingefühl mehr Kraft anzuwenden.

Klack.

Sanft und leise öffnete sich die Tür.

Eine feste Hand legte sich auf meine Schulter und drückte sie. Darvill nickte anerkennend. Sein von Schatten verdunkeltes Gesicht war ernst, in seinen Augen leuchtete pure Konzentration. Dann erloschen die Streichhölzer und er zündete keine neuen an.

»Bleib hier«, befahl er mit belegter Stimme. »Was auch immer passiert, was auch immer du hörst, geh nicht hinein.«

Ich öffnete den Mund, um zu widersprechen, aber der scharfe Blick, den er mir zuwarf, ließ mich verstummen.

Er umklammerte seinen Gehstock und verschwand in die Dunkelheit des Hauses.

Auf vor Aufregung wackeligen Beinen lehnte ich mich an die Hauswand und sank ins hohe Gras. Hoffentlich würde Darvill nicht zu lange brauchen, denn es war verdammt kalt.

Stille, dicker als der aufsteigende Nebel, legte sich über die Felder. Ich schlang die Arme fester um mich. Warum erledigte Darvill den Diebstahl heute selbst, und was war das für eine abgelegene Hütte? Sie hatte schon von Weitem eigenartig gewirkt. Bis auf das kleine Fenster mit den Gitterstäben bestand die gesamte Hauswand aus nichts als rauem Stein, über den dicke Efeustränge krochen. Das Cottage wirkte alt und unbewohnt, zu der Tür führte kein Pfad, alles im Umkreis war überwuchert und verwildert. Was konnte es hier bloß geben?

Die Kälte ließ mich erzittern.

Wie viele Minuten waren vergangen? Fünf? Zwanzig? Die Nervosität, die durch meinen Körper wogte, machte den Fluss der Zeit nicht wahrnehmbar. Ich konzentrierte mich auf meinen Atem, befahl ihm, langsamer zu werden, aber die Lunge war hungrig nach Luft.

Was dachte sich Darvill nur bei all dem? Warum waren wir hier? Und vor allen Dingen: Warum hörte ich auf ihn? Mein Ziel war es, so viel wie möglich über seine Machenschaften herauszufinden. Es war Blödsinn, treudoof auf ihn zu warten, wenn sich im Haus Hinweise darauf verbargen. Ich schluckte.

»Jetzt ist nicht die Zeit, feige zu sein«, flüsterte ich mir selbst zu.

Vor dem Betreten des Hauses klopfte ich sachte die verschlammten Sohlen ab und folgte den Abdrücken, die Darvill auf den Fliesen hinterlassen hatte. Dabei verwischte ich die Spur so gut ich konnte.

Sollte ich stolz sein oder mich dafür schämen, dass ich so eine fleißige Komplizin war?

Bevor ich eine Entscheidung treffen konnte, hörte ich zwei Stimmen aus dem Zimmer am Ende des Flurs. Eine war definitiv Darvills. Doch ich konnte die Worte nicht auseinanderhalten. Ich musste näher ran. Langsam schlich ich in Richtung der Tür, die einen Spalt offen stand, doch als ich eine Ecke erreichte, peitschten mir plötzlich zwei große Blätter ins Gesicht. Ich blinzelte und entdeckte, dass in dem Foyer überall Pflanzen standen. Es waren Palmen und andere Exoten. Direkt gegen meine Wange presste sich eine Hibiskusblüte. Den Dschungel kannte ich zwar nur aus Büchern, hatte ihn mir aber genau so vorgestellt.

»Du hast mir versprochen, du würdest dieses Haus nie wieder verlassen, bis dein elendes Dasein ein Ende nimmt, und ich habe dich im Gegenzug in Ruhe gelassen.«

»Ich war es nicht, ich schwöre.«

Die Stimmen kamen aus dem Raum auf der anderen Seite des Vorzimmers. Durch den Spalt der Tür leuchtete schummriges, gelb flackerndes Licht, das wahrscheinlich von Kerzen stammte. Darvill schritt auf und ab. Aufgrund des Gehstocks war sein Gang unverkennbar.

»Spar dir deine Lügen. Die Blumen haben dich verraten.«

»Das hätte jeder sein können. Vergissmeinnicht wachsen überall.«

»Blödsinn!«, donnerte Darvill, und ich zuckte zusammen. Angespannt stand ich inmitten der exotischen Pflanzen und wagte mich weder vor noch zurück.

»Woher weißt du sonst, welche Blumensorte es war?«

»Aus der *Oxford Gazette*!«

»Die Zeitung hat nichts dergleichen erwähnt, und um an sie heranzukommen, hättest du ebenfalls das Haus verlassen müssen. Wie hast du das überhaupt geschafft? Du hast nicht die Schlüssel zu dem Schloss, das Eric angebracht hat, die hatte nur er, und die Fenster sind vergittert. Das Cottage sollte dein Gefängnis sein. Du wolltest die letzen paar Jahre, die dir geblieben waren, mit deinen Blumen zubringen. Noch dümmer war allerdings, zurückzukommen und zu glauben, du könntest mich so täuschen.«

Ich erstarrte zur Salzsäule. Eric hatte das Schloss angebracht?

»Ich würde meine Pflanzen nie allein zurücklassen ... und bin die ganze Zeit hier gewesen, bitte glaube mir.« Die Person, mit der Darvill stritt, weinte nun. Sie klang wie eine alte Frau.

»Niemand sonst ist so versessen darauf, seine Opfer in Blumen zu hüllen wie du. Für dich sind Blumen das höchste Maß an Schönheit und Jugend. Sieh dich doch mal in deinem Haus um. Hier wimmelt es nur so von Unkraut.«

»Das ist kein Unkraut!« Nun überkam die Frau die Wut und ihre Stimme krächzte. »Blumen machen alles besser. Sie verzeihen jede noch so schlimme Tat, deswegen streue ich sie über meine ... Opfer. Ich bin kein herzloses Monster – im Gegensatz zu dir, James! Es hat mir keinen Spaß gemacht, die junge Frau zu töten, aber ich konnte nicht mehr, ich war so ausgehungert.«

Plötzlich polterte es laut, und ein Schrei brach durch die Tür.

»Argh, du Miststück!«, brüllte Darvill. Es schepperte und knallte. Das Licht, das durch den Türspalt drang, verfärbte sich blau. Ich erkannte es sofort, es war das gleiche wie in der Nacht, als Lady Barlow verschwand.

Ich wich zurück. Mein Herz raste. Ich musste weg, aber ich wollte wissen, was passiert war und was Eric damit zu tun hatte! Doch ich konnte nicht zulassen, dass Darvill mich erwischte. Was auch immer hinter der Tür vor sich ging, klang nicht gut. Im besten Fall würde Darvill hinaustreten und mich dafür bestrafen, dass ich mich seiner Forderung widersetzt hatte. Und im schlimmsten Fall war er zu allem fähig, ich durfte ihn nicht unterschätzen, auch wenn er heute wesent-

lich netter zu mir gewesen war als bisher, das konnte sich jederzeit wieder ändern.

Zudem bestand noch die Möglichkeit, dass ihn die andere Person übermannte. Dem Gespräch nach zu urteilen, war es eine Mörderin! Ihr wollte ich ganz sicher nicht begegnen. Mein Verstand raste, ich musste weg.

Die Tür sprang auf und flutete den Dschungel mit Licht, es blendete mich. Im Türrahmen erschien eine breitschultrige Silhouette. Es war zu spät!

»Du?!«, donnerte Darvill wutentbrannt. »Ich habe dir deutlich gesagt, dass – Argh! Dieses elende Biest!«

Darvill beugte sich nach vorn, sein Gesicht war schmerzverzerrt. Instinktiv packte ich ihn am Arm, doch er stöhnte auf, und ich ließ sofort wieder los.

Erst jetzt bemerkte ich das Blut. Es war klebrig und wärmte meine Finger. Entsetzt musterte ich Darvill. Ich hatte das Rot gegen seinen purpurnen Mantel nicht gleich erkannt.

»Mach keine Szene«, zischte er und holte eine lederumwickelte Leinwand hinter sich hervor. »Hier, mach dich lieber nützlich. Darüber, dass du besser zuhören musst, reden wir später!«

Hatte er tatsächlich noch ein Gemälde gestohlen? An seinen Wänden war doch kaum noch Platz für die Dinger.

»Also irgendwann gibt das Fundament von Westford Manor nach, wenn Sie so weitermachen«, versuchte ich einen nervösen Scherz und wirkte dabei leicht hysterisch. Vielleicht war ich auch einfach nur erleichtert, dass er mir nicht sofort den Kopf abriss, und plapperte deshalb unkontrolliert.

»Jetzt mach schon!«

Ich nahm das Paket in beide Hände, es reichte von meinem Kinn bis zu den Knien.

Auf seinen Stock gestützt, richtete Darvill sich ein Stück weit auf. Von seinem eleganten Gang war nichts mehr übrig, er war durch ein schreckliches Hinken ersetzt worden.

»Beeil dich«, fauchte er mich an. Ich zuckte zusammen, ging aber los. Erneut stellte sich mir die Frage, was passiert war, und ich warf

einen Blick über die Schulter zum erleuchteten Zimmer. Doch Darvill war direkt hinter mir und verdeckte mit seinem Körper die Sicht.

»Da gibt es nichts zu sehen«, knurrte er mir zu und schubste mich unsanft. Es gab keine Anzeichen dafür, dass uns jemand nachjagte. Was war mit der Bewohnerin passiert?

»Komm schon«, wetterte Darvill ungeduldig.

Mit Darvill im Nacken lief ich den gesamten Weg über das Feld zurück. Obwohl er humpelte, hielt er trotzdem ein erstaunliches Tempo ein und trieb mich wie Vieh vor sich her, bis die Umrisse der Clarence durch den dichten Nebel drangen.

Darvill schwang seinen Stock in die Luft und rief nach dem Kutscher. Die Pferde änderten daraufhin ihre Richtung und liefen auf uns zu. Mit einer scharfen Wendung brachte Timothy das Gefährt vor uns zum Stehen.

Darvill riss die Tür auf und kletterte keuchend hinein. Er lehnte jede Hilfe ab, die ich anzubieten versuchte, und ließ sich auf den Sitz fallen. Vorsichtig schob ich das Bild in den Fußbereich zwischen den Sitzen und stieg stumm ein.

»Pass auf, wo du hintrittst«, fauchte er, als ich über den Lederbezug stolperte.

Ohne Widerworte setzte ich mich Darvill gegenüber und kämpfte gegen die drängenden Fragen an, die ich ihm stellen wollte.

Darvill schlug den Stock mit Wucht gegen das Dach und gab so das Signal zum Losfahren, dann lehnte er sich erschöpft in seinem Sitz zurück.

Erst als die Lichter der Stadt in Sichtweite kamen, erkannte ich deutlich den dunklen Fleck auf seiner Hose, der von unterhalb des Knies entlang der Außenseite seines Schienbeins führte. Das musste Blut sein. An seinem Arm, wo ich ihn gepackt hatte, war ebenfalls ein dunkler Fleck. Noch mehr Blut.

»Was haben Sie mit der Frau gemacht?«, hörte ich mich mit einer Stimme sagen, die nicht wie meine klang.

»Du weißt jetzt schon zu viel«, war seine bittere Antwort. »Deine elende Neugier bringt dich noch um Kopf und Kragen.«

»Hat sie schon längst, schließlich muss ich mich Ihnen fügen.«

»Und doch willst du aus deinen Fehlern einfach nicht lernen.«

»Weil ich keine Wahl habe. Wenn Sie mich schon Ihre Drecksarbeit verrichten lassen, dann will ich wissen wofür.«

»Auch wenn dieses Wissen dich und alle, die dir wichtig sind, in Lebensgefahr bringt?«

Ich biss mir auf die Unterlippe.

Was in dem Cottage passiert war, hatte ich nicht gesehen, mir blieben nur Spekulationen. Was die Situation verschlimmerte, war, dass ich unbestreitbar Darvills Komplizin war. Und diesmal ging es um mehr als ein bisschen Trödel. Es konnte gut sein, dass heute ein Menschenleben ... Ich konnte den Gedanken nicht zu Ende bringen.

Außerdem war da noch Eric, den Darvill erwähnt hatte. Hatte es Sinn, wenigstens nach ihm zu fragen? Ich sah zu Darvill, der blickte finster aus dem Fenster und biss schmerzverzerrt die Zähne zusammen.

»Glaubst du, du kannst versuchen, nur jedes zweite Schlagloch zu treffen?«, brüllte er Timothy an.

Ein gedämpftes »Entschuldigung« kam von der Vorderseite der Kutsche.

Darvill knurrte wieder und umklammerte sein Bein.

»Warum starrst du mich an?«, keifte er nun mich an.

Das war endgültig genug. Ich hatte alles ... fast alles getan, worum er mich gebeten hatte, und es war nicht meine Schuld, dass er verletzt worden war. Mit trotzigen Augen widersetzte ich mich seinem wütenden Blick und schob das Gemälde beiseite, um einen Blick auf sein verletztes Bein werfen zu können.

»Was tust du?«, fragte Darvill, als meine Finger den zerrissenen Stoff seiner Hose berührten.

»Seien Sie einfach still und lassen Sie mich Ihnen helfen«, sagte ich wütend. Er hatte mich in so einen riesigen Schlamassel hineingezogen, da schuldete er mir wenigstens das.

Darvill runzelte die Stirn und setzte an, etwas zu sagen, als ich das Loch im Hosenbein auseinanderriss und die stark blutende Wunde enthüllte.

Er stöhnte vor Schmerzen.

»Das ist ein schlimmer Schnitt«, merkte ich an.

»Vielen Dank für deine Expertise. Da wäre ich von allein nie drauf gekommen«, zischte er, seine Stimme war trotz der harschen Worte

sanfter als zuvor. Es schien, als hätte er beschlossen, mir zu vertrauen oder mich zumindest nicht sofort zum Teufel zu jagen. Er sah auf sein Bein hinab und zuckte mit den Schultern. »Hatte schon schlimmere.«

»Das ist sehr beruhigend«, erwiderte ich triefend vor Sarkasmus. Ich zog das dunkelblaue Tuch, das Darvill mir gegeben hatte, aus der Tasche und band es um die Wunde. Ein weiteres Stöhnen folgte. Der Stoff reichte nicht, also riss ich den Saum meines Rocks ab und band ihn darüber.

Darvill musterte mich. »Jetzt schulde ich dir wohl ein neues Kleid.«

Meine Wangen wurden warm. »Es ist sowieso alt, und der Saum müsste demnächst erneuert werden«, waren meine bescheidenen Ausflüchte.

Bald erreichten wir das Haus, und diesmal ließ sich Darvill von mir aus der Kutsche helfen. Timothy hielt uns mit von Furcht erfüllten Augen die Tür auf. Er wurde so blass, als er das Blut entdeckte, dass ich dachte, ich müsste von Darvill ablassen und mich stattdessen um den Jungen kümmern. Bevor er noch ohnmächtig wurde, beschloss ich, ihn mit Arbeit abzulenken, und wies ihn an, eine weiße Leinendecke, eine Schere, Gin und einen Eimer mit kochendem Wasser in das Schlafzimmer des Hausherrn zu bringen.

Überraschenderweise äußerte Darvill keine Einwände, er fügte nur hinzu: »Und bring das neue Gemälde in den Saal.«

Timothy nickte eifrig und eilte mit der Leinwand unter dem Arm voraus.

Unterdessen stützte ich Darvill, während wir die Treppe zu seinem Schlafzimmer hinaufstiegen. Dadurch, dass er viel größer war als ich, unterschied sich unser Tempo, und das führte zu Getorkel, was Darvills Leid verschlimmerte. Das merkte ich daran, dass er sich an meine Schulter klammerte und diese immer wieder fest drückte, wenn sich der Schmerz verstärkte. Nach allem, was er mir angetan hatte, hätte ich erwartet, dass mir sein Elend eine Art Genugtuung verschaffen würde – das tat es nicht. Im Gegenteil, ich war wirklich besorgt, als sich dicke Schweißtropfen auf seiner Stirn bildeten und sein Körper immer heißer wurde. Die Verletzung hatte Fieber verursacht, vielleicht war die Wunde infiziert? Ich wusste nicht viel über Infektionen, nur dass sie wirklich schlimm waren. Obwohl es sicherlich einige

Probleme lösen würde, wollte ich nicht, dass Darvill daran starb. Der bloße Gedanke ließ Tränen in meinen Augen brennen, ich blinzelte sie schnell weg.

Was sollte das? Warum fühlte ich so?

»Das ist sie«, stöhnte Darvill und deutete auf eine Tür.

Ich hielt den Patienten mit einer Hand fest und drückte mit der anderen den geschwungenen Griff nach unten. Das Schlafzimmer war geräumig und viel heller als Darvills übliche Farbpalette. Es wurde von einem riesigen Bett mit einem hohen Pfosten an jeder Ecke dominiert. Am Kopfende war eine Auswahl passender Kissen ordentlich aneinandergereiht. Darvill ließ sich mit einem Schnauben auf den seidenen Überwurf fallen.

Ich kniete mich vor ihm nieder und nahm die Stoffstreifen und das Taschentuch ab, die ich zuvor um das Bein gebunden hatte. In diesem Moment kam Timothy mit den angeforderten Dingen herein. Er stellte den Eimer mit heißem Wasser neben uns ab und verschüttete dabei einen Teil des Inhalts.

»Pass doch auf!«, rief Darvill. Die Wutausbrüche hatte er nicht verlernt, das gab Grund zur Hoffnung. Wenn er immer noch fies sein konnte, würde er die Nacht schon überstehen.

Timothy murmelte eine Entschuldigung und flüchtete aus dem Zimmer, wahrscheinlich aus Angst, noch mehr Ärger zu bekommen.

Ich schnitt das Leinen in Streifen und tauchte diese in das heiße Wasser. Dann reinigte ich seine Wunde mit Wasser und Gin. Darvill versuchte nicht einmal so zu tun, als würde er das locker wegstecken. Er krächzte und jammerte wie ein Kind.

»Verbinde es einfach, mehr ist nicht nötig«, zischte er.

»Ich versuche eine Infektion zu vermeiden«, rechtfertigte ich mich verärgert über sein undankbares Verhalten.

Darvill spottete. »Was weißt du schon von Infektionen?«

Ich wurde rot und fühlte mich ertappt. »Nur dass man daran sterben kann«, murmelte ich. »Vater hatte Tuberkulose.«

Darvill schwieg einen Moment. »Das ist etwas völlig anderes«, sagte er endlich. Seine Stimme war rau und heiser, sodass ich nicht heraushören konnte, ob er Mitleid hatte oder einfach nur an seinen eigenen Verletzungen litt.

»Ich versuche zu helfen. Ertragen Sie es einfach.«

»Wenn das Hilfe sein soll, will ich nicht wissen, wie es aussieht, wenn du – Argh!«

Ich hatte die Bandagen etwas zu fest um seine Wunde gezogen – und das keinesfalls aus Versehen. Und um Missverständnisse zu vermeiden, warf ich ihm zusätzlich einen bösen Blick zu.

Ein kleines Grinsen bildete sich auf Darvills verschwitztem und müdem Gesicht. »Hast du deine sadistische Seite entdeckt?«

Mit hochrotem Kopf wandte ich den Blick ab und schnürte einen Knoten in den fertigen Verband am Bein. Anschließend widmete ich mich seinem Arm. »Nein.«

»Ich meine es ernst«, sagte er in einem viel sanfteren Ton; wie es aussah, hatte er aus seinem Fehler gelernt. »Die Wunde muss nicht desinfiziert werden, einfach die Verbände umwickeln.«

»Aber Sie haben Fieber«, protestierte ich.

Er schnalzte mit der Zunge. »Es ist keine Infektion, die das verursacht. Keine Sorge, mir wird es gut gehen, es ist nichts.«

Ich konnte nicht glauben, dass es nichts war, dafür war zu viel Blut an meinen Händen.

»Morgen früh wird die ganze Sache anders aussehen. Dem bisschen Gift hält mein Körper stand.«

»Gift?«

»Von einer Pflanze, die sich Blauer Eisenhut nennt.«

»Kenne ich nicht«, gab ich zu. »Ist eine Vergiftung durch den Blauen Eisenhut schlimm?«

»Ähm ... nein«, folgte Darvills unglaubwürdige Antwort.

Ich hatte nicht mehr die Kraft, mit ihm zu streiten, band die selbst gemachten Bandagen um seinen Arm und stand auf.

Ich wusste nicht, was ich sagen sollte. »Gute Besserung« fühlte sich irgendwie nicht angemessen an. »Dann bin ich mal weg«, murmelte ich und wandte mich um, um zu gehen, doch Darvill ergriff meine Hand. Ich sah ihn überrascht an.

»Danke«, sagte er ernst. »Du warst heute eine große Hilfe.«

Ich senkte den Kopf. »Großartig.«

Eine *große Hilfe* für einen Kriminellen zu sein, rief widersprüchliche Emotionen hervor. Einerseits fühlte es sich gut an, geschätzt zu

werden, andererseits war derjenige, der mir seine Anerkennung zollte, ein Mann, dessen Handlungen schwer einzuordnen waren.

Erst verschwand Lady Barlow, nun die alte Frau in dem Cottage, die womöglich eine Mörderin war. Welches Spiel wurde hier nur gespielt?

Kapitel 9

Ein Schwung Desaster

Das Geklapper von Geschirr, Töpfen und Pfannen weckte mich aus einem unruhigen Schlaf. Nachdem ich Darvill versorgt hatte, war ich nicht weiter als bis zur Küche gekommen. Es war mollig warm und duftete nach Essen. Ich hatte es einfach nicht über mich gebracht, erneut durch die kalte Nacht zu laufen, und der Verführung der alten Wolldecken neben dem Ofen nachgegeben. Sie habe ich mir zu einem Nest in der Speisekammer zurechtgelegt.

Am Morgen trat das Küchenpersonal seinen Dienst an. Niemand bemerkte mich unter den alten Stoffen. Noch immer erschien mir der Luxus des Hauses befremdlich, und erst recht die Schar Bediensteter.

Erst als Timothy mit einem Sack voller Kartoffeln in die Speisekammer trat, wagte ich mich aus dem Versteck hervor. Als ich ohne Vorwarnung die schwere Wolldecke von mir warf, erschrak der Junge so sehr, dass er mitsamt den Kartoffeln hintenüberfiel.

Mit Müh und Not unterdrückte ich ein Lachen. »Entschuldige bitte.«

Timothy haspelte einige Silben und kraxelte dann wieder auf die Beine. »Was machen Sie denn hier, Miss?«

Verlegen sah ich zu Boden. Eine Kartoffel rollte auf meinen Stiefel zu. Ich hatte das Gefühl, meine Prinzipien verraten zu haben, denn eigentlich sollte ich Darvill und sein übermächtiges Haus hassen. Nun war ich allerdings freiwillig geblieben.

»Ich habe hier geschlafen«, gab ich zu. »War zu müde, um heimzugehen.« Bestimmt machte Onkel sich Sorgen, aber im Moment konnte ich einfach noch nicht zurück.

Timothy sammelte die Kartoffeln wieder ein, und ich half ihm.

»Weißt du, ob der Herr schon wach ist? Und ob es ihm gut geht?«, fragte ich und versuchte nicht allzu fürsorglich zu klingen.

»Leider nein«, antwortete Timothy bedrückt. »Wirklich schlimm, die Sache gestern.«

Wusste Timothy vielleicht, was vorgefallen war? »Hast du eine Ahnung, wie es passiert ist? Was er in dem Cottage wollte?«

Timothy schüttelte den Kopf. »Der Master vertraut sich niemandem an.« Er nickte Richtung Tür, die Speisekammer und Küche verband. »Und das bisschen, was wir beide wissen, sollten wir nicht vor den anderen besprechen.«

»Verstehe.« Dennoch ließ es mir keine Ruhe. »Sag mal, Timothy, weißt du, was ein Blauer Eisenhut ist?«

»Wie kommen Sie denn darauf?«, fragte Timothy verblüfft und kletterte unter ein Regal. »Als Kinder haben wir uns mit Stöcken gejagt und so getan, als wäre das Gift der Pflanze dran, sie gilt als tödlich, wenn man jemanden damit pikst. Das war allerdings nur Blödsinn, weil der Blaue Eisenhut hier gar nicht wächst.« Er kam wieder hervor und hielt drei Kartoffeln triumphierend in die Luft.

»Dass du so etwas weißt!« Nun machte ich mir erst recht Sorgen um Darvill.

Timothy wurde rot und druckste herum, vergass dabei sogar die Kartoffeln. Ich steckte die letzten zwei in den Sack und reichte ihn ihm. Das bot ihm eine Fluchtmöglichkeit, die er umgehend ergriff.

»Vielen Dank für die Hilfe!« Er stellte den Kartoffelsack zu den anderen. »Auf mich warten noch zwölf davon, daher spute ich mich lieber.«

Er war aus der Tür, noch bevor ich mich verabschieden konnte. Ohne ihn fühlte ich mich verloren.

Alle hatten etwas zu tun und wuselten umher wie fleißige Ameisen. Auch den Butlern, die mich zum Abendessen bedient hatten, begegnete ich, als sie die fertigen Speisen mitnahmen. Sie würdigten mich keines Blickes, ebenso wenig wie die anderen Mitarbeiter. Das verdeutlichte mir nochmals meine seltsame Stellung in Darvills Diensten – ich war weder Teil des Personals noch willkommener Gast. Auch wenn sich niemand traute, etwas zu sagen, merkte ich an

den genervten Gesichtern derer, die sich an mir vorbeidrängten, dass ich im Weg war.

Ich wollte Darvill nicht wecken, falls er noch schlief, und weigerte mich zugleich, nach Hause zurückzugehen, bevor ich mich nach seinem Wohlbefinden erkundigt hatte.

So verweilte ich in der Küche in der Ecke neben dem Ofen, bis die Küchenmagd kam und an mir vorbeiwollte, um an das Holz zu gelangen und ihn zu befeuern. Zwar sagte sie nichts, doch an ihrem hektisch wandernden Blick erkannte ich, dass meine Anwesenheit sie störte.

Dann verkroch ich mich hinter dem Becken, doch auch da wollte schon bald eine Magd hin, um den Abwasch zu tätigen. Auch ihr stand das Unbehagen ins Gesicht geschrieben, als sie in meine Nähe kam, obwohl sie so tat, als wäre ich Luft.

Das Personal konnte meine Position nicht richtig einschätzen. Ich war weder eine richtige Angestellte noch Gast, und niemand von ihnen wusste, wie sie mich anzusprechen hatten, deswegen ließen sie es ganz. So meine Theorie.

Wer konnte es ihnen verübeln? Ich ging im Haus zu den seltsamsten Zeiten ein und aus und war in ständigem Kontakt mit Darvill, den die meisten Angestellten wahrscheinlich kaum zu Gesicht bekamen.

Die Verwirrung tat mir zwar leid, doch aufklären, was genau ich für Darvill tat, konnte ich niemanden. Und so bewegte ich mich stillschweigend von einer Ecke in die andere, wann immer ich zu stören begann.

Dieses Spiel hielt ich bald nicht mehr aus und nahm endlich den Mut zusammen, um nach oben zu gehen. Vor der Schlafzimmertür hielt ich an. Als ich meine Faust hob, weigerte sie sich, gegen die Tür zu klopfen, als ob sie einen eigenen Willen hätte.

In der Nacht zuvor war ich viel mutiger gewesen, aber das imposante Haus mit der Vielzahl an Mitarbeitern brachte mir erneut unsere unterschiedlichen Status vor Augen. Ich war nichts als ein Ladenmädchen, das kriminell geworden war, und er ein wohlhabender Gentleman, der nie und nimmer einer Schandtat bezichtigt werden würde. Es half nicht, dass die Porträts der schönen Frauen auf dem Flur verurteilend auf mich herabsahen. Im Vergleich

zu den Modestilen der Schönheiten und ihrer Anmut fühlte ich mich mehr als unzulänglich. Mein Kleid war aus simpler blassgrüner Baumwolle. Die einzigen Verzierungen waren ein beigefarbener Kragen und die Holzknöpfe, die ich vor einigen Monaten an einem langweiligen Sonntagnachmittag selbst geschnitzt hatte. Darüber trug ich den alten Mantel meines Bruders, der immer wieder von den Schulter rutschte. Die Damen auf den Bildern hingegen waren in aufwendige Seidenkleider von unterschiedlichster Farbe gekleidet, ausgestattet mit Federn, Rüschen und Stickereien aller Art. Sie trugen schimmernde Halsketten, bespickt mit Edelsteinen, und dazu passende Ohrringe und Haarteile. Ihre herablassende Gesellschaft war mir unangenehm.

»Jetzt komm endlich herein«, ertönte Darvills verärgerte Stimme hinter der dicken Ebenholztür und schreckte mich aus meinen Gedanken. »Dein unablässiges Umherstampfen wird mir sowieso keine Ruhe lassen.«

Ich platzte direkt hinein, blieb allerdings an der Schwelle stehen. Das Bett war leer, die Decke schien energisch beiseitegeworfen worden zu sein. Der Hausherr stand am Fenster, das flankiert war von schweren Vorhängen. Er lehnte auf seinem Gehstock und betrachtete mich verärgert. Sein Hemd saß unanständig locker und war nur sporadisch zugeknöpft. Eins seiner Hosenbeine war hochgekrempelt, die Bandagen schauten darunter hervor.

»Wie du siehst«, sagte er mit seiner freien Hand gestikulierend, »bin ich vollkommen in Ordnung. Ich hoffe, du bist nicht allzu enttäuscht.«

Um genau zu sein, war ich erleichtert, was ich auf keinen Fall zugeben würde.

»Wie ist das möglich? Ist das Gift des Blauen Eisenhuts nicht tödlich?«

»Du hast also recherchiert«, schlussfolgerte er mit einem Grinsen, kniff dabei aber die Augen zusammen, als hätte er meine Intelligenz unterschätzt. Nach einer Pause fügte er widerstrebend hinzu: »Nicht in diesem Fall. Eigentlich geht es mir sogar besser als erwartet.« Es folgte eine weitere Pause, noch länger als die erste. »Dank dir«, presste er schließlich von seinen Lippen.

Ich war überrascht über die Anerkennung, nachdem er sich so stark gegen jede Hilfe gewehrt hatte. Das war für mich eine Einladung, ihn mit Fragen zu löchern.

»Was ist in der Hütte passiert?«

»Nichts von Belang.« Darvill machte eine abwertende Handbewegung. »Ich wurde von einem Hund angegriffen. Dabei bin ich in einen Strauch Blauer Eisenhut gestolpert.«

Das war eine Lüge, und er gab sich noch nicht einmal Mühe, sie zu verstecken!

»Ach ja? Der Hund konnte also sprechen wie eine Frau?«

Dies war die gruseligste und gefährlichste Nacht meines Lebens gewesen, und alles, was ich als Erklärung dafür bekam, waren halbherzige Lügen. »Nach allem, was gestern passiert ist, habe ich mehr verdient!«

Darvill warf mir einen bösen Blick zu und humpelte näher heran. Die Bewegung sah anstrengend aus, die Wunde oder Vergiftung, oder was auch immer die Cottage-Besitzerin ihm angetan hatte, war ziemlich ernst, egal wie sehr Darvill versuchte, etwas anderes vorzutäuschen.

»Ich sagte, es war nichts.« Seine Stimme hatte eine bedrohliche Schärfe angenommen. »Nichts, worüber du dir Gedanken zu machen brauchst. Ich habe alles unter Kontrolle.«

»Wie ich mir wünschte, Ihr ausgedachter Hund hätte Ihnen den Kopf abgebissen.« Frustriert warf ich die Hände in die Luft. »Also gut, wenn Sie nicht reden wollen, dann fasse ich zusammen, was ich weiß! Das Cottage war eine Fassade, die in Wirklichkeit als eine Art Gefängnis gedient hat. Bis auf ein vergittertes Fenster gab es sonst keine. Zufällige Passanten sollten wohl von dem unscheinbaren, verfallenen Aussehen abgeschreckt werden, doch die versteckte Hochsicherheitstür sagt schon alles. Dann haben Sie der Insassin Straftaten vorgeworfen und irgendetwas mit ihr gemacht, was ich nicht sehen konnte. War oder ist das Ihre Gefangene? Lassen Sie ihr regelmäßig Essen zukommen oder wie funktioniert das? Halten Sie auch Lady Barlow so gefangen? War sie auch eine Kriminelle? Und was sind Sie?« Ich atmete schwer, als wäre ich meilenweit gerannt. »Was für ein Spiel spielen Sie, Mr Darvill?«

Er musterte mich mit demselben durchdringenden Blick wie bei unserem ersten Aufeinandertreffen in Onkels Laden. Genau wie damals weigerte ich mich, seiner Einschüchterung nachzugeben – auch als er näher trat.

»Sowohl Lady Barlow als auch die Frau gestern haben bekommen, was sie verdienen«, sagte er mit gedämpfter und doch bebender Stimme. »Weiter werde ich die Sache nicht ausführen, also gib dich damit zufrieden. Zudem sollte dir bewusst sein, dass es in deinem eigenen Interesse ist, diese Angelegenheiten für dich zu behalten. Nicht nur, dass dir niemand glauben wird, du könntest dich selbst belasten.«

»Das weiß ich selbst!« Ich verspürte wieder jene elende Hilflosigkeit wie bei der *Oxford Gazette* und auf der Polizeistation. »Wenn Sie mich schon zur Komplizin machen, dann verraten Sie mir wenigstens, was Sie tun.«

»Alles zu seiner Zeit.«

»Sie sind wirklich das Letzte«, keifte ich ihn an, und mir schossen Tränen in die Augen, weil sein Schweigen so ungerecht war. Doch ich wollte nicht, dass er sie sieht, und drehte mich weg in Richtung Tür. Ich rang nach Worten, doch wusste, dass meine Stimme zittern würde, selbst wenn ich die richtigen fände. Kopfschüttelnd ging ich hinaus mit so viel Würde in meiner Haltung, wie ich aufbringen konnte.

Dass ich mir um ihn Sorgen gemacht und dafür sogar die Nacht hier verbracht hatte, bereute ich von ganzem Herzen. Ich kam mir so dumm vor.

»Geh ruhig«, hallte seine Stimme aus dem Schlafzimmer. »Doch weder du noch ich können vor unseren Pflichten davonlaufen.«

Die tückischen Tränen schwollen an und brachten meine Sicht zum Flimmern, aber ich ließ sie nicht fallen und blinzelte sie wie wild weg. Darvill war keine einzige von ihnen wert. Ich zwang mich, langsam und bedacht über den Flur und die Treppe hinunterzugehen, auch wenn ich am liebsten gerannt wäre.

Etwas in ihm hatte sich letzte Nacht verändert, ich hatte einen Blick auf einen anderen Darvill erhascht. Vielleicht war seine Fassade aufgrund des Schmerzes kurz gebröckelt, doch jetzt war sie wieder vollkommen intakt und er versperrte jeden Einblick dahinter. Ich

schämte mich für die Gefühle, die gestern in mir erwacht waren. Es war töricht gewesen, auch nur für einen Moment Zuneigung für ihn zu empfinden.

Die Wut auf mich, auf ihn setzte ich erst frei, als ich draußen war. Dann lief ich so schnell ich konnte los. Die eisige Luft klärte meinen Kopf und kribbelte auf meiner Haut und in der Lunge. Es fühlte sich gut an, etwas anderes zu spüren als die Gefühle, die Darvill in mir heraufbeschwor. Doch er hatte recht; ganz gleich, wie schnell ich lief, entkommen konnte ich nicht.

Oxford zog an mir vorüber, und ich war so in meine Emotionen vertieft, dass ich kaum etwas anderes wahrnahm – weder die Gebäude noch die Leute. Sollten sie doch denken, was sie wollten, als sie mich in meinem angerissenen Kleid vorbeirennen sahen. Mich interessierte nicht mehr, was irgendwer von mir dachte!

»Ach Susie, mein liebes Kind!«

Außer Onkel.

Die erleichterten Worte, mit denen Onkel mich begrüßte, als ich schwer atmend den Laden betrat und die Tür so dynamisch hinter mir zuzog, als könnte ich die Welt aussperren, waren wie eine Ohrfeige für mein selbstsüchtiges Benehmen. Die Sorgen standen Onkel in tiefen Falten über die ganze Stirn geschrieben.

»Es tut mir so schrecklich leid, Onkel!« Ich steckte mehr Bedeutung in die Worte, als Onkel verstehen könnte, und fiel in seine offenen Arme. Er drückte mich fest an sich. »Nachdem ich bis spät für Mr Darvill gearbeitet hatte, war ich so müde, dass ich einfach in der Speisekammer eingeschlafen bin.« Es war keine Lüge und fühlte sich trotzdem wie eine an. Vielleicht war es die lockere Bedeutung des Wortes »Arbeit«, die das vertraute Schuldgefühl entfachte.

»Ja, ich verstehe«, murmelte er. »Ich möchte deiner Karriere in einem so schönen Haus nicht im Weg stehen. Es tut mir leid, dass ich dich so bemuttere.« Er ließ von mir ab, um sich die Augen zu reiben. »Bitte vergib diesem alten Narren, aber er kann nicht anders. Du bist die einzige Familie, die mir geblieben ist. Nichts fürchte ich mehr als …«

»Ach, Onkel.« Ich nahm seine mit Blasen bedeckte Hand in meine. Es war schon eine Weile her, dass seine Hände so viel Arbeit

verrichtet hatten, und es war alles Darvill zu verdanken – ebenso wie die Tatsache, dass wir wieder Marmelade in der Küche hatten und die Fenstersprossen des Ladens neu gestrichen waren. »Deine Fürsorge bedeutet mir sehr viel. Ich hätte eine Nachricht schicken sollen.«

Er nickte.

Seine Augen sahen müde aus, er war wahrscheinlich die ganze Nacht wach geblieben und hatte auf mich gewartet.

»Komm schon, Onkel, ich mache uns Tee«, bot ich aufmunternd an, und Mr Coppers Gesicht entspannte sich ein wenig.

»Ich habe Scones gebacken«, verkündete er stolz. »Möchtest du Orangen- oder Erdbeermarmelade dazu?«

Zusammen gingen wir in die bescheidene kleine Küche, die nur einen Bruchteil so groß war wie die von Westford Manor. Obwohl kaum Platz für zwei Personen war, arbeiteten Onkel und ich geschickt nebeneinander. Wir duckten uns routiniert aus dem Weg, als wir an einander vorbei nach unterschiedlichen Dingen griffen, um Tee und Scones vorzubereiten.

»Ich wollte dir etwas zeigen«, sagte Onkel und blickte in die Teekanne, während die Blätter das Wasser trübten.

Ich war so froh, zu Hause zu sein, dass ich das Unbehagen in seiner Stimme fast überhört hätte. »Was ist es?«

Mr Copper nahm die Scones aus dem Glas, während ich zwei Tassen Tee einschenkte, jede mit einem Schuss Milch.

»Es geht um Mr Darvill«, begann er.

Die gute Laune war futsch. Stets drehte sich alles um diesen Mann.

Arthur Copper zog eine zerknitterte Karte aus seiner Jackentasche und betrachtete sie aufmerksam.

»Ist das ein Foto?«, fragte ich mit leuchtenden Augen. Fotografien waren eine Seltenheit.

»Ich habe einige Zeit gebraucht, um mich daran zu erinnern«, gab Onkel nachdenklich zu. »Aber ich hatte das Gefühl, dass mir Mr Darvill irgendwie bekannt vorkam.«

Ich lehnte mich aufmerksam vor. War das ein Foto von ihm? Jede noch so kleine Information über den geheimnisvollen Teufel war ein Vorteil. Onkel hielt das Foto hoch. Ich packte es mit beiden Händen. Die Ränder waren zerfranst, und durch die vielen Knicke schien das

gelblich verfärbte Papier durch. Trotz der Makel waren die beiden Männer auf dem Bild deutlich zu erkennen.

»Nein«, jauchzte ich.

Da war er. Eric. Gelassen stand mein Bruder neben Darvill. Hinter ihnen: die Familienschlosserei.

Ich starrte das Bild an, unfähig, eine weitere Silbe auszusprechen. Ich hatte recht gehabt! Darvill und Eric hatten sich gekannt. Das wiederum bedeutete, dass Darvill der Schlüssel dafür war, Eric zu finden.

»Ich dachte, das könnte dich vielleicht interessieren«, murmelte Onkel und beobachtete mein Gesicht genau. »Ich habe den ganzen letzten Abend damit verbracht, den Dachboden nach diesem Foto zu durchsuchen.«

Ich konnte es nicht abwarten, Darvill damit zu konfrontieren. Geduld war nicht meine Stärke, aber ich würde mich disziplinieren und nicht gleich am Morgen nach Westford Manor zurücklaufen. Auf keinen Fall würde ich so schnell aus eigenen Stücken dorthin zurückkehren. Nur leider konnte ich die ganze Nacht und den kommenden Morgen an nichts anderes denken.

Ich pirschte seufzend in der Werkstatt umher und suchte nach etwas, das mich von den wirbelnden Gedanken ablenken könnte. Daraufhin ging ich in die Küche und machte Tee. Ich seufzte mindestens fünfmal, bis der Kessel endlich kochte. Zusammen mit der dampfenden Tasse ging ich in den Laden und wanderte durch den engen Raum. Ein weiterer tiefer Seufzer kämpfte sich in die Freiheit.

»Susie, liebes Kind.« Mr Copper sprach meinen Namen selten so leidenschaftlich aus.

Ich drehte mich zu Onkel um, der aus der Werkstatt kam – den ganzen Morgen hatte ich ihn kaum wahrgenommen. Er hatte einen ziemlich gereizten Blick in seinen normalerweise ruhigen, fast schläfrig wirkenden Augen.

»Du seufzt und wanderst ziellos umher, seit du die Treppe heruntergekommen bist«, sagte er entrüstet. »Wie wäre es, wenn du dich irgendwie beschäftigst?« In seinem Tonfall lag ein Hauch von Verzweiflung.

Ich wollte gerade seufzen, hielt stattdessen inne. »Ich habe nicht wirklich etwas zu tun, Onkel«, gab ich bedauernd zu. »Der Laden ist

ordentlich genug, es gibt Lebensmittel im Lager, die Buchhaltung ist aktualisiert«, zählte ich auf.

»Wie wäre es, wenn du für mich einen Brief zur Post bringst?«, schlug Onkel mit ein wenig zu viel Enthusiasmus vor, der verriet, wie begierig er darauf war, die düstere Wolke, die mich umgab, aus dem Haus zu scheuchen. »Das letzte Mal, als ich dich dort hingeschickt habe, hat das Unterfangen den ganzen Tag gedauert. Vielleicht haben wir diesmal ebenfalls Glück.«

Ich errötete ein wenig, als ich mich daran erinnerte, wie ich beim letzten Mal die Post nicht abgeschickt hatte – alles nur, weil ich den Fall von Lady Barlow weiterverfolgt hatte, was sich als genauso erfolgreich erwiesen hatte wie der Versuch, die Briefe zu versenden.

»Gern«, sagte ich. »Hast du denn Briefe?«

Mr Copper sah mich einen Moment starr an, dann erhellte ein Gedanke seine Züge.

»Ja, hier.«

Er schnappte sich ein Blatt Papier und einen Stift von der Theke und begann zu kritzeln. Nach einer Minute faltete er das Blatt zusammen. Aus dem Regal neben ihm zog er einen Umschlag und steckte das Blatt hinein. Er schrieb eine Adresse darauf und überreichte mir stolz den Brief.

Ich hätte gelacht, wenn es nicht ganz so traurig gewesen wäre, wie schrecklich ich ihm heute auf die Nerven gegangen sein musste. Dankbar nahm ich den Umschlag entgegen, schnappte mir den übergroßen Mantel und machte mich auf den Weg.

Es war ein regnerischer Morgen, und der Himmel war so grau wie meine Gedanken, die ich nicht von Darvill abbringen konnte. Sicherlich würde er Zeit brauchen, um sich zu erholen, bevor er mich wieder belästigen würde. Es wäre eine Schande, diese Zeit zu verkürzen, allerdings brachte die Neugier mich um. Eric schien ganz eindeutig etwas mit diesem Schurken zu tun gehabt zu haben. War ihre gemeinsame Vergangenheit der Grund, weshalb Darvill mich zu sich geholt hatte? Hatte ich Erics Platz eingenommen und erfüllte die Aufgaben, die zuvor mein Bruder verrichtet hatte?

Von der Seite schnellte ein großer Schatten auf mich zu. Gerade noch rechtzeitig riss ich mich aus meinen Mutmaßungen, bevor mich

die Pferde einer reich verzierten Kutsche zertrampeln konnten. Die Tiere erschraken sich ebenso wie ich und rissen das Gespann scharf herum. Einige Fußgänger mussten aus dem Weg springen, bevor die Räder kreischend zum Stehen kamen. Der kahlköpfige Fahrer sprang ab und rannte mit weit aufgerissenen Augen und erhobenen Fäusten auf mich zu. Unterwegs verlor er seinen Zylinder, spuckte vor Wut, lief zurück, schnappte die Kopfbedeckung und kam hechelnd und mit hochrotem Kopf zu mir.

»Bist du von Sinnen?«, tobte er. »Oder etwa lebensmüde? Wer überquert eine dicht befahrene Straße, ohne zu gucken?«

Immer noch unter dem Schock des Beinaheunfalls, stammelte ich eine Entschuldigung, die aber nicht ausreichte, um das Gemüt des Kutschers zu beruhigen. Seine runzlige Stirn wurde von noch mehr Falten heimgesucht.

»Du kannst nicht einfach so kopflos durch Oxford laufen! Durch deine Rücksichtslosigkeit könnten andere zu Schaden kommen.« Der Mann gestikulierte wild, obwohl ihn seine steife Uniform stark einschränkte. Mantel, Jacke und Weste rutschten hoch und drückten ihm gegen das Kinn, was ihn ziemlich lächerlich aussehen ließ.

Wenn ich ihn jetzt auslachen würde, würde er mich womöglich eigenhändig umbringen. Zugegeben, es wäre ein sehr langsames Töten, da die Arme des Mannes nur einen geringen Bewegungsradius hatten.

»Es tut mir furchtbar leid, Sir«, sagte ich und versuchte ein unwillkürliches Kichern wie ein Räuspern klingen zu lassen. Er hatte recht mit seinen Anschuldigungen, aber es fiel mir schwer, ernst zu bleiben.

»Findest du das lustig?«, fragte der Kutscher, sein Gesicht wurde so purpurrot wie seine Uniform.

»Thomas, das reicht«, brachte uns eine vornehme Frauenstimme auseinander. Die Wagentür öffnete sich und eine anmutige Gestalt lehnte sich heraus. Sie trug ein hellblaues Kleid mit mehr weißer Spitze, als ich je an einer einzelnen Person gesehen hatte. Ihr rotes Haar war zu kunstvollen Zöpfen geflochten und hochgesteckt. Oben ragte eine weiße Pfauenfeder heraus.

»Ich entschuldige mich für meinen Kutscher.« Die junge Frau, die nicht viel älter sein konnte als ich, lächelte freundlich. »Er vergisst

manchmal, dass wir nicht mehr auf dem Land sind. Der Verkehr in einer Großstadt unterscheidet sich stark von den weiten Feldern Dorsets. Ist es nicht so, Thomas?«

Der Fahrer warf mir einen fiesen Blick zu, bevor er die Aussage der Dame bestätigte.

Ich schenkte ihm keine Beachtung mehr, da die Erscheinung mich komplett eingenommen hatte, ihre Schönheit war Darvills unheimlicher Porträtgalerie würdig.

»Komm schon, Thomas«, sagte sie in süßlichem Ton, »wir müssen weiter.« Sie drehte sich um und sah mir direkt in die Augen, als wären wir uns ebenbürtig. Dann streckte sie mir eine in weiße Spitze gehüllte Hand entgegen, darin war eine kleine Karte. »Ich hoffe, Sie sind nicht zu Schaden gekommen. Falls doch, können Sie mich heute Abend auf einem Spaziergang im Headington Hill Park finden. Kommen Sie hin und wir besprechen eine angemessene Entschädigung.«

Ich trat zaghaft vor und nahm die Karte.

»Einen schönen Tag noch«, sagte die rothaarige Lady lächelnd und schloss die Tür, während Thomas die Kutsche bestieg und den Pferden das Kommando gab loszutraben.

Die bezaubernde Lady hatte mich in Trance versetzt. Trotz unseres Klassenunterschieds war sie rücksichtsvoll und freundlich gewesen. Wie angewurzelt stand ich da, bis ein anderer Kutscher mich anschrie.

»Jetzt geh endlich weiter, du dumme Gans!«

Ich streckte meine Zunge dem schimpfenden Kutscher entgegen, bevor ich tat, worum er mich bat. Auf dem Bürgersteig angekommen, las ich die Karte der Dame: *Rebecca Terrel*, stand in geschwungener Schrift auf dickem cremefarbenem Papier. Eine Entschädigung wollte ich nicht von ihr, das erschien mir nicht fair. Aber vielleicht würde ich, sobald die ganze Darvill-Tortur vorüber war, eine richtige Anstellung im Haus dieser Dame finden. Es musste wunderbar sein, für jemanden zu arbeiten, der so umsichtig war.

Eines hatte mir der Beinaheunfall deutlich veranschaulicht: das Leben war zu kurz, um quälende Fragen unbeantwortet zu lassen. Sobald ich den Brief weggebracht hatte, ging ich schnurstracks zum Westford Manor.

»Mr Darvill, öffnen Sie die Tür«, rief ich und schlug gegen das Holz, das mich von seinem Schlafzimmer trennte. Durch das große Flurfenster hinter mir schien die frühe Vormittagssonne in einem dämmrigen Orange.

»Was ist das für ein Krach?«, knurrte Darvills wütende Stimme aus dem Inneren. Die Tür wurde aufgerissen, als ich ihr einen weiteren Schlag versetzen wollte, und so traf dieser stattdessen Darvill auf die Brust. Sein verschlafener Blick verfinsterte sich.

»Du?«, grummelte er. Sein Aufzug war skandalös und bestand nur aus einer langen Unterhose und einem seidenen Morgenmantel, der lose um die Taille gebunden war. Ich bemerkte, dass wir viel zu nah beisammenstanden, und trat umgehend einen Schritt zurück.

Hinter ihm war pure Dunkelheit. Kein Lichtschein drang durch die dicken Vorhänge.

»Was ist?«, fragte er, irritiert über die Störung. »Hältst du es ohne mich nicht mehr aus?«

Er sagte diese unverfrorenen Dinge mit solcher Selbstverständlichkeit, dass mir die Spucke wegblieb. Ich stotterte einige Laute, bevor mein Sprachzentrum seine gewohnte Funktion wiedererlangte. »Sie sind der Letzte, der –«

»Jaja«, unterbrach er mich und fuchtelte mit der Hand vor seinem Gesicht herum, als würde er eine hartnäckige Fliege verjagen wollen. »Erspar mir dein Gejammer und sag mir lieber, warum du so früh an meine Tür hämmerst! Und ich rate dir, einen guten Grund anzugeben …«

»Früh? Es ist schon –«

»Verschwende nicht meine Zeit!«

So grimmig war er bestimmt, weil das Gift noch nachwirkte. Mitleid brauchte er dafür keines zu erwarten.

Mein Arm schoss in die Luft, und ich hielt dem Muffel das Foto direkt vors Gesicht. Er musste sich zurücklehnen, um den Blick aufs Bild fokussieren zu können. Sein Ausdruck veränderte sich. Er nahm das Bild entgegen und lächelte.

»Ah, ja«, sagte er mit zurückkehrender Nonchalance. »Ich erinnere mich an diesen Tag.«

»Und?«, forderte ich.

»Es war ein verregneter Morgen«, antwortete er. »Mit einem leichten Südostwind.«

»Sehr lustig«, grummelte ich. »Sie wissen genau, dass mich ein Wetterbericht von vor vier Jahren nicht interessiert.«

Er sah mir direkt in die Augen. Offensichtlich genoss er die aufbrausenden Gefühle, die die Entdeckung des Fotos bei mir hervorrief. Seine Lippen verzogen sich zu einem verschlagenen Grinsen.

»Was möchtest du noch wissen?«, fragte er unschuldig. »Dass dein Bruder und ich zusammengearbeitet haben?«

Ich ballte die Hände zu Fäusten und biss die Zähne zusammen. »Nein«, rief ich wütend. »Das würde ich nie glauben!« Und dennoch tat ich es.

Er gab mir das Bild zurück. »Glaub, was du willst«, sagte er gelangweilt. »Dein Onkel hat ganz schön lang gebraucht, um sich an mich zu erinnern.« Darvill fixierte mich. »Ich nehme an, er hat dir das Bild gegeben? Ehrlicherweise habe ich ihn nur ein paarmal im Vorbeigehen gesehen und wusste nicht, dass er ein Verwandter deines Bruders ist.« Seine Stimme hatte eine gefährliche Schärfe angenommen. »Und was noch wichtiger ist, ich wusste damals noch nichts von dir.« Er kniff die Augen zusammen, als wäre ich ein Preis, der es wert war, gewonnen zu werden.

»Sie haben ihn in Schwierigkeiten gebracht, nicht wahr?«, platzte es leidenschaftlich über meine Lippen. »Dann ist er wegen Ihnen verurteilt worden!«

Ich war bereit, ihn anzugreifen, egal wie vergeblich der Versuch sein würde, den groß gewachsenen und breitschultrigen Mann zu überwältigen.

»O nein«, sagte er mit einer Stimme, kaum lauter als ein Flüstern. »Dein Bruder hat mich aufgesucht.«

Mir schnürte sich die Kehle zu. Seine Worte waren wie ein Schlag in den Magen. Ich wollte sie nicht glauben, aber die Hinweise sprachen mehr und mehr dafür, dass mein Bruder vertraut war mit Darvill, und möglicherweise sogar aus eigenen Stücken.

»Möchtest du wirklich mehr wissen? Was ist, wenn dein Bruder wirklich der Verbrecher ist, für den ihn alle halten?«

Mein Gesicht erblasste. Genau das fürchtete ich am allermeisten.

Kapitel 10

Ein Schimmer Hoffnung

Taumelnd wich ich zurück. »Das kann nicht sein. Mein Bruder ist freiwillig zu Ihnen gekommen?« Dass er wahrscheinlich nicht so unschuldig war, wie ich es gern hätte, akzeptiert ich, dennoch hoffte ich auf schuldmindernde Umstände.

Darvill schmunzelte. »In der Tat.«

Hitzige Wut stieg mir in die Wangen – er log, es musste eine Lüge sein! Oder hatte Eric Onkel und mir wissentlich dieses ganze Elend aufgebürdet?

»Warum sind Sie hier und er nicht?« Ich verschränkte die Arme und grub die Nägel in den dicken Stoff des alten Mantels meines geliebten Bruders. »Warum sind Sie nicht mit ihm ins Gefängnis gekommen?«

»Dein Bruder hat einen Fehler gemacht und ich nicht«, erklärte Darvill schlicht. »Er ist für die Folgen seines Handelns selbst verantwortlich.«

Ich zitterte. »So wie ich für meine verantwortlich bin? Genau wie mich, haben Sie ihn bestimmt reingelegt!«, fauchte ich.

»Auch du bist nicht unschuldig. Niemand hat dich gezwungen, in mein Haus einzudringen.« Darvill grinste giftig. »Tu nicht so naiv und unwissend.«

Ich funkelte ihn an. Mein Unwissen war der Kern des Problems – und weil ich versuchte, dies zu ändern, versank ich immer tiefer in Schwierigkeiten.

»Trotz allem bin ich bereit, dir einen Vorschlag zu unterbreiten, der dir die gewünschte Sicherheit bieten wird«, sagte er in leichterem Ton. »Die Aussicht auf ein Todesurteil scheint dich zu belasten.«

»Das beunruhigt mich tatsächlich ein wenig. Nennen Sie mich hysterisch.«

Er schnaubte spöttisch. »Es ist wirklich ziemlich einfach, dem Schicksal deines Bruders zu entgehen. Du musst nur alles tun, was ich sage.«

»Wie bitte?« Dieser arrogante Schnösel war es gewohnt, dass ihm jeder Wunsch von den Lippen abgelesen wurde, und hatte dabei anscheinend seinen Realitätssinn eingebüßt.

»Sonst kann ich dich nicht beschützen.«

»Mich be-beschützen?« Ich legte meine Hand über mein rasendes Herz, aus Angst, er könnte es sonst hören. Bedeuteten seine Worte, dass ich doch mehr für ihn war als nur ein Mittel zum Zweck? Ich wünschte nur, ich würde mich nicht so sehr über diese Möglichkeit freuen.

»Nur solang du treu an meiner Seite bleibst, kann ich auf dich aufpassen.«

Sein Tonfall wurde ernster, und das Lächeln auf seinem Gesicht verblasste. Seine Wortwahl brachte meinen Atem zum Stocken – er sah in mir jemanden, der des Schutzes wert war. Andererseits hatte ich mittlerweile durchschaut, dass Darvill ein gewiefter Schauspieler war. Ihm zu trauen wäre töricht, und doch konnte ich nicht anders, als mich von seinen Versprechungen hinreißen zu lassen. Er hatte eine viel zu große Macht über mich.

»Solltest du mich allerdings verraten ...« Ein gefährlicher Beigeschmack trübte seine Worte und offenbarte den echten Darvill. »Das brauche ich nicht weiter auszuführen, lass einfach deine Fantasie spielen.« Er kniff die Augen zusammen. »Und denk daran, wie es deinem Bruder ergangen ist.«

Wollte er damit sagen, Eric hatte ihn hintergangen? Hatte er nicht eben noch behauptet, sie seien Verbündete gewesen? Wenn seine Absicht war, mich zu verwirren und meine Gefühle ins Chaos zu stürzen, dann hat er hervorragende Arbeit geleistet.

»Sie meinen wohl, Sie würden mich als Sündenbock missbrauchen – genau wie Sie es bei Eric gemacht haben.« Genau! Das musste es sein. Ich durfte mich von ihm nicht einwickeln lassen.

Tiefe Falten durchzogen seine Stirn. »Ich habe deinem Bruder nichts dergleichen angetan.« In seinem durchdringenden Blick spürte ich, dass ihn die Implikation stärker beleidigte als erwartet.

»Weil Sie ach so ehrenvoll sind und über Drohungen und Erpressung stehen«, provozierte ich ihn. Woher hatte ich das Selbstvertrauen, Darvill so offen anzuklagen? Es mochte verrückt von mir sein, aber ich ertrug es nicht, ihn schlecht über Eric sprechen zu hören – zu viele hatten das getan, und zu oft war ich gezwungen gewesen, meinen Protest hinunterzuschlucken. Diesmal nicht. Diesmal würde ich mich behaupten und Eric verteidigen, wie ich es vor Jahren hätte tun sollen. Vielleicht hätte es einen Unterschied gemacht, vielleicht wäre er nicht verschwunden, wenn ich schon damals mehr getan hätte.

Er sah arrogant auf mich herab. »Gerade weil ich ehrenvoll bin, bin ich mir nicht zu schade für Drohungen und Erpressungen.« Er ballte eine Hand zur Faust und legte sie über seine Brust. »Ich tue, was ich tun muss.«

Die Intensität seiner Worte dämmte meine Überzeugung. Ich wusste nicht mehr, was ich glauben sollte, aber es fiel mir immer schwerer, daran festzuhalten, dass Darvill ein gewissenloser Teufel war. Ich verstand seine Motive nicht, doch ich hatte das Gefühl, sein Angebot des Schutzes war echt.

Ich atmete tief ein. Welche andere Wahl blieb mir auch, als es anzunehmen? Ich musste ja eh tun, was er verlangte. Er war der Einzige, der von meinen Verbrechen wusste, und ich fürchtete seine Rache, sollte ich mich widersetzen.

»Wie würde dieser Schutz aussehen?« Die Vorstellung war ganz nett, nur welcher Gentleman würde sich schon für eine Diebin einsetzen, ohne den eigenen Ruf zu gefährden? Mein einziger Nutzen bestand darin, seine Drecksarbeit zu erledigen und als Sündenbock herzuhalten, wenn etwas schieflief, oder etwa nicht? »Ich brauche keine leeren Versprechungen, ich möchte lieber wissen, woran ich bin.«

Darvill lehnte sich gegen den Türrahmen und betrachtete mich abschätzig an, während er seine Antwort abwog.

»Dein Bruder war der einzige Mensch, denn ich je als Freund zu bezeichnen in Erwägung gezogen habe. Ich habe ihm vertraut, und das hat seine Entscheidungen für mich umso bedauerlicher gemacht.«

Eric Copper, ein einfacher Schlosserjunge, war mit einem der reichsten Männer Oxfords befreundet gewesen?

»Er war meine rechte Hand, bis er zu ehrgeizig für sein eigenes Wohl wurde.« Er runzelte die Stirn und zog die Brauen zusammen. »Eric hätte sich nur an die Anweisungen halten müssen, aber dieser dumme Junge meinte es besser zu wissen.« Seine sonst so perfekte Diamantstimme zitterte. »Es fällt mir schwer, Mitleid mit so jemandem zu haben.«

»Und doch haben Sie es.« Waren diese Gefühle, die er mir offenbarte, echt? Konnte ich glauben, dass ich eine verletzliche und ehrliche Seite an Darvill kennenlernte?

»Ja und nein«, gestand Darvill und zog die Mauer zwischen uns wieder hoch, als seine Stimme aufklarte und die Kälte in seinen Blick Einzug hielt. »Wenn dein Bruder nicht so schwach und kurzsichtig gewesen wäre, hätte ich vielleicht Mitleid für ihn empfinden können.«

»Was fällt Ihnen ein«, knurrte ich und packte ihn am seidenen Kragen. Eine neue Wutwelle, stärker als jede vorhergehende, übernahm meine Sinne. »Mein Bruder ist nicht wie Sie! Er würde niemals anderen schaden. Es ist widerlich, dass ausgerechnet Sie die Nerven haben, ihn dessen zu beschuldigen!«

In seinem herablassenden Blick entdeckte ich deutlich einen Schimmer von Traurigkeit, vielleicht sogar Enttäuschung.

Mit einem kontrollierten, aber starken Griff packte er meine Hände und drückte sie nach unten. »Du scheinst deinen eigenen Bruder nicht sehr gut zu kennen.« Sein Ton war entschieden, aber nicht aggressiv. »Ich kann verstehen, wie du dich fühlst. Glaub mir, auch ich war von seinem Verhalten überrascht, denn auch ich hatte mehr von ihm erwartet. Der Verlust seiner Begabung war schmerzlich und hat mir die vergangenen Jahre erschwert, deswegen war ich außer mir, als ich dich im Laden deines Onkels sah und erfuhr, wer du warst. Dass du mir dann auch noch von selbst nachgelaufen bist und dasselbe Talent hast wie er, ist ein wahrer Glücksfall.«

Ich riss meine Hände aus seinen Klauen. Nun behandelte er mich doch wieder wie seine persönliche Marionette.

»Allerdings muss ich zugeben, dass du in vielerlei Hinsicht ganz anders bist als dein Bruder«, sprach er weiter und seine Züge ent-

spannten sich, die Stimme wurde sanfter. »Du bemühst dich mehr, bist loyaler, als dir lieb ist, und was dich besonders wertvoll macht, ist deine Furchtlosigkeit. Du hattest noch nicht einmal Angst, ins Cottage zu treten, trotz meiner Warnung. Das ist bemerkenswert.«

»Eric ist ein guter Mensch«, rief ich verzweifelt. Sein Lob bedeutete mir zwar viel – wie er richtig beobachtet hatte, sogar mehr, als mir lieb war, und doch konnte ich es nicht ertragen, dass er so abwertend von meinem Bruder sprach. »Er hat sich stets gut um mich gekümmert und war immer für mich da.«

Darvill schloss für einen Moment die Augen. »Ich verstehe, dass du das glauben möchtest.« Und öffnete sie wieder zu einem strengen Blick. »Aber du bist eine Närrin, ihn für ein Opfer zu halten. Dein Bruder ist alles andere als unschuldig. Und er hat sich auch nicht sonderlich gut um dich gekümmert, dafür war er zu oft mit mir unterwegs. Mir machst du nichts vor. Du warst schon damals auf dich allein gestellt, ebenso wie jetzt auch, ist es nicht so?«

Meine Kehle zog sich zusammen. »Nein«, krächzte ich.

»Es tut mir leid, Susanna«, erwiderte Darvill monoton, »dennoch ist das die Wahrheit, und das weißt du.«

Allein Darvills Worte in Erwägung zu ziehen, fühlte sich wie Verrat an, und doch konnte ich nicht anders und erinnerte mich an all die Abende und Tage, an denen Eric mich allein gelassen hatte. Noch schlimmer waren aber die Zeiten gewesen, als er doch zu Hause war und sich weigerte, mir zu erzählen, was er trieb. Das ging so weit, dass wir schon bald kaum noch sprachen. Ich wollte es nicht wahrhaben, in diesem Punkt hatte Darvill recht, und es schmerzte.

»Was hat er getan?«, fragte ich leise, weil ich meine Worte selbst nicht hören wollte. Es war, als würde ich aufgeben, und dabei liebte ich Eric trotz allem und wusste, dass wir wieder eine Familie sein könnten, wenn er nur wiederkäme. Oder war auch das Wunschdenken?

Die Tage vor seiner Flucht kratzten an meiner Erinnerung, als wären seither nur Wochen, nicht Jahre vergangen. Der Schmerz, den ich empfunden hatte, als der Galgen für seine Hinrichtung vorbereitet wurde. Ich hatte nicht hingehen wollen, aber konnte Eric in seinen letzten Augenblicken nicht allein lassen. Meine Qual wurde ver-

schlimmert, weil die Umstände so undurchsichtig waren. Der Prozess, die Anschuldigungen – meine Erinnerungen an all das waren von Trauer und Verwirrung getrübt. Nur die Erleichterung über sein Entkommen war wie eine Oase in dieser düsteren Zeit.

Die Behörden hatten meine Fragen zurückgewiesen und stattdessen mich verhört. Alles, was ich wusste war, dass er jemanden bestohlen hatte und vom Besitzer erwischt worden war. Beim Fluchtversuch hatte er dann diese Person angegriffen, wurde jedoch übermannt und später festgenommen. Ich wusste nicht einmal, was das Diebesgut meines Bruders gewesen war, und schon gar nicht, wie er aus seiner Gefangenschaft freigekommen war. In meiner Naivität hatte ich angenommen, dass es sich um Geld gehandelt haben musste – was sollte man sonst versuchen zu stehlen? Ich wusste so wenig. Tief im Inneren hatte ich mich gescheut, zu viel von dieser Seite meines Bruders zu erfahren, und doch war da ein unstillbarer Durst nach Wahrheit.

»Bist du ganz sicher, dass du wissen willst, was passiert ist?«, fragte Darvill, als hätte er meine Gedanken gelesen.

Ich biss mir auf die Unterlippe. Ich würde alles tun, um etwas über Eric zu erfahren, das helfen würde, ihn zu finden, dieses Eingeständnis könnte in Darvills Händen zu einer gefährlichen Waffe werden. Dieser Teufel würde sicherlich viel zu viel als Gegenleistung verlangen.

»Das kommt darauf an, was Sie dafür von mir wollen«, entgegnete ich mit zusammengebissenen Zähnen.

Er schmunzelte. »Jedes Wissen hat seinen Preis.«

»Machen Sie jemals etwas, ohne eine Gegenleistung zu verlangen?«

»Auf keinen Fall«, antwortete er und klang geradezu beleidigt über die bloße Vorstellung, Gefälligkeiten zu verschenken.

Ich schluckte die Unsicherheit hinunter. Was hatte ich noch zu verlieren? Darvill hatte mich sowieso vollkommen unter seiner Kontrolle.

»Wie verdiene ich sie mir?«, fragte ich und hatte das Gefühl, in eine Falle getappt zu sein.

Darvill machte einen Schritt auf mich zu, es blieb kaum Platz zwischen uns. So groß, wie er war, musste ich mir geradezu den Nacken verrenken, um den Blickkontakt zu halten. Ich wagte kaum zu atmen

in Erwartung seiner Worte. Die Lippen des Mannes verschmolzen zu einem breiten Lächeln.

»Du wirst sehen.«

Hinter mir stieg die Sonne weiter auf, sie schickte warme Sonnenstrahlen durch das große Flurfenster und streichelte Darvills Antlitz, das gegen den dunklen Hintergrund seiner unbeleuchteten Kammer erstrahlte. Er machte einen Schritt von mir weg, zurück in den Schatten seines Zimmers, und ich packte seine Hand.

»Was soll das? Ich dachte, Sie wollten es mir endlich verraten.«

Er riss seine Hand aus meinem Griff und packte nun mein Handgelenk. »Manche Dinge richten einen zu großen Schaden an, wenn man sie zu früh offenbart. Und dann wäre alles umsonst. Übe dich in Geduld.« Er ließ seinen Blick über mich wandern. »Ich brauche dich so, wie du jetzt bist. Waghalsig und kühn, geradezu unerschrocken.«

»Aber ...«, stammelte ich. Die Gedanken rasten. Dies konnte nicht alles sein.

»Noch würde es deinen Verstand übersteigen.« Sein Gesicht war nur ein Kleines Stück von meinem entfernt. »Du kannst dir nicht vorstellen, was in der tiefsten Dunkelheit lauert, und das ist fürs Erste gut so.«

Plötzlich ließ er mich los und ich stolperte zurück ins Licht des Fensters.

»Es ist diese Dunkelheit, die ich jage, genau wie dein Bruder es einst getan hat, bis er selbst zum Gejagten wurde.«

Seine Erklärung verursachte nur noch mehr Verwirrung. Einen Moment lang hatte ich geglaubt, dass Eric irgendwo war, wo ich ihn erreichen konnte, und dass Darvill mir einen Hinweis geben würde. Stattdessen hatte er den Hoffnungsschimmer wieder einmal erloschen.

Er sah mich an, und es war, als würde der Schmerz in meinen Augen etwas in ihm bewegen. Sein Blick veränderte sich, die übliche Gleichgültigkeit wurde durch etwas anderes ersetzt. War es Mitleid?

»Er hatte Talent«, sagte er schließlich bedauernd, als räumte er beim Verraten dieses Umstands eine Schwäche ein, die gegen ihn verwendet werden könnte.

Ich erstarrte und musste wieder mit den Tränen kämpfen. Er hatte mehr als nur Talent gehabt, er war der Beste gewesen.

»Du hast ja keine Ahnung, was für ein Mensch er war …«, Darvill sprach mit tief empfundener Wertschätzung, dann schloss er für einen Moment die Augen. »Vor seiner elenden Veränderung.« Wieder klang Wut in seiner Stimme, gegen die er ankämpfte. »Ich hätte es verhindern können, wenn es mir nur gelungen wäre, ihn aufzuhalten.«

Darvill sah mir direkt in die tränengefüllten Augen, in seinen Zügen lag Unentschlossenheit. Er schien abzuwägen, wie viel er noch sagen wollte.

»Sagen Sie mir, Mr Darvill«, verlangte ich mit dem letzten Rest Selbstbeherrschung. »Kann ich Ihnen auch nur ein bisschen vertrauen?«

Er sah überrascht aus.

»Besser nicht«, erwiderte er. »Doch du kannst dich darauf verlassen, dass ich unsere Abmachung einhalte.«

Ich bedeckte das Gesicht mit beiden Handflächen und rieb die Tränen und die Traurigkeit gewaltsam weg. Als ich die Hände wegzog, erlaubte ich nur der Entschlossenheit zu bleiben.

»Wenn Sie mich anlügen«, sagte ich mit bebender Stimme, »dann werde ich Sie dafür bezahlen lassen.«

Darvill presste seine Lippen zu einer harten Linie zusammen. »Erinnere mich an ein einziges Mal, dass ich dich angelogen habe.«

»Wo soll ich bloß anfangen?«

Er lachte. »Bist du sicher, dass ich gelogen habe, oder weigerst du dich einfach nur, die Realität in ihrem vollen Umfang anzuerkennen? Und wenn das der Fall ist, wie soll ich dir dann irgendwas erzählen können?«

Er hatte das bemerkenswerte Talent, die Tatsachen zu verdrehen und mich sprachlos zu machen.

»Auch wenn Sie es mir nicht sagen«, erwiderte ich tapfer. »Früher oder später werde ich es herausfinden.«

Er lächelte. »Zweifellos.«

Kapitel 11

Eine Prise Sympathie

Ich wanderte ziellos durch die Straßen von Oxford, um Onkel aus dem Weg zu gehen, sodass ihn meine Wehmut nicht belastete. Früher hatte mich die Schönheit der Gebäude begeistert und Fremde meine Neugier geweckt – in Kombination waren sie die perfekte Einladung zum Träumen und Vergessen von Sorgen. Doch mein Fluchtort verfehlte den erhofften Effekt. Die Wendung, die mein Leben genommen hatte, war viel aufregender, als meine Fantasie es je sein könnte.

Es beunruhigte mich, dass Eric mit Darvill zu tun gehabt hatte, und wenn Darvills Behauptungen stimmten, dann hatten sie jahrelang zusammengearbeitet. Das machte mir auf schmerzliche Weise bewusst, dass ich kaum etwas über meinen eigenen Bruder wusste. Darvill hatte mir genau das unter die Nase gerieben, und das gab der ganzen Sache einen besonders bitteren Beigeschmack.

Immer wieder kreisten meine Gedanken um dieselben Probleme und kamen zum selben Ergebnis: Darvill war der einzige Anhaltspunkt. Ich war erpicht darauf, alles zu erfüllen, was er verlangte, um endlich die Antworten zu bekommen, nach denen ich so verzweifelt suchte. Natürlich wusste ich, dass er womöglich mit falschen Versprechungen lockte. Doch kam ich allein nicht weiter. Ich brauchte ihn.

Als Timothy nach meinem Spaziergang in die Magpie Lane kam und an die Tür des Ladens klopfte, war er daher ein willkommener Gast.

»Der Master bittet um Ihre Anwesenheit«, verkündete der Junge mit einem Selbstbewusstsein, das nur dann zum Vorschein kam, wenn er im Namen des Hausherrn sprach. »Er hat mich geschickt, um Sie zum Anwesen zu geleiten, da die Straßen von Oxford für

eine junge Frau ein gefährlicher Ort sein können nach Einbruch der Dunkelheit.«

»Oh, das ist sehr nett von Mr Darvill«, schätzte Mr Copper das Zuvorkommen, ich hingegen konnte bei Timothys Worten nur die Augen verdrehen. Oft genug war ich nachts allein durch die Straßen gegangen – und zwar auf Darvills Befehl hin. Was sollte also die Eskorte? War das Teil seines Schutzversprechens? Dabei weckte Timothy eher Beschützerinstinkte, als dass man sich in seiner Gegenwart besonders sicher fühlte. Mir sollte es gleich sein.

»Es ist erst kurz nach sechs«, sagte ich und griff nach dem Mantel. »Keine Uhrzeit, die eine Eskorte erfordert. Trotzdem freue ich mich über deine Gesellschaft.«

Timothy lächelte schüchtern. Alles an diesem Jungen war schüchtern. Je besser ich ihn kennenlernte, desto mehr erkannte ich einen gewissen Charme an ihm. Seine bescheidene Art war eine erfrischende Abwechslung zu Darvills unerschütterlicher Arroganz.

Onkel und ich wünschten einander einen schönen Abend und ich folgte Timothy hinaus.

Die Luft war kühl und der Himmel grau. Die meisten Blätter hatten ihre Zweige zurückgelassen, die übrigen hielten sich mit letzter Kraft fest, während der skrupellose Wind an ihnen zerrte. Alles deutete auf den kommenden Jahreszeitenwechsel hin.

Aus der kleinen Gasse kommend wurden wir sofort von den anonymen Menschenmassen der High Street verschluckt.

Timothy ging einen halben Schritt hinter mir, und als ich zurückblickte, senkte der Junge die Augen in seiner gewöhnlich schüchternen Art.

»Wie geht es dir, Timothy?«, wagte ich den Versuch, die Anspannung, die von meinem Begleiter ausging, zu lindern.

»Gut, Miss«, antwortete er nur und starrte weiter auf seine abgenutzten Stiefel.

»Du hast bei unserem letzten Gespräch etwas ziemlich Interessantes erwähnt.« Aus dem Augenwinkel sah ich, wie er aufblickte, widerstand aber dem Drang, ihm in die Augen zu sehen und ihn dadurch weiter einzuschüchtern.

»Habe ich das?« Timothy klang überrascht, als ob Anerkennung ihm fremd war.

»Ja«, bestätigte ich enthusiastisch, um sein Selbstwertgefühl zu stärken. »Du sagtest, Mr Darvill hat dich aus einem Waisenhaus aufgenommen?«

»Das hat er«, erwiderte der Junge eifrig. »Jetzt fragen Sie sich vielleicht, was ein wohlhabender Mann mit einem Waisenkind will. Lassen Sie mich Ihnen sagen, Miss, ich habe jeden Tag in seinen Diensten mein Bestes getan, um ihm für seine Güte zu danken, und jede große und kleine Aufgabe zu seiner vollsten Zufriedenheit erfüllt«, sprach der Junge und streckte seine Brust raus, was ihn kurz aus seiner gekrümmten Körperhaltung holte. Er war so erpicht darauf, seinen Wert für seinen Herrn zu beweisen, dass er zu vergessen schien, wie Darvill ihm befohlen hatte, nicht mit mir über seine Angelegenheiten zu sprechen. Ehrlicherweise hatte ich genau darauf gehofft.

»Mr Darvill kann sich glücklich schätzen, dich zu haben«, pflichtete ich ihm bei. »Wie hat er dich dort gefunden? Ich kann mir nicht vorstellen, dass er ein häufiger Besucher von Waisen- und Armenhäusern ist.«

»Ich wage zu behaupten, er ist es nicht«, bestätigte der Junge bereitwillig. »Tatsächlich ist das Waisenhaus, in dem wir uns kennengelernt haben, das einzige, das er meines Wissens aufgesucht hat.«

»Wirklich?« Meine Neugier blühte auf. Eine spannende Geschichte packte mich schneller, als es gut für mich war.

»Er kam nicht wegen mir.« Timothy nahm einen verschwörerischen Ton an und legte die Hand seitlich an den Mund, als ob ihn sonst jemand anderes hören könnte. Dabei schritten wir so schnell durch de Menschenmasse, dass entgegenkommende Passanten bestenfalls ein oder zwei Worte erhaschen konnten. »Die Herrin des Waisenhauses war eine schreckliche Frau. Unter ihrer Aufsicht fanden viele Kinder ihr vorzeitiges Ende, denn ihre Strafen waren hart und ungerecht.« Seine Stimme und der Gesichtsausdruck verfinsterten sich. »Wenn man seine Aufgaben nicht richtig erledigte, wurden die ohnehin mageren Essensrationen gekürzt; wenn man zu spät kam – auch nur eine Minute, sperrte sie uns in den kalten und feuchten Keller; wenn ein Kind krank war, wurde es ohne jegliche

Beachtung und Pflege gelassen. Manche sind durchgekommen, viele nicht. Die Behörden kamen hin und wieder, um Nachforschungen anzustellen, sie vertuschte alles, und wir Kinder hatten zu viel Angst, etwas zu sagen.«

Timothy war so eingenommen von seiner eigenen Erzählung, dass er meine feucht werdenden Augen nicht bemerkte. Natürlich hatte ich die traurigen Geschichten der Armen gehört und mittellose Menschen auf der Straße gesehen, aber einen Bericht aus erster Hand zu hören, war etwas anderes.

»Wie bist du dort hingekommen?«, fragte ich atemlos.

Timothy blickte in die Ferne, als erinnerte er sich an ein anderes Leben. »Meine Familie und ich sind mit dem Schiff nach London gekommen. Wir stammen ursprünglich aus Irland, und meine Eltern hofften, meinen Geschwistern und mir ein besseres Leben zu ermöglichen, aber sie wurden von der Cholera geholt. Ich lebte eine Weile auf der Straße, landete daraufhin im Waisenhaus. Da war ich ungefähr elf gewesen.«

»Das tut mir so leid, Timothy«, sagte ich und war plötzlich unsagbar dankbar für meine Kindheit. Onkel und Eric hatten so viel für mich getan – ganz gleich, was Darvill behauptete. »Bei meinen war es Tuberkulose.«

Er nickte verständnisvoll. »Für mich ist das alles schon lange her, und ich bin froh, für den Master arbeiten zu dürfen. Er gibt mir ein warmes Bett und viel zu essen. Es wäre eine Sünde, sich zu beschweren.«

Ich schluckte trocken. Obwohl er es viel schwerer hatte, war er nicht annähernd so weinerlich wie ich. Allerdings war ich nicht jemand, der sich einfach mit seinem Los abfand.

»Es ist nicht abzusehen, was aus mir geworden wäre, wenn der Master nicht gewesen wäre«, fuhr er auf seltsam düstere, aber triumphierende Weise fort.

»Von meinem Fenster aus sah ich ihn eines Nachts ums Waisenhaus schleichen. Ich erinnere mich daran, weil ich aufblieb, um für Micky zu beten, der krank war und schwer keuchend neben mir im Bett lag. Als ich kurz nach Mitternacht draußen eine dunkle Silhouette sah, hoffte ich, dass es sich vielleicht um einen Arzt handelte,

der gekommen war, um meinen Freund zu sehen. Starr lauschte ich nach Schritten im Korridor, doch sie blieben aus. Es verging eine ganze Weile, und dann schlich ich mich aus dem Bett und dachte, dass sich der Arzt vielleicht in den vielen wirren Gängen verirrt hatte.«

Timothy hielt inne und sah mit trauriger Miene nach unten. »Es war verrückt, auch nur daran zu denken, dass jemand gekommen war, um Micky zu helfen, aber ich war so verzweifelt, dass ich an meiner dummen kleinen Hoffnung festhielt. Wissen Sie, Miss, ich wollte einfach nicht, dass Micky starb. Zu viele Kinder waren in dem Jahr gestorben, in dem die Schulleiterin ins Waisenhaus kam. Ich wünschte mir so sehr, dass ein Arzt gekommen war, ich dachte nicht einmal an die Strafe, die mich erwartete, wenn ich im Flur erwischt werden würde.«

Feierlich blickte der Junge nach vorn, als wir die Hauptstraße hinter uns ließen und in eine viel ruhigere einkehrten. Die hohen Steinmauern zweier Universitäten säumten unseren Weg und sorgten durch ihre Abschottung für eine Privatsphäre, die Timothys Offenbarungen gerecht wurde. Ich war so vertieft in seine Geschichte, dass ich unsere Umgebung nur ansatzweise wahrnahm. Vor meinem inneren Auge sah ich das düstere Waisenhaus und spürte Timothys trostlose Hoffnung. Die Bilder erschütterten mich bis ins Mark.

»Dann hörte ich sie endlich: schwere Schritte, die ich keinem der anderen im Waisenhaus arbeitenden Erwachsenen zuordnen konnte. Das Echo seiner Schuhen war so stolz und entschieden, dass es keine Ähnlichkeit mit dem schuldbewussten Gang des Personals hatte, das die Grausamkeit der Schulleiterin kannte, aber zu viel Angst hatte, um sich ihr zu widersetzen. Mein Herz hämmerte wie verrückt gegen meinen Brustkorb. Es war stockfinster, als sich plötzlich ein blaues Licht wie ein Blitz entzündete und genauso plötzlich wieder verschwand.«

Ich sog bei der Erwähnung des blauen Lichts scharf die Luft ein. Timothy schien es nicht zu bemerken.

»Ich weiß nicht, woher es kam, bis heute frage ich mich, ob das Licht ein Produkt meiner Fantasie war, aber als ich ihm folgte, brachte es mich zu Mr Darvill. Deswegen halte ich es bis heute für meinen Glücksbringer.

Er verließ gerade die Privaträume der Schulleiterin und sah sich hektisch um, als er mich entdeckte. Daraufhin blieb ich wie angewurzelt stehen. Er war ganz anders als all die Erwachsenen, die ich in meinem jungen Leben gesehen hatte. Seine edle Kleidung, der lange Mantel, elegante Gehstock und hohe Zylinder hoben ihn hervor. Unter seinem Arm klemmte eine umhüllte Leinwand. Die Ecke eines opulent verzierten Rahmens lugte hervor – so etwas sah man in meinem damaligen Umfeld nicht oft, und es stach mir daher ins Auge.

Ohne nachzudenken, näherte ich mich ihm, er musterte mich argwöhnisch. Seine Anwesenheit war beeindruckend. Irgendwie brachte ich den Mut auf, ihn zu fragen, ob er wegen Micky da wäre. Meine Frage ließ ihn stutzen, und weil ich Angst hatte, er könnte einfach wieder gehen, fing ich an, unter Tränen zu erzählen, wie schrecklich wir behandelt wurden, wie niederträchtig die Schulleiterin uns bestrafte. Er stand nur da und hörte zu, und als ich fertig war, sagte er: ›Du musst dir keine Sorgen mehr um die Schulleiterin machen, sie ist nicht mehr hier. Hoffentlich wird es jetzt besser.‹ Er bat mich, unser Treffen geheim zu halten.«

Ich starrte Timothy an, unfähig, wegzusehen oder auch nur zu blinzeln. Die Straße war menschenleer, sonst wäre ich sicher mit jemandem zusammengestoßen.

»Und das tat es«, fuhr Timothy fort. »Micky überstand die Nacht, und da die Schulleiterin wirklich weg war, bekam er schon am nächsten Tag Hilfe. Innerhalb einer Woche kam eine neue Leitung. Diese war zwar streng, verhängte aber keine grausamen Strafen und kümmerte sich um die Kinder. Die Essensrationen wurden erhöht und die Kranken wurden behandelt. Jeden Tag dachte ich an den Herrn im roten Mantel. Ich wollte ihm erzählen, wie viel besser es nun war. Und so fuhr ich eines Tages in den reichsten Bezirk Londons, der mir einfiel: Mayfair. Ich fragte jeden Kutscher nach dem großen Herrn in dem roten Mantel, bis mich einer von ihnen auf ein imposantes Gebäude verwies. Ich klopfte und er öffnete mir höchstpersönlich die Tür. Er schien in Eile zu sein, nahm sich dennoch die Zeit, mich hineinzubitten. Er fragte nach meinem Namen und ob ich für ihn arbeiten wollte. Darauf gab es nur eine Antwort. Im Gegenzug sagte

er mir, ich solle nie über die Nacht unseres Treffens sprechen.« Timothy blieb stehen, sein Gesichtsausdruck wurde von plötzlicher Sorge überschattet. »Sie sind die erste Person, der ich diese Dinge enthülle. Der Master vertraut Ihnen, und deswegen tue ich das auch.«

Ich konnte nicht glauben, was er sagte. *Vertrauen?* Timothy schien jedoch so überzeugt zu sein, dass ich ihm seine Traumvorstellung ließ.

»Ich glaube, er könnte eines Tages Hilfe brauchen«, fuhr er fort. »Er tut gefährliche Dinge, aber ich glaube fest daran, dass es für das Gute ist. Er ist nicht jemand, der seine Probleme offen preisgibt, Sie bezieht er ein wie niemanden zuvor, und vielleicht können Sie ihm zu gegebener Zeit einen Ausweg aufzeigen, wenn er selbst keinen findet.«

Timothy sah mir direkt in die Augen. Dass er sich das traute, trotz seiner Schüchternheit, zeigte, wie wichtig es ihm war. Ich wollte keine unhaltbaren Versprechen geben, aber noch weniger wollte ich mich in die Reihen derer gesellen, die ihn in seinem Leben enttäuscht hatten.

»Ich werde tun, was ich kann.«

Er strahlte übers ganze Gesicht. »Danke schön.«

Schweigend setzten wir den Weg fort. Timothys Offenbarungen belasteten mich, die Schritte des Jungen hingegen gewannen an Leichtigkeit. Er wirkte regelrecht heiter, andererseits hatte er lange mit seiner Vergangenheit gelebt und sich wahrscheinlich damit abgefunden. Ganz anders als ich.

Nach einiger Zeit runzelte ich die Stirn. »Die Schulleiterin ist einfach verschwunden, meintest du?«

»Spurlos!«

»Aha.« Somit ergab das die dritte Person, die einfach verschwunden war, nachdem ein blaues Licht erschien. Was trieb Darvill da nur?

»Nun«, murmelte Timothy und wirkte dabei unbehaglich. »Es gibt da eine Sache, aber sie ist so seltsam, dass es mir peinlich ist, sie zu erwähnen.«

»Sprich weiter.«

»Sie dürfen nicht lachen.« Timothy schien es sehr Ernst zu sein, daher versprach ich es ihm hoch und heilig. »Der Master hat all diese schönen Porträts – ein echter Kunstsammler, wage ich zu behaupten. Und da ist dieses eine Gemälde, das mich ein bisschen an die Schulleiterin erinnert.« Er machte eine kurze Pause und schaute sich um,

um sicherzugehen, dass wir allein auf der Straße waren. »Sie sind sich sogar sehr ähnlich, um ehrlich zu sein. Ich versuche, nicht an ihr vorbeizugehen, weil sie mir Angst macht und ich das Gefühl habe, dass sie mir jedes Mal nachstarrt, wenn ich in ihrer Nähe bin. Ich weiß, es ist alles sehr dumm von mir, aber ich kann nicht anders. Sie war eine wirklich schreckliche Person.« Der Junge senkte den Kopf, als hätte er immer noch Angst vor der Grausamkeit seiner ehemaligen Peinigerin.

Ich legte ihm die Hand auf die Schulter. »Es ist überhaupt nicht albern. Du hast viel durchgemacht. Und ich werde es niemandem erzählen.«

Er nickte erleichtert. »Es tut gut, mit einer anderen Seele über diese Dinge zu sprechen, Miss.«

»Gern geschehen, Timothy. Und ich denke, das hat mir auch gutgetan. Ich habe das Gefühl, Mr Darvill jetzt ein bisschen besser zu kennen.« Noch besser als Darvill hatte ich Timothy kennengelernt, und nun gehörte ihm mein Respekt.

Seine Geschichte beleuchtete interessante Zusammenhänge. Nach Lady Barlows Verschwinden hatte ich ihr Porträt an Darvills Wand entdeckt, und nun schien das Gleiche auf die Leiterin des Waisenhauses in London zuzutreffen.

Hatte Darvill aus dem Cottage am Stadtrand nicht auch eine Leinwand mitgebracht? Es kristallisierte sich ein Muster heraus, was bedeutete, dass es zwischen den verschwundenen Frauen einen Zusammenhang geben musste.

Was hatte es mit den Bildern aus sich? Ich müsste mir mal die Porträts von Westford Manor bei Gelegenheit genauer ansehen. Im Moment hatte ich allerdings noch mit etwas anderem zu kämpfen. Das seltsame Gefühl gegenüber Darvill, das immer wieder in mir auflebte, war wieder da. Er hatte die Waisenkinder gerettet und Timothy eine neue Chance im Leben gegeben. Ich kam nicht umhin, ihn dafür zu bewundern.

»Wir sind da«, verkündete Timothy, und ich sah überrascht auf die Eingangstür des Anwesens. So schnell hatte sich der Weg hierhin noch nie angefühlt.

»Der Master wartet im Westsaal auf Sie.«

Wir traten ein, und sofort fielen mir die Porträts ins Auge. Es war, wie Timothy sagte, man hatte das Gefühl, von ihnen beobachtet zu werden. Das hatte ich schon früher so empfunden und war nun nicht mehr allein damit. Das gab mir zu denken. Es waren mehr als nur Blicke, die von ihnen ausgingen. Ihre Präsenz war seltsam beklemmend. Da half auch die üppige Kulisse der seidenen Tapeten, polierten Marmorböden und unzähligen Dekorationen nicht.

»Ah, Susanna«, rief Darvill erfreut und breitete dramatisch die Arme aus. »Wie schön, dich zu sehen.« Seine Stimme hallte durch den Raum.

»Ist es das?«, erkundigte ich mich vorsichtig und betrat mit zögernden Schritten den großen Saal mit seinen dunkelrot gepolsterten Möbeln und noch mehr Porträts. Hinter Darvill standen zwei Frauen in schlichten, aber eleganten lila Kleidern. Yard um Yard breitete sich Seide und Chiffon über die Sofas und Stühle aus.

»Danke, dass du unseren Ehrengast sicher begleitet hast, Timothy«, sagte Darvill in einem ungewöhnlich angenehmen Ton. »Ich glaube, die Köchin hat unten eine Kleinigkeit für dich vorbereitet, als Gegenleistung für deine Mühe.«

Timothys Augen funkelten vor Freude, er verbeugte sich hastig und rannte davon. Da sich Darvill so seltsam benahm, wäre es mir lieber gewesen, der Junge wäre geblieben.

»Komm schon«, sagte der Hausherr strahlend. »Ich hoffe, du bist bereit, dir die Wahrheit zu verdienen.«

Mein Herz zog sich zusammen. Spielte er mit mir, oder würde er wirklich etwas Nützliches preisgeben? Während ich zögerlich nickte, nahm er mich an der Hand und führte mich in die Mitte des Raums, als würden wir auf einem Ball gleich zu tanzen beginnen. Vor den beiden Damen hielten wir. Jede hatte ein Maßband um den Hals und eine Schere in der Tasche. Hinter ihnen war ein großer Spiegel aufgestellt. Ich ahnte nichts Gutes, ein Gefühl, das sich nur noch mehr verstärkte, als sie mich intensiv musterten.

»Etwas schmal um die Hüfte.«

»Dazu noch wenig Oberweite.«

»Und dann diese krummen Schultern.«

»Sie muss entschieden weniger buckeln.«

Mit dieser Einleitung kamen sie näher, umzingelten mich und begannen an mir herumzuzupfen. Jede Kleinigkeit, die sie an mir auszusetzen hatten, taten sie kund, als hätte ich keine Ohren. Die Prozedur ließ ich über mich ergehen, weil es nicht so wirkte, als ob ich eine Wahl hatte.

Über ihren Bemerkungen wollte ich drüberstehen, schließlich kannte ich mein Aussehen und fand es in Ordnung. Darvill stand allerdings direkt daneben, und vor ihm war mir das unangenehm. Dafür hätte ich mich ohrfeigen können, es müsste mir egal sein, was dieser Teufel von mir dachte!

War es nur leider nicht.

Während die taktlosen Schneiderinnen an mir herumhantierten, beobachtete ich ihn. Sein Hinken war so gut wie weg, und er marschierte durch den Raum wie ein pompöser Regisseur während der Generalprobe seiner neuen Oper.

Die beiden Damen zogen mir den Mantel von den Schultern und umwickelten mich von beiden Seiten mit Maßbändern … um die Hüfte, um die Brust, um die Arme und Beine, ja sogar die Finger maßen sie einzeln nach. Dann hielten sie verschiedene Stoffe vor mich und murmelten verschwörerisch miteinander.

Darvill hatte zwar gespaßt, dass er mir ein Kleid schuldete, nachdem ich meines für seine Bandagen geopfert hatte, aber ob das wirklich der Grund für dieses Theater war, wagte ich zu bezweifeln.

»Beige lässt sie blass erscheinen.«
»Rot ist zu verführerisch.«
»Pink wirkt an ihr kindlich.«
»Grün lässt ihre blasse Haut kränklich aussehen.«

Auch wenn die Frauen nicht besonders nett waren, weckten sie in mir Ehrfurcht aufgrund der Leidenschaft, mit der sie ihre Arbeit verrichteten. Gutes Handwerk jeder Kategorie war meine Schwachstelle, daher wagte ich es nicht, die Schneiderinnen zu unterbrechen.

Meine brennenden Fragen stellte ich allerdings in den Blicken, die ich Darvill immer wieder zuwarf. Der Mann lächelte wiederum nur auf eine entnervend freundliche Art und stolzierte zufrieden umher.

Nach einer Stunde des Ziehens und Zerrens fand ich mich in etwas gehüllt, das eines Tages einem Kleid ähneln könnte. Schon in

seiner unfertigen Form raubte mir die Kreation den Atem – was auch an dem engen Korsett lag, in das ich eingeschnürt war.

Noch nie zuvor hatte ich Seide oder so viel Spitze und Rüschen getragen. Meine üblichen schlichten Kleider waren nicht zu vergleichen mit dieser eleganten Extravaganz, auch wenn an allen Enden Nadeln herausragten. Das Spiegelbild betrachtend, fühlte ich mich wie eine Hochstaplerin und musste an Onkels Worte denken: »Sie sind nicht wie wir.«

Er hatte recht. Sich wie die Oberschicht zu verkleiden, machte mich nicht zur Lady. Ich war eine Kaufmannstochter, ein Ladenmädchen, und mein simples Gesicht und die bescheidene Körperhaltung offenbarten es.

Wenn ich an die Dame mit den roten Haaren zurückdachte, so hätte sie auch in Lumpen wie eine Prinzessin gewirkt – jede Bewegung war fließend wie Wasser, sie hatte geradezu geschwebt, den Kopf so geneigt, als würde sie über ein Reich hinwegsehen, das für sie geschaffen wurde. Im Gegensatz dazu stand ich einfach nur verloren da, erschlagen von den prächtigen Stoffen und dem noch prächtigeren Raum voll schwerer Möbel und arroganter Gemälde.

»Du siehst großartig aus«, sagte Darvill und ließ mich erröten. »Genau das, was wir für unser bevorstehendes Vorhaben brauchen.« Ein schelmischer Glanz erhellte seine Augen.

»Kann ich mich jetzt wieder umziehen?«

»Warum klingst du so gereizt? Ich dachte, Frauen mögen schöne Kleider.«

Ich warf ihm einen finsteren Blick zu. »Was soll ein Ladenmädchen mit schönen Kleidern?«

Darvill lächelte, und das ließ sein aristokratisches Gesicht sanft wirken. Sein Aussehen war manchmal eine richtige Waffe. Ich musste weggucken, um die verräterischen Gefühle in der Brust nicht zu beeifern.

Er ist ein Teufel! Er ist ein Teufel! Er ist ein Teufel!, sagte ich wie ein Mantra in Gedanken auf.

»Wer ist ein Teufel?«, fragte Darvill neugierig.

Mist! Es war mir vor Anstrengung doch tatsächlich einmal laut rausgerutscht.

»Niemand!«, haspelte ich noch stärker errötend.

Darvill lachte laut auf. »Das nehme ich als Kompliment, denn du hast recht, ich bin wirklich ein Teufelskerl.«

»Dass Ihnen von Ihrer eigenen Prahlerei nicht übel wird.«

»Jetzt machst du dir auch noch Sorgen um mein Wohlergehen. Wirklich rührend.« Er grinste breit, und ich konnte nicht anders als loszuprusten.

»Sie sind wirklich unmöglich!«

»Unmöglich gut aussehend?«

»Aufhören!«, rief ich lachend und hielt mir die Ohren zu. »Ich muss hier weg, Sie sind heute noch unerträglicher als sonst.«

»Unerträglich charmant, meinst du.«

Ich schüttelte den Kopf, konnte das Lachen aber nicht unterdrücken. »Ich werde noch ganz verrückt!«

»Verrückt nach mir?«

Sogar die strengen Schneiderinnen schauten ein bisschen weniger finster bei dem Austausch.

Ich konnte nichts mehr sagen und krümmte mich nur noch vor Lachen. Dabei fielen einige Nadeln raus. Die Schneiderinnen packten mich daraufhin an den Armen und richteten mich unsanft wieder auf. Die Nadeln steckten sie zurück an Ort und Stelle und befreiten mich anschließend endlich aus dem feinen Fummel.

»War es das für heute?«, fragte ich und war überrascht, wie heiter meine Stimme klang, obwohl ich mit Darvill sprach.

»Nur eine Sache noch«, sagte Darvill und wartete, bis die Schneiderinnen ihre Sachen zusammengepackt und den Saal verlassen hatten. Seine Stimme und Ausdruck nahmen die übliche konspirative Note an, die immer dann zum Vorschein kam, wenn es um seine zwielichtigen Machenschaften ging.

Als wir nur noch zu zweit waren, holte Darvill etwas Glitzerndes aus seiner Tasche hervor.

»Ich möchte, dass du dir dieses Gesicht einprägst.«

Er streckte die Hand aus und ließ ein Medaillon, das an einer Goldkette hing, von seinen Fingern baumeln. Der funkelnde Anhänger schwankte anmutig von einer Seite zur anderen.

Ich griff nach dem Medaillon und klickte es auf. Darin befand sich das winzige Porträt einer umwerfenden jungen Frau mit roten Haaren. Ich nahm ihre zarten Züge auf und war geblendet von ihrer Schönheit.

Wollte er auch sie verschwinden lassen?

Kapitel 12

Ein Flair von Arroganz

»Und Sie sind sicher, dass Sie keine Begleitung wünschen?«, fragte Timothy. Sein zerstreuter Gesichtsausdruck verriet, dass er hin- und hergerissen war zwischen Darvills Anweisung, mich zu begleiten, und meiner Ablehnung derselben.

»Ganz sicher«, beteuerte ich standhaft. »Du brauchst auch mal eine Pause, Timothy. Du arbeitest ja sonst nur von früh bis spät.« Nun klang ich schon wie mein Onkel! »Ich bin schon Hunderte Male allein in Oxford unterwegs gewesen. Mir passiert nichts.«

Timothy knetete seine Hände. Ich nahm das als Zeichen dafür, dass ihm keine weiteren Argumente einfielen, und trat hinaus. Der Junge verharrte noch einige Momente am Eingang und schloss schließlich die Tür.

Heute war ich ausnahmsweise durch den Haupteingang gegangen und staunte erneut über die steinernen Adler zur Linken und Rechten. Grimmig blickten die majestätischen Vögel auf die Straße, als suchten sie nach Beute auf dem Mosaikpfad, der bis ans Tor führte. Sobald ich es passierte und mich den bedrohlichen Blicken der Adler entzog, schwand der letzte Rest Magie, der mir nach dem Anprobieren der Stoffe noch nachhing.

Darvills Anwesen und die Rollen, in die er mich zwang, hatten eine seltsame Wirkung auf mich – als würde ich jemand anderes werden, mehr als nur ein Ladenmädchen. Diesen Wandel hatte ich

mir immer ersehnt, und doch erfasste mich die Erleichterung, wenn ich auf die Straße trat und wieder einfach nur ich selbst war.

Der kalte Wind packte meinen Mantel und wehte ihn umher. Im gelben Flackern der Straßenlaterne tanzten Tröpfchen eines kaum wahrnehmbaren Nieselregens. Was für ein skurriler Abend doch hinter mir lag. Ich holte das Medaillon hervor, das Darvill mir gegeben hatte, und schaute das winzige Porträt darin an.

Mit einem brutalen Ruck wurde ich nach hinten gezogen und mein Arm schmerzlich auf dem Rücken verdreht.

»Was zum …«, stammelte ich und versuchte nach hinten zu blicken, um zu erkennen, wer mich angriff.

»So sieht man sich also wieder«, sagte eine rauchige Männerstimme. »Dabei dachte ich, ich hätte mich klar ausgedrückt.«

Ich erkannte die müden Augen und den Schnauzbart mit den grauen Verläufen wieder. Es war der Polizist, dem ich von Lady Barlow erzählt und der mir kein Wort geglaubt hatte.

»Wer ist das?« Ein wesentlich jüngerer Mann, ebenfalls in Uniform, trat hinter ihm hervor und beäugte mich neugierig. Unterdessen wurde mein auf dem Rücken verdrehter Arm taub.

»Lassen Sie los!«, protestierte ich.

»Ich habe dir gesagt, dass du dich von Mr Darvill und Westford Manor fernhalten sollst«, keifte der erboste Gesetzeshüter. »Und ich habe dir versprochen, dass ich nicht wegsehen würde, sollten sich unsere Wege erneut kreuzen.«

»Ich habe nichts getan«, erwiderte ich. »Es ist kein Verbrechen, sich auf offener Straße aufzuhalten!« Ich wehrte mich und versuchte durch Herumzappeln loszukommen, doch der Griff des Mannes wurde nur fester und schmerzlicher.

Der jüngere Polizist ließ seinen Blick nicht von mir ab, während er etwas vom Boden aufhob. Als er sich wieder aufrichtete, baumelte in seiner Hand das Medaillon. Es war mir beim Übergriff aus der Hand gefallen.

»Hier in der Gegend ist es in letzter Zeit vermehrt zu Überfällen gekommen«, grunzte der ältere Mann. Die vielen Jahre im Dienst und

die Anstrengung, mich festzuhalten, raubten ihm den Atem. »Was weißt du darüber?«

»Nichts!«, japste ich verzweifelt. »Au! Mein Arm!«

Daraufhin drückte er ihn noch höher, und mir kamen vor Schmerz die Tränen, doch ich biss mir auf die Lippe, ehe ein weiteres Wimmern entkommen und mich schwach wirken lassen konnte.

»Ach ja?«, wollte der Polizist wissen. »Und wie bist du in den Besitz dieses goldenen Medaillons gekommen?«

Meine Gedanken drehten sich. Es war egal, was ich antwortete, der Wachtmeister würde mir nicht glauben. Er war versessen darauf, mich zu überführen, und ich konnte nichts dagegen tun. Wahrscheinlich verdiente ich es auch noch, schließlich hatte ich tatsächlich von den reichen Leuten in der Gegend gestohlen, nur eben nicht dieses Mal.

»Ich habe es ihr gegeben«, sagte eine vertraute Diamantstimme.

Der alte Polizist ließ mich mit einem Ruck los, und ich stolperte in Darvills offene Arme. Er hüllte mich in eine feste Umarmung und drehte mich von den Polizisten weg. Mein Herz schlug wild gegen seine Brust.

»Sie ist meine Geliebte, und ich schenke ihr gern schöne Dinge«, beteuerte der Teufel mit todernster Stimme.

Ich verschluckte mich an meiner eigenen Spucke und hustete vor Empörung auf. Darvill drückte mich fester an sich.

Die Polizisten blinzelten verdattert von ihm zu mir und wieder zurück. Ich wirkte nun wirklich nicht wie jemand, den Darvill sich zur Geliebten nehmen würde. Der viel zu große Männermantel, die ausgetretenen Stiefel und meine eher kleine Statur samt all den Defiziten, die die Schneiderinnen so eifrig aufgezählt hatten, zogen Liebhaber nicht gerade an. Wenn ich ein bisschen mehr aus meinem Äußeren machen würde, hätte ich durchaus Potenzial, das hatte das unfertige Ballkleid bewiesen, aber dazu bräuchte ich viel mehr Geld und weniger kriminelle Verpflichtungen. Es war schwer, auf sein Aussehen zu achten, wenn man von morgens bis abends bei Wind und Wetter umherrannte. Ballkleider eigneten sich nun mal nicht, um darin über Zäune zu klettern und in Häuser einzubrechen.

»Sie ist Ihre …«, haspelte der ältere der beiden Staatsdiener, während der jüngere nur peinlich berührt blinzelte.

»Meine Geliebte, ja.«

Warum musste Darvill es nur immer gleich übertreiben? Es hätte gereicht, wenn er einfach gesagt hätte, dass ich ihm eine Bestellung aus unserem Geschäft vorbeigebracht hatte. Wobei das das Medaillon nicht erklärt hätte. Dieser gewitzte Teufel! Mein Ruf war eh ziemlich ramponiert, so viel mehr Schaden konnte er nicht mehr anrichten.

Der Polizist nahm seine Kopfbedeckung ab und verneigte sich. »Ich bitte vielmals um Entschuldigung.«

»Das ist auch mehr als angebracht«, wetterte Darvill. »Ich würde es begrüßen, wenn Sie meiner Geliebten nie wieder zu nahe treten.«

»Natürlich!«

»Ich muss Sie nicht über die Konsequenzen aufklären, falls Sie sich meiner Bitte widersetzen?«, sprach der Gentleman mit Eiseskälte.

»Nein, Sir«, stotterte der Wachtmeister. »Guten Abend, Ihnen beiden. Wenn wir je etwas für Sie tun können …« Er verneigte sich nochmals, bevor er seine Haube wieder aufsetzte und schnellen Schrittes die Straße überquerte. Der junge Mann folgte ihm treudoof.

Als die Polizisten weit genug entfernt waren, schubste ich Darvill von mir.

»Hände weg von mir!«

»Aber Darling«, jammerte Darvill übertrieben beleidigt. »Du bist doch die Einzige für mich.«

»Die Einzige, die dumm genug ist, sich von Ihnen erpressen zu lassen vielleicht!«, erwiderte ich mit einem Lachen, das sich einfach nicht unterdrücken ließ.

Darvill lächelte verschmitzt. In seinen Augen blitzte Erleichterung auf. »Dein Arm ist in Ordnung?«

Ich zuckte mit den Schultern. »Ja.« Das war eine Lüge. Er schmerzte ziemlich, aber die Blöße wollte ich mir nicht auch noch geben.

»Dann ist ja gut.«

»Jetzt lassen Sie das«, sagte ich mit einem Seufzen.

»Was?«

»Dieses besorgte Getue.« Ich fuchtelte mit dem guten Arm in der Luft umher. »Ich glaub Ihnen kein Wort.«

»Also gut«, stimmte er der Bitte zu. »Dann auf die Knie, Sklavin.«

Ich prustete von Neuem los. »Wie soll ich Ihre echten Drohungen ernst nehmen, wenn Sie immerzu so reden?«

»Keine Sorge«, antwortete Darvill, »wenn ich dir ernsthaft drohen sollte, wirst du es ernst nehmen.« Seine Augen funkelten auf eine Art und Weise auf, die mir das Lachen im Hals stecken bleiben ließ.

Ich räusperte mich. »Trotzdem danke. Ich hätte sonst bestimmt die Nacht auf der Polizeiwache verbracht.«

»Ich sagte doch, ich würde dich beschützen.« Er sah zum Anwesen, wo Timothy durch einen Spalt in der Tür lugte. »Natürlich wäre es leichter, wenn du dich meinen Anweisungen nicht ständig widersetzen würdest.«

»Wo wäre denn da der Spaß?«, erwiderte ich frech.

Darvill lachte nun auch. »Stimmt.« Er richtete seine Hand nach vorn. »Na, dann mal los.«

»Wohin?«

»*Mr Copper & Co's Collection of Canes.*«

»Sie müssen nicht –«

Er unterbrach mich mit skeptisch nach oben gezogenen Brauen.

»Also gut«, gab ich nach und warf dramatisch die Hände in die Luft. »Dann ertrag ich Sie eben noch einen Moment länger.«

»Gleichfalls.« Nach einem Moment fügte er hinzu: »Ich habe ohnehin etwas mit deinem Onkel zu besprechen.«

»Wenn das so ist«, gab ich mich endgültig geschlagen und stellte fest, dass es mir gar nicht so viel ausmachte, noch ein wenig länger in seiner Gesellschaft zu verweilen.

Mit großen Schritten ging er voran, und ich musste mich bemühen, mit ihm mitzuhalten. Ich konnte nicht aufhören, darüber zu staunen, wie schnell seine Wunde verheilt war.

»Du starrst schon wieder, Susanna«, stellte Darvill fest und grinste.

Irgendetwas war an ihm, das es mir schwer machte wegzusehen. Daran gewöhnte ich mich langsam, und es brachte mich nicht mehr so stark aus der Fassung. Zudem half es auch, wie gut wir uns heute verstanden hatten.

»Ich möchte meiner Rolle als Geliebte schließlich gerecht werden«, erwiderte ich hölzern.

Er lachte auf. »Hab ich es doch von Anfang an geahnt.«

Ich verdrehte die Augen. Kam dennoch nicht umhin, zuzugeben, wie charmant der Gentleman aussah, wenn er lachte und sich ungezwungen unterhielt.

»Ich freue mich, dass Ihr Bein verheilt ist.«

Er warf mir einen dieser Blicke zu, als wollte er mich abschätzen. »Danke«, erwiderte er behutsam.

»Dass nur zwei Tage gereicht haben für eine so tiefe Wunde, in der angeblich auch noch tödliches Gift war, ist wirklich beachtlich«, führte ich weiter aus und spürte, wie das Eis dünner wurde.

Er lächelte nur. »Ich sagte doch, es war nicht so schlimm.«

»Was genau sind Sie?« Mein Herz hämmerte los, als wollte es mich davor warnen, zu übermütig zu werden.

Er lachte leise. »Was ich bin? Ein charmanter und unwiderstehlicher einfacher Junge aus Oxford.«

»An Ihnen ist rein gar nichts einfach!«

»Gegen die anderen Attribute erhebst du keinen Einspruch?«

Ich rollte die Augen. »Würde ich ja gern, aber Ihre Arroganz ist unbesiegbar.«

Er lachte. »Und noch mal: danke.«

»Weil Sie heute so nett sind, will ich Sie warnen.« Was war denn das? Wieso sagte ich so etwas? »Ich bemerke all die seltsamen Dinge, die geschehen. Ich habe das blaue Licht bereits mehrmals gesehen, ich weiß, dass Sie die Frauen zum Verschwinden bringen und dass die seltsamen Gemälde und Gegenstände etwas damit zu tun haben.« War ich verrückt geworden? Ich konnte mich einfach nicht davon abhalten und war erleichtert, nachdem ich es ausgesprochen hatte. »Wenn Sie Ihre Geheimnisse vor mir bewahren wollen, müssen Sie sich mehr Mühe geben.«

»Ich weiß die Warnung sehr zu schätzen.« Er schaute mir tief in die Augen, in seinen sah ich eine Andeutung von Traurigkeit, während sein Gesicht freundlich blieb. »Aber vielleicht will ich ja, dass du die Geheimnisse erfährst, und bin daher so unvorsichtig. Hast du daran gedacht, dass es eine Falle sein könnte?«

»Es vergeht keine Sekunde, in der ich das nicht denke«, gab ich zu.

»Dann ist ja gut.« Er nickte zufrieden und sah wieder geradeaus auf die schwach erleuchtete Straße. Zur Nachtzeit war mir Oxford am

liebsten. Da hatte ich die monumentalen Gebäude und die friedliche Ruhe ganz für mich allein. Fast zumindest.

Ich musterte Darvills breiten Rücken, der von dem üblichen roten Mantel aus edler Wolle verdeckt war.

Wenn ich nur den heutigen Abend betrachten würde und alles zuvor außer Acht ließ, dann wäre er jemand, in den man sich verlieben konnte. Natürlich war das absurd, wenn man unsere unterschiedlichen Stellungen in der Gesellschaft betrachtete, und Darvill würde sicherlich nie ernsthaftes Interesse an mir verkünden. Seine Aufmerksamkeit gehörte Frauen wie Lady Barlow und den anderen Schönheiten an seinen Wänden. Ich konnte da nicht mithalten.

Ich blieb wie angewurzelt stehen. *Will ich auch gar nicht!*

Was waren das nur wieder für wirre Gedankengänge? Er war ein durch und durch böser und krimineller Mensch. Wieso nur vergaß ich das immer so leicht?

Die Antwort darauf kam mir schneller, als mir lieb war, in den Sinn: weil ich selbst nicht viel besser war. So viele Jahre lang war ich bemüht gewesen, meinen Bruder zu rechtfertigen, dass das wahrscheinlich meine Moralvorstellung dauerhaft geschädigt hatte. Schämen sollte ich mich!

»Dann wünsche ich der Dame eine gute Nacht«, raunte Darvill und neigte leicht den Kopf.

Ich schaute auf und entdeckte vor uns das Holzschild des Gehstockladens. Dieses Schild hatte ich beschrieben und angebracht, in der Hoffnung, es würde mehr Kundschaft anziehen. Hatte es nie getan, aber Onkel hatte stets beteuert, wie sehr er es mochte. Wind und Wetter hatten seine Spuren darauf hinterlassen.

»Hatten Sie nicht etwas mit meinem Onkel zu besprechen?«

»Nein, das war nur ein Vorwand. Ich wollte keine erneute Abhandlung darüber hören, wie gut du allein zurechtkommst.«

»Sie sind wirklich eigenartig.«

»Vielen Dank.«

»Das sollte kein Kompliment sein.«

Er lächelte zum Abschied und tippte mit Daumen und Zeigefinger den Rand seines Zylinders an. Dann drehte er sich um und

ging den Weg zurück, den wir gekommen waren. Der Saum seines roten Mantels wehte dramatisch im Wind.

Ich seufzte schwer. Ein weiterer ereignisreicher Tag ging zu Ende. Und mir blieb nicht viel Zeit, um mich zu erholen.

Bereits am übernächsten Tag kam Timothy erneut, um mich abzuholen.

»Das Kleid ist fertig«, verkündete er feierlich.

»Was, schon?«, staunte Ich. »Hat Darvill die armen Schneiderinnen die Nächte durcharbeiten lassen?«

Timothy lächelte verlegen, was Antwort genug war.

Ich war so neugierig auf das Resultat, dass ich mir umgehend den Mantel schnappte und bereit war.

»Bis nachher«, rief ich Onkel zu. Der lächelte breit zum Abschied. »Viel Spaß!«

»Den werde ich auf keinen Fall haben«, murmelte ich leise, sodass nur Timothy es hörte und kicherte.

Als wir ankamen, war Darvill allein im Saal mit seiner Reflexion im großen Spiegel. Auf dem Tisch neben ihm lag ein weißer Karton.

»Da ist es. Wir lassen dich allein, um es anzuprobieren«, sagte er und verschränkte die Hände hinter dem Rücken. Er schien angespannt. »Ruf mich, sobald du angezogen bist«, wies er mich an und ging gemeinsam mit Timothy aus der Tür. Bevor er sie hinter ihnen schloss, drehte Darvill sich um. »Möchtest du, dass eines der Dienstmädchen dir behilflich ist?«

Ohne nachzudenken, verneinte ich. Seit dem zarten Alter von vier Jahren kleidete ich mich selbst an. Die bloße Vorstellung, es von jemand anderem machen zu lassen, schien absurd.

Nachdem die Doppeltür sanft ins Schloss gefallen war, näherte ich mich dem Karton, als könnte etwas Gefährliches aus ihm herausspringen. Vorsichtig hob ich den Deckel, und da war es.

Der blaue Stoff schimmerte wie Wellen im Meer. Ich hob ihn hoch und hielt ihn mir vor die Brust. Verblüfft betrachtete ich das Spiegelbild. War dieses Kleid wirklich für mich, nicht für eine Gräfin oder Prinzessin?

Zögernd legte ich das funkelnde Meisterstück zurück und zog das alte schlichte Kleid aus, das ich im Laufe der Jahre viele Male geflickt

hatte. Als ich es beiseitelegte, fühlte ich mich ein wenig schuldig, den treuen Begleiter zu ersetzen. Aber die neue erstickende Unterwäsche und das Korsett waren Strafe genug für die Untreue. Ich war mir der Herausforderungen nicht bewusst gewesen, die ein Damenkleid für die Trägerin darstellte. Allein das Korsett zu binden war eine Kunst für sich. Ein weiteres Paar Hände wäre eine große Hilfe gewesen, aber ich war zu eitel, um doch noch nach einem Dienstmädchen zu fragen. Keuchend und stöhnend band und wickelte ich mich in hauchdünne Seide. Alles verfing sich ineinander, und ich drehte und wendete mich vorm Spiegel wie ein Kreisel aus Rüschen. Mit Mühe und Not brachte ich alles so gut es ging an seinen Platz und fasste mir ans zerzauste Haar. Lose Strähnen kämmte ich hinter die Ohren und schaute dann endlich auf zum Spiegelbild. Es war, als hätte mich eine gute Fee berührt.

Aus dem goldgerahmten Spiegel starrten vorsichtig die Augen einer eleganten jungen Frau zurück, die von ihrer eigenen Großartigkeit eingeschüchtert war. Die blaue Seide ihres Kleides war mit winzigen Perlen verziert – die den Stoff wie einen mit funkelnden Sternen besetzten Mitternachtshimmel erstrahlen ließen. Silberne Stickereien schmückten die Vorderseite des Mieders und den Saum des üppigen Rocks.

Ich drehte mich von einer Seite zur anderen und nahm die Magie auf.

»Ich höre kein Gestöhne und Gerumpel mehr. Bist du fertig?«, fragte Darvill von der anderen Seite der Tür. Seine Stimme ließ mich aufspringen.

Ich hatte ihn vergessen und war plötzlich seltsam befangen, so von ihm gesehen zu werden.

»Ja«, antwortete ich leise ohne mich umzudrehen, als er eintrat. Im Spiegel sah ich, wie er die Veränderung mit Genugtuung und vielleicht auch ein wenig Verwunderung aufnahm.

»Es ist besser, als ich erwartet habe«, sagte er mit einem Nicken. Er baute sich neben mir auf, und zum ersten Mal wirkte ich ihm, wenn auch nur optisch, ebenbürtig. »Ich lasse dir die Haare von einem der Dienstmädchen machen, und dann solltest du keine Probleme haben, dich einzufügen.«

»Wo einfügen?«, fragte ich, immer noch nicht in der Lage, mich von der Fremdheit meines Aussehens abzuwenden.

»Kannst du wirklich nicht erahnen, wofür man ein Ballkleid braucht?«, erwiderte er amüsiert.

Ich wirbelte herum. Das harte und enge Korsett verlangsamte mich – wie es sich für eine Dame gehörte, und machte jede Bewegung ungewohnt steif und ungelenk.

»Ich soll auf einen Ball gehen?«, rief ich entsetzt. Ich konnte mich nur schwer entscheiden, ob ich in Panik verfallen oder euphorisch sein sollte. Schon immer hatte ich mich gefragt, wie es wohl wäre, auf einen echten Ball zu gehen. Nun hatte ich die Chance, es herauszufinden. Aber was, wenn die Scharade erkannt und verhöhnt werden würde?

Ja, was dann? Wenn man ehrlich war, würde es wahrscheinlich keinerlei Konsequenzen für mein Leben geben, da ich keinem der feinen Leute je wieder begegnen würde. Ein verschmitztes Lächeln erschien auf meinen Lippen.

»Wie ich sehe, widerstrebt dir die Idee nicht einmal«, bemerkte Darvill scharfsinnig und mit einem Hauch von Belustigung in seinen dunklen Augen.

»Hegst du die Hoffnung, das Herz eines wohlhabenden Verehrers zu gewinnen?«

Ich zuckte die Achseln. »Es gibt keinen Grund, warum sich nicht jemand in mich verlieben sollte«, entgegnete ich kühn und war ziemlich stolz auf die Zuversicht. »Jetzt werden Sie nicht eifersüchtig.«

Er lachte. »Ich kann nicht anders.«

Ich hatte mich mittlerweile an seine Bemerkungen gewöhnt und nahm sie nicht mehr ernst. Dennoch lösten sie etwas in mir aus, was ich versuchte zu ignorieren.

»Ein echter Ball!«, hauchte ich. »Ist das wahr oder ein Traum?«

»Ja, und ich bin eine gute Fee.«

»Ha! Wohl eher die böse Stiefmutter. Was erwartet mich auf dem Ball? Ein vergifteter Apfel? Ein Jäger, der mir das Herz herausschneiden soll? Warten Sie, sagen Sie es nicht! Ich möchte noch einen Moment länger meiner Fantasie nachgehen und mich auf das Ereignis freuen.«

»Gar nicht so schlecht geraten«, erwiderte er mit einem Lachen in der Stimme. »Wir werden sehen, wie lang deine Bewunderung anhält.« Darvill streckte die Hand aus. »Darf ich um diesen Tanz bitten?«

Ich errötete und sah zur Seite. Plötzlich konnte ich es nicht ertragen, ihm in die Augen zu sehen. »Machen Sie sich über mich lustig?«

Sein Grinsen wurde breiter. »Dieses Mal nicht.«

Wenn das Kleid nicht so schön gewesen wäre und das Angebot mich nicht ganz so verblüfft hätte, dann hätte ich es vielleicht besser gewusst, als es anzunehmen. Aber so wie die Dinge standen, verlockte es mich, den Traum für eine Weile länger zu leben. Und obwohl mein Gegenüber James Frederik Darvill war, akzeptierte ich und legte die Hand in seine. Mit festem Griff zog er mich an seine Brust und sah mich mit einer Intensität an, die ich kaum ertragen konnte. Seiner Führung folgend, machte ich ein paar Schritte vor und einige zurück, dann zur Seite und im Kreis herum. Wir wiederholten die Routine etwas schneller. Bald gewann ich an Selbstvertrauen und begann es zu genießen, lachte sogar, als Darvill mich herumwirbelte, doch dann blieb er plötzlich stehen und sah mir noch intensiver in die Augen. Mein Herz hämmerte gegen den Brustkorb. Sein Gesicht näherte sich meinem.

Kapitel 13

Ein Anflug Verzweiflung

»Es ist hoffnungslos«, meinte Darvill nüchtern und richtete sich auf. Seine Hände ließ er sinken, doch wo sie mich berührt hatten, kribbelte es immer noch.

Ich war mir keiner Schuld bewusst, trat trotzdem vorsichtshalber einen halben Schritt zurück. »Was meinen Sie?«

»Du darfst auf dem Ball nicht tanzen«, verkündete er. »Du wirst dich sonst blamieren und sofort verraten.«

Ich verschränkte die Arme vor der Brust. »Ich wusste es. Sie wollten sich von Anfang an nur auf meine Kosten amüsieren.«

»Und lass das ebenfalls.« Er zeigte auf meine Arme.

Ich blickte hinunter und stellte mit Erschrecken fest, dass ich das Dekolleté unanständig hochdrückte, und zog die Arme sofort auseinander. Die Hitze stieg mir in die Wangen, und ich ärgerte mich über mich selbst. In dem Kleid fühlte ich mich so hübsch, dass ich aus Eitelkeit Darvills Schmeicheleien mehr Bedeutung zugesprochen hatte, als sie wert waren.

»Nein, ich wollte mich nicht *nur* über dich lustig machen«, wandte er ein. »Ich musste auch deine tänzerischen Fertigkeiten beurteilen, und es ist, wie ich vermutete.«

»Es tut mir leid, an der öffentlichen Schule bringt man dem Pöbel keinen Gesellschaftstanz bei«, murmelte ich eingeschnappt. »Die Arbeiterklasse hat andere Probleme.«

Darvill schnaubte. »Genau deshalb habe ich nicht erwartet, dass du es kannst.«

Obwohl er recht hatte, nervte seine Selbstgefälligkeit. Was war schon dabei, wenn man nicht tanzen konnte? Es war nicht so, als ob ich jemals die Gelegenheit gehabt hatte, es zu üben.

Ich warf einen Blick zum Spiegel, und das Lächeln kehrte auf meine Lippen zurück. Diesen Zauber konnte Darvill mir nicht ruinieren, egal was er sagte. Mit der Hand fuhr ich über die in den Stoff eingenähten Perlen. Was wäre ich wohl für ein Mensch geworden, wenn ich in eine reiche Familie hineingeboren worden wäre?

»Das sollte keine Beleidigung sein«, fügte Darvill leise hinzu. »Bloß eine Tatsache. Deine Aufgabe erfordert, dass du dich unter die feine Gesellschaft von Oxford mischst. Viele von ihnen haben die hiesige Universität besucht, und es wäre fatal, ihre Intelligenz zu unterschätzen. Du kannst nun mal nicht so tanzen wie sie, ich wäre sehr überrascht gewesen, wenn es anders gewesen wäre.«

Ich seufzte. In gewisser Weise hatte er recht, trotzdem hätte er sich die Mühe machen können, es netter zu vermitteln. Doch genau wie er von mir nicht erwarten konnte zu tanzen, konnte ich auch nicht von ihm erwarten, dass er durch Taktgefühl glänzte. Darvill war nun mal ein Trampel, wenn es um Gefühle ging – und wahrscheinlich auch noch stolz darauf.

»Du siehst ganz anders aus«, bemerkte er mit einem seltsamen Lächeln.

»Ein Kleid wie dieses ließe eine Bettlerin wie eine Königin aussehen«, erwiderte ich und versuchte in der Monotonie meiner Stimme zu verbergen, wie viel es mir bedeutete.

Darvill sah mir über den Spiegel in die Augen.

»Das Lächeln auf deinem Gesicht ist für die Veränderung verantwortlich, nicht so sehr das Kleid«, sagte er.

Ich versuchte in seiner Rede weiteren Spott zu entdecken, scheiterte aber. Er war sehr gut darin, diesen zu verbergen. Um sicherzugehen und nicht in eine weitere seiner Fallen zu tappen, ließ ich die Bemerkung unkommentiert.

»Wenn ich gewusst hätte, dass ein hübsches Kleid deine kalten Augen wärmen würde, nun …« Er räusperte sich. »Ich hätte früher gehandelt, nehme ich an.«

Komisch, dass er meine Augen kalt nannte, wenn man doch dasselbe über seine sagen konnte. Waren meine Augen kalt? Ich betrachtete sie, und sobald ich mein Gesicht entspannte, nahm es einen reservierten Ausdruck an. Seit wann war das so? Es musste sich im Lauf der Jahre auf natürliche Weise entwickelt haben. Vielleicht war es bei Darvill genauso. Auch er muss Erfahrungen gemacht haben, die ihn gegen die Welt abgehärtet hatten.

Timothys Ausführungen untermauerten diese Vermutung. Ich musste mir eingestehen, dass ich die Angewohnheit hatte, meine eigenen Sorgen und Probleme klar zu sehen, die der anderen jedoch weniger. Menschen, die mir wichtig waren, wie Onkel, würden sicherlich davon profitieren, wenn ich mich besser in andere hineinversetzen würde. Dazu müsste ich mich anderen gegenüber öffnen und mich trauen zu vertrauen, und das war eine schwierige Aufgabe. Seit Vaters Tod hatte ich mich immer mehr zurückgezogen und nach Erics Verschwinden gänzlich verschlossen – so wie ich es meinem Bruder vorgeworfen hatte. Deshalb hatte ich nur so wenige Kontakte, deshalb beobachtete ich andere Menschen aus der Entfernung. Darvill war seit langer Zeit der erste, der die von mir errichtete Mauer durchbrach, und auch wenn seine Mittel nicht gerade edler Natur waren, hätte er vielleicht keinen Erfolg gehabt, wenn er höflicher gewesen wäre. Hätte er mir eine Wahl gelassen, dann hätten sich unsere Wege längst getrennt.

Ich machte ihm viele Vorwürfe, aber war ich überhaupt zu normalen Beziehungen fähig oder brauchte ich jemanden wie Darvill – jemanden, bei dem ich nicht aufpassen musste, mich von meiner besten Seite zu zeigen, jemanden, der meine Sturheit und Wut annahm und mich trotz dieser hässlichen Eigenschaften schätzte? Und war Darvill mir vielleicht ähnlich? Er war kalt, manipulativ und arrogant, und doch gab es Leute, denen er etwas bedeutete.

In der Hinsicht waren wir uns ähnlicher, als mir lieb war.

Das Kleid bot mir einen Einblick in eine andere Welt, in ein anderes Ich. Was wäre, wenn mein Leben von Luxus geprägt gewesen wäre? Nicht nur im materiellen Sinn. Ich stellte mir ein Haus voller Familie und Freunde vor, Tage voller Unterhaltung und köstlicher Mahlzeiten. Das Lächeln schlich sich wieder auf meine Lippen.

Darvill verstand nichts, wenn er dachte, dass es der monetäre Wert der Rüsche war, der mich entzückte. Ich war einfach fasziniert von der Magie, dem Traum von einem anderen Leben.

»Ich habe schon immer kunstvolles Handwerk bewundert, das heißt nicht, dass ich mit Dingen bestochen werden kann.« Ich drehte mich endlich zu ihm um.

»Ah ja«, sagte er, »und da ist er wieder: der harte Ausdruck, der so kalt wie Eis ist.«

Ich wusste, was er meinte, und ich wollte es ändern. Deswegen versuchte ich, einen Sinn für mich zu finden, versuchte mich von der Trauer zu befreien, die mein Herz so fest im Griff hielt. Es war nicht einfach.

»Nun«, erwiderte ich, »mein harter Ausdruck wurde von einem harten Leben in mein Gesicht geritzt.«

Darvill nickte. »Es ist deine Nüchternheit, die ich schätze. Ein Mädchen mit einer naiveren Lebenseinstellung, mit Angst in ihrem Herzen, wäre für mich ohne Wert.«

»Wie schön, dass zumindest einer von uns davon profitiert«, murmelte ich und wandte mich wieder dem Spiegel zu, um die Magie wieder heraufzubeschwören, doch diesmal suchte ich vergeblich.

Darvill trat einen Schritt vor und legte seine Hand auf meine Schulter. »Dein Bruder ...«, begann er.

Die Anspannung nahm erneut von mir Besitz. Darvills Nähe, die Berührung, die Erwähnung Erics – das alles ließ mir die Nackenhaare zu Berge stehen.

»Er war ein Jäger, so wie ich.« Darvill verriet dies mit Stolz in der Stimme und Bedauern in den Augen. »Es ist eine Aufgabe, die große Opfer erfordert. Es tut mir leid, dass du sie erbringen musstest.«

»Jäger?«, wiederholte ich und klammerte mich an diese kleine Information wie an einen rettenden Strohhalm. »Wovon? Von Kunst?«

Ein leichtes Grinsen ließ Darvills Mundwinkel zucken. »Sozusagen.«

Ich musterte ihn. »Mein Bruder zeichnete gern, aber ich dachte nie, es wäre für ihn mehr als ein Zeitvertreib.« Hatte Eric jemals ein tieferes Interesse daran gezeigt? Soweit ich mich entsann, hatte er nie eine Galerie besucht oder Bücher darüber gelesen.

Darvills Grinsen schmolz zu einem verschmitzten Lächeln, als würde ihm ein Witz gefallen, den ich verpasst hatte. »Die Stücke, die wir sammeln, sind von unschätzbarem Wert. Dergleichen findet man auf keiner Ausstellungen.«

Ich wusste nicht, was mir das sagen sollte. »Dann hat er also Kunstobjekte gestohlen?«, fragte ich zögernd. »Und was hat er damit gemacht? Hat er sie verkauft?«

»Nein«, antwortete Darvill streng. »Diese Stücke sind nichts, was man verkaufen würde. Der Sinn ist, sie zu sammeln und sicher zu verwahren.«

Verblüfft blinzelte ich. »Woher kam dann das Geld?« Ich erinnerte mich gut daran, dass sich unsere finanzielle Situation gebessert hatte, obwohl die Arbeit in der Schlosserei knapp blieb. »Er war fast völlig arbeitslos, und wenn er die Sachen, die er gestohlen hatte, nicht verkaufte…« Ich brach ab und versuchte die ganze Situation zu verstehen.

»Woher kommt jetzt Geld?«

Meine Augen weiteten sich. »Sie haben uns auch damals unterstützt?«

Selbstgefälliger hätte Darvills Ausdruck kaum werden können. »Und du dachtest, ich wäre der Bösewicht. Dabei bin ich so selbstlos und großzügig.«

»Wir wollen mal nicht übertreiben«, sagte ich entschlossen und hielt eine Hand hoch. »Außerdem denke ich immer noch, dass Sie der Bösewicht sind.«

Darvill lachte. »Ich bin froh, dass du deine Spitzzüngigkeit wiedergefunden hast. Sprachlosigkeit bekommt dir nicht.« Er wurde wieder ernster. »Deine Verluste tun mir leid«, sagte Darvill mit ehrlichem Mitgefühl. »Besonders der deines Bruders. Ich weiß nicht, ob es dir Trost spendet, aber seine ursprünglichen Absichten waren gut.«

»Ich wünschte, ich könnte das genauso sehen.« Ich streifte seine Hand von der Schulter. »Wenn er getan hat, was Sie tun, kann ich nichts Gutes darin erkennen.« Ich blickte an mir herunter. »Daran ändert auch ein funkelndes Kleid nichts. Aber das ist jetzt nicht von Bedeutung. Verraten Sie mir, was zwischen Ihnen passiert ist?«

Darvill seufzte, dann hob er den Kopf und starrte gedankenverloren an die Decke. »Wir hatten eine Meinungsverschiedenheit.«

»Dann hatte mein Bruder also noch einen Funken Verstand übrig«, bemerkte ich. Vielleicht war Eric anfangs geblendet gewesen und hatte eine Weile gebraucht, um Darvill zu durchschauen. Das stellte einen Teil meines Vertrauens in ihn wieder her.

Der Hausherr runzelte die Stirn und schüttelte den Kopf. Dann zog er seine Jacke aus und begann sein Hemd aufzuknöpfen.

Ich machte einen Schritt von ihm weg, als er seine Brust entblößte.

»Was tun Sie da …« Die restlichen Worte blieben mir im Hals stecken.

Sein Oberkörper war gezeichnet von Narben. Kreuz und quer verliefen sie über seine Brust, unter ihnen stach eine besonders hervor. Sie war sichelförmig und umkreiste die Stelle, unter der sein Herz schlug. Genau auf die tippte er mit dem Finger.

»Ein Andenken an deinen Bruder«, sagte er mit finsterer Stimme und passender Miene.

Ich trat noch einen Schritt zurück und stieß mit dem Absatz gegen den Spiegel. Auch ohne die Details zu kennen, stellte ich mich sofort auf die Seite meines Bruders. Darvill musste ihm etwas Fürchterliches angetan haben. Eric hätte sonst nie … oder etwa doch? So viele von Erics Taten erschienen mir mittlerweile unerklärlich.

Es fiel mir schwer, den Blick von der zerfetzten Sichel aus verwachsener Haut abzuwenden.

»Wir waren auf der Jagd nach einem ganz besonderen Porträt. Die Besitzerin war eine junge Frau mit guten Verbindungen. Anstatt dem Plan zu folgen, attackierte Eric jedoch mich. Er hatte den falschen Ort und die falsche Zeit für den Angriff gewählt. Eine Polizeipatrouille war in der Nähe und kam mir zu Hilfe.« Er senkte den Blick. »Ich habe den Fall nie zur Anzeige gebracht. Aber die Umstände waren so offensichtlich, dass das nicht notwendig war.« Darvill rieb sich die Stirn. »Ich versuchte mit ihm zu reden, versuchte die Angelegenheit zu klären und ihm zu helfen, er wollte nichts davon wissen und verschwand, wie du weißt.«

»Sie wollen behaupten, dass Sie ihm helfen wollten, obwohl er sie so schwer verletzt hat?« Ich starrte ihn mit großen Augen an.

»Unsere Beziehung ist … kompliziert.« Er blickte umher, als ob die richtigen Worte im Raum verstreut lagen.

Ich hatte den imposanten Gentleman noch nie so verletzlich gesehen. Das machte mich wütend, aber ich wusste nicht auf wen. Darvill? Eric? Mich oder vielleicht uns alle? »Wenn er wirklich versucht hat, Sie umzubringen, dann geht es kaum komplizierter.«

Wir standen schweigend da, während Darvill sein Hemd wieder zuknöpfte und seine Jacke anzog. Der Anblick der Narbe hatte sich mir ins Gedächtnis gebrannt, sodass ich die Sichel förmlich durch den Stoff hindurch glühen sehen konnte.

»Ich hatte, ehrlich gesagt, gehofft, dass du mich zu ihm führen könntest. Das scheint eine falsche Fährte gewesen zu sein.«

Ich drückte den Rücken gegen die kalte Oberfläche des Spiegels.

»Sie wollen meinen Bruder finden? Warum?« Was wollte Darvill mit meinem Bruder machen? »Rache an ihm üben?«

Darvill hielt meinem Blick unerträglich lang stand. »Nein«, sagte er schließlich. »Ich will, was ich von Anfang an wollte: ihm helfen.«

Konnte man Darvill vertrauen, wenn doch er selbst mir davon abgeraten hatte? Aber er war meine einzige Möglichkeit, Eric zu erreichen, und war es nur, um ihn zu warnen, dass Darvill hinter ihm her war. Oder wollte Eric vielleicht nicht gefunden werden und sollte ich dann seinen Wunsch respektieren? Trotz allem, was ich erfahren hatte, glaubte ich immer noch, Eric irgendwie nützlich sein zu können. In seinem Versteck auszuharren konnte nicht der einzige Weg sein.

Was auch immer Eric dazu getrieben hatte, Darvill so zu verletzen, nicht einmal ich glaubte, dass Darvill das verdient hatte. Zum ersten Mal im Leben schämte ich mich für etwas, das Eric getan hatte.

Ich erinnerte mich an Timothys Geschichte, wie Darvill ihn gerettet hatte, und ich dachte daran, wie gut er zu Onkel war, und war plötzlich wütend auf meinen Bruder.

»Es tut mir leid, Mr Darvill«, sagte ich. »Wenn Ihre Geschichte stimmt, dann war die Tat meines Bruders unentschuldbar.« Ich starrte zu Boden, unfähig, dem Gentleman in die Augen zu sehen. Es ergab jetzt Sinn, warum er so hart zu mir war, nach Erics Angriff hätte ich es ihm nicht übel genommen, wenn er noch viel gemeiner gewesen wäre.

Ich rieb mir die feuchten Augen und zwang mich, den Blick zu heben. Darvill beobachtete mich mit einem neuartigen Gesichtsausdruck. War er überrascht, gar gerührt?

»Ich hätte keine Entschuldigung von dir erwartet – du ziehst immer voreilige Schlüsse, daher dachte ich, du würdest mich nur noch mehr hassen.«

Ich schüttelte den Kopf. »Eric hatte kein Recht dazu. Ich wünschte, ich wüsste, was er sich dabei gedacht hat.«

Darvill ließ die Worte einen Moment in der Luft hängen, bevor er sprach. »Komm mit«, sagte er schließlich.

Bevor ich ein weiteres Wort sagen konnte, drehte er sich auf dem Absatz um und verließ den Raum. Gehorsam folgte ich ihm und achtete darauf, nicht auf den großen Rock zu treten, was mein Tempo verlangsamte.

Der Hausherr nahm darauf keine Rücksicht und hatte die Treppe bereits erklommen. Ich bezwang Stufe um Stufe mühsam. Der weite Unterrock prallte gegen jede von ihnen und drückte mich wie eine Feder zurück. Das Dasein als Dame war ein gefährliches Unterfangen.

Als ich im oberen Stockwerk ankam, war von Darvill nichts zu sehen. Nur die geheime Tür zu seinem Arbeitszimmer stand einen Spalt weit offen – das sollte wohl so etwas wie eine Einladung sein. Ich trat ein und ließ die Schlossfalle vorsichtig hinter mir ins Schließblech fallen, blieb aber am Eingang stehen und beobachtete, wie Darvill auf dem Boden hockte und achtlos Bücher aus dem untersten Regal seines großen Schranks warf. Jedes Exemplar landete mit einem dumpfen Aufprall auf dem Boden. Als das Regal leer war, tauchte dahinter eine Schublade auf. Darvill drehte an dem Knauf zweimal nach rechts und einmal nach links, und die Schublade schoss heraus. Ein abgenutztes Notizbuch lag darin. Darvill hob es heraus und staubte es ab, bevor er es mir reichte.

»Hier«, sagte er. »Sieh dir das an.«

»Was ist das?«

»Erkennst du es nicht?«

Ich drehte es in den Händen herum. Der Bezug war aus weichem, dunklem Leder. Darüber verlief eine Metallstange mit zarten Ornamenten, und an der Seite befand sich ein kleines Schlüsselloch.

Mit einem Mal wurde mir klar, worum es sich dabei handelte.

»Das ist …«, murmelte ich. »Die ganze Zeit über waren Sie derjenige, der Erics Tagebuch hatte? Ich habe überall danach gesucht!«

Darvill lächelte. »Hier ist es. Gern geschehen.« Er räusperte sich. »Verbring so viel Zeit damit, wie du möchtest. Wenn du fertig bist, findest du mich unten im großen Saal.«

»Aber ich …«, begann ich, obwohl ich noch keinen äußerungswürdigen Gedanken formuliert hatte. Nach allem Gesagten wollte ich mit dem Tagebuch nicht allein bleiben. Was, wenn es etwas enthüllte, das ich nicht ertragen konnte?

»Wollen wir es nicht zusammen lesen?«

»Ich kenne jedes Wort«, erwiderte Darvill. Er umklammerte meine Hand. Als er seine wieder wegzog, lag ein kleiner Schlüssel in meiner. »Die Bediensteten dürfen dieses Stockwerk ohne gesonderte Anweisung nur in den Morgenstunden betreten, in dieses Zimmer darf außer dir jedoch niemand. Du bist also völlig ungestört. Nimm dir die Zeit, die du brauchst.«

Darvill verließ sein Arbeitszimmer und ließ mich mit dem Tagebuch allein zurück. Ich konnte fühlen, dass zwischen den Lederbezügen etwas war, das die Dinge ändern würde.

Ich sah mich um. Das Arbeitszimmer war so chaotisch wie eh und je. Ungeschickt manövrierte ich den großen Rock an den verstreuten Büchern auf dem Boden vorbei und setzte mich dann auf einen Stuhl am Fenster. Seufzend strich ich mit der Hand über das weiche Leder. In verblassten Buchstaben stand darauf *Chronik eines Jägers*.

»Jäger«, murmelte ich. Wollte Eric sein Dasein als Kunstdieb faszinierender klingen lassen? Die Bilder an Darvills Wand waren zweifellos wunderschön, aber warum sollte man so etwas jagen?

Ich legte das Buch auf den Schoß und steckte den Schlüssel ins Metallsiegel. Wunderschöne und feine Handwerkskunst, wie nicht anders von Eric Copper zu erwarten war. Zögerlich schlug ich die erste Seite auf und erkannte sofort die vertraute Schrift. Die Buchstaben waren sauber und schlicht, ohne Schnörkel oder andere Verzierungen, die das Lesen erschweren würden. Das Datum oben auf der Seite lag fünf Jahre zurück.

Ich lehnte mich auf dem Stuhl zurück und ließ den Blick über die Worte schweifen. Eric beschrieb die Herstellung eines Schlosses, an dem er zu dieser Zeit gearbeitet hatte. Er hatte seine Gedanken und einige Skizzen festgehalten. Die Vertrautheit der Ausarbeitung war für

mich ein Trost. Ich war froh, nicht gleich von einer schockierenden Offenbarung überrascht zu werden. Doch ich machte mir keine Illusionen, dass diese ausbleiben würde, sonst hätte Darvill das Tagebuch nicht versteckt.

Mit zittriger Hand blätterte ich um. Wieder war es nur die Darstellung eines normalen Tages in der Schlosserei. Ganz unten schrieb Eric ein paar Worte über mich und wie groß meine Fortschritte waren.

»Eines Tages wird sie eine ziemlich geschickte kleine Schlosserin sein.«

Ich musste einen Moment von dieser Zeile wegsehen, um nicht von Emotionen überwältigt zu werden. Dann blätterte ich zur nächsten Seite. Es war alles ganz gewöhnlich. Vielleicht würde in diesem Buch nichts Verrücktes sein, vielleicht war es doch alles ein großes Missverständnis.

Und dann sah ich es. In dem Moment, als ich die Seite umblätterte, war mir klar, dass dies die Information war, auf die ich gewartet hatte. Die Handschrift war nicht so ordentlich wie zuvor. Eric musste in Eile oder in einem aufgewühlten Gemütszustand gewesen sein. Die Buchstaben flossen hektisch ineinander über. Ich holte tief Luft. Das Datum oben auf der Seite lag etwas mehr als vier Jahre zurück, ungefähr zu der Zeit, als sich alles zu ändern begann.

2. Februar 1884

Ich bin auf etwas gestoßen, das so beunruhigend ist, dass ich es nicht in meinem Kopf behalten kann. Ich muss es auf diesen Seiten festhalten, um meinen Verstand zu bewahren.

Können diese Dinge wirklich existieren? Kann unserer Welt eine solche Dunkelheit innewohnen, ohne dass ich jemals davon gehört hätte? Ich weiß nicht, was ich tun soll, an wen ich mich wenden oder wem ich mich anvertrauen soll. Wie soll ich mit der Verantwortung leben? Ich muss etwas tun, aber mir fehlen das Wissen und die Fähigkeit. Es scheint nur einen Weg zu geben. Ich muss den Mann im roten Mantel finden. Er ist der Schlüssel.

27. Februar 1884

Endlich habe ich ihn gefunden. Ich habe ganz Oxford durchkämmt, bis ich ihn endlich in seiner Kutsche erspähte. Ich hatte Angst, trotzdem warf ich mich den Pferden wie ein Verrückter in den Weg und forderte die Aufmerksamkeit des Mannes. Obwohl er anfangs skeptisch war, stimmte er zu, mich morgen zu treffen. Die von ihm angegebene Adresse weist auf eine wohlhabende Gegend hin.

28. Februar 1884

Er hat mir gesagt, dass es nicht viele von uns gibt, und deshalb müssen wir unser Wissen vor den Unwissenden schützen, damit sie uns nicht schaden, weil wir sind, was wir sind. Gewöhnliche Menschen können unseren Wert nicht ergründen, trotz dieser Ungerechtigkeit ist es unsere Pflicht, sie vor den verdorbenen Sehnsüchten zu bewahren, die in ihren Herzen lauern. Je tiefer die Schatten in ihren Seelen, desto leichter können sie Besitz vom Körper ergreifen. Einmal besessen, wird ein Mensch zu einer mächtigen Bedrohung und löscht alles aus, was zwischen ihm und seinem ultimativen Ziel steht: der Jugend. Eitelkeit und Todesangst sind die größten Schwächen einer verlorenen Seele, ebenso wie der Hunger nach Menschenfleisch. Es ist die Kraft, die sie aus diesem Fleisch schöpfen, die sie in dieser Welt hält, wenn der Tod versucht, sie in ihr Reich zu ziehen.

Ein Herz, das von solcher Dunkelheit regiert wird, stellt eine große Gefahr für die Seele dar. Sie müssen gerettet werden, und es ist unsere Pflicht als Jäger, dies zu ermöglichen. Ich muss helfen, den bösen Geist aus den Herzen der Opfer zu locken und ihn zu binden. Der Mann im roten Mantel wird mir zeigen wie. Er wird mich unter seine Fittiche nehmen. Es ist mir eine Ehre.

Ich hatte nicht bemerkt, wie ich vom Stuhl aufgestanden war und im Zimmer auf und ab lief, während ich diese Zeilen atemlos einsaugte. Erics Ausführungen kamen mir abstrus vor, und ich verstand kaum, was sie bedeuteten. Aber ich kam nicht umhin, seinen Kummer zu spüren, der sich über die Seiten ergoss. Ich wollte ihn

halten und ihm sagen, dass alles gut werden würde. Leider war es vier Jahre zu spät dafür.

Ich blätterte zur nächsten Seite, in der Erwartung, weitere Teile dieses verrückten Puzzles zu finden, doch sie war leer.

»Nein!«, hauchte ich. »Nein, Eric, bitte! Das kann nicht alles gewesen sein.«

Hektisch begann ich das letzte Drittel des Buches durchzublättern, als wieder Tinte vor mir erschien. Ich seufzte erleichtert und las sofort weiter.

14. Mai 1884

James Frederik D. ist nicht der, der er zu sein scheint. Ich muss dies aufschreiben, falls es mein letzter Eintrag ist, und gleichzeitig kann ich nicht anders, als vage zu bleiben, sollte dieses Tagebuch in die falschen Hände geraten. Zu denken, dass ich ihn für einen Freund gehalten habe, macht mich krank. Er ist ein Teufel und muss aufgehalten werden. Ich habe Angst, aber ich muss es versuchen. Verzeih mir, S. Ich tue dies für dich und deine Zukunft – diese Monster müssen verschwinden, sonst wirst du nie sicher sein. Niemand wird es.

S – damit meinte er mich! Ich wurde blass. Inwiefern war Darvill nicht der, der er zu sein schien, warum hatte Eric nicht mehr darüber geschrieben? Ich blätterte wie wild von vorn bis hinten und wieder zurück, doch da war nichts mehr. Wut stieg in mir auf und entlud sich, als ich das Tagebuch quer durch den Raum warf.

Mit unregelmäßigem Atem, der mir aufgrund des Korsetts noch schwererfiel, ging ich im Zimmer auf und ab.

»Eric, du Narr!«, rief ich, und die Tränen schossen hoch. Ich hatte an ihn geglaubt, gehofft, er wäre unschuldig, aber Tatsache war, dass mein armer Bruder verrückt war. Die Dinge, die er über böse Geister und Dunkelheit geschrieben hatte, waren völliger Unsinn, und es tat weh, etwas so Tragisches über die Person herauszufinden, die ich zu retten gehofft hatte. Umso mehr wollte ich ihn jetzt finden und mit ihm sprechen, vielleicht war es noch nicht zu spät. Vielleicht konnte ich ihn zur Vernunft bringen, oder vielleicht ging es ihm schon besser?

Hatte er sich deshalb versteckt? War er zu beschämt, sich den Leuten zu stellen, die er verletzt hatte?

Eine Reihe von Szenarien kamen mir in den Sinn. Allesamt waren sie mir lieber, als zu glauben, dass er wirklich meinte, was er geschrieben hatte.

Darvills Narbe erschien vor meinem inneren Auge. Ich vergrub das Gesicht in den Händen. Und dann hatte ihn die Polizei auch noch dabei erwischt, wie er einen angesehenen Gentleman zu töten versucht hatte. Kein Wunder, dass der Galgen auf ihn wartete. Bei einem solch offensichtlichen Vergehen musste Darvill noch nicht einmal Anzeige erstatten, es war sowieso alles klar. Eric konnte froh sein, dass ihn die Polizisten nicht an Ort und Stelle gelyncht hatten.

»O Eric«, stöhnte ich. »Wie konntest du nur?«

Es gab nur einen Weg, das alles zu verstehen, und der war Darvill. Ich ging durch das überladene Arbeitszimmer und griff nach dem Tagebuch. Mit beiden Händen klammerte ich mich daran fest, als könnte es mir Halt geben.

Was hatte Darvill gesagt, wo er warten würde? Irgendwo unten. Ich musste zu ihm.

Als ich aus der Tür trat und den Flur entlang- und die Treppe hinabstolperte, erschien am Fuß geräuschlos ein Dienstmädchen und erschreckte mich halb zu Tode.

»Der Master möchte wissen, ob Sie mit ihm gemeinsam im Saal einen Tee zu sich nehmen möchten«, sagte sie monoton auf.

»Ja«, murmelte ich mit der Hand über meinem rasenden Herz.

Die Magd sah mich einen Moment lang seltsam an, dann knickste sie und ging mit schnellen Schritten den Korridor hinunter und verschwand hinter der tapezierten Bedienstetentür, die kaum bemerkbar in die Wand eingelassen war.

Gab ich der Paranoia nach oder war der Blick, den ich von der Magd erhalten hatte, übelwollend? Jetzt, wo ich darüber nachdachte, erinnerte ich mich daran, dieses Dienstmädchen vor einiger Zeit in der Küche gesehen zu haben. »Das ist sie«, hatte sie einem der anderen Dienstmädchen über mich zugeflüstert.

Ich senkte den Kopf. Natürlich erntete ich seltsame Blicke, so wie ich momentan gekleidet war. Klatsch und Tratsch hielten bekanntlich

die Welt der Hausangestellten am Leben, da es kaum andere Unterhaltungsmöglichkeiten gab bei den langen Arbeitszeiten. Es war ihnen gegönnt.

Ich ging in die entgegensetzte Richtung vom Dienstmädchen und spürte wieder die wachsamen Augen der Porträts. Plötzlich blieb ich stehen und sah zu einer der Damen auf. Sie starrte mich mit unheimlichen grünen Augen an. Das Gemälde war zwar bewegungslos, doch es fühlte sich an, als würde die Frau meinen Blick erwidern. Ein Schauder lief mir über den Rücken. Das war albern. Ein paar Märchen aus Erics Tagebuch, und schon ging die Fantasie mit mir durch.

»Susanna«, zischte jemand.

»Ja?«, antwortete ich instinktiv und drehte mich um. Hinter mir erstreckte sich der lange, leere Korridor. Mit der untergehenden Sonne waren die Schatten lang geworden, und das Ende des Gangs versank in Dunkelheit. Es war niemand da, der hätte sprechen können.

»Susanna. Lass mich in dein Herz.«

Ich drehte mich wieder um, auch da war niemand. Nervös drehte ich mich weiter und sah dann zu dem Porträt hoch. Ich zog mich mit einem Ruck zurück. War es das schwindende Licht oder funkelte die Dame plötzlich wütend? War das schon früher so gewesen?

Ich schüttelte den Kopf, um meinen Verstand dazu zu bringen, Wahn und Wirklichkeit zu entwirren. All die langen Nächte hatten meine Sinne erschöpft. Was sollte ich glauben? Gab es tatsächlich Geister und all die Dinge, die Eric angedeutet hatte, oder lediglich eine plausible Erklärung?

Entschlossen, die Wahrheit herauszufinden, schritt ich, so schnell es der Rock zuließ, in die Sicherheit des großen Saals, wo Darvill am Kamin ein Buch las. Er legte es umgehend beiseite und schaute erwartungsvoll auf.

Da merkte ich, dass mein Herz nicht zu rasen aufgehört hatte, es schlug sogar noch schneller. Mein Atem ging in so rapiden Zügen, als wäre ich vom Teufel gejagt worden.

Gerade als ich sprechen wollte, brachte mich die Ankunft zweier Dienstmädchen zum Verstummen. Die beiden rollten einen Servierwagen herein, auf dem Tee und allerlei Leckereien Platz fanden.

Eifrig stellten sie die Kanne, die Tassen und das Gebäck vom Wagen auf den Tisch neben Darvill.

»Danke«, sagte er, »schließt bitte die Türen auf dem Weg nach draußen.«

Die Dienstmädchen nickten und folgten der Anweisung des Hausherrn. Ich lauschte den quietschenden Rädern des sich entfernenden Wagens und zog scharf die Luft ein, als ich merkte, dass ich vergessen hatte zu atmen.

»Ich habe Fragen«, platzte es aus mir heraus.

Darvill nickte geduldig und deutete auf den Sessel auf der anderen Seite des Teetisches.

»Warum setzt du dich nicht und trinkst einen Tee mit mir?«

Kapitel 14

Ein Stück Vertrauen

»Erklären Sie es mir«, sagte ich und stellte die mit filigranen Blumen bemalte Tasse wieder auf eine dazu passende Untertasse. »Was ist in meinen Bruder gefahren? Was er schreibt, ergibt keinen Sinn.« Mit der freien Hand streichelte ich über das Leder des Tagebuchs, das auf meinem Schoß lag, als könnte ich ihm dadurch Trost spenden.

Das abnehmende Licht, das durchs Fenster schien, und die lodernde Flamme im Kamin färbten Darvills Profil auf der einen Seite dunkelblau und auf der anderen golden. Mit gerunzelter Stirn blickte er in seinen Tee, als könnte er dort die Antwort finden. Anscheinend unzufrieden mit dem Mangel an Rat, den der Inhalt seiner Tasse bot, stellte er sie ab und befreite beide Hände.

»Um eins mit dem Teufel zu werden, muss man einem gebannten Dämon Zuflucht in seinem Herzen gewähren, indem man ein liebendes Herz opfert«, sprach Darvill, als würde er jemanden zitieren.

Ich betrachtete jede seiner Regungen.

»Ich verstehe nicht«, sagte ich nach einer Weile.

»Das Haus, zu dem wir gefahren sind ...«, sagte er und wandte den Blick zum Feuer. »Dort, wo du das Schloss geknackt hast.«

»Was ist damit?«

Es wirkte, als wollte er die Zeit hinauszögern, weil er sich noch immer nicht entschieden hatte, inwieweit er mich einzuweihen bereit war. Das machte mich ungeduldiger.

»Erinnerst du dich, was ich aus diesem Cottage mitgebracht habe?«

»Eine schreckliche Wunde«, erwiderte ich.

Er warf mir einen Blick zu. »Ja, das auch. Aber was trug ich bei mir?«

»Noch eines dieser unheimlichen Porträts«, kam es von meinen Lippen wie aus der Pistole geschossen.

»In der Tat«, bestätigte er und nickte zufrieden. »Es wurde noch nicht aufgehängt, da es noch frisch ist, und genau deswegen sollte es am deutlichsten zu sehen sein.«

Ich starrte ihn an, als ob er plötzlich angefangen hätte, eine andere Sprache zu sprechen. Darvill ignorierte meine Verwirrung und ging hinüber in die Ecke des Zimmers, wo ein breites rotes Sofa an der Wand stand. Hinter der Lehne holte er eine Leinwand hervor, die mit Stoff bedeckt war. Ich sah ihm zu, wie er das Bild enthüllte und vor sich platzierte.

»Sag mir, was du siehst«, forderte er in verschwörerischem Flüsterton.

Ich sah Darvill an und senkte dann die Augen zur Schönheit der Frau. Ihr Haar war dunkel und glänzend wie Rabenfedern, die Augen funkelten wie die Opale in ihren Ohrläppchen und um ihren Hals. Ein burgunderfarbenes Kleid umrahmte ihre Schultern. Die Andeutung eines Lächelns lag auf ihren roten Lippen. Hinter ihr rankten unzählige exotische Blumen empor.

»Noch eine schöne Frau«, sagte ich. »Wie all die anderen, die Ihre Wände säumen.« Ich deutete auf die vielen Leinwände um uns herum.

Darvill runzelte die Stirn. »Schau genauer hin, sieh über das hinweg, was du sehen möchtest, und erkenne, was wirklich vor dir liegt.«

Ich wollte ihm vorwerfen, dass er sich einmal mehr einen Spaß erlaubte, doch er war so ernst, dass ich mich nicht traute. Obwohl ich nicht wusste, was auf dem Bild noch zu erkennen sein sollte, folgte ich seiner Anweisung und sah mir das Porträt noch einmal an. Und dann plötzlich, als ich meine Aufmerksamkeit konzentrierte, entdeckte ich etwas, das mir vorher entgangen war. Es war ein Stirnrunzeln und ein unheimlicher Glanz in den Augen des Subjekts. Das Lächeln war kein Lächeln, sondern ein verzerrtes Grinsen.

Ich blinzelte. Wie konnte ich das übersehen haben? Das erinnerte mich an das Phänomen, das ich im Flur beobachtet hatte, kurz bevor ich zu Darvill dazugestoßen war. War es doch keine Einbildung gewesen?

Je mehr ich die Aufmerksamkeit auf den Ausdruck des Porträts richtete, desto abscheulicher wirkte es. Die Schatten unter den Augen der Frau wurden tiefer, ihre Pupillen wurden kleiner, die Brauen verzogen sich zu einem Blick voll Zorn. Das Porträt bewegte sich nicht, es war vollkommen still, aber beim Betrachten der Details kam eine wütendere und beängstigendere Version der Frau zum Vorschein, so als würde ich durch die obere Schicht Ölfarbe hindurchsehen und darunter ein anderes Bild erkennen.

»Was ist das?«, presste ich zwischen den Lippen hervor und merkte, wie ich mich im Sessel weit vorgebeugt hatte.

»Darüber hat dein Bruder geschrieben.«

Mein Blick traf Darvills. »Sie wollen damit sagen, dass seine Worte kein verrücktes Geschwafel waren?«

Er nickte langsam.

Ich lehnte mich zurück. »D-das muss irgendein Trick sein. Eine optische Täuschung oder etwas dergleichen.«

»Schau genau hin, und du wirst feststellen, dass dies nichts anderes als Öl auf Leinwand ist.«

Ich stand auf und berührte die Oberfläche mit dem Finger. Die Farbe war so frisch, dass sie noch weich war und Spuren auf meiner Haut hinterließ.

»Möchten Sie wirklich, dass ich glaube, dass in diesem Ding ein böser Geist lebt?«

»Was du glaubst, kann ich dir nicht vorschreiben«, sagte Darvill. »Ich sage dir nur, was ist – was du aus diesem Wissen machst, liegt bei dir.«

Wie sollte ich das mit meinem Verstand vereinbaren?

»Wie funktioniert es? Wie fangen Sie sie ein?«, fragte ich und klang wie eine Verrückte.

Darvill sah mich mit einem undeutbaren Gesichtsausdruck an. Es war, als spürte er die Zweifel in mir und verurteilte mich für meinen Argwohn.

»Man versiegelt sie in physischen Objekten, vorzugsweise in solchen, von denen sie angezogen werden – je näher etwas ihrem Herzen ist, desto einfacher ist es, sie darin einzuschließen. Es ist ein Kampf des Geistes. Dämonen können deine Furcht gegen dich nutzen. Sie

zehren von menschlicher Angst und Begierde, erzeugen Illusionen und falsche Versprechungen, die ihre Opfer irreführen, sie entwaffnen und zur Unterwerfung zwingen. Um sie zu vertreiben, musst du über das siegen, was dich heimsucht. Auf diese Weise haben diese verabscheuungswürdigen Kreaturen keine Chance.« Darvill hielt inne, um nachzudenken, dann grinste er.

»Ich gebe zu, es ist schwer zu erklären. Alles, was den Geist stärkt oder schwächt, kann von Vor- oder Nachteil sein. So kann ein bisschen körperliche Gewalt auf die Monster eine entwaffnende Wirkung haben – wenn du den Ausdruck verzeihst.« Er lächelte vielsagend und warf einen Blick auf seinen Gehstock.

»Sie haben die Frau aus dem Cottage in ein Gemälde gesperrt? Ist das Gleiche auch Lady Barlow widerfahren? Und Timothys Heimleiterin?« Ich sprach, bevor ich merkte, was ich da zugab. Es war zu spät. Die Worte standen im Raum.

Darvills Augen wurden zu Schlitzen. »Gut geschlussfolgert.«

Ich zögerte. »Macht es Ihnen nichts aus, dass ich davon weiß?«

Sein Mundwinkel zuckte zu einem Grinsen. »Warum sollte es? Schließlich habe ich dich ausgesucht aufgrund deiner«, er legte eine kurze Pause ein, in der sein Grinsen breiter wurde, »Talente.«

»Timothy hat es wirklich nur mir erzählt, und er ahnt auch nichts von Dämonen«, verteidigte ich den Jungen mit mehr Elan, als ich erwartet hätte – nur um sicherzugehen, dass ich Timothy nicht in Schwierigkeiten brachte mit meiner Offenheit.

Darvill nickte. »Daran habe ich keinen Zweifel.«

»Und …« Ich brachte es kaum über mich, es zu sagen. »War das Zeug, das ich für Sie gestohlen habe, auch besessen?« Ich erinnerte mich an das seltsame Funkeln, das ich in den Gegenständen gesehen hatte, das Flüstern in den Fluren des Anwesens, das mir gefolgt war. Es lief mir eiskalt den Rücken runter, und ich nahm einen Schluck vom Tee, um mit dessen Wärme gegen das Unbehagen anzukämpfen.

Darvill nickte. »Nicht nur die. Sieh dich um. All den Dekorationen, dem alten verblassten Teppich, ja sogar dem Service, aus dem du trinkst, wohnt ein Dämon inne.«

Ich spuckte den Tee wieder in die Tasse und stellte sie auf dem Beistelltisch ab – so weit weg wie möglich.

Darvill lachte. »Nur ein Scherz. Tassen, die in ständiger Benutzung sind, eignen sich nicht als Gefängnis für böse Geister. Was, wenn eine kaputtgeht und das Dienstmädchen die Scherben entsorgt? Die Wiederbeschaffung wäre zu mühselig. Alles andere stimmt.«

»Ich wusste gleich, dass es ein Scherz war«, sagte ich hölzern und täuschte ein Lachen vor.

»Sicher.«

»Moment mal! Könnte nicht jemand die Dämonen befreien, wenn sie in so unmittelbarer Nähe sind?«

»Das kann in der Tat passieren, dafür müssen allerdings viele Voraussetzungen erfüllt werden. Zuerst muss jemand ein so korruptes Herz haben, dass die Stimme des Dämons klar und deutlich mit dem Träger kommunizieren kann – das ist ein zäher Prozess mit viel Überzeugungsarbeit, und dann muss die Person besagtem Dämon ein liebendes Herz opfern. Ich würde es also spätestens dann merken, wenn einer meiner Bediensteten eine blutende Leiche durch die Tür schleift oder ein Objekt fehlt. Inventur wird mehrmals täglich von unterschiedlichen Personen durchgeführt.«

Ich schluckte. »Danke für dieses lebhafte Bild.«

Er schmunzelte.

»Was ist daran lustig?«, fragte ich angewidert.

»Nun … es ist eher ein lebloses Bild als ein lebhaftes.«

Ich starte ihn verdattert an. »Ich kann mich nicht entscheiden, was schlimmer ist, Ihr Sinn für Humor oder das Wortspiel.«

Er grinste, als ob er stolz darauf war.

»Das sollte kein Kompliment sein!«

»Ich fühle mich dennoch geschmeichelt.«

»Sie wissen wirklich nicht, wie Komplimente funktionieren. Erzählen Sie einfach weiter, denn sich mit Ihnen zu unterhalten bringt nichts als Frustrationen mit sich – und bevor Sie sich dafür bedanken, das war auch kein Kompliment! Nichts, was ich Ihnen sage oder je gesagt habe, war oder wird jemals ein Kompliment sein.«

Er lachte selbstgefällig. »Mir hingegen bereiten unsere Unterhaltungen große Freude, Susanna!«

Daraufhin schnaubte ich nur, und er wurde endlich wieder ernst.

»Meine Angestellten suche ich sehr genau aus und stelle sicher, dass sie sich durch ein starkes Herz auszeichnen. Das ist ein Zustand, der sich im Laufe der Zeit verändern kann – Liebe, zum Beispiel, hat die Fähigkeit, ein aufrichtiges Herz ebenso zu stärken wie zu korrumpieren.«

»Liebe? Warum ausgerechnet Liebe?«

Er warf mir einen intensiven Blick zu. »Warum reagierst du so pikiert? Fühlst du dich etwa angesprochen?«

»Was? Ich? Nein. Nein! Rein gar nicht. Nein.« Ich presste meine Lippen zusammen, bevor ihnen noch mehr Blödsinn entkam.

Darvill prustete los. »Gut gerettet.«

Ich wurde rot.

»Ich würde noch länger darauf rumreiten, aber ich habe dir noch einiges zu erzählen, deswegen verschiebe ich das auf später.«

Ich atmete ganz leicht auf.

»Dämonen zu jagen und zu versiegeln ist nur ein Teil meiner Arbeit, das Sichern von Objekten, in denen meine Vorgänger böse Geister gefangen haben, ist ebenso wichtig. Dann können sie nicht erneut freigesetzt werden. Menschen, die diese Dinge besitzen, wissen normalerweise nicht, was sie sind, bis sie anfangen, die Stimmen darin zu hören. Je dunkler das Herz ist, desto eher erlaubt es den Dämonen, zu ihm zu sprechen.«

Ich zuckte zusammen, auf dem Flur hatte ich jemanden meinen Namen sagen hören. Bedeutete das, dass ich auch ein dunkles Herz hatte? Es war unmöglich zu behaupten, dass ihm nicht Wut, Trauer und Frust innewohnten, also war es vielleicht nicht so überraschend, dass Dämonen zu mir sprachen.

Darvill fuhr fort. »Die Jäger, die diese Kreaturen versiegelt haben, haben große Anstrengungen unternommen, um herauszufinden, was ihnen lieb war.« Er lächelte über einen Witz, von dem ich mich ausgeschlossen fühlte. »Ich verbringe weniger Zeit mit solchen Recherchen, da ich etwas noch Bequemeres entdeckt habe – eine Sache, die keine vorherige Befragung erfordert.« Er lächelte noch breiter. »Kannst du dir vorstellen, was es ist?«

Ich sah mich im Zimmer um. »Die Porträts«, hauchte ich.

Mein Gastgeber nickte. »Oft haben die Dämonen Bilder von sich selbst in ihrem Besitz, denn was könnten sie mehr lieben als ihre Jugend, die für die Ewigkeit in Öl festgehalten wurde?« Einen Moment lang verweilte er bei seinen Gedanken. »Und ich mag die Ironie, dass sie auf diese Weise ewig jung bleiben.«

»Warum ist die Farbe dann so frisch auf dem Gemälde? Haben Sie es extra in Auftrag gegeben?«

Er schmunzelte. »Nein, die Farbe ist frisch, weil die Hitze des Dämons, der noch immer auszubrechen hofft, sie zum Schmelzen gebracht hat. Keine Sorge, er wird ein bisschen toben und dann erschöpft aufgeben. Wie sie alle.« Er blickte mit Stolz auf seine Galerie, als wären es Trophäen.

»Heißt das, mein Bruder hat auch besessene Sachen gestohlen?«

»Das hat er tatsächlich. Und darin war er ein Meister. Seine Fähigkeit, Schlösser zu knacken und unentdeckt durch Häuser zu schleichen, war unübertroffen.« Er sah mich provokativ an – als erwartete er einen Widerspruch. Doch ich hatte kein Interesse daran, Eric in krimineller Hinsicht zu übertreffen. Diesen Titel durfte er behalten.

»Eric hat mir nie erzählt, dass er eine Schwester hat. Das zeigt, dass er mir nie wirklich vertraut hat. In seinem Tagebuch hatte er von ›S‹ geschrieben, ein Buchstabe brachte mich nicht weiter. Ich war ziemlich überrascht, als ich dich traf, und hegte die Hoffnung, dass du einige seiner Fähigkeiten teilst.« Er musterte mich, als wäre ich ein Gaul auf dem Markt, der das nächste Pferderennen für ihn gewinnen sollte. »Zum Glück hatte ich recht.«

Ich starrte ihn ausdruckslos an. Was sagte man dazu? Bis vor wenigen Stunden hatte nichts davon existiert, und nun war da plötzlich diese ganz neue Welt, von der ich unfreiwillig ein Teil geworden war.

»Sie manipulativer Teufel«, zischte ich.

Er sah mich mit großen, unschuldigen Augen an.

»Tun Sie nicht so scheinheilig! Sie haben mich da mit hineingezogen, ohne mir irgendetwas davon zu erzählen.«

»In meiner Sache heiligt der Zweck immer die Mittel.«

»Das gab Ihnen das Recht, mich in Gefahr zu bringen?«

Das Lächeln verschwand von seinen Lippen. »Du warst nie in Gefahr – dafür habe ich gesorgt. Ich habe dich nie allein gelassen,

schließlich steht zu viel auf dem Spiel. Wäre etwas schiefgegangen, hätte ich eingegriffen.«

»Warum haben Sie es dann nicht gleich selbst gemacht?«

»Meine Macht und mein Einfluss erlauben es mir, meinen Komplizen zu decken – sollte ich selbst erwischt werden, gäbe es niemanden, der mich auf die gleiche Art und Weise schützen könnte. Es geht eben leider nicht alles auf eigene Faust.« Den letzten Satz sagte er mit Verbitterung.

»Aber Sie haben mich dazu gezwungen! Sie sagten, Sie würden mich der Polizei ausliefern, wenn ich nicht tue, was Sie verlangen!«

»Glaubst du wirklich, ich hätte meine Drohung wahr gemacht? Ich halte nicht viel von Polizisten. Allesamt sind sie arrogante und selbstgefällige Trottel. Außerdem würde ich nicht wollen, dass sie in meinem Haus herumschnüffeln.«

»Dann ist an Ihnen ja ein hervorragender Polizist verloren gegangen«, murmelte ich grimmig.

Darvill grinste. »Du weißt gar nicht, wie wertvoll deine unerschrockene Art für mich ist.« Nach einer Pause fügte er hinzu: »Auch wenn sie von keiner guten Kinderstube zeugt.« Er stellte das Porträt auf dem Sofa ab, als wäre es ein Gast, dann kam er auf mich zu. Groß gewachsen, wie er war, türmte er sich über mir auf. »Ich schätze dich sehr als Waffe, warum sollte ich mich deiner also entledigen? Auch du bist Jägerin geworden, indem du mir geholfen hast.«

»Ganz sicher nicht freiwillig, sondern weil Sie mich erpresst haben.«

»Darf ich dich daran erinnern, dass du in mein Haus eingebrochen bist und dich in meine Angelegenheiten eingemischt hast! Und nur so am Rande, wenn ich dem Ganzen den Rücken kehre, werden unschuldige Menschen sterben.« Alle Empathie war aus seiner Stimme verschwunden. »Doch«, sagte er und hob die Handflächen, als gäbe er auf, »wenn du dich von jeder Verantwortung drücken und für den Rest deines Lebens Lagerräume sortieren möchtest, werde ich dich nicht aufhalten. Schließlich möchte ich nicht, dass du mir zur Last fällst. Wenn du an meiner Seite bleibst, muss ich mich auf dich verlassen können.«

»Sie haben Nerven«, platzte es aus mir heraus, und ich sprang auf. Das üppige Kleid gab mir den Mut, der mir oft fehlte. In ihm fühlte

ich mich größer, auch wenn ich zu Darvill hochschauen musste. »Sie haben mich in all das verwickelt und wollen nun auch noch Zugeständnisse! Ich traue Ihnen nicht!«

»Das ist gut«, erwiderte er grinsend. »Ich möchte nicht, dass du mir vertraust, ich möchte nicht, dass du irgendjemandem vertraust. Vertrauen hat mich fast umgebracht.«

Mir wurde mulmig zumute. Trocken schluckte ich die Schuldgefühle hinunter, die die blutrünstige Tat meines Bruders in mir hervorrief.

Darvill fletschte die Zähne und ballte die Fäuste, bis die Knöchel weiß waren. Wütend senkte er seine Stimme. »Es war eine harte Lektion, die ich lernen musste, nur weil ich jemand anderem vertraut habe …« Er sah mich durchdringend an. »… und muss mich dennoch zwingen, es erneut zu tun.«

Ich starrte ihn an und atmete schwer, als hätten wir mit Fäusten und nicht mit Worten gekämpft. Trotzdem erkannte ich mich in seinem Zwiespalt wieder. Auch ich versuchte zu vertrauen, obgleich sich jede Faser meiner selbst dagegen sträubte.

»Ich wüsste gar nicht, wo ich anfangen soll«, gab ich zu und setzte mich kleinlaut auf meinen Platz zurück. Eingeschüchtert blickte ich auf meine von Blasen und Kratzern gezeichneten Hände – konnte ich mit ihnen etwas gegen Dämonen ausrichten?

Darvill kniete überraschend vor mir nieder. Der Groll war aus seinen Zügen verschwunden, aber er wirkte nicht weniger erbittert. Er legte seine Hand auf meine. »Wenn du gemeinsam mit mir den Kampf gegen die Dämonen aufnehmen möchtest, werde ich dich lehren.«

Ich blickte ihm in die Augen. Ihre gewöhnliche haselnussbraune Farbe war mir schon bei unserer Begegnung in Onkels Geschäft aufgefallen – zu Recht hatte ich damals vermutet, dass sich hinter ihnen viel mehr verbarg, als es den Anschein erweckte. Als ich seine Gesichtszüge betrachtete, die gerade, scharf geschnittene Nase und die dünnen langen Brauen, stieß ich auf einen Blick, der meinen mit unerschütterlichem Ernst erwiderte.

»Ich wollte nie Jägerin werden, wusste bis eben noch nicht einmal, was das bedeutet«, sagte ich schließlich. »Wenn es tatsächlich um

unschuldige Leben geht, wie kann ich da wegsehen?« Ich schloss die Augen. »Außerdem möchte ich meinen Bruder finden, und Sie sind die einzige Spur, die ich habe.« Als ich sie wieder öffnete, ballte ich die Hand unter seiner zur Faust. »Sie müssen mir versprechen, dass Sie ihm nichts tun, wenn wir ihn wiederfinden. Ich möchte mit ihm reden. Ich möchte verstehen, warum er das alles getan hat. Ich weiß, er hat Sie angegriffen, aber –«

Darvill hob einen Finger und brachte mich zum Verstummen. Sein Gesichtsausdruck wurde sanfter. »Das erscheint mir gerecht. Ich überlasse deinen Bruder dir. Im Gegenzug erwarte ich deine Loyalität. Solltest du mich verraten, so wie er, dann …« Er brach ab, bevor die Wut ihn erneut erobern konnte. Nachdem er zugegeben hatte, dass er mich nicht der Polizei übergeben würde, klang seine Drohung leer, gar verzweifelt.

Ich suchte in seinen Augen nach der richtigen Antwort. Ebenso hatte er mich davor gewarnt, ihm zu trauen, doch erforderte diese Vereinbarung genau das. Die Frage war nicht, ob ich mir das erlauben konnte, sondern ob ich mir leisten konnte, das Angebot auszuschlagen.

Schließlich nickte ich ganz leicht, und damit war unser Vertrag besiegelt.

Darvill stand auf, sein Gesicht war eine unleserliche Maske.

»Der Ball«, sagte er plötzlich, »da wirst du anfangen.«

Ich fuhr hoch. »Wird es …« Mir wurde die Lautstärke meiner eigenen Stimme bewusst und ich senkte sie. »Wird es dort einen Dämon geben?«

»Ja«, sagte Darvill, »und sehr viele unschuldige Menschen. Keine Sorge, du musst den Dämon nicht erlegen.« Seine Augen funkelten bedrohlich. »Diese Ehre wird mir zuteil. Deine Aufgabe ist, mehr über ihn herauszufinden. Das könnte eine einmalige Gelegenheit sein, denn der Dämon war eine lange Zeit unauffindbar. Ich war sehr überrascht, als ich von den Gastgebern des Balls hörte, wer auf ihrer Gästeliste steht. Ich will wissen, wie lange er in Oxford bleibt und wo sein Versteck ist. Ich würde ihm ja einfach folgen, doch der Sinn eines Dämons ist scharf, und sollte er mich erspüren, so könnte er wieder untertauchen, und dann wäre meine Chance vertan.«

Das Blut in meinen Adern gefror. »Was werden Sie …«, meine Stimme brach kurz ab, »mit ihm machen, wenn Sie ihn haben?«

»Ihn unschädlich machen«, erwiderte er kühl. »Davor möchte ich mich allerdings mit ihm unterhalten«, sagte er mit einer gefährlichen Schärfe, die darauf hindeutete, dass mehr dahintersteckte, als er zuzugeben bereit war. »Auch in Bezug auf deinen Bruder …«

Meine Augen weiteten sich. »Was hat der Dämon mit meinem Bruder zu tun?«

»Das war der letzte Dämon, den wir gemeinsam gejagt haben. Ich frage mich schon lange, ob es einen Zusammenhang mit dem Verschwinden deines Bruders gibt.«

Mein Herz hämmerte stärker gegen den Brustkorb.

»Und wer ist der Dämon?«

»Rebecca«, sagte Darvill in dunklem Ton. »Ich bin seit Jahren hinter ihr her. Allerdings kennt sie mein Gesicht. Durch eine neue Jägerin hätte ich das Überraschungsmoment auf meiner Seite.« Darvill fixierte mich. »Du machst einen unbeholfenen Eindruck, sie wird niemals erwarten, dass jemand so Unscheinbares eine Jägerin sein könnte.«

»Danke für diese ermunternden Worte«, erwiderte ich spöttisch. »Nicht dass ich nicht schon nervös genug darüber bin, den Köder für einen Dämon zu spielen.«

Darvill schenkte dem Kommentar keine Beachtung, er war plötzlich völlig in die Planung des Abends vertieft. »Die anderen Gäste werden dir als Schutz dienen, denn selbst wenn du dich in Schwierigkeiten bringst, wird sie dir nichts tun können. Sie ist darauf angewiesen, dass niemand weiß, wer sie wirklich ist, andernfalls wird sie selbstverständlich nie wieder irgendwo eingeladen, und das wäre der Untergang für ihren Status in der Gesellschaft und die damit verbundene Eitelkeit. Unter dem Schleier einer edlen Dame kann sie ihre dunklen Handlungen am besten verstecken, und das würde sie nicht so leichtfertig aufgeben.«

»Sie sprechen wohl aus Erfahrung«, murmelte ich.

Er warf mir einen mahnenden Blick zu. »Wenn etwas schiefläuft, bin ich in unmittelbarer Nähe und werde eingreifen.«

Ich schluckte, als mir klar wurde, wie gefährlich die ganze Sache war. All die Narben, die Darvills Haut zeichneten, waren ein Beispiel

dafür, was alles schieflaufen konnte. Waren die ganzen Verwundungen Andenken von seinen Kämpfen mit Dämonen? Das hatte er also gemeint, als er sagte, er hätte schon Schlimmeres erlebt als die Beinwunde, die ich verarztet hatte.

Erics Verletzungen waren ähnlicher Natur gewesen.

Auch weiterhin fiel es mir schwer, das alles zu glauben, aber als ich zum Gemäldes schaute, wurde der Ausdruck der Frau noch finsterer und wirkte geradezu dämonisch.

»Versuch keine allzu große Aufmerksamkeit auf dich zu ziehen.« Ich verstand seine Anweisung als Befehl und konnte nicht anders, als pflichtbewusst zu nicken.

»Woher soll ich wissen, wer Rebecca ist?«

»Hast du noch das Medaillon, das ich dir gegeben habe?«

Es war in meinem Mantel, den ich beim Umziehen über die Rückenlehne eines Stuhls geworfen hatte. Darvill folgte meinem Blick und griff nach dem Mantel. Als er ihn mir reichte, holte ich aus der Tasche das Schmuckstück hervor und betrachtete das Porträt genauer. Es war sehr klein, und so musste man sich konzentrieren, um die Details wahrzunehmen. »Rebecca, sagen Sie?« Ich sah zu Darvill, dann stirnrunzelnd auf das Medaillon.

»Genau.«

»Rebecca Terrel?«

Verblüfft musterte er mich. »Woher weißt du das?«

»Ich bin ihr begegnet.«

»Bist du das?«, gab Darvill skeptisch zurück.

»Sie hat mich fast mit ihrer Kutsche überfahren und hat mir anschließend ihre Karte überreicht. Sie wollte, dass ich mich bei ihr melde.«

»Das ist ihre Masche!« Der Zorn überkam Darvill. »So sucht sie sich ihre Opfer aus. Sie bringt Leute aus ärmeren Verhältnissen in seltsame Situationen und verspricht, sie für die Unannehmlichkeiten zu entschädigen. Wenn man sie aufsucht, schnappt sie zu. Oft gibt sie abgelegene Orte zu später Stunde an, und die Leute werden gelockt mit der Hoffnung auf Geld. Du wirst nicht die Einzige gewesen sein, die an dem Tag fast von ihrer Kutsche überfahren wurde. Hoffentlich waren alle anderen ebenso klug, nicht darauf einzugehen.«

Mir wurde schwummrig. »Das heißt, wenn ich sie aufgesucht hätte, wäre ich nun ...«

»Möglicherweise jetzt tot. Dich hat gerettet, dass du kein gieriger Mensch bist.« Der Hausherr presste einen gekrümmten Zeigefinger gegen seine Unterlippe. »Umso wichtiger ist, dass wir sie aufhalten. Glaubst du, sie wird dich erkennen?«

Ich sah an mir herab und konnte nicht anders, als zu lachen. »Ich bezweifle, dass mein eigener Onkel mich in dieser Kleidung erkennt, und die Dame und ich haben kaum ein paar Worte gewechselt«, erklärte ich. Das Medaillon umschloss ich fest in der Faust. Wenn dies dazu führen konnte, meinen Bruder zu finden, wollte ich nicht scheitern. »Ich glaube nicht, dass es ein Problem sein wird.«

Darvills Augen formten sich zu Schlitzen. »Sicher?«

»Ich werde mein Bestes geben«, schwor ich.

Sein Gesicht entspannte sich. »Mehr kann ich nicht verlangen.«

Ich konnte meinen nächsten Gedanken nicht unterdrücken. »Sie schien sehr charmant. Ich kann mir das, was Sie über Miss Terrel behaupten, kaum vorstellen.«

»Ja, darin, Menschen um den Finger zu wickeln, ist sie Meisterin«, sagte er emotionaler als erwartet.

Ich hatte wohl einen wunden Punkt getroffen. Kein Wunder, wenn er es bereits zuvor mit ihr zu tun hatte und nicht nur erfolglos geblieben war, sondern auch noch seinen Partner verloren hatte. »Hüte dich vor ihren Schmeicheleien.« Darvill ging zu einem Sessel und setzte sich mit Entschlossenheit und grübelnder Miene hinein.

»Moment mal«, sagte ich, und Darvill schenkte mir erneut seine volle Aufmerksamkeit. »War es nicht auch diese Frau, die mein Bruder gezeichnet hat in seinem Skizzenbuch, das ich zu Hause habe?«

Darvill schmunzelte, als ob eine angenehme Erinnerung in ihm erwacht wäre. »Dein Bruder zeichnete stets die Personen, die er jagte. Das war seine Art, sich vorzubereiten. Ich meine, er hat sogar den einen oder anderen Dämon in die Seiten des Skizzenbuchs gebannt, wenn diese keine eigenen Porträts vorrätig hatten.« Er rieb sich das Kinn. »Jetzt, wo ich darüber nachdenke, wärst du so gut, mir das Buch —«

»Ich bring es beim nächsten Mal mit!«, unterbrach ich mit Eifer.

Darvill lachte, und ich legte meine Hände zusammen.

»Ich will keine Dämonen bei uns zu Hause herumliegen haben«, druckste ich herum.

»Sehr vernünftig«, sagte Darvill mit einem Grinsen. »Wobei dein Onkel einer der wenigen Menschen ist, bei denen ich mir keine Sorgen mache, dass er jemals einen Dämon sprechen hören könnte.«

Ich blickte überrascht auf. Er hatte recht, Onkel war so gut, dass ich mir nicht vorstellen könnte, dass er jemals irgendwelchen Verführungen nachgeben würde. »Gilt das auch für Timothy? Haben Sie ihn deshalb bei sich?«

Er lächelte nur als Antwort und nahm seine Tasse zur Hand, um davon zu trinken.

Meine Stimmung wurde trüb. »Ich hingegen habe sie gehört.«

»Die Stimmen?«

»Ja.«

»Sie zu hören ist das eine«, erwiderte Darvill. »Ihnen zu erliegen das andere.«

Seine Worte beruhigten mich nur mäßig, doch ich konnte nichts daran ändern, dass ich nicht so herzensgut war wie Onkel. Ich seufzte, und da fiel mir wieder Erics Skizzenbuch ein. Zum Glück hatte es niemals zu mir gesprochen … oder wenn doch, dann hatte ich es ignoriert. Auch Darvill hatte Eric gezeichnet. Deswegen war ich überhaupt darauf gekommen, ihm nachzustellen. Unabsichtlich wanderte mein Blick auf seine Brust.

»Sie haben also bereits gegen Rebecca gekämpft und sind gescheitert?«, fragte ich vorsichtig.

Darvill fing meinen Blick auf, und der Ausdruck in seinen braunen Augen wurde hart. »Sagen wir einfach, ich habe noch eine Rechnung mit ihr zu begleichen«, presste er eisig hervor.

Ich sah wieder auf das Medaillon. Könnte sie mehr als nur seine Widersacherin gewesen sein? War sie vielleicht Darvills Geliebte gewesen? Das war eine völlig verrückte Vermutung, und doch zog sich mir bei dem Gedanken das Herz zusammen. Was waren das für dumme Gefühle? Ich hob den Blick zu den Gemälden und stellte einmal mehr fest, dass ich nicht wie all diese wunderschönen Frauen war. Mein Blick wanderte zu Darvills Profil und seiner aristokratisch wirkenden

geraden Nase. Sie hätte sich nicht stärker von meiner unterscheiden können, die an der Spitze leicht nach oben abstand und von Sommersprossen bedeckt war.

Dämonenjäger oder nicht – Darvill war ein Gentleman und ich ein Ladenmädchen. Er war um die dreißig, ich gerade mal zwanzig. In seinem Alter hatte er so viel erreicht und ich mich nur versteckt. Auch wenn ich nun die Gründe für sein Handeln kannte und ihm seine Manipulation und die Gemeinheiten verzeihen sollte, was ich nicht tat, so lebten wir immer noch in unterschiedlichen Welten. Mein Herz brauchte also gar nicht so zu pochen.

Kapitel 15

Der Schatten des Bösen

Der Ball war schon am nächsten Abend, also kam ich kurz vorher nach Westford Manor. Darvill stand persönlich am Eingang. Als er mich sah, verschränkte er die Arme und begann, mit der rechten Fußspitze auf den Boden zu tippen. Was hatte ich nun wieder falsch gemacht?

»Du kommst eine halbe Stunde bevor wir losfahren? Ist das dein Ernst? Denkst du, wir binden dir einen Zopf und damit ist es getan? Weißt du, wie aufwendig die Vorbereitungen, die Frisuren, das Schminken sind? Außerdem hast du zuletzt ewig gebraucht, um das Kleid anzuziehen! Du hast echt Nerven!«

Um ehrlich zu sein, hatte ich auf keine der Fragen eine Antwort und ließ mich wie eine leblose Puppe von Darvill am Arm packen und ins Haus schleifen. Zwei Dienstmädchen standen im Foyer bereit und folgten uns nach oben in eines der leer stehenden Schlafzimmer. Dort verabschiedete sich Darvill prompt, und noch bevor die Tür ins Schloss fiel, hatten die Dienstmädchen mir schon das Kleid aufgeknöpft und zogen es mir über den Kopf aus.

»Das kann ich gern allein machen«, wandte ich ein.

»Keine Zeit«, antwortete die blonde und schlanke Frau zu meiner Rechten. Sie wirkte, als würde es ihr Spaß machen, mich zu kleiden oder eher entkleiden – ganz im Gegensatz zu der zu meiner Linken. Diese mied meinen Blick. Sie war robust gebaut und hatte dunkles Haar, wir waren uns bereits mehrmals begegnet, und jedes Mal hatte ich das Gefühl gehabt, dass sie mich nicht mochte.

Motivation hin oder her, die beiden arbeiteten in einem schwindelerregenden Tempo und schnürten mich ein wie ein Weihnachtsgeschenk. Dann stülpten sie das schimmernde Ballkleid über mich, und hätte ich noch atmen können, so hätte es mir den Atem geraubt, als ich einen Blick in den Spiegel des Frisiertisches warf. Dank der Dienstmädchen war meine ohnehin schmale Taille um die Hälfte reduziert und von schimmernder Seide umschmiegt.

»Jetzt die Frisur«, verkündete die Blondine mit einem Enthusiasmus, der mir Angst machte, und drückte mich auf den gepolsterten Hocker vor dem Frisiertisch. In den drei angewinkelten Spiegeln starte ich meinem verdutzen Gesicht entgegen.

Eine Vielzahl an Werkzeugen fürs Haar lag vor mir ausgebreitet. Auf mein ungeübtes Auge wirkten sie eher wie Folterinstrumente.

Wenn ich mir selbst eine Frisur machte, dann meist nur einen geflochtenen Zopf, den ich manchmal hochsteckte. Dafür brauchte ich nicht so viele verschiedene Kämme, Bürsten, Drähte, Nadeln, Scheren und seltsame Metallrohre mit Haltegriffen.

»Nicht anfassen. Das ist heiß«, warnte mich das Dienstmädchen mit einem Funkeln in den Augen und rollte ein Stofftuch auf dem Tisch aus, in dem sich noch mehr Geräte versteckten.

Meine Hand blieb nur ein kurzes Stück über dem Metallrohr stehen, bevor ich sie wieder zurückzog.

»Was ist –«

»Ein Lockenwickler«, antwortete die Brünette so schnell, dass ich noch nicht einmal meine Frage zu Ende denken konnte, geschweige denn auszusprechen.

Sie schaute streng und schürzte die Lippen. Entweder nahm sie ihre Aufgabe sehr ernst und war hoch konzentriert oder ich hatte sie verärgert.

Fleißig trennten die beiden Strähnen ab und wickelten die dunklen Locken auf. Während die eine so wirkte, als hätte sie ihr Leben lang auf diesen Tag gewartet, wirkte die andere eher, als ginge sie durch die Hölle. Verübeln konnte ich es ihr nicht, denn jedes meiner Haare war so widerspenstig wie ihre Besitzerin.

Nach dem Aufwickeln begann das Hochstecken, und mit der Anzahl an Nadeln, die sie mir ins Haar und gelegentlich auch

unter die Haut schoben, hätte eine Brücke über die Themse gebaut werden können.

Der ungewohnte Anblick entfremdete mich immer mehr von meinem Spiegelbild. Ein feines Kleid und eine aufwendige Frisur mochten nicht alles sein, was eine Dame von einem Ladenmädchen unterschied, doch es machte einen großen Teil der Metamorphose aus.

Nachdem die Haare gebändigt und auf meinem Kopf zu einem Turm hochgesteckt waren, der seitlich zu einer Lockenfontäne auslief, zog die eine meine Lippen mit einem pfirsichfarbenen Lippenstift nach, während die andere sich einen gigantischen Wattebausch griff und mich damit abklopfte. Dabei entstand eine Staubwolke, die mir die Sicht verdeckte, und erst als sie sich legte, verkündeten die beiden Frauen, dass sie fertig seien.

Die Blondine klatschte freudig in die Hände und hopste auf und ab, während die Brünette die Arme verschränkte und mich mit prüfendem Blick musterte. Es war dieselbe Magd, die neulich hinter meinem Rücken über mich getuschelt hatte. Sie fiel auf, weil sie groß war und kräftige Schultern hatte, aber dazu ein schmales junges Gesicht mit Sommersprossen wie meins. Ich wollte keine Feinde unter Darvills Personal haben, schließlich waren wir vom selben Status. Vielleicht dachte sie ja, ich hätte Allüren, und mochte mich deshalb nicht.

»Das habt ihr wirklich toll gemacht, ich erkenne mich kaum wieder«, sagte ich fröhlich, in der Hoffnung, die Frauen mit Schmeicheleien für mich zu gewinnen. »Wie heißt ihr?«

»Fran«, antwortete das blonde Dienstmädchen stolz, während deren Kollegin sich versteifte.

»Megan«, murmelte sie monoton und fügte nach einer Pause hinzu: »Madam«. Mit beiden Händen strich sie über ihren schwarzen Rock und die Schürze. Die Schlichtheit ihrer Kleidung stand in starkem Kontrast zu meinem herrlichen Kleid.

Ich lachte auf, in der Hoffnung, die Anspannung zu lockern. »Ich bin keine Madam«, sagte ich in einem Ton, der sich hoffentlich nicht so gezwungen anhörte, wie er sich anfühlte. »Ich arbeite nur für Mr Darvill, genau wie ihr.«

Trotz meiner Bemühungen war Megans Blick geprägt von unterdrückter Verachtung.

»Mein Name ist Susanna, und mein Onkel besitzt einen kleinen Laden in der Magpie Lane. In meiner Gegenwart besteht keine Notwendigkeit für Formalitäten«, versuchte ich es erneut.

»Schön und bescheiden«, freute sich Fran und strahlte von Ohr zu Ohr.

»Ich weiß, wer Sie sind, Miss Copper«, sagte Megan kühl. »Wenn Sie meinen, Sie hätten mir Grund zu der Annahme gegeben, dass Sie von höherem Rang sind, dann muss ich Sie leider enttäuschen. Meine Formalität Ihnen gegenüber beruht ausschließlich auf der Tatsache, dass Sie Mr Darvills Gast sind.«

»Megan«, mahnte Fran. Das Strahlen wich aus ihrem Gesicht, und sie sah verwundert zu ihr hinüber.

Ich lehnte mich verdattert zurück. »Habe ich etwas getan, was dich verärgert hat?«, fragte ich.

Megan musterte mich von oben bis unten, als wäre ich ein bunter Vogel auf einer Ausstellung. »Ich finde Sie seltsam, Miss Susanna Copper, und ich halte es für sinnvoll, Sie im Auge zu behalten, während Sie auf Westford Manor sind.« Der harte Ton des Dienstmädchens hinterließ bei mir ein mulmiges Gefühl. »Bereits seit fünf Jahren bin ich in Mr Darvills Diensten und habe ihm viel zu verdanken. Mir ist zu Ohren gekommen, dass Sie ihm nicht wohlgesonnen sind, da ist es nur natürlich, dass dieser Umstand meinen Beschützerinstinkt weckt.«

Die Blondine legte nun eine Hand auf Megans Schulter. »Also wirklich, du überschreitest da eine Grenze. Mr Darvills Angelegenheiten gehen uns nichts an.«

Beim Versuch, eine adäquate Antwort zu produzieren, öffnete und schloss ich meinen Mund, ohne dass ein Laut über die Lippen kam. Mir fiel nichts ein, was die junge Frau besänftigen könnte. Schließlich konnte ich ihr nicht erklären, warum ich Darvill gegenüber so eingestellt war – besonders jetzt, da ich von den bösen Geistern erfahren hatte.

»Wünscht Madam noch etwas?«, fragte das Dienstmädchen mit einer perfekten Mischung aus Groll und Hohn.

»Nein«, erwiderte ich. Ich war nicht traurig, dass jemand mich nicht mochte, sondern irritiert über die Ungerechtigkeit des Urteils.

Es verdeutlichte mir, dass ich besser aufpassen musste, was ich sagte und wer in der Nähe war.

Seit dem Skandal meines Bruders war ich vielen ungerechtfertigten Äußerungen durch Fremde ausgesetzt. Und so wusste ich genau, was zu tun war. Anstatt mich unterkriegen zu lassen, stand ich mit erhobenem Kinn auf und ging zur Tür.

»Nein, ich werde deine Dienste nicht weiter brauchen, danke«, sagte ich höflich und bestimmt. So wie ich die hässlichen Bemerkungen aller anderen so gut ich konnte abschüttelte, würde ich dasselbe mit Megans Worten tun.

»Vielen Dank für alles, Fran«, fügte ich hinzu und hoffte, dass mein Lächeln an sie nicht allzu traurig wirkte.

Unglücklicherweise ließen mich Gemeinheiten nicht so gleichgültig, wie ich es gern hätte, aber zumindest war ich mittlerweile erfahren darin, gute Miene zum bösen Spiel zu machen. Ich überließ es den Dienstmädchen, den Frisiertisch aufzuräumen, ging aus dem Zimmer und die Marmortreppe hinunter. Bei jedem Schritt atmete ich tief durch – so tief es das stramme Korsett erlaubte.

»Je erstaunlicher und erfolgreicher du bist, desto mehr werden die Leute dich kritisieren«, hatte Eric immer gesagt, als unser Geschäft noch floriert hatte.

»Du musst nicht einmal erfolgreich sein, um kritisiert zu werden, Eric«, murmelte ich vor mich hin. »Menschen werden immer Gründe finden, unabhängig von deiner Position.«

Mit einem tiefen Seufzer ließ ich das Thema los und beschwor ein Lächeln aufs Gesicht. Gewappnet mit Perlen in den Locken, Ohrläppchen und über dem gesamten bezaubernden Kleid fühlte ich mich zum ersten Mal in meinem Leben schön – nicht dass ich mich sonst hässlich fand, Schönheit war einfach kein Attribut, das ich zuvor mit mir selbst in Verbindung gebracht hatte. Es überraschte mich, dass mit neu empfundener Schönheit auch ein Gefühl der Stärke einherging.

Selbst wenn Rebecca sich an die Begegnung auf der Straße erinnern würde, so würde sie nie die Verbindung herstellen, denn für eine Nacht war ich nicht mehr Susanna, die Tochter eines Schlossers, sondern eine selbstbewusste junge Lady, die stolz darauf war, sie selbst

zu sein. Ich würde den heutigen Abend zu einem absoluten Erfolg machen – und niemand konnte mich aufhalten.

Selbst die Porträts, die Darvills Wände zierten und unheimlicher wirkten, nachdem ich erfahren hatte, was in ihnen lebte, ließen mich nicht ins Zweifeln geraten, obwohl einige von ihnen penetrant meinen Namen flüsterten.

Die Clarence und der Hausherr standen am Eingang bereit. Als ich auf ihn zukam, bot Darvill mir seine Hand an.

Darvills Aussehen hatte sich genauso stark verändert wie meines. Er trug einen schäbigen alten Inverness-Umhang mit Kapuze, seine eleganten Schuhe waren durch schlammige Lederstiefel ersetzt worden. Das Einzige, was seinen gehobenen Status verraten konnte, war der elegante Gehstock, den Onkel für ihn angefertigt hatte, und die Krawatte, die wie immer perfekt gebunden war. Ich konnte nicht anders, als ihn für seine Hingabe zu bewundern – er tat sicherlich nichts halbherzig.

»So gefällt mir das«, kicherte ich und spielte auf unseren Rollentausch an – ich die Dame, er der Untergebene.

Er verdrehte die Augen. »Natürlich tut es das.«

»Die Fetzen stehen Ihnen ganz vortrefflich. Sollten Sie öfter tragen.«

Er funkelte mich an, und ein Grinsen schlich sich auf seine Lippen. »Das kann ich nur zurückgeben.«

Sein Kompliment erwischte mich kalt und brachte meine Wangen zum Glühen. Ich fing mich schnell wieder. Darvill war als Kutscher genauso imposant und einschüchternd wie als Gentleman.

»Nur ein Verbesserungsvorschlag.« Ich trat an ihn heran und musste mich trotz der Absätze auf die Zehenspitzen stellen, um an seiner Krawatte herumzuzupfen. »So sehen Sie etwas weniger danach aus, als würden fünfundsiebzig Mann Sie einkleiden.«

»Ha ... ha«, erwiderte er trocken. »Zu deiner Information, ich kleide mich selbst an.«

»Beweisen Sie es! Binden Sie sich hier und jetzt eigenständig die Schnürsenkel.« Ich hob den Zeigefinger in die Luft.

»Ich verbinde dich gleich«, war seine nonchalante Antwort.

»Nicht nötig, ich kann mich sowieso kaum bewegen«, gab ich zurück.

»Dafür ist dein Mundwerk umso loser. Du redest so viel, man könnte meinen, du wärst nervös.«

»Nervös? Nur weil ich allein auf einen Ball gehe, ohne die leiseste Ahnung, wie man sich dort benimmt, und noch ganz nebenbei einen Dämon aufspüren soll? Ich bitte Sie, wer wäre da nervös!«

Er schmunzelte. »Dann ist ja gut.«

»Wie soll ich überhaupt ins Gespräch mit ihr kommen? Oder was, wenn sie mich nicht mag?« Ich dachte an Megan, die ihre Gefühle vorhin sehr deutlich gemacht hatte.

Darvill lächelte und zog etwas Glänzendes aus seiner Tasche. »Du kannst sehr scharfsinnig sein, Susanna«, erwiderte er mit einem Schmunzeln. »Rebeccas Medaillon«, sagte er in dunklem Ton, »wird dir als Köder dienen. Sie wird es erkennen und nicht widerstehen können.«

Ich fuhr zurück. »Wird sie dann nicht denken, ich hätte sie bestohlen?«

»Möglich. Aber ohne Beweise irrelevant. Viel mehr wird sie das Mysterium, wie es in deinen Besitz gelangte, locken. Sie liebt Geheimnisse. Überleg dir also eine gute Geschichte dazu.«

»Klingt gefährlich.«

»Gewöhn dich dran.«

Er trat hinter mich und legte das Schmuckstück um meinen Hals. Mit den Fingern strich er über meine Haut, und sein Atem kitzelte meinen Nacken, als er die Kette schloss. Ein Kribbeln fuhr durch meinen Körper und tanzte um mein Herz. Ich schloss die Augen und versuchte die Sehnsucht darin zu ersticken.

Als ich sie wieder öffnete, schritt er um mich herum und reichte mir die Hand, um mir in die Kutsche zu helfen.

Auch wenn ich Gefühle empfand, die aus vielerlei Gründen nicht gedeihen durften, so war dieser Moment so schön, dass ich versuchte, ihn in meiner Erinnerung festzuhalten.

Das Tageslicht war vom Himmel verblasst und tauchte Darvills Gesicht in tiefe Schatten.

Er verkörperte so viele Dinge auf einmal – in jeder Hinsicht war er böse und kämpfte doch für die gerechte Sache; gab sich hässlich im Auftreten und war doch gesegnet mit einem ärgerlich schönen Ant-

litz; klang grausam in seiner Sprache und zeigte sich doch emphatisch im Handeln.

»Noch etwas«, sagte Darvill ernst. Er griff in die Tasche seines Jacketts und holte ein Paar weiße Seidenhandschuhe hervor. »Du hast die Hände einer Arbeiterin, und bevor du wieder beleidigt bist, das meine ich nicht abfällig. Du kannst stolz darauf sein, dass deine Hände einen Nutzen haben ganz im Gegensatz zu denen der meisten Ladies.«

Perplex nahm ich das Geschenk entgegen und zog es an. Der Stoff war sagenhaft weich und warm von Darvills Körpertemperatur. Meine kalten Finger tauten sofort auf und meine Wangen wurden sogar heiß vom Kompliment.

»Danke.«

Darvill nickte und schloss die Tür. Mit einem Knarren bestieg er die Bank hinter den Pferden. Als sich die Räder der Clarence in Bewegung setzten und die Pferde über den Kies trabten, öffnete ich die Luke, die den Wagen mit dem Fahrerplatz verband. Viel zu sagen hatte ich nicht und wollte doch seine Stimme hören.

»Warum tragen Sie immer einen Gehstock bei sich?«, fragte ich.

»Er vollendet mein stilvolles Auftreten …« Eine Pause folgte. »… und erweist sich als praktisch im Kampf.«

Ich ließ den ersten Part unkommentiert, dachte mir aber meinen Teil dazu. »Wäre eine Pistole nicht von größerem Nutzen?«

»Waffen sind so vulgär, nichts schlägt – wenn Du den Ausdruck verzeihst – einen guten alten Hieb mit dem Gehstock«, sagte er spitzbübisch. »Außerdem ist er sehr praktisch bei Beinverletzungen. Und es ist nicht so verdächtig, wenn man damit erwischt wird. Den Knall einer Pistole kann man meilenweit hören.«

Ich starrte auf seinen Rücken und konnte nicht beurteilen, was ernst und was Scherz war. Als ob er meine Gedanken hören konnte, versteiften sich seine Schultern.

»Um ehrlich zu sein, sind Waffen bei diesen Kreaturen wenig hilfreich, da die Kugeln den Körper töten und so den Dämon lediglich freisetzen, um nach einem neuen Wirt zu suchen. Darüber hinaus zerreißt das Töten eines besessenen Menschen dessen Seele, sodass der

Dämon sich diese einverleiben und stärker werden kann. Und dies muss um jeden Preis verhindert werden.«

Das grausame Bild, das Darvill gemalt hatte, brachte mich zum Schweigen. Durch das Fenster beobachtete ich, wie die Dunkelheit über Oxford hereinbrach. Am Himmel leuchtete der Mond hell gegen die lila Wolken, unten am Boden wurden die ersten Straßenlaternen angezündet und Fenster leuchteten auf in den alten Gebäuden. Ich hatte mein ganzes Leben in dieser Stadt verbracht und seit einer Weile nicht mehr bemerkt, wie schön sie war. Die alten Colleges mit ihren Kapellen, Türmen und Toren unterschieden die Straßen von allen anderen in England. Der Gedanke, dass diese Straßen nicht nur von Menschen, sondern auch von bösen Geistern durchstreift wurden, versetzte mich in eine tiefe Unruhe. Wie stellte man sich einem Wesen, von dessen Existenz man bis vor Kurzem nichts geahnt hatte? Was konnte ein normales Mädchen in einem schicken Kleid ausrichten? Ich war entschlossen, es herauszufinden.

»Warum werden nur junge Frauen besessen?«, fragte ich.

Darvill rutschte auf seinem Sitz vor. Er knarrte unter ihm. »Warum denkst du, dass sie nur von Frauen Besitz ergreifen?«

»Alle Bilder an Ihren Wänden sind von Frauen.«

»Ich habe haufenweise Männer gefangen, aber die sind hässlich und modern daher im Keller vor sich hin.« Darvill lachte schallend auf, und ich wusste wieder nicht, ob er spaßte. Dann fuhr er fort. »Es stimmt allerdings, dass Dämonen die weibliche Form bevorzugen.« Seine Stimme bekam wieder diese Schärfe, die immer dann zum Vorschein kam, wenn er ein schmerzhaftes Thema ansprach. »Eine schöne und verführerische Frau kann eine Art Macht über einen Mann entwickeln, die selbst logisch denkenden Köpfen trotzt. Ich nehme an, es ist diese Macht und Stärke, die die Dämonen für ihre Zwecke nutzen wollen. Außerdem lieben sie alles Schöne, und wenn du mich fragst, sind Frauen bei Weitem das ästhetisch ansprechendere Geschlecht.«

Obwohl er mich nicht direkt angesprochen hatte, schmeichelte mir die Bemerkung.

»Genug davon«, flüsterte Darvill verschwörerisch. »Mach dich bereit, wir sind fast da.«

»Ich fühl mich ganz und gar nicht bereit«, murmelte ich mürrisch.

Durch die Luke reichte er mir einen elegant verzierten Umschlag.
»Das ist deine Einladung.«
Ich nahm das Papier und öffnete es. Darin befand sich eine dekorierte Karte, die Daphne Olsen in vergoldeten Buchstaben zu Lord und Lady Rawfords Ball einlud.
»Wer ist Daphne?«
»Du.«
»Ich bin Susanna.«
Auch wenn ich es nicht sah, konnte ich sein Augenrollen förmlich spüren.
»Es ist dein Name für den Abend.«
»Moment mal!« Ich zog das O in unermessliche Länge. »Kennt jemand Daphne? Muss ich etwas über sie wissen? Ich freue mich ja über Ihr Vertrauen in mich, aber mein Deckmantel fühlt sich ziemlich dünn an.«
»Du brauchst kein Vorwissen. Improvisier einfach. Auf einem Ball lügen sowieso alle, um sich interessanter und wichtiger zu machen.«
»Für Sie ist das vielleicht so offensichtlich, aber woher soll ich das denn wissen?«
»Manchmal bist du wirklich –«
»Ja?«
»Mittelständisch.«
»Das mag in Ihren Ohren wie eine Beleidigung klingen, ich fühle mich hingegen gerade zu geschmeichelt.«
»Dann eben Unterschicht.«
»Und Sie sind ein Snob.«
»Na bitte! Imitier einfach mich.«
»Ich weiß nicht, ob ich so viel Arroganz in mir habe.«
»Ich glaube an dich.«
Die Wagenräder kamen quietschend zum Stehen, und Sekunden später schlugen Darvills schwere Stiefel auf dem Kies auf. Er öffnete die Kutschentür und damit die Sicht auf eine weiße Villa, die mir die altklugen Kommentare im Hals stecken ließ.
Das Gebäude bestand fast ausschließlich aus großen, leuchtenden Fenstern – ein wahrer Kristallpalast. Am weitläufigen Marmoreingang mit einer geschwungenen Treppe auf jeder Seite tummelten

sich Herrschaften mit imposanten Kleidern. Schon aus der Ferne sah man sie heller schimmern als die Sterne am jungen Nachthimmel. Ein vorfreudiges Raunen lag in der Luft, das gelegentlich von Lachen durchbrochen wurde.

»Nun komm schon«, drängte Darvill und nahm mich an der vom Seidenhandschuh verhüllten Hand. Er half mir auf den weißen Kies, von wo aus der Anblick noch prächtiger war.

Hinter uns reihten sich Kutschen in großer Zahl ein.

Darvill beugte sich vor, um mir ins Ohr zu flüstern. »Vergiss nicht, warum du hier bist, und erwecke keinen Verdacht.«

Ich bemerkte, dass mein Mund offen stand, und schloss ihn sofort.

»Kannst du das?«

Ich unterdrückte ein Schaudern und nickte.

»Gut, ich fahre jetzt los, bleibe aber in der Nähe.« Darvill drückte meine Hand. »Du schaffst das.«

Damit ließ er mich los und bestieg die Kutsche. Als ich mich mit rasendem Herz dem Eingang näherte, fuhr er davon.

Mit zugeschnürter Brust – wörtlich und im übertragenen Sinne – schritt ich den knatschenden Kies entlang, vorbei an akkuraten Rosenbüschen, die den breiten Weg flankierten. Dieser war wahrscheinlich nur deswegen so lang ausgelegt worden, damit man länger die Villa betrachtete und vor Ehrfurcht zerging. Ich überholte mehrere Damen, die zeitgleich mit mir angekommen waren. Sie waren in ihren Vierzigern, womöglich ließ das viele Puder sie allerdings jünger wirken. Alter hin oder her, sie kicherten wie kleine Mädchen vor einem Süßwarenladen.

Sowohl vor als auch hinter mir stürmten unzählige atemberaubend elegante Gäste auf das märchenhafte Gebäude zu, ihre Blicke waren gebannt von dem leuchtenden Haus, als wären sie Motten auf dem Weg zur Flamme.

Ihre Gewänder waren so prächtig, die Atmosphäre so einschüchternd, dass ich mich nach Darvill sehnte.

Kapitel 16

Ein Anzeichen von Verschwörung

Das Innere des Herrenhauses war noch großartiger als sein Äußeres. Allein das Foyer war so weitläufig und dicht gedrängt, dass ich es einen Moment lang für den Ballsaal hielt. Hinter dem Meer kunstvoller Frisuren und noch kunstvollerer Perücken konnte ich die Wand am anderen Ende des Raumes kaum sehen.

Über unseren Köpfen erstrahlte ein Kronleuchter von der Größe des Geschäfts meines Onkels, doch manche Damen samt Gewand und Schmuck funkelten noch heller als der Kristallriese. Mindestens genauso atemberaubend war die dichte Parfümwolke, in der sich eine so große Anzahl an künstlichen Gerüchen vermischte, dass kaum noch Sauerstoff für die Lunge blieb. Ich selbst hatte mir lediglich ein bisschen Vanille aus Darvills Küche geliehen und hinter die Ohren gerieben. Wenn die Nasen der anderen Gäste ebenso reizüberflutet waren wie meine, dann würde das mit Sicherheit niemand bemerken.

Ich folgte dem duftenden Strom an Pracht und Reichtum in den eigentlichen Ballsaal und bekam dabei so manchen aristokratischen Ellenbogen ab. Durch die Körpernähe wurde es sehr schnell sehr warm, und ich sehnte mich nach einem kalten Glas Wasser.

Das Geschubse und Gedränge erinnerte mich sehr an den Wochenmarkt, nur dass die Lords und Ladys von Oxford im Gegensatz zum Pöbel nichts von Entschuldigungen hielten und stattdessen mit hochgezogenen Augenbrauen und schläfrigem Blick um sich schauten. Ich ertrug die Tortur mit so viel Würde, wie ich heraufbeschwören konnte, und wurde mit einem Anblick sondergleichen entlohnt. Entlang der Wand zu meiner Rechten war ein Orchester aufgestellt und begann

zum Raunen Hunderter Stimmen zu spielen. So etwas Elegantes hatte ich noch nie aus der Nähe gesehen und beobachtete gebannt die Konzentration auf den Gesichtern der Musiker. In den vorderen Reihen glitten sie mit ihren Fingern sagenhaft schnell über die Saiten der Geigen, Cellos und der Harfe, dahinter bliesen sie mit unmenschlicher Ausdauer in die Hörner, Flöten und Trompeten. Dabei folgte jeder Musiker mit scharfem Blick den dramatischen Gesten des Dirigenten und passte Tempo und Intensität der Instrumente an seine kryptische Gebärdensprache an.

Dem Orchester gegenüber überblickten deckenhohe Fenster die Gartenterrasse. Abwechselnd säumten leuchtende Kerzen in hohen silbernen Kandelabern und üppige weiße Rosen in großen Vasen die Wände. In dem goldenen Licht schimmerten und funkelten die Kleider der Damen nur so. Jetzt, da die Menschenmasse sich im Raum verteilte, hatte ich einen besseren Blick darauf und kam aus dem Staunen nicht mehr heraus.

Nur wenige Schritte von mir entfernt war ein so ausladender Rock, dass an seiner Stelle zehn Personen hätten stehen können. Dahinter nahm sich jemand ein Erfrischungsgetränk, den man hinter Hunderten bunten Federn, die in alle Richtungen ragten, kaum erkennen konnte. Nur wenige Schritte weiter, wäre ich beinahe auf eine Schleppe getreten, die wie riesige Pfauenfedern anmutete, sie war jedoch so lang, dass die Trägerin bereits hinter einer Ecke verschwunden war, der Stoff allerdings noch eine Weile vor mir herschlängelte. Auch manche Herren zogen mit der Extravaganz ihrer Anzüge die Blicke auf sich. So ging ein solcher an mir vorbei, an seinem goldfarbenen Jackett hing ein Umhang derselben Farbe, als wäre er der Sonnen- und Mondkönig zugleich. Schulter an Schulter zu mir trottete ein weiterer. Sein Kostüm, anders konnte man es nicht bezeichnen, war aus Schlangenhaut und eine massive Kette in Form einer Kobra mit Rubinaugen baumelte von seinem Hals bis zum Bauch. Sie alle verblassten jedoch, als ein Paar vor mir erschien, sowohl Mann als auch Frau trugen Gewänder, die von oben bis unten nur aus Kristallpendeln unterschiedlicher Größen bestanden. Das Gewicht ihrer Garderobe ließ ihnen den Schweiß in so großen Perlen wie einige

der Kristalle von der Stirn fließen, und doch schafften sie es, jegliche Emotionen aus ihren Gesichtern zu verbannen.

Mir wurde deutlich, dass nicht Schönheit allein das Ziel war, manchen schien es wichtiger, einfach nur aufzufallen – egal wie.

Mein Blick schweifte über das Spektakel, und mir stockte immer wieder der Atem, der bereits stark beeinträchtigt war durch das Korsett und die überwältigenden Gerüche. Glaubten sie mir, dass ich hierhergehörte?

Wäre Darvill doch bloß hier.

Ich schüttelte den Kopf. Wo kam denn der Gedanke her? Ich seufzte und gestand mir ein, dass ich tatsächlich so fühlte und dieses Erlebnis gern mit ihm zusammen wahrgenommen hätte.

In diesem Moment hielt mir ein Butler mit einer weißen Schmetterlingsmaske eine Silberplatte hin, auf der eine Auswahl an Getränken in Kristallkelchen standen. Ich schnappte mir das größte Glas und leerte die kühle Erfrischung mit gierigen Schlucken, erst dann bemerkte ich den bitteren Geschmack. Das leichte Summen im Kopf ließ mich vermuten, dass es Wein gewesen sein musste, und ich bereute den Fehler sofort. Ich hob die Hand an die Stirn, um den Schwindel zu beruhigen. Die Hitze, stickige Luft und das enge Kleid intensivierten den Effekt des Alkohols.

»Solche Ereignisse machen mich auch ziemlich durstig«, ertönte eine angenehme Stimme dicht an meinem Ohr. Als ich aufsah, musterte mich ein wunderschöner Rotschopf mit verführerischen blauen Augen. Ich hatte kaum Zeit gehabt, mich im Saal zu orientieren, als das Ziel meiner Mission direkt vor mir auftauchte. In der Kutsche hatte ich mir Worte zurechtgelegt für das Aufeinandertreffen, doch fiel mir jetzt keines davon ein. Stattdessen fühlte ich mich kalt erwischt und hatte versehentlich auch noch Wein getrunken, wo ich doch alle Sinne beisammen brauchte.

Das einzig Gute war, dass Rebecca meine geröteten Wangen unter der dicken Puderschicht wahrscheinlich nicht sehen konnte. Doch keine Schminke der Welt konnte mich auch nur annähernd an Rebeccas Schönheit heranbringen. Ihre gepflegten Locken umrahmten ihr perfektes Gesicht und strömten wie ein kupferner Wasserfall ihre Schulter hinab, wo ihr cremefarbenes Kleid begann. Die

Ärmel waren aus Chiffon, unter dem ihre zarte Haut sichtbar war. Der Gedanke, dass diese Arme die Kraft eines Monsters hatten, ließ mir die Haare zu Berge stehen. Ich bemühte mich, die Besorgnis aus meinem Gesicht zu verbannen – eine Aufgabe, die der Alkohol erschwerte.

Neben Rebecca stand ein Mann in einem schlichten, eleganten schwarzen Dreiteiler. Sein welliges braunes Haar war zurückgekämmt, nur eine widerspenstige Strähne fiel in sein offenes und freundliches Gesicht. Das war nicht so kantig wie Darvills, eher rundlich sogar. Er war weder zu dünn noch zu dick, weder zu groß noch zu klein – sondern alles in Maßen, und das machte ihn mir auf Anhieb sympathisch.

Oder war er etwa auch ein Dämon? Ich sah zu Rebecca und dann zu ihm. Er hatte nicht diese betörende Schönheit, die ich von Darvills Porträtgalerie kannte. Vielleicht hatte sie ihn als Opfer auserkoren?

Die rothaarige Schönheit nahm einen kleinen Schluck ihres Getränks, dabei berührten ihre Lippen kaum den Kristallkelch und ihre Finger krümmten sich anmutig um den Stiel. Mir fiel auf, dass ich das Glas rabiat in der Faust umklammerte. So unauffällig es ging, wechselte ich es in die andere Hand und kopierte Rebeccas Griff.

»Ich hatte das Bedürfnis, meinen Kummer zu ertränken«, erwiderte ich.

Rebecca sah mich neugierig an. »Kummer? Auf einem so formidablen Ereignis?«

Darvill hatte behauptet, dass sie für Bälle und dergleichen lebte. Auf mich wirkte sie eher zynisch – vielleicht gehörte das aber auch zur Arroganz der Oberschicht, von der Darvill gesprochen hatte. Wer unbeeindruckt tat, deutete damit seine Überlegenheit an. Da konnte ich mithalten. Zynismus lag mir!

»Ach«, seufzte ich und nickte zu dem Kristallpaar, »ich hätte auch so gern meinen Kronleuchter angezogen.«

Mein Kommentar erzielte den gewünschten Erfolg. Rebecca schmunzelte, und ihr Begleiter musste ein Lachen sogar mit der Faust vor dem Mund ersticken.

»Es ist eine Schande, diese Soiree im kleinen Ballsaal abzuhalten, wenn der Westflügel doch so viel geräumiger wäre. Manche

Kleidungsstücke finden kaum Platz.« Sie deutete auf die Dame mit der endlos langen Schleppe, die drei Gäste wütend anblinzelte, weil sie auf ihrem Pfauenteppich standen.

Ich sah mich weiter um. Einige der Damen schienen bereits kurzatmig zu sein und fächerten sich hektisch Luft zu.

»Ich denke, wir müssen nicht lange warten, bis die ersten Gäste in Ohnmacht fallen, dann haben wir auch mehr Platz.«

»Du hast vollkommen recht«, gab Rebecca lachend zurück. »Beim Uttridges Ball im letzten Monat haben wir die dreißig geknackt.«

»Und das waren nur die Damen«, fügte der Herr in einem konspirativen Flüstern hinzu.

Ich konnte bei dieser desillusionierenden Schilderung ein Lächeln nicht unterdrücken. Ein Schwarm ohnmächtiger Gäste war nicht das, was ich von prächtigen Bällen erwartet hatte.

Rebecca schaute genervt in die Menge. »Ich habe versehentlich den Blick mit Lord Belling gekreuzt, und jetzt fürchte ich, dass ich mich mit ihm unterhalten muss.« Sie schlug die Augen dramatisch auf. »Es war mir eine Freude, dich kennenzulernen.« Die Dame streckte ihre Hand aus, und ich griff etwas zu eifrig danach.

»Su–« Ich räusperte mich und gab mir selbst eine mentale Ohrfeige. »Daphne«, sagte ich angespannt. Klang ich wie eine Daphne? Oje, Schauspielerei lag mir wirklich nicht. Meine Handflächen wurden allein dadurch ganz feucht, dass ich einen falschen Namen nannte. Zum Glück trug ich Handschuhe.

Rebecca sah mich erwartungsvoll an. »Und weiter?«, forderte sie ungeduldig.

Ich starrte sie an. Den Nachnamen hatte ich vergessen. Wie lautete er noch mal? Ach ja. »O-Olsen«, stammelte ich wie der letzte Dorftrampel. Sollte ihr erster Eindruck von mir positiv ausgefallen sein, so hatte ich ihn hiermit ruiniert. Aber der Abend war noch jung, und ich würde nicht so schnell aufgeben!

»Sehr angenehm, Daphne O. Olsen, ich bin Rebecca Terrel«, zwitscherte sie mit einem Lächeln. Dann wanderte ihr Blick hinunter zu meinem Hals. In diesem Moment glichen ihre Augen denen eines Raubtiers. Instinktiv umklammerte ich das Medaillon, als müsste ich es verteidigen oder als könnte es mir Schutz geben.

Der Ausdruck verließ ihre Züge so schnell, wie er erschienen war, und Rebecca wirbelte zu dem Herrn mittleren Alters herum, der sich durch die Menge gekämpft hatte und sich nun freute, dass seine Bemühungen mit einem herzlichen Gruß belohnt wurden. Rebecca schüttelte ihm sanft die Hand, lächelte bei dem Ersten, was er sagte, und lauschte jeder Silbe mit einem lebhaften Funkeln in den Augen. Er kratzte sich am Hinterkopf und schien sich über die Aufmerksamkeit der Schönheit zu freuen wie ein Schuljunge.

Ich beobachtete einen Moment lang den Austausch und staunte über Rebeccas charmante, kokette Art, vor der Darvill mich gewarnt hatte.

»Sebastian Harrington«, ertönte es neben mir. Ich hatte mich so auf Rebecca konzentriert, dass ich den jungen Mann ganz vergessen hatte.

»Sehr erfreut«, erwiderte ich und fragte mich, ob ich besser »hocherfreut« oder »höchst erfreut« hätte sagen sollen. Wie sprach die Oberschicht? Wenn ich an Darvill dachte, so nutzte er die gleichen Worte wie ich, doch irgendwie klangen sie aus seinem Mund eleganter. Wie machte er das? Hätte er mir doch mehr Zeit gegeben, mich vorzubereiten, und mit mir geübt.

»Ich habe Sie noch nie zuvor auf gesellschaftlichen Veranstaltungen in Oxford gesehen«, sagte er unbeholfen und trat dabei einige Schritte näher, bis seine Schulter meine streifte.

Machte er nur gepflegte Konversation oder verdächtigte er mich oder flirtete er sogar? Trocken schluckte ich meine Paranoia hinunter, schaute durstig auf mein leeres Glas, entschied mich aber gegen Nachschub. Noch mehr Alkohol wäre das Verhängnis.

»Ich«, begann ich und streckte den Rücken, um selbstbewusster zu wirken, »bin zu Besuch bei meinem Cousin James Frederik D...« Ich brach ab. Durfte ich seinen Namen nennen? O nein!

»Darvill?«, stieß der Mann mit Entzücken aus.

»Ich fasse es ja nicht!« Er lachte auf. »Ist er hier? Sonst meidet er solche Veranstaltungen wie die Pest, das war schon zu unseren Studienzeiten so.« Er machte einen langen Hals und blickte sich in der Menge um.

Ich blinzelte ihn an. War es zu spät, um zu lügen? Egal! Ich musste die Situation retten! »Es ist so laut hier, Sie müssen mich falsch ver-

standen haben«, sprach ich nun, als wäre mein Gegenüber ein älterer Herr mit Hörproblemen. »Ich sagte: James Ferdinand Deel.«

»Wer?«

»Er geht kaum aus dem Haus, der Arme. Hat panische Angst vor Menschen. Ich bin die einzige Person auf der Welt, die er in seine Nähe lässt, was wirklich eine Schande ist. Sein Haus ist so groß und würde sich traumhaft für Bälle eignen.« Na also! Das war doch eine plausible Geschichte.

Sebastian Harrington lachte erneut laut auf. »So etwas habe ich ja noch nie gehört! Sie müssen mir mehr von diesem Individuum erzählen.«

»Gern später, nun sind Sie dran.« Ich versuchte den gleichen Gesichtsausdruck aufzusetzen wie Rebecca und klimperte mit den Wimpern.

»Haben Sie etwas im Auge, Miss Olsen?«

»Was? Äh, ja, aber es ich nun weg.« Ganz eindeutig hatte es nicht wie bei Rebecca ausgesehen. Doch meine Neugier war stärker als mein Schamgefühl. »Sie haben hier in Oxford studiert und dann auch noch zusammen mit Mr Darvill?« Diese Information war so interessant, dass meine Stimme eine Oktave in die Höhe schoss. Mein Leben lang hatte ich die Studenten als Einwohner eines anderen Planeten betrachtet, die von ihren College-Festungen auf uns einfache Leute herabblickten. Sie waren unerreichbar, und nun war ich mitten unter ihnen. Natürlich gehörte auch Darvill dazu, wie konnte es anders sein. Manchmal vergaß ich, wie weit unsere Welten auseinanderlagen. Momente wie dieser brachten mich auf den Boden der Tatsachen zurück.

Der Mann grinste breit. »Aber ja! Ich war ebenfalls am Balliol College, wenn ich auch zugeben muss, dass meine Stellung viel bescheidener war als die von James und wir nur wenig miteinander zu tun hatten.«

Das Balliol College war eines der Gründungs-Colleges. Im Gegensatz zu vielen anderen verbarg es sich nicht hinter Mauern. Seine sandfarbenen Türme, bespickt mit kleinen Bogenfenstern, blickten direkt auf die Straße, was das Gefühl verlieh, dass die Elite in Reichweite war. Dabei waren die Abgänger einige der einflussreichsten Namen Englands, die sogar mir ein Begriff waren. Viele von ihnen

tummelten sich in der Politik oder wurden zu engen Vertrauten der Königsfamilie.

»Wie passend«, murmelte ich und dachte daran, wie Darvills bloßer Name Presse und Polizei erzittern ließ.

»Passend?« Verdutzt guckte Mr Harrington mich an.

»Sie wirken wie jemand, der ganz wundervoll an so ein renommiertes College passt«, sagte ich schnell und erzwang ein Lachen, das eher wie das Krächzen einer Krähe klang. »Und wie steht es mit Ihrer Beziehung zu Miss Terrel? Sind Sie ebenfalls alte Bekannte?«

Ein kleines Lächeln umspielte seine Lippen und ließ ihn ein wenig schüchtern wirken. »Sowohl Mr Darvill als auch Miss Terrel sind wesentlich eindrucksvollere Persönlichkeiten als ich. Letztere habe ich zuvor nur flüchtig gesehen und heute zum ersten Mal den Mut aufgebracht, sie anzusprechen. Ich hatte gehofft, sie um einen Tanz zu bitten, doch o weh, ihre Beliebtheit macht es schwer, sie lang genug zu beanspruchen.«

Erstaunlich, wie gut einem Gentleman Bescheidenheit stand, sie verführte mich zu bemerken, dass mein Gegenüber eine Attraktivität ausstrahlte, die mir aufgrund des Stresses fast entgangen wäre.

»Vielleicht ist das auch besser so, denn nun hatte ich das Glück, Ihre Bekanntschaft zu machen.« Er räusperte sich und streckte den Rücken durch. »Würden Sie mir die Ehre eines Tanzes erweisen?«

Seine schmeichelnden Worte ließen mein Herz höherschlagen. Wie ich wünschte, Darvill hätte das gehört! Jede Faser in meinem Körper sehnte sich danach, seine Aufforderung zu bejahen, doch meine tänzerischen Fähigkeiten würden mich verraten.

Während wir uns unterhielten, war der Ball in vollem Gange und die Menschen in den bunten Kleidern schwangen prachtvoll über das Parkett in perfekt aufeinander abgestimmten Schritten, die jeder zu kennen schien. Das Trampeln der Füße war wie ein weiteres Instrument des Orchesters. Immer mehr Paare gesellten sich zu den Tanzenden, immer größer wurde die Fläche, und wir wurden näher und näher an die Fenster gedrängt, als die Anzahl der herumstehenden Gäste schwand.

Ich blickte in Mr Harringtons blassblaue Augen. Seine volle Aufmerksamkeit galt mir. Doch wohin sollte das führen? Der Zauber

hielt nur einen Abend lang an, sobald der Ball endete, würde ich nicht mehr Daphne sein, sondern Susanna aus der Magpie Lane. Sosehr ich mir auch wünschte, dass es Mr Harrington egal sein würde und er mir nach nur einem Abend seine unsterbliche Liebe unabhängig meiner Herkunft verkünden würde und ich Darvill prompt vergessen könnte, so sehr wusste ich auch, dass das nichts weiter als eine Fantasterei war.

»Ich würde gern, aber ich darf nicht«, verkündete ich aufrichtig.

»Ah ja? Weshalb denn?« Mr Harrington rückte näher.

Ich seufzte. »Sie müssen wissen, ich kann gar nicht tanzen, weil ich nur eine arme Schlossertochter bin und es nie gelernt habe.«

Mr Harrington brach in schallendes Gelächter aus. »Ich muss schon sagen, Miss Olsen, Sie geben die erfrischendsten Geschichten zum Besten! Als Nächstes sagen Sie mir, Sie wären mit dem Weihnachtsmann verwandt.«

»Noch schlimmer«, gab ich zurück. »Ich bin aus Verzweiflung zu einer Diebin geworden. Zu so jemandem würde der Weihnachtsmann sämtliche verwandtschaftlichen Beziehungen unwiderruflich kündigen.«

Mr Harrington strich sich eine Träne vom Augenlid. »Eine Absage hat mir noch nie so viel Freude bereitet.«

Na bitte, wer sagte es denn. Lügen fiel mir schwer, und anscheinend musste ich es auch gar nicht. Man glaubte mir ja noch nicht einmal die Wahrheit!

»Würden Sie sich noch einen Moment länger mit mir unterhalten? Ich würde uns beiden frische Getränke holen.«

»Sehr gern. Ich habe noch viel mehr schockierende Geschichten.«

»Ich kann es kaum erwarten, rühren Sie sich nicht vom Fleck.«

»Ich gebe mein Bestes.«

Mr Harrington quetschte sich in die Menschenmenge, und ich verlor ihn umgehend aus den Augen. Um mich herum tobte das Leben, und die Musik bescherte mir mit jeder neuen Symphonie eine Gänsehaut. Grinsend beobachtete ich das Treiben. Vor mir wagte sich ein älteres Paar auf die Tanzfläche, das trotz ihrer Jahre wie junge Verliebte wirkte. Die Dame trug so viel grünen Lidschatten und hatte so rote Wangen und Lippen, dass sie auch einer Wanderzirkusgruppe

hätte angehören können. Doch den Herrn schien das nicht zu stören, sein Blick war voller Leidenschaft. Für ihn war sie nicht nur die schönste, sondern die einzige Frau im Raum. Stark im Kontrast dazu stand das junge Paar neben ihnen. Während das Mädchen in seinem stilvollen cremefarbenen Kleid, mit der dezenten Schminke und dem welligen braunen Haar eine echte Schönheit war und doch schüchtern zu Boden blickte, sah sich der junge Mann mit den blonden Locken neben ihr bereits nach weiteren Partnerinnen um.

»Vergiss nicht, warum du hier bist.«

Ich wirbelte erschrocken herum. Hinter mir stand ein großer und breitschultriger Kellner mit Schmetterlingsmaske, der mir ein Tablett mit Erfrischungsgetränken hinhielt. Sein Anzug war nicht derselbe wie der der anderen Kellner. Zwar war er ebenfalls schwarz, doch der Schnitt unterschied sich in Details. Die Knöpfe waren aus Silber, und darin war ein kleines Emblem zu erkennen, der Kragen schimmerte wie Seide, und zudem saß er so perfekt, wie es nur eine Maßanfertigung konnte. Ich warf einen schnellen Blick über die Schulter, niemand beachtete mein Gegenüber. Für die Gäste waren Kellner unsichtbar. Schließlich war es unter ihrer Würde, einfachen Bediensteten zu viel Interesse entgegenzubringen. Außer mir würden die Nuancen niemandem auffallen.

»Was machen Sie hier?« Instinktiv trat ich einen Schritt von ihm weg. »Sie sagten doch, Rebecca könnte sie erspüren.«

»Wie ich schon sagte, ich bin immer in der Nähe und passe auf«, zischte Darvill. »Auch auf die Gefahr hin von ihr erspürt zu werden. Wobei das in einer so dichten Menschenmenge eher unwahrscheinlich ist.«

Auch wenn ich sein Gesicht nicht sah, so spürte ich deutlich seinen Unmut. Er war nicht nur in seiner Stimme erkennbar, sondern in der gesamten Körperhaltung verankert. Wenn Darvill etwas nicht gefiel, dann lehnte er sich mit der rechten Schulter vor, als wäre er kurz davor, seinen Degen zu ziehen und ein Duell zu beginnen. Es war beängstigend, wie gut ich ihn mittlerweile kannte.

»Ich habe meine Aufgabe nicht vergessen«, gab ich zurück. »Bis vor Kurzem war Rebecca noch hier, und den Herrn eben habe ich mühelos davon überzeugt, dass ich eine feine Dame bin, die man hofieren darf«, verkündete ich stolz.

»Das habe ich mitbekommen. Tu mir den Gefallen und konzentrier dich auf Rebecca, anstatt mit den Herren zu flirten.«

»Flirten? Das ist eine Unterstellung! Ich gebe mir die größte Mühe, mich anzupassen«, flüsterte ich wütend.

»Auch das habe ich gesehen. Mit deinem Blick hast du dich geradezu nach diesem Nichtsnutz verzehrt. Lass dir gesagt sein, dass er schon während der Studienzeit nicht zu glänzen vermochte.«

»Sie klingen ja so, als wären Sie eifersüchtig.«

Er trat näher vor, sodass er mich wie so oft überragte und von oben auf mich herabsah. Die Gläser auf seinem Tablett wackelten, trauten sich aber nicht umzufallen. »Warum sollte ich eifersüchtig sein, wenn du doch sowieso mir unterstellt bist? Glaubst du, jemand anderes in diesem Raum wird über deinen niederen Status hinwegsehen und deine inneren Werte und Talente erkennen?«

Ich wich zurück. Darvill schaffte es mal wieder, in einem Atemzug zu beleidigen und zu loben.

»Erfülle die Aufgabe, wegen der du hier bist, und wenn du dann noch Kraft hast, kannst du mit so vielen Verehrern flirten und dich zum Narren machen, wie du willst.«

Ich war kurz davor, die Arme zu verschränken, erinnerte mich daran, was letztes Mal passiert war, und ließ sie wieder sinken.

»Etwas anderes, als meine Aufgabe zu erfüllen, hatte ich gar nicht vor«, antwortete ich.

»Dann ist es ja gut«, gab er zufrieden zurück und hob das Tablett an. »Und jetzt gib mir dein Weinglas und nimm eins mit Wasser, bevor du mir in dieser stickigen Hitze noch ohnmächtig wirst.«

Ich tat, was er verlangte, und hielt mich mit aller Kraft davon ab, zu bemerken, wie zuvorkommend diese Geste von ihm war.

»Jetzt geh Rebecca suchen und finde so viel wie möglich über sie heraus. Damit ich nicht nochmal auf dich zukommen und dabei riskieren muss, von ihr entdeckt zu werden.«

Gierig trank ich mein Wasser und spürte, wie das kühle Getränk meine Kehle hinabfloss und sofort meinen Verstand revitalisierte. Das Glas stellte ich wieder auf Darvills Tablett ab und nickte ihm entschlossen zu.

Er legte sich seine freie Hand auf den Rücken und drehte sich weg. Geschmeidig durch die Menge schreitend bot er Gästen immer wieder die Getränke auf dem Tablett an. Weil er so groß war, blieb er lange in meiner Sichtweite, und ich konnte mich nur wundern. Sogar die Maske hatte er aufgetrieben. Das beflügelte meinen Ehrgeiz, ich wollte ihn nicht enttäuschen.

Um das seltsame Gefühl abzuschütteln, das die Begegnung mit Darvill in mir hervorgerufen hatte, mischte ich mich unter die Menge. Mr Harrington würde es mir sicher verzeihen, wenn er wüsste, dass ich auf Dämonenjagd war. Wohl eher würde er sich kugelig lachen.

Meine Umgebung entfaltete ihre Wirkung. Ich konnte nicht anders, als die Männer um mich herum mit Darvill zu vergleichen. Die meisten trugen schimmernde Anzüge, die oft zu eng um einen runden Bauch lagen. Schweiß überzog ihre Haare und ihre Stirnen. Jedes zweite Paar Augen sah bereits erheitert aus von den Erfrischungen, die die Kellner eifrig verteilten. Im Kontrast dazu hatte Darvill eine schlanke Form, und die ausgeprägten Muskeln waren ein Nebeneffekt seines »Berufs«. Obwohl ich oft seine Arroganz kritisierte, war diese nichts im Vergleich zu dem pompösen Hochmut im Ballsaal. Ob die Herrschaften durch den Saal schritten oder eine Unterhaltung führten, der Blick war gelangweilt, gar schläfrig, und die Nase so hoch in die Luft gestreckt, dass es komisch wirkte. Zwar traf dies nicht auf alle zu, aber doch auf die meisten.

Es waren meist die jüngeren und hübscheren Gäste, die bescheiden den Blick nach vorn oder zu Boden richteten und sich kaum trauten, einen Muskel zu regen, während die älteren ihre Ansichten brüllend kundtaten und übereifrig gestikulierten. Die jungen Leute hatten wohl das Gefühl, sich erst noch beweisen zu müssen, während die ältere Generation weniger Zurückhaltung an den Tag legte. Ihre Lebensposition war schon gesichert.

Um mich herum war ein solches Feuerwerk an Eindrücken, dass es mir nicht gelang, Rebecca zu erspähen.

Die Anspannung, die Mr Harrington mich hatte vergessen lassen, war dank Darvill wieder erwacht. Durch die Anstrengung hatte die Wirkung des Alkohols nachgelassen, und genau in dem Moment bot

mir ein Kellner sein Tablett an. Ich winkte ab und schwor mir, bis zum Ende des Abends keine Getränke mehr anzurühren. Dank Darvill brauchte ich das auch gar nicht, das Wasser hatte wirklich gutgetan, nun konnte ich wieder klarer denken.

Wie ein Falke, der nach einer Maus suchte, spähte ich nach der roten Haarpracht, aber sie war in dem Meer aus schimmernden Farben nicht zu entdecken.

Als hätte sie einen eigenen Willen, wanderte meine Hand zum Medaillon und umklammerte es. Es war Rebecca auf jeden Fall aufgefallen und vielleicht auch der Grund, weshalb sie mich angesprochen hatte. Möglicherweise könnte es mir eine neue Gelegenheit bieten. Zuerst musste ich die rothaarige Schönheit allerdings wiederfinden und Darvill beweisen, dass ich sehr wohl wusste, was ich tat.

Auf meinem Streifzug durch die Menge entdeckte ich den Lord, mit dem Rebecca gesprochen hatte. Er war in ein Gespräch mit einer anderen Frau verwickelt, die ihr Unwohlsein in der Gegenwart des Gentlemans weniger gekonnt zu verschleiern vermochte als ihre Vorgängerin.

Wo war Rebecca hin? Sie hatte unzufrieden mit den Festlichkeiten gewirkt. Ich hatte die herablassende Art als das übliche Verhalten der Privilegierten gedeutet, doch was, wenn Rebecca sich tatsächlich gelangweilt hatte und nach Hause aufgebrochen war? Das wäre eine Katastrophe, dann hätte ich die einzige Chance verpasst.

Lautes Gelächter schallte aus allen Richtungen. Die breiten Kleider mit ausgefallenen Accessoires wie Federn und echten Blumen erschwerten das Durchkommen. Mühsam drückte ich mich durch eine besonders dicht gedrängte Masse an Gästen. Mein Rock kollidierte mit dem einer älteren Dame und stieß sie zurück. Da sie selbst eher knochig war, ihr Kleid hingegen üppig, war es ihr auch ohne den Zusammenstoß schwergefallen, die Balance zu halten. Nun hatte der kugelrunde Bauch eines männlichen Gastes, der die Knöpfe seiner Weste wortwörtlich einer Zerreißprobe aussetzte, die zweifelhafte Ehre, der Dame als Halt zu dienen. Ich entschuldigte mich aufrichtig, während die Dame nur echauffiert die Augenbrauen hochzog und der Herr mich mit seinem Blick zu töten versuchte. Um ihrem Groll zu entkommen, quetschte ich mich zügig weiter durch, bis ich das

andere Ende der Halle erreichte, ohne eine Spur von Rebecca. Allmählich stieg mir die Panik in den Hals.

Als ich seufzend den Kopf drehte, stieß ich beinahe gegen ein Weinglas, das mir ein schneeweißer Spitzenhandschuh hinhielt. Ich sah auf und erschrak. Rebecca stand direkt neben mir, als wäre sie die ganze Zeit an meiner Seite gewesen.

»Du scheinst das erste Glas ausgetrunken zu haben, also habe ich mir erlaubt, dir und mir noch eins zu besorgen«, verkündete die Rothaarige mit einem verschmitzt schönen Grinsen auf ihren satten Lippen. »Ich muss sagen, das Gespräch mit dir war erfrischender als manch andere, die ich heute Abend führen musste.« Sie zog die Brauen hoch und schlug ihre langen Wimpern dramatisch auf.

Das Lob überraschte mich, doch für die neue Gelegenheit war ich unsagbar dankbar und nahm den Kristallkelch entgegen. Argwöhnisch musterte ich die gelbliche Flüssigkeit und berührte sie mit den Lippen, ohne davon zu trinken.

»Wäre es nicht zum Schreien, wenn wir uns beide peinlich betrinken und komplett zum Narren machen würden?«, fragte Rebecca verschwörerisch und nahm einen großen Schluck.

»Dann würden wir perfekt in die Menge passen«, sagte ich leise und entlockte ihr ein Glucksen.

»Ich mag dich, Miss Daphne Olsen.« Rebecca stieß mit ihrem Glas gegen meins an und trank einen weiteren Schluck. »Ich frage mich, warum wir uns noch nie zuvor begegnet sind. Es ist eine Schande!«

Diese Aussage von ihr ließ mich Darvills Warnung gedenken, ihrem Flirten nicht zu verfallen. Tatsächlich wirkte sie sehr interessiert an mir. Der Blick ihrer kokett zusammengekniffenen Augen wanderte von meinem Gesicht zum Medaillon. Ich schluckte. Was, wenn sie wusste, dass die Ähnlichkeit zu dem ihr entwendeten kein Zufall war? Den Zorn eines Dämons wollte ich nicht auf mich ziehen. Allerdings wirkte sie nicht wütend – ganz im Gegenteil. Je mehr sie redete, desto weniger konnte ich mir vorstellen, dass ein Dämon in diese freche und doch charmante junge Frau eingedrungen war.

»Es ist nun noch stickiger als zuvor. Hast du vielleicht Lust, mich auf die Terrasse zu begleiten, um frische Luft zu schnappen?« Rebecca fächerte sich zu. Ihre Wangen waren verführerisch rosig.

Ich zögerte. Es klang nach keiner guten Idee, allein mit einem Dämon auf die Terrasse zu gehen. Darvill hatte explizit erwähnt, dass die Menge im Ballsaal mein Schutz war. Doch hätte ich dort eine bessere Gelegenheit für ein vertrauliches Gespräch, in dem sie mir ihren Aufenthaltsort verraten könnte, und wer weiß, vielleicht würde ich auch einen Weg finden, das Gespräch auf Eric zu bringen.

Mein Herz begann schneller zu schlagen. War es zu gefährlich? Die deckenhohen Fenster überblickten den Garten. Wenn ich mich nicht zu weit von dem Licht entfernen würde, dann sollte es kein Problem sein. »Ich würde mich freuen«, sagte ich schließlich nach langem Hadern.

»Nicht so schnell, Miss Terrel«, protestierte eine Stimme, und Sekunden später erschien ihr Besitzer aus der Menschenmenge und tupfte sich seine verschwitzte Stirn mit einem durchnässten Taschentuch ab.

»Lord Belling«, sagte Rebecca erstaunt und baute nicht ganz so viel Enthusiasmus auf wie bei ihrem ersten Treffen. Selbst sie schien keinen endlosen Vorrat an Charme zur Verfügung zu haben. Das ließ sie furchtbar menschlich erscheinen und brachte mir erneut Zweifel ein.

Die stickige Luft im Raum mischte sich nicht gut mit widersprüchlichen Gedanken. Welch Ironie wäre es, wenn ich nun doch noch ohnmächtig werden würde, nachdem ich mich über die anderen Frauen lustig gemacht hatte?

»Sie müssen mir unbedingt diesen Tanz schenken, Miss Terrel, ich bestehe darauf.« Der arme Lord schien ziemlich verzweifelt, und das setzte ihn in kein vorteilhaftes Licht.

»Oh, aber ich kann meine Freundin nicht allein lassen.« Rebecca hatte kaum den Satz beendet, da sprang der Tanzwütige ein.

»Das trifft sich gut! Mein Cousin sucht ebenfalls nach einer Partnerin.« Der Lord reckte seinen Hals. »Oliver, kommst du bitte«, rief der Gentleman lautstark über die Köpfe der anderen Gäste hinweg.

Ein Mann ähnlichen Alters und Aussehens bewegte sich quälend langsam auf uns zu. Ich konnte schon von Weitem erkennen, dass diese Person weder als Gesprächs- noch als Tanzpartner taugte. Schon

seine Augen wirkten leer und einfallslos. Wenn er wie Lord Belling war, konnte er sich nicht langsam genug bewegen.

»Eure Lordschaft, ich fürchte, ich habe mir draußen auf der Treppe den Knöchel verstaucht«, warf ich ein.

»Ja«, sagte Rebecca eifrig nickend, »ich auch.«

Ich zog ungläubig die Brauen hoch. Das Kopieren einer erbärmlichen Lüge machte diese umso weniger glaubwürdig.

Die Enttäuschung in Lord Bellings Gesicht hätte nicht deutlicher sein können. »Das muss in der Tat eine tödliche Treppe sein«, sagte er vorwurfsvoll. Als Gentleman konnte er uns Damen kaum auf eine Unwahrheit hinweisen. Er blickte von einer zur anderen und seufzte, als unsere Mienen unnachgiebig blieben. »Nun, da kann man wohl nichts machen.«

Beherzt packte er seinen Cousin an den Schultern, der es endlich zu uns geschafft hatte und gerade zu einer Vorstellung ausholte, und schleifte ihn davon. Lord Belling war kein Kind von Traurigkeit, und Rebecca und ich schauten dabei zu, wie er nach nur wenigen Schritten die nächste widerspenstige Lady zu überreden versuchte, mit ihm das Tanzbein zu schwingen.

Meine Komplizin und ich begannen gleichzeitig zu lachen, als wir die nach Ausflüchten ringende junge Dame beobachteten.

»Ich brauche jetzt wirklich etwas frische Luft«, sagte ich.

»Dringend«, fügte Rebecca hinzu.

Sie hakte sich bei mir unter, und wir durchquerten den Ballsaal. Dass so eine feine Dame mir je freiwillig so nah kommen würde, hätte ich mir in meinen kühnsten Träumen nicht ausmalen können. Ihre Körperwärme, ihr Atem – sie erschien so menschlich. Dass sie eine tödliche Macht hatte, wirkte unwahr, und doch wollte ich mich von diesem Wunschdenken nicht einnehmen lassen.

Als wir die Terrassentür erreichten, nahmen uns zwei Bedienstete die Gläser ab und drückten die vergoldeten Griffe auf. Eine angenehme Brise begrüßte uns in die Nacht und kühlte meinen sorgenvollen Kopf.

»Es ist ein schöner Abend«, bemerkte Rebecca, als die Butler die Türen hinter uns schlossen.

Das Licht der großen Fenster tauchte die friedliche Terrasse in einen goldenen Schein, der mein letzter Schutz war.

Umgeben von steinernen Vasen mit üppigen Rosenbüschen konnte ich nicht umhin, einen letzten Blick auf das Märchen zu werfen, das ich zurückließ. Hinter dem Glas tanzten, lachten und redeten die Leute. Die Musik spielte laut, und man konnte sie auch draußen klar hören. Ich war es gewohnt, das Leben anderer Menschen nur aus der Ferne zu beobachten, doch diesmal war es anders. Ich war Teil eines bemerkenswerten Ereignisses gewesen und hatte festgestellt, dass es auch seine Schattenseiten hatte. Es war voll, stickig und laut gewesen. Reiche Menschen konnten genauso anstrengend wie die armen sein. Der einzige Unterschied war ihre Arroganz und Kleidung. Es war seltsam, dass sich die Realität so sehr von meiner Fantasie unterschied. In gewisser Weise war es unerwartet befreiend. Ich hatte nun nicht mehr das Gefühl, dass ein Leben in Reichtum so viel mehr Glück brachte.

Jetzt, da wir allein draußen waren, konnte ich eine seltsame Atmosphäre um Rebecca spüren, die mir im Getümmel entgangen war. Es hatte viel zu viele Reize im Ballsaal gegeben, um etwas so Subtiles zu bemerken. Vor dem Hintergrund der kalten Nacht spürte ich die Veränderung allerdings deutlich. Es ähnelte dem Gefühl, das ich vom Westford Manor kannte, wenn mich all die Porträts mit ihren Blicken verfolgten. Genau das empfand ich jetzt. Obwohl Rebecca mich nicht direkt ansah, fühlte ich mich von ihr beobachtet. Es alarmierte meine Sinne, als stünde Gefahr unmittelbar bevor.

Früher hätte ich so ein Gefühl als Hirngespinst abgetan, aber nach allem, was ich erlebt hatte, wollte ich es nicht unterschätzen.

»Ich hörte, der Garten von Rawford ist ziemlich schön«, war mein erster Versuch, ein Gespräch anzufangen. »Bestimmt ist der Garten auf deinem Anwesen noch schöner.«

»Ah ja?« Rebecca zog eine Augenbraue hoch. »Wie kommst du zu dieser Vermutung?«

»Dein Geschmack scheint mir stilvoller als der vieler anderer. Allein die Tatsache, dass du weder Kronleuchter noch Flora oder Fauna trägst, spricht für sich.«

Sie lachte auf. »In der Tat findet man Flora und Fauna bei mir im Garten und nicht in meinem Kleiderschrank.« Sie wickelte sich eine rote Locke um den Finger. »Auch dein Geschmack verdient ein Kompliment. So eine exquisite Halskette sieht man selten.«

Mein Herz machte einen Sprung und begann zu rasen. Ihrem Ton konnte ich nicht entnehmen, ob sie wütend war oder lediglich interessiert.

Mit geschmeidigen Bewegungen, die einem Tiger glichen, den ich im Zirkus gesehen hatte, näherte sich Rebecca der Balustrade und legte ihre Hand darauf. Dann schritt sie noch weiter weg vom Licht des Herrenhauses und hielt in der Dunkelheit inne. Grazil beugte sie sich über die Balustrade und seufzte.

»Es ist wirklich schade, dass wir den Garten kaum sehen können, ich hätte dich zu gern darin herumgeführt.«

»Sicherlich wird es dazu noch weitere Gelegenheiten geben, schließlich leben wir beide in Oxford.« Besonders geschickt mochten meine Versuche, Rebecca auszufragen, nicht sein, doch ich war trotzdem stolz auf mich. Es war ja nicht so, als hätte mich Darvill zur Detektivin ausgebildet.

Ein spitzer Schrei entfuhr Rebecca, und ich zuckte zusammen.

»Mein Ohrring! Er ist ins Gebüsch gefallen.«

»Wir sollten die Butler vor der Tür um Hilfe bei der Suche bitten«, warf ich ein. Auf keinen Fall wollte ich allein mit Rebecca in der Dunkelheit sein.

»Auf keinen Fall! So etwas Peinliches!« Ihre Stimme hatte sämtliche Beherrschung verloren, und ihr Gesicht war zu dem eines dreizehnjährigen Mädchens geworden, das sich nicht traut, ihren Eltern von einer kaputten Vase zu erzählen. »Erst lüge ich wegen meines Knöchels, dann verliere ich meinen Ohrring im Gebüsch – eine solche Unruhestifterin will doch niemand erneut zum Ball einladen.«

War die Oberschicht wirklich so streng? Ich traute mich weder zuzustimmen noch abzulehnen. Wenn ich ihr jetzt den Rücken kehrte, würde sie womöglich nie wieder etwas mit mir zu tun haben wollen, und bisher hatte ich noch nicht ein brauchbares Detail von ihr erfahren. Wenn ich ihr half, könnte ich womöglich so ihr Vertrauen gewinnen.

»Ich wäre dir auf ewig dankbar«, wimmerte Rebecca. Ihre Augen glänzten, als würden gleich Tränen kullern.

Ich konnte eine so kostbare Gelegenheit nicht verstreichen lassen. »Also gut, lass uns gemeinsam suchen gehen.«

»Großartig!« Sie klatschte in die Hände und nahm ihre Spitzenhandschuhe ab.

Kapitel 17

Eine Spur der Rache

Wir stiegen die Marmortreppe hinab in den Garten. Entlang der Steinmauer, oberhalb derer die Terrasse lag, führte ein Trampelpfad und dichte Rosenbüsche. Obwohl es bereits bitterkalt war, sprießten noch immer vereinzelte Blumen. Selbst im schummrigen Licht, das uns von den Fenstern aus kaum noch erreichte, war ihre Schönheit unverkennbar. Ich schob die Zweige beiseite. Wie sollte ich in dem Gewächs einen kleinen Ohrring finden1?

Rebecca kam so nah heran, dass ich ihren Atem spüren konnte.

»Siehst du ihn?«, fragte sie hoffnungsvoll.

»Nein, aber ich könnte schwören, es war ...« Meine Stimme versagte, als eine kalte Hand meinen Nacken berührte und sich dünne, lange Finger um meinen Hals legten.

»Wie köstlich ängstlich dein Herz schlägt, meine Werteste«, flüsterte Rebecca in mein Ohr. »Umso süßer wird der Geschmack deines Fleisches sein.« Sie schnalzte mit den Lippen. »Angst ist ein vortreffliches Gewürz.«

Ich keuchte, als sie ihre Nägel in meine Haut bohrte und mir die Luft abschnürte.

»Was soll das?«, japste ich und versuchte mich aus Rebeccas Fängen zu befreien, die dornigen Äste sowie das steife Korsett waren wie Fesseln. Keuchend packte ich Rebeccas eisige Hand und versuchte vergeblich, ihren Griff zu lockern.

»Ich hatte einmal so ein Medaillon wie deines. Es wurde mir vor langer Zeit von einem elenden Dieb gestohlen. Die Ähnlichkeit ist

verblüffend und dabei hatte der Goldschmied mir versichert, es wäre ein Unikat – ich bezweifle, dass er gelogen hat.«

Mir stockte der Atem.

»Denn er hatte keine Gelegenheit, weitere Stücke anzufertigen.« Rebecca rückte näher, sodass ihre Lippen mein Ohr berührten. »Also verrate mir bitte, woher du es hast.«

Ich hätte nicht für möglich gehalten, dass sie mich tatsächlich angreifen würde. Allein dass sie ein Dämon war, hatte ich nicht vollends geglaubt, doch nun war jeder Zweifel beseitigt. Was sollte ich jetzt tun? Wie rausreden? Mir ging die Luft aus.

»Mh«, keuchte ich, doch ihre Krallen an meinem Hals schnitten mir die Stimme ab. Mit ihrer anderen Hand strich sie meinen Rücken hoch und hielt unter meinem linken Schulterblatt. Jeder einzelne ihrer fünf Nägel bohrte sich durch den Stoff des Kleides und meine Haut wie Messer. Mir fehlte der Atem zum Schreien. Ich schlug mit den Armen um mich, doch erreichte sie nicht, und je weniger Sauerstoff ich aufnahm, desto kleiner wurde der Radius meiner Bewegung.

Was tat sie da? Die Narben auf Darvills Haut schossen mir in Erinnerung. Er hatte gesagt, Dämonen fräßen Herzen! Wollte sie mit der bloßen Hand an mein Herz gelangen? Die Tränen quollen mir aus den Augen. Ich hatte die Gefahr unterschätzt – und das nicht zum ersten Mal, aber möglicherweise zum letzten.

»Lass sie gehen, Rebecca.«

Noch nie war ich so glücklich gewesen, diese selbstgefällige Stimme zu hören. Ich wollte den Kopf drehen, aber Rebecca umklammerte meinen Hals so fest, dass meine Sicht verschwamm.

»Ah, jetzt verstehe ich«, schnurrte Rebecca mit einem Lachen in der Stimme. Mit einer Wucht, die keine einfache Frau hätte aufbringen können, stieß sie mich von sich, sodass ich gegen die Mauer prallte und im Gebüsch zusammensackte.

»Wie schön, dich wiederzusehen, mein liebster James.«

Alles drehte sich, und Rebeccas Worte klangen, als kämen sie vom anderen Ende einer leeren Halle und nicht direkt neben mir. Meine Erleichterung darüber, dass sie von mir abgelassen hatte, konnte ich nicht in Worte fassen, doch die Schmerzen und meine Orientierungslosigkeit dämmten jegliche Freude. Keuchend rieb ich die wunde

Haut am Hals und tastete nach der Wunde am Rücken, sie brannte, als hätte Rebecca sie in Flammen gesetzt.

Langsam stemmte ich mich hoch, meine Gedanken wurden klarer, das Rauschen in den Ohren verklang, nur meine Beine waren schwach und zitterten, ebenso wie meine Hände. Sie wollten mir nicht recht gehorchen und machten es mühsam, mein Kleid von den Zweigen zu befreien. Zum Glück vereinnahmte Darvill die ganze Aufmerksamkeit des Dämons. Erst jetzt traute ich mich, zu ihnen aufzusehen.

»Deine Wachsamkeit lässt immer nach, wenn du etwas siehst, das du willst – seien es attraktive Dinge oder Menschen«, bemerkte Darvill mit einem arroganten Grinsen.

Rebecca warf ihr Haar zurück. Erst jetzt bemerkte ich, wie sich die Gesichtszüge der Frau verändert hatten. Die schönen Augen hatten sich purpurrot verfärbt, die üppigen Lippen zu einem breiten Grinsen verlängert, das teuflisch scharfe Zähne enthüllte, die Porzellanhaut hatte einen gräulichen Ton angenommen und die eleganten Hände waren knochig geworden. Am abscheulichsten waren die Nägel – schwarz, krumm und so lang wie die Finger selbst. Kein Wunder, dass sie mein Kleid mit Leichtigkeit zerrissen hatte.

»Du kennst meinen Geschmack ziemlich gut.« Das Monster hielt inne und legte den Kopf zur Seite wie ein verspieltes Kätzchen, das überlegte, ob es sich auf eine Ratte stürzen sollte oder nicht. »Welchem Umstand verdanke ich das Vergnügen? Ich dachte, wir hätten ein gegenseitiges Einverständnis, uns nie wieder über den Weg zu laufen? Dich hätte unser letztes Treffen fast dein Leben und mich meinen guten Ruf gekostet.«

Darvill trat vor. Sein Gehstock sank in den Kies. Der rote Mantel stand in starkem Kontrast zu der weißen Engelsstatue hinter ihm. Sein Anblick ließ mein Herz höherschlagen, und meine Sinne wurden klarer.

»Mir ist ein solches Abkommen nicht bekannt.« Die Stimme des Mannes war messerscharf. »Mein Verständnis ist und war immer, dass ich derjenige sein werde, der deine elende Existenz beendet. Es war sehr dumm von dir, mich laufen zu lassen. Ich hatte damals wirklich geglaubt, ich könnte etwas gegen dich ausrichten, als ich dich nach unserem Dinner nach Hause geleitete. Doch ohne mit

der Wimper zu zucken, hattest du mich am Boden, noch bevor ich angreifen konnte.«

Sie lachte auf. »Ihr Gentlemen seid doch alle gleich. Du dachtest, nur weil du mir den Hof machst, würde ich mich verlieben und dich verschonen. Aber genau wie du hatte ich meine eigenen Vorstellungen, wie unsere Beziehung verlaufen würde.« Sie grinste breit und zeigte dabei ihre Zähne, die an das Gebiss eines Wolfes erinnerten. »Zugegeben, ich hatte gehofft, dass du mir einen Antrag machst, damit ich anschließend auf tragische Weise zur Witwe hätte werden können.« Sie leckte sich die Lippen. »Wie bei meinen siebenundzwanzig Ehen zuvor. Ich habe ja nicht ahnen können, dass ein Edelmann wie du ein Jäger ist.« Sie rümpfte angewidert die Nase. »Diese Perversion gehört zumeist dem Pöbel an.«

Darvill schnaubte. »Wenn jemand gleich ist, dann ihr Dämonen. So kommt ihr alle an eure Vermögen, aber ich muss schon sagen, nur wenige sind so dreist wie du. Sonst lassen sie zumindest einige Jahre verstreichen, du hingegen nimmst deinen Gemahlen schon nach wenigen Wochen das Leben und traust dich auch gleich wieder raus in die Gesellschaft. War nicht gerade vor zwei Monaten erst die letzte Beerdigung?«

»Du hast recherchiert, ich fühle mich geschmeichelt.« Sie knackte ihren Nacken nach links. »Ich weiß nun mal meine Karten auszuspielen. Wer die Menschen fasziniert und in seinen Bann zieht, muss sich für seine Schandtaten nicht rechtfertigen.«

Darvill schüttelte den Kopf. »Rechtfertigen vielleicht nicht, zahlen wirst du dafür dennoch. Bei unserem letzten Aufeinandertreffen war ich verletzt, dieses Mal bin ich im Besitz meiner vollen Kraft.«

Rebecca prustete los. »Ich erinnere mich. Dein sogenannter Partner war auf dich losgegangen. Wie jämmerlich.«

Ihre Worte waren wie ein Blitz, der durch mich hindurchjagte. So viele Fragen brannten mir auf den Lippen – intensiver sogar als die Wunde auf meinem Rücken. Zeit, sie zu stellen, blieb mir nicht. Darvill machte einen Satz vor und rannte mit einer Geschwindigkeit auf sie zu, die ihn vor meinen Augen verschwimmen ließ. War er wirklich so schnell oder waren meine Sinne noch nicht gänzlich wiederhergestellt?

Rebecca zuckte zum Gegenangriff und sprang ihm entgegen, doch er glitt an ihr vorbei und kam direkt vor mir zum Stehen. Mit prüfendem Blick sah er an mir herab und seufzte kaum wahrnehmbar.

»Es tut mir –«, setzte ich mit heiserer Stimme an.

»Wir reden später«, unterbrach er firm und packte mich am Nacken. Als er seine Hand zurückzog, war darin das Medaillon. Er drehte sich zur Dämonin und stürzte sich mit erhobenem Stock auf sie. Rebecca packte das spitze Ende seiner Waffe, kurz bevor es ihre Brust berührte, und hielt dagegen. Die Wendung kam so plötzlich, dass sie mich zurückzucken ließ. Atemlos folgte ich jeder ihrer Bewegungen.

»Glaubst du wirklich, dass du mich mit bloßer Gewalt überwältigen kannst?« Ihre Stimme hatte nicht mehr den angenehmen Klang von vorhin, sie war rau wie das Kreischen einer Krähe.

Die dämonische Frau drängte ihn Stück für Stück zurück. Darvills Absätze hinterließen tiefe Schlieren im Boden, als er versuchte, ihr standzuhalten. Mit einem Ruck zog er seinen Stock zurück, um erneut anzugreifen, da zückte Rebecca einen dünnen Dolch mit greller Silberklinge unter ihrem langen flatternden Rock hervor.

Die beiden Waffen trafen klirrend aufeinander.

»Mein lieber James«, flüsterte Rebecca und unterdrückte die Anspannung in ihrer Stimme. Sie war überraschend stark, Darvill aber auch. »Du wirst mich nicht besiegen – wenn du Glück hast, kommst du vielleicht lebend raus, dasselbe kann ich deiner Gefährtin nicht versprechen.« Rebecca warf einen Blick in meine Richtung. Darvill folgte ihrem Blick, und seine Gesichtszüge nahmen einen Ausdruck an, den ich noch nie zuvor bei ihm gesehen hatte: Seine Brauen zogen sich sorgenvoll zusammen.

»Schmecke ich da etwa Angst?«, fragte Rebecca gierig. In dem Moment wurde ihr Gesicht noch grausiger, als blaue, pulsierende Adern darauf hervortraten. Sie stieß Darvill zurück, und er geriet ins Stolpern, konnte sich aber gerade noch fangen und auf den Beinen halten.

»Das ist ja interessant, hat das Mädchen dieses Gefühl in dir geweckt?« Sie machte einen Schritt auf ihn zu.

Darvills Blick wanderte zu mir und wieder zu Rebecca. Seine Miene wurde finster. »Nein, sie ist mir egal!«

Diese Aussage versetzte mir einen Stich, doch mir blieb nicht die Zeit, darüber nachzudenken. Darvill rannte auf sie zu, sie parierte wieder mit dem Dolch. Ihre Waffen kamen auseinander und zusammen. Wieder und wieder.

»Du magst versuchen, es zu verstecken«, stöhnte Rebecca, als sie Darvills Angriff auswich und zum Gegenschlag ausholte, »aber deine Angst schwächt dich.«

»Halt den Mund«, donnerte Darvill und hielt dagegen.

»Lass uns zu einer Übereinkunft kommen.« Sie drückte mit ihrem Dolch gegen seinen Stock. Die Anstrengung war beiden ins Gesicht geschrieben. »Du kannst einfach nicht gewinnen, und ich bin in besonders guter Stimmung nach unserem nostalgischen Wiedersehen. Lassen wir es also dabei bewenden?«

Darvill warf wieder einen sekundenschnellen Blick zu mir herüber. »Wenn du so siegessicher bist, dann bring es zu Ende. Oder bist du es etwa, die Angst hat?«

»Ich und Angst? Ha! Ich will nur mein Kleid nicht ruinieren und mich vor all den Leuten blamieren«, erwiderte sie mit einer gefährlichen Schärfe, die mir einen Schauer über den Rücken laufen ließ.

Sie stießen sich voneinander weg und führten ihre Waffen erneut zusammen. Sowohl Darvills als auch Rebeccas Gesichtszüge waren todernst, von dem arroganten Geplänkel war keine Spur geblieben. Ich hatte noch nie eine solche Entschlossenheit und mörderische Absicht in den Augen eines Menschen gesehen.

»Sagen wir also einfach, dass ich euch beide an einem anderen Tag töten werde, und das wird euch etwas mehr Zeit verschaffen, um euch der Fantasie hinzugeben, dass du die geringste Chance gegen mich hast.«

Darvill biss die Zähne zusammen und fluchte leise. Die Enttäuschung in seinem Gesicht war offensichtlich. Er musste sich für stärker gehalten haben.

»Also gut«, sagte er.

Langsam senkten die beiden Dolch und Stock.

»Deine Vernunft habe ich schon immer an dir geschätzt«, spottete Rebecca. »Deshalb mag ich dich so sehr.«

»Erspar es mir«, knurrte Darvill wütend.

Das Bild seiner vielen Narben blitzte vor meinen Augen auf und machte deutlich, wie sehr Rebecca und all die anderen Dämonen ihn mögen mussten.

Der Rotschopf grinste. »Au revoir, mon amour«, zwitscherte sie, zog ihre Spitzenhandschuhe hervor und wieder an und wandte sich der Marmortreppe zu, die zum Herrenhaus führte.

In diesem Moment warf sich Darvill erneut auf sie, doch sie sprang auf und schnitt ihm in die Schulter.

»Du bist ein Idiot«, fluchte sie und stapfte wütend zurück zum Haus. Darvill sackte zu Boden. Wütend fasste er sich an seine Schulter, verfolgte Rebecca aber nicht, da sie dem Licht zu nahe gekommen war.

»Ich kann es nicht riskieren, gesehen zu werden«, zischte er leise und umklammerte seine blutende Wunde.

Ich rannte zu ihm, meine Knie zitterten. Nun gab es keine Zweifel mehr daran, dass alles, was Darvill erzählt und Eric in sein Notizbuch geschrieben hatte, stimmte.

»Ist sie wirklich so stark?«, fragte ich atemlos, während ich versuchte, Darvills grimmigen Blick zu deuten, der auf Rebecca fixiert war. Kurz bevor sie das Gebäude betrat, versteckte sie den Dolch wieder an seinem Platz und warf einen letzten Blick zu uns. Ihr Gesicht war wieder menschlich geworden.

»Ja«, gab er mit hochzuckenden Mundwinkeln zu und richtete sich wieder auf, »und doch hatte sie Zweifel an dem Ausgang des Gefechts. Sonst hätte sie niemals auf ein solches Angebot beharrt.«

Ich sah ihn an, unfähig zu erkennen, was er damit meinte.

»Sie war so erpicht darauf, der Situation zu entkommen, dass sie noch nicht einmal versucht hat, dich ernsthaft anzugreifen. Das zeigt, dass sie nicht annähernd so siegessicher war, wie sie tat. Nächstes Mal kriege ich sie.«

Das waren tröstende Worte, dennoch vertrieben sie nicht die Sorgen.

»Sie schienen sich Ihrer Sache ebenfalls sicher, warum haben Sie es dann nicht beendet?«, fragte ich ängstlich und dachte an all die Menschen auf dem Ball, aus denen sie sich nun womöglich ein anderes Opfer suchen würde und wir nur tatenlos bleiben konnten.

Darvill sah vorwurfsvoll zu mir herüber. »Sei dankbar, dass du am Leben bist. Hätte der Kampf weiter angedauert, wäre das keine Garantie gewesen, die ich dir geben könnte, und unsere Abmachung war, dass ich dich beschütze.«

»Dankbar?«, erwiderte Ich ungläubig. »Sie haben mich in diese ganze Sache verwickelt und gemeint, mir würde nichts passieren!« Ich wollte wütender klingen, aber ich war zu erschöpft dafür.

»Ich habe dir eine Wahl gelassen, du bist aus freien Stücken hier. Und mit keiner Silbe habe ich erwähnt, dass du mit Rebecca allein in den Garten gehen sollst. Die Menschenmenge war dein Schutz, wie konntest du nur so dumm sein?« Darvill baute sich vor mir auf. Mein Blick wanderte unwillkürlich zu seiner Wunde und wurde von ihr gebannt. »Ich habe nie gesagt, dass dir nichts passieren wird. Mein Versprechen lautete, dass ich dich beschützen würde, und das habe ich erfüllt.«

»Ich dachte nur ...« Was auch immer ich gedacht hatte, es ergab nun keinen Sinn mehr. »Ich wollte mich mit ihr anfreunden, damit sie sich mir anvertraut.«

»Dämonen schätzen keine Freundschaft. Sie sind allerdings arrogante Angeber und plaudern aus dem Nähkästchen, wenn sie sich in Sicherheit wiegen oder denken, dass ihr neues Opfer sowieso nicht lang zu leben hat, um es weiterzuerzählen.«

»Das sagen Sie mir jetzt?«

»Ich hatte gehofft, je weniger du weißt, desto unerschrockener wärst du. Dämonen können Angst nämlich schmecken. Doch ich habe mich verkalkuliert. Es ist meine Schuld. Dieses eine Mal.«

Ich starrte ihn verdattert an. So ein Zugeständnis hätte ich aus seinem Mund nie erwartet und war sprachlos. Weiter zu streiten war sinnlos, und ich war tatsächlich dankbar, am Leben zu sein.

Darvill mochte denken, er wäre stark genug, um sich Rebecca entgegenzustellen, aber ich wusste, dass ich es nicht war. Seine blutende Schulter verdeutlichte, wie viel schlimmer es hätte kommen können.

»Lassen Sie mich Ihre Verletzung verarzten«, bot ich an und legte die Finger sanft an seinen Arm.

»Zuerst gehen wir nach Hause zurück«, entgegnete er, packte meine Hand und drückte sie. »Du hast trotz allem gute Arbeit geleistet.«

Nun hatte er mir doch tatsächlich ein Kompliment gemacht. Erst tadelte er mich und jetzt lobte er plötzlich. Wie konnte ein Mensch nur so launenhaft sein?

Darvill verschwendete keine Zeit und wies den Weg in den Garten. Ich warf einen letzten Blick auf die hellen Fenster und die tanzenden Menschen dahinter. Dann schaute ich auf das ramponierte Kleid und seufzte. So schnell war der Traum verflogen.

»Kommst du?«, erklang Darvills Stimme aus der Dunkelheit.

»Ja«, antwortete ich und lief ihm nach.

Er wartete vor der Rosenhecke, darin war ein schmaler Spalt.

»Darf ich bitten?« Einladend hielt er seine gute Hand hin. Das Kleid war zwar bereits ruiniert, doch hindurchpassen würde ich dennoch nicht, dafür war der Rock zu breit.

Als ob er meine Gedanken gelesen hatte, kniete er sich vor mich und zerriss den Stoff, bis ich nur noch im Unterrock vor ihm stand. Damit endete das Lady-Dasein nun endgültig. Seinen Platz nahm Scham ein, und ich hoffte, dass Darvill mein rotes Gesicht in der Dunkelheit nicht sehen konnte, oder dass der Rest Puder es verdeckte. Er legte einen Teil des abgerissenen Stoffes um meine zitternden Schultern.

»Danke«, hauchte ich.

Er nickte grimmig.

Seiner Anweisung folgend, quetschte ich mich durch den Spalt. Auf der anderen Seite wartete vor einem Waldrand die Kutsche. Außer des Anwesens, von dem wir kamen, waren hier in der Gegend kaum Häuser.

Darvill bestieg die Kutsche, doch ich zögerte. Der Abend hatte mich zu sehr verstört, um allein in ihr fahren zu wollen.

»Darf ich neben Ihnen sitzen?«

»Darfst du.« Seine Stimme war wesentlich sanfter, doch er sah mich nicht an. Mit einer Hand nahm er die Zügel, die andere legte er in den Schoß. Das Blut hatte seinen Ärmel durchtränkt, und die Wunde schmerzte bestimmt sehr.

Meine Gedanken wanderten zu Rebeccas unerwarteter Stärke und Beweglichkeit sowie ihrer Verwandlung und der grausamen Drohung, mein Herz zu fressen. Auch wenn ich nicht alles verstand, was

geschehen war, hatte ich genug gesehen und wusste, dass es meine Pflicht war, Darvill zu helfen. Wenn es solche Kreaturen gab, mussten sie aufgehalten werden.

Vielleicht hatte Eric irgendwann dasselbe gefühlt. Wenn ich ihn doch nur sehen und mit ihm reden könnte. Hoffentlich ging es ihm gut, wo auch immer er war. Auch wenn ich ihn nie finden würde, wenigstens zu wissen, dass weder Rebecca noch ein anderer Dämon sein Herz gefressen hatte, würde mir nach den heutigen Ereignissen ausreichen.

Die Fahrt zog an mir vorbei, auch die Ankunft am Haus bemerkte ich kaum, da meine Wahrnehmung benommen war durch die Erschöpfung. Die Umgebung registrierte ich erst wieder richtig, als wir in Darvills Schlafzimmer waren und ich die ramponierten Handschuhe abnahm, um seine Wunde zu säubern und zu verbinden.

»Du bist ungewöhnlich still, Susanna.« Darvills Tonfall war sanft und einfühlsam, aber meine Ohren waren momentan taub gegenüber Trost.

»All dieser Horror …«, stieß ich hervor. »Ich hatte keine Ahnung.«

»Ist Unwissenheit nicht ein wahrer Segen?«

»In der Tat«, flüsterte ich. Plötzlich sprangen meine Gedanken zu einer ganz anderen Erinnerung des heutigen Abends, und ich konnte nicht anders, als diese zu erwähnen. »Sie haben mich attraktiv genannt.«

Darvill schmunzelte. »Ist das der Horror, von dem du eben sprachst?«

Ich sah zu ihm auf und konnte mir ein Lächeln nicht verkneifen. Darvill schaffte es, in der verzweifeltsten Situation Humor zu finden.

»Das war nicht der größte Horror«, gab ich zu.

»Was für eine Erleichterung.« Darvill tat so, als wischte er sich mit seiner gesunden Hand unsichtbaren Schweiß von der Stirn.

»Bitte schön«, sagte ich, »alles verbunden.«

Er betrachtete die Arbeit. »Ich wage zu behaupten, du hättest eine gute Krankenschwester werden können.«

Ich zuckte die Achseln. »Mein Bruder hat sich in seiner Werkstatt ziemlich oft verletzt, und später, als er nachts ausging …« Ich hielt inne, mir wurde klarer denn je, was die Verletzungen verursacht haben musste, »… um mit Ihnen auf Streifzug zu gehen.«

Neugierig beobachtete Darvill mich. Ich tat so, als ob ich seinen aufmerksamen Blick nicht bemerkte, und pulte ein wenig an seinem Verband herum.

»Er hat sich immer geweigert, einen Arzt aufzusuchen«, führte ich weiter aus und versuchte seine Aufmerksamkeit von meinem Gesicht abzulenken, indem ich den Knoten zurechtzupfte, »und so gewöhnte ich mich daran, mich um seine Wunden zu kümmern.«

»Ich verstehe«, sagte Darvill, und ich konnte schwören, dass in seiner Stimme ein Anflug von Bewunderung lag.

»Ich muss zugeben, dass ich ein bisschen Angst vor Rebecca habe«, verriet ich zögerlich.

»Das ist sehr klug von dir«, erwiderte Darvill. »Es versteht sich von selbst, dass du in meiner Nähe bleiben musst, solange sie noch auf freiem Fuß ist. Rebecca verzeiht nicht.« Sein Gesichtsausdruck verdunkelte sich. »Ich hatte heute Abend ein anderes Ergebnis erwartet, muss aber jetzt zugeben, dass ich meinen Feind unterschätzt habe. Trotz all meiner Vorbereitung und jahrelangem Training konnte ich sie nicht besiegen. Allerdings verstehe ich nicht warum.« Darvill führte seinen Daumen zum Mundwinkel und verlor sich in Gedanken.

»Sie haben gesagt, um einen Dämon in einem Objekt zu versiegeln, braucht man einen starken Geist. Könnte in diesem Moment etwas den Ihren geschwächt haben?«

»Du könntest recht haben«, gab er vorsichtig zu.

»Erst attraktiv, und jetzt geben Sie mir auch noch recht? Ihr Geist muss wirklich geschwächt sein«, scherzte ich.

Darvill kniff die Augen zusammen und fixierte mich weiter. Meine Handflächen wurden feucht.

»Es ist deine Schuld«, sagte er.

Ich prustete los. »Da ist er wieder, der Darvill, den ich kennen- und hassen gelernt habe.«

»Rebecca ist eine sehr vorsichtige Person, die sich immer mit Dienern umgibt oder sich in der Menge der Gesellschaft versteckt. Sie sorgt dafür, dass sie gesehen und wahrgenommen wird. Jemand wie sie ist nicht ohne Feinde. Die Öffentlichkeit ist ihr bester Schutz, und das macht es so schwer, an sie heranzukommen. Zudem wechselt sie oft ihren Standort. Diese Frau ist nur halb so stark wie gerissen.«

Mit einem Ziehen im Herzen bemerkte ich die Leidenschaft, mit der Darvill von ihr sprach. Zwar war er von dem Wunsch nach Rache beseelt, gleichzeitig war Leidenschaft immer noch Leidenschaft. Ihn so von Rebecca schwärmen zu hören, gepaart mit den Andeutungen einer vorangegangenen Beziehung zwischen den beiden, weckte ein unangenehmes Gefühl in mir.

Darvill war so aufgeregt, dass er aufstand und im Schlafzimmer auf und ab ging. »Ich dachte, ich könnte dich benutzen, um sie herauszulocken, doch als sie dich angriff und ich beobachtete, wie du von ihr verletzt wurdest, konnte ich nicht anders, als Angst um dich zu empfinden. Ich wollte es nicht glauben, Rebecca hatte recht gehabt.« Er schlug mit der Faust in seine Handfläche und schien seine verletzte Schulter völlig vergessen zu haben. »Das hat meinen Geist geschwächt!«

Ich starrte ihn ungläubig an.

»Sie haben doch gesagt, ich sei Ihnen egal.«

»Hätte ich, deiner Meinung nach, Rebecca gegenüber meine Schwachstelle zugeben sollen?«

»Ich bin Ihre Schwachstelle, Sir?«

»Bilde dir nichts drauf ein.«

»Werde ich aber.«

Er verdrehte die Augen. Es stimmte also, und er hatte sich tatsächlich Sorgen um mich gemacht? Die ganze Zeit hatte er mich nur erpresst und ausgenutzt, und jetzt war er plötzlich um mich besorgt? Mittlerweile musste ich mir eingestehen, dass sein Zweck die Mittel rechtfertigte, und hätte er mich bei unserem ersten Aufeinandertreffen freundlich um meine Unterstützung gebeten, hätte ich nie zugestimmt. Wenn Darvill mir vom ersten Tag an von Dämonen erzählt hätte, hätte ich ihn für verrückt erklärt. Aber jetzt zu erfahren, dass ich mehr für ihn war als ein Mittel zum Zweck, stimmte mich seltsam fröhlich. Vielleicht lag es daran, dass ich ihn zu bewundern begann – er war immer noch ein arroganter Snob, aber ein Snob mit ein oder zwei versöhnenden Eigenschaften. Wenn man ihn dann noch mit den Gentlemen vom Ball verglich, rückte ihn das geradezu in ein vorteilhaftes Licht.

»Wie kann ich in Ihrer Nähe bleiben, wenn ich diejenige bin, die Ihren Geist schwächt?«, fragte ich nervös.

»Ha!«, bellte Darvill. »Da ich die Ursache nun kenne, kann ich meine Schwäche in eine Stärke verwandeln!«

Ich wünschte, ich könnte seinen Optimismus teilen. Mir blieb nichts anderes übrig, als ihm zu vertrauen, und genau davor hatte er mich eindringlich gewarnt. Gedankenverloren rieb ich mir den Hals und zuckte zusammen, als der Schmerz durch meinen Körper fuhr. Er war immer noch wund von Rebeccas Klauen. Nie wieder wollte ich vor einem Dämon so hilflos sein.

»Gibt es etwas, das ich tun kann?«, fragte ich hoffnungsvoll.

»Im Moment sollten wir uns beide ausruhen«, sagte Darvill mit Blick auf die große Standuhr am anderen Ende des Raums. Die Messingzeiger liefen auf die römische Fünf zu. »Am Morgen können wir unseren nächsten Schritt planen.« Er schien begierig darauf zu sein, es mit Rebecca aufzunehmen. Ich hätte gern etwas von seinem Selbstvertrauen. Aber er hatte recht. Erschöpfung nährte Pessimismus. Ich brauchte dringend Schlaf, um wieder klar denken zu können. Ich stand auf, um zu gehen, da packte Darvill mich an der Hand und hielt mich zurück.

»Was ist das?« Er berührte mit seiner Hand den zerrissenen Stoff auf meinem Rücken. »Warum habe ich das bisher nicht bemerkt?« Der plötzliche Anfall von Wut verbannte die Gelassenheit von seinen Gesichtszügen.

Ich hatte nur gespürt und nicht gesehen, was Rebecca getan hatte. Das ursprüngliche Brennen hatte sich mit der Zeit in ein Taubheitsgefühl verwandelt, was ich vehement zu ignorieren versucht hatte. »Das war sie.«

Darvill biss die Zähne zusammen. »Verdammt, warum hast du das nicht früher gesagt? Du verschwendest deine Zeit damit, meine Schulter zu verbinden, wenn du diejenige bist, die verarztet werden muss.«

Ich drehte den Kopf, um zurückzuschauen, konnte mich aber nicht weit genug beugen. »Wie schlimm ist es?«

»Es sieht aus, als hätte dich ein Tiger mit seinen Krallen erwischt.«

»Ich wünschte, es wäre nur ein Tiger gewesen.«

Darvill seufzte. »Es tut mir leid.« Seine Stimme überstieg kaum ein Flüstern.

»Ich hatte schon Schlimmeres«, kopierte ich kleinlaut seine Worte.

»Wirklich?«

»Nein.«

»Dachte ich mir.«

Er nahm mich an beiden Schultern und setzte mich mit dem Rücken zu sich aufs Bett. Dann griff er durch das Loch im Korsett und riss die Rückseite des Kleides auf. Die Überraschung darüber raubte mir die Sprache. Mein Kopf wurde heiß, doch ein Protest hatte nun eh keinen Sinn mehr. Meine Kleidung war in Fetzen, und jetzt auf Anstand zu beharren, würde nur albern wirken.

Mucksmäuschenstill ließ ich die Prozedur über mich ergehen, während Darvill die Reste des zerlumpten Korsetts entwirrte und ich mich an die letzten Stofffetzen klammerte, um meine Brust zu verdecken.

Ein Zittern fuhr durch meinen Körper, als seine Finger meine Haut berührten. Zwar wollte ich nicht, dass Darvill mich so sah, doch wäre mir auch niemand anderes lieber gewesen. Mit einem nassen Tuch, das höllisch brannte, säuberte er die Wunde. Während ich Zähne und Lippen zusammenbiss, wagte ich nicht, mich zu rühren.

»Susanna?«

»Ja«, hauchte ich vor Scham fast zergehend.

»Ich muss jetzt einen Verband um dich machen«, erwiderte er vorsichtig.

»Ja.« Ich konnte nicht mehr sagen, da er sonst meine Stimme brechen hören würde.

»Dafür musst du das Kleid loslassen.«

Mir wurde schwummrig. »Muss das sein?«

»Wenn du willst, dass die Wunde heilt.«

Ich schluckte schwer. Nach der Verarztung brannte die Stelle mit jeder Regung mehr. Meine Arme konnte ich kaum heben, ohne dass es sich so anfühlte, als würde meine Haut am Rücken aufreißen.

Langsam ließ ich die Hände sinken, und der letzte Rest Stoff, der meinen Oberkörper verdeckte, glitt zu Boden. Die Kälte um meine Brust ließ mich erzittern.

Es hätte Darvill ähnlichgesehen, einen spöttischen Kommentar von sich zugeben, so etwas wie: mich nackt zu sehen wäre eine größere Zumutung für ihn als für mich. Doch er blieb still hinter mir sitzen. Diese Stille machte die Situation schmerzlicher als die Wunde. Wie könnte ich Darvill je wieder in die Augen blicken, wissend, dass er mich so gesehen hatte?

Ich hörte das Rascheln des Verbandes.

»Kannst du die Arme heben?«

Ich streckte die Ellenbogen von mir, allein das führte zu einem unangenehmen Ziehen am Rücken, und ich konnte mir ein Stöhnen nicht verkneifen.

»Ich weiß, dass es wehtut, Susanna«, flüsterte Darvill. »Du brauchst nicht so zu tun, als spürtest du nichts. Wenn du schreien willst, schrei.«

Mit seiner Erlaubnis fingen die Tränen an zu kullern und setzten ein Wimmern frei. Auch diesen Anblick wollte ich Darvill ersparen. Ich fühlte mich so schwach und lächerlich.

Er blieb zu meiner großen Erleichterung hinter mir und wickelte die Binden von dort um mich herum. Gelegentlich streifte sein Handgelenk meine Haut. Doch er tat dies so vorsichtig, dass es mir nach einer Weile nicht mehr so viel ausmachte, und mit dem Halt um die Wunde nahm auch der Schmerz leicht ab, wenn ich mich regte.

Zuletzt legte er etwas Warmes und Flauschiges auf meine Schultern. Es war sein Morgenmantel.

»Danke«, hauchte ich und wickelte ihn fest um mich.

Ich spürte seine Hand auf meiner Schulter.

»Danke dir«, sagte er. »Mein Kampf ist einsam und gefährlich. Ich kann es mir nicht leisten, die Gefühle anderer zu berücksichtigen, aber das bedeutet nicht, dass es mir nicht leidtut, Susanna. Für alles.« Seine Stimme war rau. »Wenn es dir ein geringer Trost ist, so verspreche ich dir als Gegenleistung für deine Opfer, dass wir deinen Bruder finden werden.«

Der Atem stockte mir. »Das wäre schön.«

Darvill schwieg einen Moment und sagte dann: »Sei dir bitte bewusst, dass ich, auch wenn es mir leidtut, alles noch einmal und auf genau die gleiche Weise tun würde. Susanna, ich mache Jagd auf

Dämonen und werde jeden benutzen, der mich meinem Ziel nur ein kleines Stückchen näher bringt.«

Ich biss mir auf die Unterlippe. Die Erlaubnis, mich auszunutzen, wollte ich ihm nicht geben, auch war ich nicht bereit, ihm die Erpressung vollends zu verzeihen, aber ich verspürte keinen Groll mehr. Nun verstand ich, was Timothy gemeint hatte. Das entschuldigte sein Handeln nicht, aber ich verstand ihn.

»Solange Sie alles tun, um Rebecca aufzuhalten …«

»Das werde ich.«

»Ich hoffe, es ist nicht zu spät und sie taucht unter.«

»Es gibt immer Hoffnung, und ich werde alles daransetzen, sie zu kriegen. Jetzt mehr als jemals zuvor. Allerdings sind das Sorgen für einen anderen Tag. Es wird Zeit, dass du dich ausruhst.« Er stand vom Bett auf und trat zum ersten Mal in mein Blickfeld. »Komm mit.«

Ich ergriff die Hand, die er mir entgegenstreckte, und er führte mich ins Zimmer neben seinem Schlafgemach. Als Erstes fiel mir das große Himmelbett auf. Das cremefarbene Kopfteil und die Säulen waren mit zopfartigen Verzierungen ausgeschmückt. Vorhang, Decke und Kissen waren beige mit hellrosa Streifen und golden schimmernden Veredlungen. Dieselben Farben wies auch der flauschige runde Teppich in der Mitte des Raumes auf, nur dass sein Muster blumig war. Ein Schrank, der trotz Breite elegant wirkte aufgrund der geschwungenen Form, die nach unten hin schmaler zulief, stand am anderen Ende des Zimmers, neben ihm war ein Frisiertisch mit heller Marmorplatte obenauf. In dem goldumrandeten Spiegel sah ich mich selbst, wie ich von Darvills Morgenmantel verschluckt wurde. An diesen Luxus würde ich mich nie gewöhnen.

Das Zimmer wurde gerade von den beiden Dienstmädchen hergerichtet, die mich für den Ball frisiert hatten. Darvills Mantel klammerte ich noch fester um mich. Darunter war nur noch der Unterrock, und ich hoffte, dass sie nicht allzu sehr auf meine Kleidung achten würden. Der Mantel war zumindest weit genug, dass er meinen Körper verdeckte.

Die beiden schauten kaum zu uns auf. Sie sahen verschlafen und zerzaust aus, als wären sie gerade aus dem Bett gefallen.

»Das reicht«, sagte Darvill bestimmt. »Megan, Fran, ihr könnt nun auch zur Nachtruhe gehen. Vielen Dank für eure Arbeit.«

Die zwei knicksten, dabei blickte Megan stur zu Boden und Fran versuchte ein Gähnen zu unterdrücken. Anschließend taumelten sie aus dem Zimmer.

»Wenn etwas ist, findest du mich nebenan«, versicherte mir Darvill und wandte sich ebenfalls zur Tür, hielt aber im Türrahmen und sah noch einmal zu mir. »Ich meine es so, du kannst jederzeit rüberkommen.«

Seine Ernsthaftigkeit jagte mir eine Gänsehaut ein. Er war ein ganz anderer Mensch, wenn er nicht arrogante Sprüche klopfte oder mich herumkommandierte. So wie jetzt, merkte man ihm seinen gehobenen Status regelrecht an, und das hatte eine sowohl einschüchternde als auch seltsam anziehende Wirkung.

Ich nickte. Wusste aber, dass ich auf keinen Fall das Angebot annehmen würde. Wie könnte ich auch? Dann müsste ich zugeben, dass ich mich nach seiner Nähe sehnte, und sosehr ich auch hoffte, dass ich ihm nicht egal war, so wusste ich ebenfalls, dass *nicht egal sein* nicht das Gleiche wie Zuneigung oder gar Liebe war.

Darvill trat hinaus und schloss die Tür hinter sich.

Ich lauschte seinen wenigen Schritten über den Flur und dem Öffnen und Schließen seiner Tür. Dann ging er einige Male im Zimmer nebenan auf und ab, bis schließlich sein Bett einmal leise knarrte und alle Geräusche verstummten.

Erst jetzt atmete ich auf und entspannte meinen verkrampften Griff um den Mantel. Ich legte ihn auf das Bett und befreite mich von den Überresten des Rocks. Dann nahm ich die Haarnadeln heraus, die die elegante Frisur bis zuletzt zusammengehalten hatten. Trotz des wilden Abends war diese noch völlig intakt, bis auf die eine oder andere Strähne. Kein Wunder bei so einem Drahthelm.

Die Locken regneten mit jeder Nadel, die ich aus ihnen löste, auf meine Schultern. Mein Kopf fühlte sich leichter an. Dann zog ich mir den Mantel wieder um den nackten Körper und kroch ins Bett. Aufgrund der Wunde konnte ich nur auf der Seite liegen, doch ich war so erschöpft, dass der Schlaf mich trotz Schmerzen überkam.

Kapitel 18

Ein Augenblick der Bestimmung

Ich schreckte aus dem Schlaf und setzte mich ruckartig auf. Das brennende Ziehen am Rücken erinnerte mich an die Geschehnisse des vergangenen Abends mit schwindelerregender Geschwindigkeit. Wie ein Eimer voll kalten Wassers spülten die Eindrücke auf mich herab, als würde ich sie noch einmal durchleben. Ein Zittern fuhr durch meinen Körper, und ich rieb mir die Augen, als könnte ich durch diese Geste die Bilder des gestrigen Albtraums aus meinen Sinnen wischen. Es brachte nichts. Rebeccas dämonische Grimasse hatte sich in meine Netzhaut eingebrannt, und mit geschlossenen Augen sah ich sie umso deutlicher vor mir, also öffnete ich sie wieder und schaute mich im Zimmer um.

Sonnenstrahlen drangen durch einen Spalt in den Vorhängen und legten einen leuchtenden Schimmer über das Mobiliar und die seidigen Stoffe. Ich war sowohl dankbar, in Sicherheit zu sein, als auch wütend, dass solch abscheuliche Kreaturen wie Rebecca unter uns Menschen wandelten. Mein Bruder hatte gegen sie gekämpft, und ich würde mit Stolz seinen Platz einnehmen. Meine Überzeugung konnte nun nichts mehr erschüttern. Ich gehörte an Darvills Seite.

Er hatte gesagt, ich könnte ihn jederzeit um Hilfe fragen, und an mir herunterschauend bemerkte ich, dass der Moment gekommen war. Bis auf seinen Morgenmantel hatte ich keinerlei Kleidung. Daran hatte gestern Abend niemand mehr gedacht. Ich konnte den Dämonen aber nicht nackt begegnen. Wobei Darvill in meinem derzeitigen Aufzug zu begegnen mir kaum besser erschien. Wenn ich daran dachte, dass er meinen bloßen Rücken gesehen und meine nackte

Haut berührt hatte, wurde mir schwummrig vor Scham, und die Wangen glühten so heiß, dass man ein Spiegelei darauf hätte braten können.

Ich schüttelte den Kopf. Meine Gefühlswelt war nicht relevant, und sicherlich hatte Darvill kaum Notiz von meinem Aussehen genommen. Schließlich empfand er für mich nicht das Gleiche wie ich für ihn. Das wäre absurd. Völlig absurd sogar! Und doch machte mein Herz einen Satz, als sich ein Fünkchen Hoffnung darin verirrte.

Schluss jetzt mit dem Unfug! Ich riss die Decke weg und sprang wütend über meine Gefühlsduselei vom Bett. Die ruckartige Bewegung jagte mir den Schmerz in den Rücken. Das brachte mich umgehend auf den Boden der Tatsachen zurück. Dämonen sollten meine Priorität sein und nicht Darvill. Den weiten Morgenmantel wickelte ich fest um mich und schritt zielgerichtet zur Tür. Als ich sie aufriss, kam der Herr des Hauses schnellen Schrittes vom anderen Ende des Flurs auf mich zu. Im Gegensatz zu mir war er wie immer elegant dunkel gekleidet in einem maßgeschneiderten Anzug aus schwarzer Seide und mit einer silbern gestreiften Weste, unter der ein grauer Hemdkragen hervorlugte. Sonst schenkte ich seiner Kleidung wenig Beachtung, mir fiel nur auf, dass sie bis auf den roten Mantel eher dunkel ausfiel, heute war der Kontrast zu meiner Aufmachung so stark, dass ich nicht anders konnte.

»Du bist endlich wach. Gut.« Er erreichte mich wenige Augenblicke später und rollte eine Zeitung aus wie ein mittelalterlicher Stadtausrufer, der gleich eine Bekanntgabe des Königs kundtun würde. »Er ist tot.«

Ich musterte das Mosaik aus schwarzer Tinte auf gelblichem Papier und erkannte darin ein vertrautes Gesicht. Mein Magen drehte sich, als ich das Schwarz-Weiß-Foto mit einem Namen verband.

»Sebastian Harrington«, hauchte ich atemlos. Über dem Bild des Gentlemans prangte das Wort *Mord!*. Ich erwartete einen Schwall Tränen, doch diese blieb aus. Mein Verstand konnte die Information kaum verarbeiten, versagte zu begreifen, dass jemand, mit dem ich vor wenigen Stunden gesprochen hatte, nicht mehr existierte. Entsprechend gefühllos fiel mein Ton aus, als ich mich sprechen hörte.

»Meinen Sie, das hat etwas mit Rebecca zu tun?«

Darvill schnaubte. »Ich habe keine Zweifel, aber leider auch keine Beweise.« Er rieb sich den Nacken.

»Wie hat die *Oxford Gazette* das so schnell publiziert?«

Darvill musterte mich argwöhnisch. »So schnell? Susanna, du hast siebenundzwanzig Stunden geschlafen.«

Ich fuhr zurück. »Wie bitte?«

»Nach den Erlebnissen wohl kaum verwunderlich. Jeder Mensch hat seine Belastungsgrenzen.«

»Ich habe einen ganzen Tag verpasst?«

Darvill nickte.

»Und dann war der Tag auch noch der letzte im Leben eines anderen«, murmelte ich, während mein Verstand noch immer gegen die neuen Informationen ankämpfte und sie nicht wahrhaben wollte.

»Meine Vermutung ist, dass Rebecca sich Sebastian bereits während des Balls als Opfer auserkoren hat und wir ihr fast dazwischengekommen wären.« Er knüllte die Zeitung in seiner Faust zusammen. »Ich verstehe, dass ich nicht alle Dämonen gleichzeitig erlegen kann, aber wenn mir einer so knapp entwischt, kurz vor seinem nächsten Raubzug, dann fühle ich mein Versagen deutlich.«

Immer wieder plagten mich Schuldgefühle, weil ich den Menschen in meinem Leben nicht gerecht wurde. Wie musste es da erst für Darvill sein mit seiner Profession? Eine solche Gemeinsamkeit zwischen uns hätte ich nicht erwartet.

»Wie dem auch sei«, brummte der Hausherr, »ich wollte dir nur mitteilen, dass ich mir aufgrund der aktuellen Geschehnisse selbst ein Bild vom Tatort machen möchte. Unser Aufeinandertreffen hat Rebecca zugesetzt, und sie hat unsauber gearbeitet, sonst wäre der Mord niemals so schnell entdeckt worden. Das ist meine Gelegenheit, nach Hinweisen und Schwachstellen zu suchen.«

»Ich komme mit!«

»Nein.« Sein Ausdruck war streng und unnachgiebig.

»Aber –«, war der Beginn meines Protestes, doch ich kam nicht dazu, ihn zu beenden.

»Rebecca wird es ohne Zweifel auf dich abgesehen haben, und ich kann es nicht riskieren, dass du ihr in die Arme läufst. Westford Manor ist momentan der sicherste Ort für dich, deswegen wirst du

hierbleiben.« Er trat bedrohlich nah an mich heran. »Habe ich mich deutlich ausgedrückt?«

Ich funkelte ihn an. »Ja.«

Die Neuigkeiten hatten auf mich eingeschlagen wie ein Schussfeuer, und es war das Beste, erst einmal in Deckung zu gehen und mich gefügig zu zeigen, bevor ich mich wieder mit Darvill in den Zweikampf traute.

Er sah an mir herunter. »Du bist sowieso in keiner Verfassung, aus dem Haus zu gehen.«

Ich griff nach dem Mantel und wickelte ihn erneut fest um mich. Meinen Aufzug hatte ich ganz vergessen.

»Ich wollte Sie fragen, ob ich mein Kleid, in dem ich vor dem Ball hergekommen bin, wiederhaben kann.«

»Das kommt darauf an.« Er schätzte mich ab. »Wirst du in dem Moment, in dem du es wieder hast, davonlaufen und dich in Schwierigkeiten bringen?«

»Meinen Sie wirklich, dass mich mangelnde Kleidung daran hindern würde?«

Er schnaubte. »Ich schätze nicht. Doch ich rate dir eindringlich, dich hier auszuruhen und zu Kräften zu kommen. Du nutzt mir nur lebend.«

Da war wieder diese kaltherzige Formulierungsweise. Und doch stimmte ich ihm zu, insofern ich keinesfalls sterben wollte, und schon gar nicht auf so sinnlose Weise. Rebeccas Angriff war mir lebhaft in Erinnerung. »Ich will mit Ihnen gemeinsam gegen diese Monster kämpfen, und ich werde dafür tun, was nötig ist.«

Ein selten aufrichtiges Lächeln bannte sich auf seine mürrischen Züge. »Das höre ich gern. Unter dieser Voraussetzung bin ich gewillt, dir dein Kleid bringen zu lassen.«

»Wie großzügig«, erwiderte ich. Noch bevor ich mein Augenrollen beenden konnte, packte mich Darvill am Arm.

»Ich meine es ernst.«

Er sah mir eindringlich in die Augen, sodass mein Herz zu rasen begann – das dumme Ding!

»Dir darf nichts passieren, also bleib hier und lass mich dich beschützen.«

Ich wandte den Blick ab, weil ich seinen kaum ertrug. »Ich sagte doch schon, dass das auch in meinem Interesse ist.« Meine Wangen wurden heiß, und ich schüttelte seine Hand ab, um eine größere Distanz zwischen uns zu ermöglichen, damit er mein rotes Gesicht nicht bemerkte.

»Dann sind wir uns einig. Ich versuche so schnell wie möglich wieder zurückzukommen.« Die zerknüllte Zeitung faltete er auf und warf einen kurzen Blick darauf. »Bis nachher, Susanna.« Er wandte sich ab und ging mit wehendem Jackett davon.

Ich schaute mich verloren um. Die Gemälde an den Wänden wirkten bedrohlicher in Darvills Abwesenheit. Es war fast so, als hätten sie Angst vor ihrem Bändiger und erstickten ihre Aura in seiner Gegenwart. Nun hielten sie sich nicht mehr zurück, und die Luft wurde erdrückend schwer. Mittlerweile war ich dies gewohnt und es beeindruckte mich weniger als noch zuvor. Zumal mir nun bewusst war, dass das alles Dämonen waren, die Darvill unterlegen waren und nicht wie Rebecca frei ihr Unwesen trieben.

Dass Sebastian Harrington tot war, jagte mir endlich den Schmerz in die Brust, den ich zu Beginn vermisst hatte. Er hatte voller Leben gesteckt, Hoffnungen und Träume gehabt – und das hatte Rebecca ihm auf grausame Weise genommen, so wie sie es bei mir versucht hatte. Mir drehte sich der Magen um. Sie hatte ihn nur getötet, weil ihr Versuch bei mir gescheitert war. Weil ich leben durfte, konnte er es nun nicht mehr. Meine Hand wanderte zu meinem Mund. Was für eine schreckliche Erkenntnis.

»Haben Sie einen Geist gesehen, Miss?«

Die Stimme des Dienstmädchens jagte mir einen Heidenschreck ein, als sie mich aus meinen Gedanken riss. Fran stand plötzlich vor mir mit meinem alten mintgrünen Kleid, Unterrock und der Unterwäsche auf dem Arm. In der Hand hielt sie meine braunen Stiefel. Besorgt musterte sie mich.

»So ähnlich«, scherzte ich halbherzig und nahm die Kleidungsstücke entgegen.

»Der Hausherr hat mich angewiesen, Ihnen dies zu bringen. Wenn ich etwas für Sie tun kann, dann zögern Sie bitte nicht, sich an mich zu wenden. Mr Darvill scheint sehr besorgt um Ihr Wohlergehen,

deswegen möchte ich sichergehen, dass es Ihnen in seiner Abwesenheit an nichts fehlt.«

Ich war gerührt. Fran war das genaue Gegenteil von Megan. »Vielen Dank, ich bin es nicht gewohnt, so zuvorkommend behandelt zu werden, sodass mir noch nicht einmal etwas einfällt, worum ich bitten könnte.«

Fran lachte. Es war ein so helles und fröhliches Geräusch, dass mir etwas leichter wurde um die Brust. Sie erinnerte mich mit ihrer offenen und aufgeschlossenen Art ein wenig an meinen Onkel. Auch sie schien einen Einfluss auf die Aura der Gemälde zu haben, denn diese wurden unmittelbar ruhiger, als würde die Anwesenheit eines reinen Herzens sie läutern. Das war eine interessante Erkenntnis, auch wenn es bestätigte, dass mein Herz anscheinend nicht sonderlich rein war. Wenn ich an mir arbeitete, könnte ich vielleicht eine ähnliche innere Stärke gegen Dämonen erlangen wie Fran.

»An Ihrer Stelle würde es mir wohl ähnlich gehen.« Sie dachte kurz nach. »Wie wäre es mit Tee und etwas zu essen?«

»Das klingt großartig!«, platzte es aus mir heraus. Mein Magen war so leer, dass man darin wahrscheinlich ein Echo hören konnte.

Fran lachte erneut. »Eine meiner leichtesten Übungen. Ich bin gleich wieder da.« Sie drehte sich um und dann wieder zu mir. »Außer Sie brauchen Hilfe beim Ankleiden?«

Ich winkte ab. »Nein, wirklich nicht.«

Sie lächelte breit und nickte. »Dann ist gut! Ich beeile mich.« Sie eilte davon.

Ich ging in mein Zimmer und legte den Mantel ab. Im Spiegel betrachtete ich meinen Rücken, doch durch die Bandagen konnte ich die Verletzung nicht sehen. Sie schmerzte noch immer, schränkte meine Bewegungen jedoch nicht mehr so stark ein wie zuvor.

Meine Kleidungsstücke legte ich auf dem Bett aus und zog sie eins nach dem anderen an. Sie rochen frisch gewaschen. Auch die Stiefel waren so sauber wie lange nicht mehr. Das war bestimmt Timothy gewesen, dafür würde ich ihm auf jeden Fall bei der nächsten Gelegenheit danken.

Als ich den letzten Knopf meines Kleides zuknöpfte, klopfte es auch schon an der Tür. Hinein kamen Fran und Megan mit einem

Rolltisch, auf dem ein dampfender Silberkessel sowie Geschirr und allerlei Leckereien Platz fanden.

»Ich wusste nicht, worauf Sie Lust haben, also bringen wir von allem ein bisschen, sowohl Süßes als auch Herzhaftes.«

Auf jedem Teller war ein kleines Kunststück angerichtet. Wüsste ich es nicht besser, würde ich behaupten, die Damen hätten eine Konditorei geplündert. Keine einzige der Speisen kannte ich und konnte somit auch nicht sagen, was süß und was herzhaft sein sollte. Jedes einzelne Gericht wirkte zudem eher wie die Miniatur eines exotischen Bauwerks als einfach nur Essen. Ich unterließ sämtliches Nachfragen, um mir die Blöße zu ersparen – nicht so wie damals mit den Karotten.

Während Fran mir das Besteck reichte, schenkte Megan den Tee ein und gab einen Löffel weißen Pulvers dazu. War das Zucker? Ich wollte mich nicht wieder blamieren, indem ich nachfragte. Der Zucker in Darvills Haus war wohl einfach feiner, als ich ihn von anderswo kannte, ebenso wie alles andere.

»Der Tee riecht lecker«, meinte ich stattdessen noch immer bemüht, die Mauer zwischen uns zu überwinden.

»Ich mag den Geruch von Lavendeltee ebenfalls sehr gern«, warf Fran freundlich ein, während Megan nur frostig und mit eiserner Miene dreinschaute.

Ganz eindeutig hatte sie kein Interesse an einer Freundschaft, aber ich würde mich nicht unterkriegen lassen, schließlich wollte ich meine innere Stärke trainieren, sodass die Dämonengemälde sich auch vor meiner Präsenz fürchteten. Ich würde Megans Kälte mit nichts als Güte begegnen.

Die beiden Frauen wünschten mir einen guten Appetit und verabschiedeten sich. Kaum war die Tür hinter ihnen ins Schloss gefallen, grub ich meine Gabel in das erste Kunstwerk. Es schmeckte unglaublich lecker, und ich schaufelte es so schnell hinunter, dass ich kaum Zeit hatte, die einzelnen Ingredienzien zu erraten. Beim zweiten wollte ich mir mehr Zeit lassen, doch auch das schmeckte so gut, dass es schneller weg war, als meine Geschmacksnerven sich orientieren konnten. Durstig trank ich den Tee und verbrannte mir dabei vor Gier die Zungenspitze. Doch das schreckte mich nicht davor ab, mir

noch eine Tasse einzuschenken und auch die um Nu zu leeren. Der Lavendeltee hatte ein herrliches Aroma und war sehr wohltuend.

Ich mampfte mich durch das gesamte Buffet und trank den halben Kessel. Anschließend war ich so müde, dass ich es mir auf dem Bett bequem machte. Eigentlich seltsam, dass mich der Schlaf überkam, da ich doch noch gar nicht so lange wach gewesen war. Allzu lang Gedanken machte ich mir nicht und driftete ins Traumland.

Kapitel 19

Ein Anflug von Angst

Ein langer Korridor erstreckte sich vor mir, entlang der Wände hingen die Porträts schöner Damen. Der Anblick sollte mir vertraut sein, und doch erschien er mir fremd.

Die Luft war stickig und schwül, als wäre ich in einem Gewächshaus und um mich herum stieg heißer Dampf auf. Schweiß brannte mir auf der Stirn und tief im Herzen die Angst. Wovor ich mich fürchtete, konnte ich nicht deuten, doch sie flutete mich wie ein Instinkt, dem ich blind vertraute. Flucht war alles, woran ich denken konnte, und so setzte ich meine Beine in Bewegung und rannte so schnell ich konnte, kam aber kaum vorwärts.

Unter zermürbender Anstrengung kämpfte ich mich vor, aber der Flur nahm kein Ende und der Dampf wurde immer dichter. Vor lauter Schweiß verschwamm meine Sicht, und es wirkte, als würden die Frauen in den Gemälden zum Leben erwachen und ihre Gesichter aus den Rahmen hervorkommen.

»Lauf!«, rief mir eine krächzende Stimme nach. »Lauf, bevor sie dich zu fassen bekommt!«

Mein Herz raste, die Lunge fing Feuer, doch so weit ich auch lief, der Korridor setzte sich immer weiter fort. Die Gesichter in den Gemälden wandelten sich zu dämonischen Fratzen.

»Lauf!«, kreischte erst eines, dann zwei, und schon bald schlossen sie sich zu einem unausstehlichen Chor zusammen. Meine Ohren schmerzten, als ich um mein Leben rannte.

Hinter mir sah ich aus dem Augenwinkel eine Hand mit langen Krallen nach mir packen. Sie grub ihre grausigen schwarzen Nägel in meine Schulter.

Mit einem Schrei fuhr ich hoch und erwachte schweißgebadet aus dem Albtraum. Schwer atmend schaute ich mich im dunklen Zimmer um und entdeckte Megan über mir stehen. Ich erschreckte mich vor ihrer unerwarteten Anwesenheit, doch gestand mir ein, dass sie bestimmt nicht grundlos da war.

»Ist etwas passiert?«, erkundigte ich mich besorgt. Ihr Blick schien gequält und doch irgendwie geistesabwesend. »Ist es Mr Darvill? Ist ihm etwas zugestoßen?« Meine Stimme klang panischer als beabsichtigt.

Bei der Erwähnung seines Namens zuckte das Dienstmädchen, blieb aber stumm. Mit einer Handbewegung wies sie mich an, ihr zu folgen. Mit Schwung sprang ich vom Bett, dabei zog die Verletzung an meinem Rücken unangenehm, doch war der Schmerz bei Weitem nicht mehr so schlimm wie zuvor.

In meiner eigenen Kleidung fiel mir jede Bewegung so viel leichter als im Ballkleid oder was am Ende davon übrig geblieben war.

Schnellen Schrittes folgte ich Megan hinaus auf den Flur. Eine Gänsehaut legte sich über meine Sinne, die noch von dem grausigen Traum betäubt waren. Die Gemälde entlang der Wände verschärften diesen Zustand. Zeit zum Grübeln blieb mir keine, da Megan davoneilte und ich hinterherhastete, um zu erfahren, was geschehen war.

»Wo gehen wir hin, Megan?«, fragte ich bang.

Stumm lief sie an den in Öl gebannten Dämonen vorbei, die das Mondlicht blass erleuchtete. War etwas so Schlimmes geschehen, dass es ihr die Sprache verschlagen hatte? Nun machte ich mir erst recht Sorgen.

Megan führte mich die Treppen hinunter bis in die Eingangshalle. Dort wartete eine mit einem roten Mantel verhüllte Figur.

»Darvill?«, sprach ich zögerlich und bemerkte sogleich, dass die Person viel kleiner und zierlicher war als der Hausherr.

»Nicht ganz«, erwiderte die liebliche Stimme einer Frau, und sie ließ die Kapuze von ihren kupfernen Locken gleiten.

Ein Blitz der Erkenntnis fuhr mir durch Mark und Bein.

»Rebecca«, hauchte ich atemlos und setzte zum Schrei an.

»Das würde ich lassen, wenn ich du wäre«, zwitscherte sie mit einem siegessicheren Schmunzeln auf den Lippen und hielt sich den Zeigefinger an die Lippen.

»Darvill ist nicht da, er folgt einer falschen Fährte, die ich gelegt habe, und ich würde nur ungern sein gesamtes Personal niedermetzeln.«

Der Schrei erstickte mir in der Kehle. Meine Gedanken schnellten zu Timothy und Fran. Ich konnte sie nicht Rebecca zum Fraß vorwerfen, nur um mein eigenes Leben zu schützen.

»A-aber«, stotterte ich, »er meinte doch, ich wäre hier sicher.« Angst legte sich um meinen Hals wie die Krallenhand eines Dämons.

Rebecca lachte leise. Ihre Züge wandelten sich langsam zum Hässlichen. »Dummes Ding. Vor mir bist du nirgendwo sicher, ich finde einen Weg in jedes Haus und in jedes Herz.« Sie ließ ihren Blick zu Megan schweifen. »Wärst du so gut?«

Megan drehte sich zu mir und packte meine Arme. Sie war groß und breitschultrig, weshalb es mir schwerfiel, mich zu wehren, und doch versuchte ich es.

»Lass los!«, zischte ich sie an. »Sie ist ein Dämon! Du darfst ihr nicht gehorchen!«

Megan verzog keine Miene während des Gerangels. Man hätte meinen können, es machte ihr gar nichts aus. Mit aller Kraft versuchte ich mich loszureißen, aber sie verdrehte mir die Arme auf den Rücken.

»Ah!«, protestierte ich vor Schmerz. Die Wunde an meinem Rücken brannte stärker, und ich spürte, wie die Heilung aufriss. Ich konnte mich kaum wehren.

»Aber, aber, Megan«, schnurrte Rebecca verspielt. »Es besteht keine Notwendigkeit, so grob zu sein. Ich bin sicher, Miss Daphne Olsen kommt freiwillig mit uns mit. Schließlich möchte sie kein Blutbad riskieren.«

Megan verdrehte mir die Arme immer weiter, sodass die Gelenke knackten und die Wunde am Rücken schmerzhaft verzogen wurde.

»Ja«, krächzte ich, und die Tränen rollten mir von den Wangen. »Bitte lass los«, wimmerte ich vor Schmerz und Furcht. Niemand außer Darvill konnte etwas gegen Rebecca ausrichten. Ich wollte andere Menschen nicht sinnlos mit mir ins Verderben reißen.

Das Dienstmädchen ließ von mir ab, und ich knallte hechelnd auf alle viere zu Boden.

»Also dann, meine Damen, folgt mir«, wies Rebecca an und trat zum Ausgang.

Megan packte mich am Oberarm und zog mich auf die Beine, dann gab sie mir einen unliebsamen Stoß in Richtung des Dämons.

Während ich der rothaarigen Lady am Eingangstor vorbei zu einer wartenden Kutsche folgte, flehte ich, dass uns jemand vom Fenster aus beobachtete und Darvill alarmieren würde. Ich wollte nicht sterben und klammerte mich mit aller Kraft an die winzige Hoffnung, dass der Dämonenjäger mich rechtzeitig finden würde.

»Nun hör auf zu heulen, das hält ja keiner aus«, krächzte Rebecca mit einem Augenrollen, als ich in die Kutsche stieg und mich mit hängendem Kopf ihr gegenüber hinsetzte. Ich versuchte sie nicht direkt anzusehen, um meine Angst nicht noch mehr wachsen zu lassen – ich musste gegen sie ankämpfen, damit Rebecca nicht noch stärker wurde. Auch Megan stieg ein und nahm neben mir Platz. Ihr Blick war auf ihre Herrin gerichtet wie der einer Hündin, die artig auf den nächsten Befehl wartete. Was sollte das? Wieso hatte Darvill eine Untertanin seiner Erzfeindin angestellt, und wieso benahm sich Megan so eigenartig?

»Wie kannst du nur mit diesem Dämon gemeinsame Sache machen?«, jammerte ich und sah zu ihr auf. Da bemerkte ich, dass ihre Augen völlig leer und willenlos wirkten, als gehörten sie zu einer Hülle ohne Seele.

»Was ist mit ihr?«, wandte ich mich an meine Entführerin.

Rebecca senkte ihre rauchige Stimme und musterte mich durch purpurrote Schlitze. »Sagen wir einfach, manche Leute haben eine solche Dunkelheit in sich, dass es ein Leichtes ist, sie zu kleinen Schandtaten zu überreden. Wobei die Idee mit dem Schlafmittel im Tee ihre ganz eigene war.«

»Soll das heißen, Megan steht unter einer Art Bann?« Welche Tricks beherrschte dieses Höllenbiest denn noch?

»So etwas in der Art.« Sie schlug mit der Faust zweimal gegen die Wand, und mit einem Ruck setzte sich die Kutsche in Bewegung.

Rebecca lehnte sich vor. Verschwörerisch hielt sie sich die Handfläche an den Mund, als wollte sie ein Geheimnis mit mir teilen.

»Wusstest du, dass die werte Megan in James verliebt ist? Es gibt doch nichts Schöneres als einen guten Skandal!« Ein breites Grinsen umspielte ihre schwarzen Lippen. »Man könnte meinen, Liebe würde das Herz stärken. Wäre da nur nicht diese schreckliche Eifersucht.« Rebeccas grässliche Grimasse zwinkerte mir zu.

Vor Anwiderung hätte es mich fast geschüttelt, und ich musste regelrecht wegsehen, um nicht die Miene zu verziehen. Aus Furcht, ihre Eitelkeit zu verletzen und sie so zu erzürnen, versteckte ich mein Gesicht, indem ich mir die Tränen von den Wangen rieb.

»Willst du damit andeuten, Megan ist auf mich eifersüchtig?«

Rebecca lachte auf. »Schon auf dem Ball mochte ich deine Scharfsinnigkeit. Wir beide werden Spaß miteinander haben, wenn er auch nur von kurzer Dauer sein wird.«

Meine Gedanken rasten, und ich sprach einen davon laut aus. »Mir fällt es schwer, nachzuvollziehen, wie jemand auf mich eifersüchtig sein kann.«

»Nun tu nicht so unschuldig. Wir wissen beide, dass du es faustdick hinter den Ohren hast und heimlich Darvill verführst. Wie gesagt, ich liebe einen guten Skandal!« Sie beugte sich vor. »Na los, erzähl mir die schmutzigen Details.«

Mir blieb die Spucke weg. Dass sie mich töten wollte, war mir schon vorher klar und schockierte mich in diesem Moment nicht so sehr wie die Unterstellung, ich hätte eine Affäre mit Darvill!

Ich warf Megan einen Blick zu und dann wieder Rebecca. Die Ausführungen des Dämons würden Megans Feindseligkeit mir gegenüber erklären, auch wenn zwischen Darvill und mir nichts war. Nichts Konkretes zumindest.

Könnte ich Megan retten und aus ihrem Bann lösen, dann hätte ich vielleicht eine Gelegenheit zur Flucht.

»Darvill und ich haben eine rein platonische Beziehung«, zwang ich mir von den Lippen. Ich musste vorsichtig sein, meine Bedeutung für ihn nicht zu sehr herunterzuspielen. Wahrscheinlich war ihre Annahme, dass er Gefühle für mich hegte, der einzige Grund, weshalb ich noch am Leben war. Irgendetwas schien Rebecca sich davon zu versprechen.

»Meine Güte, bist du langweilig«, stöhnte Rebecca und ließ sich zurückfallen. »Dann behalt es eben für dich und ich lass einfach meine Fantasie spielen.«

Sosehr ich auch hoffte, dass Darvill mich retten würde, verlassen konnte ich mich darauf nicht. Ich brauchte einen Plan. Es würde helfen zu erfahren, was Rebecca mit mir vorhatte und wo sie mich hinbrachte. Ich atmete tief durch. Eins nach dem anderen. Ich musste Ruhe bewahren.

»Ist Megan nun ebenfalls von einem Dämon besessen?«

Rebecca zuckte mit den Achseln, und obwohl ihr Gesicht eine teuflische Grimasse war, fand sich darin eine Spur des koketten Lächelns, das für ihre menschlichen Züge so charakteristisch war.

»Du bist ganz schön neugierig, das ist eine gefährliche Eigenschaft, die gar verhängnisvoll sein kann.«

Ich presste die Lippen zusammen. Leider hatte der Dämon den Nagel auf den Kopf getroffen.

»Wenn man so lange existiert wie ich, kann man euch Menschen wie ein offenes Buch lesen. Ein paar Andeutungen, die die Ängste nähren, und schon erliegt ihr der Dunkelheit in euren Herzen. Was findet Darvill bloß daran, sich für andere einzusetzen?« Sie zwirbelte eine ihrer Locken zwischen den Fingern. »An meiner Seite wäre er viel besser aufgehoben gewesen. Sein Einfluss und meine Macht sind wie füreinander bestimmt.« Rebecca rückte näher. »Er wäre besser beraten gewesen, mich zu heiraten. Dann müsste ich ihm jetzt nicht sein Lieblingsspielzeug wegnehmen.«

Mir drehte sich der Magen um, und ich konnte förmlich spüren, wie die Farbe aus meinem Gesicht wich.

»Versuchst du meine Ängste zu nähren, damit auch ich der Dunkelheit erliege?«

Sie grinste, und die Spitzen ihrer langen Zähne kamen zum Vorschein. »Funktioniert es?«

»Nein«, presste ich hervor.

Sie bellte ein Lachen. »Lügnerin, ich schmecke genau, dass deine Angst wächst.«

Ich schaute von dem Monster weg und versuchte durch das Fenster unsere Umgebung zu erkennen, doch es war beschlagen und

trüb. Wie hoch war die Wahrscheinlichkeit, dass Darvill mir rechtzeitig zu Hilfe kommen würde? Ich musste Zeit schinden. »Liebst du ihn etwa?«

Rebecca brach in schallendes Gelächter aus – es klang wie ein Kreischen aus der Hölle, und ihre Züge verzerrten sich zu einer noch hässlicheren Grimasse. Der weit aufgerissene Mund schlug Falten über ihre bläulichen Wangen bis hin zu den spitz zulaufenden haarigen Ohren.

Rebecca hatte sich gerade wieder gefasst, da kam die Kutsche auch schon zum Stehen.

»Lass mich dir zeigen, wie sehr ich Darvill liebe«, sagte sie mit bedrohlich vibrierender Stimme und öffnete die Tür. Grazil schwang sie ihren dämonischen Körper mit den verlängerten Armen und Beinen und dem animalisch gekrümmten Rücken hinaus.

Dankbar, ihrem Blickkontakt zu entfliehen, folgte ich ihr barfuß hinab auf den Kies. Die kalten runden Steine drückten mir unangenehm in die Sohlen, doch das würde ich mir nicht anmerken lassen. Ich musste tapfer sein, und dafür musste ich Vertrauen haben, dass ich die Nacht überleben würde. Andere Gedanken durfte ich nicht zulassen. Schließlich lebte ich noch, und dafür musste es einen Grund geben. Irgendeinen Nutzen schien ich für Rebecca zu haben.

Hinter mir stieg Megan aus der Kutsche, während ich mich umsah.

Ein Meer von Kreuzen und schiefen Grabsteinen ragte in Richtung des verschwommenen Mondes, der von langen und zerrissenen Wolkenstreifen verhüllt war. Ein Nebelschleier hing tief über dem verwucherten Boden.

Meine Entführerin seufzte verträumt. »Ein schöner Ort zum Sterben, findest du nicht auch?«

Die Kutsche fuhr davon, und als ihre Räder in der Ferne verstummten, fühlte ich mich so allein gelassen wie noch nie zuvor in meinem Leben – noch nicht einmal, als Eric verschwand. Doch ich schluckte meine Emotionen hinunter und gebot meinen Sinnen, Ruhe zu bewahren.

Als mich Rebecca mit ihren teuflisch roten Augen musterte, fiel mir dies zunehmend schwerer.

»Ich kann verstehen, wie du James Interesse wecken konntest.« Sie tippte sich mit einem langen, rissigen Fingernagel gegen das Kinn. »Es sind deine grimmigen Augen, denen eine Trauer innewohnt, die deinem Alter voraus ist. James hatte schon immer eine Schwäche für wehleidige Menschen.«

»Und welchen Nutzen versprichst du dir davon, mich hierherzubringen?«

»Wie gesagt, scheint Darvill eine Schwäche für dich zu haben, und diese Schwäche werde ich ausnutzen und ihn ein für alle Mal vernichten.« Sie schnalzte mit der langen, spitzen Zunge und ließ ihren Blick von mir zur regungslosen Megan und wieder zurück wandern. »Und wenn ich das erreicht habe, belohne ich mich mit einem Festmahl.«

Ein Zittern fuhr durch meinen Körper, und Rebeccas Züge wurden hässlicher. Nein, ich musste stark gegen ihre Drohungen bleiben.

»Es ist ein Kampf des Geistes«, hallten Darvills Worte in meiner Erinnerung wider. *»Dämonen können deine Furcht gegen dich nutzen. Sie zehren von menschlicher Angst und Begierde, erzeugen Illusionen und falsche Versprechungen, die ihre Opfer irreführen, sie entwaffnen und zur Unterwerfung zwingen. Um sie zu vertreiben, musst du über das siegen, was dich heimsucht.«* Ich erinnerte mich an das Grinsen, welches mit diesen Worten einhergegangen war. Was würde ich dafür geben, dieses Grinsen wiederzusehen?

Zwar glaubte ich kaum an einen Erfolg, beschloss dennoch, es zu versuchen, und befahl meinen Gedanken, die Angst zu verdrängen. Ich schloss die Lider. Sofort erschien Rebeccas Gesicht vor meinem inneren Auge, aber es war nicht meine größte Angst.

Ich blinzelte zu den Grabsteinen um uns herum.

Meine größte Angst war es, einen mir nahestehenden Menschen zu verlieren. Deshalb hatte ich keine Freunde, keine Bekannten und versteckte mich immer in Onkels Laden. Der Verlust beider Eltern und das Verschwinden meines Bruders hatten mein Herz versiegelt, um diese Angst zu besiegen und damit eine Chance gegen Rebecca zu haben, musste ich es öffnen. Ich fixierte die Inschrift eines Marmorsteins: *Eric Sebastian Copper*, las ich darauf und fuhr zurück. Fassungslos fixierte ich die Buchstaben und sie begannen vor meinen Augen zu tanzen und sich zu verändern, bis sie sich zu einem Namen

zusammenschlossen, den ich nie zuvor gehört hatte. War das einer von Rebeccas Tricks? Es war meine Angst und Rebeccas dämonischer Einfluss, der mich Dinge sehen ließ – anders konnte es nicht sein! Eric war nicht tot; genau wie Rebecca Megan manipuliert hatte, schlich sich ihre Macht immer weiter in mein Unterbewusstsein. Sie nährte und stärkte die Dunkelheit in meinem Herzen.

Ja, darin war Dunkelheit – jeder, der behauptete, sein Herz wäre rein, log, denn Wünsche, Verlangen und Furcht waren natürlich. Es war die Wahl eines jeden, ob man dagegen ankämpfte oder ihnen erlag. Ich entschied mich für Ersteres.

Nur wenn ich akzeptierte, was sich nicht ändern ließ, und meinem Leben mit Dankbarkeit begegnete, konnte ich mich von den Fängen des Abgrunds lösen.

Zum ersten Mal erlaubte ich mir das Eingeständnis, dass Darvill mir mittlerweile viel bedeutete, und es war eine Erleichterung, denn mich dagegen zu sträuben hatte viel Kraft gekostet.

Es war seine unverschämte und direkte Art, die begleitet wurde von arroganter Schlagfertigkeit, die mich bei jeder Auseinandersetzung an den Rand des Wahnsinns brachte und gleichzeitig die Augen geöffnet hatte für die Schattenseiten der Welt. Dadurch hatte mein einsames Dasein einen Sinn bekommen. Wie konnte ich nicht für jede Sekunde dankbar sein, die ich mit ihm verbracht hatte?

Und wenn am Ende unserer gemeinsamen Reise Verlust auf mich wartete, dann sollte es so sein. Das Gleiche galt für Eric – wenn ich ihn nie wieder erreichen könnte, würde ich es akzeptieren und mir ein gutes Leben ohne ihn aufbauen. Es mochte ein kleines Leben sein, aber es gehörte mir und ich würde es lebenswert machen. Ich würde dem Schmerz standhalten und jeden Tag mit Hoffnung füllen, so wie ich jetzt auf Darvills Erscheinen hoffte. Furcht und Zurückhaltung würden mich nicht erneut einnehmen.

»Was machst du da?« Die rostige Stimme war plötzlich viel melodischer.

Ich schaute auf und stellte fest, dass es funktioniert hatte, Rebeccas schönes Gesicht war teilweise zurückgekehrt. Sie war nicht ganz menschlich, aber auch nicht mehr das Höllenbiest von zuvor. Es war ein sonderbares Zwischenstadium, das sie wie eine wütende Furie mit

spitzen Zähnen und blutunterlaufenen Augen aussehen ließ. Sie war mir so viel lieber.

»Netter Versuch. Wir werden sehen, ob es dir gelingt, deine Angst bis zum Ende der Nacht zu bändigen.«

Wie von einem Blitz getroffen, schleuderte Rebecca plötzlich von mir weg und ging gute zehn Yard weiter zu Boden. Zornig funkelte sie in meine Richtung, als sie sich langsam wieder aufrichtete. Über ihrer Augenbraue verlief eine Platzwunde, aus der eine schmierölähnliche Flüssigkeit trat.

»Der edle Retter hat es schneller hergeschafft, als ich dachte.« Sie wischte sich das Blut mit dem Ärmel weg und kam auf die Beine.

Eine sanfte Hand drückte meine steife Schulter. Überwältigende Erleichterung brach über meine angespannten Nerven herein, noch bevor ich zurücksah, um mich zu vergewissern, dass es wirklich er war. Es konnte nur Darvill sein, den Druck seiner Finger würde ich unter Tausenden erkennen. Ich war so glücklich, dass er tatsächlich gekommen war.

»Danke«, wisperte ich fast tonlos. Als ich mich zu ihm umdrehte, schossen mir Tränen in die Augen, doch diesmal vor Freude. »Wie haben Sie das gemacht?«

»Das erkläre ich dir später.« Er schwang seinen Gehstock, und dabei erkannte ich einige Tropfen Blut darauf. Hatte er damit auf Rebecca eingeschlagen? Wie war ihm das mit solcher Wucht und Geschwindigkeit gelungen?

Er bemerkte meinen Blick und erwiderte ihn mit einer Sanftheit, die mein Herz erwärmte. »Ich verspreche, ich erzähle dir alles. Entschuldige, dass ich dich warten ließ.«

Vergessen war der Ausgang des letzten Kampfes, und ich zweifelte nicht daran, dass Darvill dieses Mal den Dämon besiegen würde.

Doch dann kam unsere Gegnerin auf uns zu, dabei wandelte sich ihr Gesicht zu einer grausigen Grimasse, die Augen flammten rot auf, die Hände wurden zu Klauen.

»Nein«, zischte ich. »Ich habe keine Angst vor dir! Warum veränderst du dich?«

Rebecca bellte ein Lachen, das genauso gut das Knurren eines wilden Tieres hätte sein können.

»Es ist nicht deine Angst, von der ich zehre …« Sie richtete ihren langen schwarzen Nagel auf Darvill. »Sondern seine. Wie gesagt, du bist seine Schwäche.«

Sie zog ihren Silberdolch unter ihrem Rock hervor und richtete ihn auf mich. »Darvills Furcht verleiht mir mehr Kraft als die eines jeden Menschen. Das habe ich auf dem Ball bemerkt. Doch im Gegensatz zum überlaufenen Anwesen der Rawfords muss ich mich an diesem verlassenen Ort nicht zurückhalten.«

Darvill baute sich schützend vor mir auf.

»Aber …« Ich sah ihn an und dann Rebecca. »Haben Sie keine Angst vor ihr, sie ist nichts, sie ist erbärmlich und Sie sind viel stärker als sie. Sie kann Sie nicht verletzen!«

Ein weiteres teuflisches Lachen ertönte von den Lippen des Dämons. »Es ist nicht sein Leben, das er zu verlieren fürchtet, sondern deins … seins hat er schon vor langer Zeit gegeben.«

Sie setzte ein Schmollen auf, das höhnisch gewirkt hätte bei ihren menschlichen Zügen, aber durch ihre grausige Grimasse grotesk aussah. »Vielleicht hat er auch Angst, dass du ihn nicht mehr so gern hast, wenn die Wahrheit ans Licht kommt.«

Ich wich zurück. »Was soll das heißen?«

Mit großen Augen starrte ich auf Darvills Rücken. Versuchte Rebecca mich mit Lügen zu verunsichern und so neue Angst heraufzubeschwören, von der sie ihre Kraft beziehen konnte?

»Sei endlich still!«, brüllte Darvill und stürmte mit hochgerissenem Gehstock auf die Dämonin zu. Mit übernatürlicher Schnelligkeit wehrte sie seinen Angriff ab.

»Nein«, rief ich. »Mr Darv… James! Sie ist schwach! Sie kann weder dich noch mich verletzen!«

Rebecca kicherte und schoss blitzschnell vorwärts. Darvill war zu langsam, und so stach sie ihm in die Schulter, genau dort, wo die Wunde vom letzten Kampf war. Sein Schrei durchbohrte mein Herz. Es wurde immer schwieriger, keine Angst zu empfinden, aber ich versuchte es weiter. Wenn auch ich dem Schrecken erlag, waren wir beide dem Untergang geweiht.

Ich musste Darvill irgendwie helfen, ihm Zeit verschaffen, damit er zum Gegenangriff ausholen konnte, anstatt nur zu parieren.

Bewaffnet mit nichts anderem als meinen Fäusten rannte ich auf Rebecca zu und warf mich auf den Dämon. Wir stürzten in den Dreck, ich obenauf. Sofort verwandelten sich die Gesichtszüge des Teufels in ein angenehmeres Gesicht. Ihre Arme verloren an Kraft und hatten nur noch die Stärke einer normalen Frau, aber ein Blick auf Darvill genügte, und dämonische Energie floss erneut durch ihre Venen und verunstaltete ihre Züge.

»Nein!«, schrie ich und presste meine Hände auf ihren Hals. »Konzentrier dich auf mich! Ich habe keine Angst!«

Der Dämon keuchte und kämpfte darum, das teuflische Aussehen zu bewahren. Zwar waren Rebeccas Bewegungen unkoordiniert, doch von unmenschlicher Wucht, die ich zu spüren bekam, als sie mich von sich stieß.

Aus purer Verzweiflung mobilisierte ich meine ganze Kraft und sprang wieder auf sie zu, die mit rasantem Tempo zwischen ihrer Menschen- und Dämonenform hin- und herwechselte. Wir wälzten uns auf der kalten Erde, bis wir beide mit Schlamm bedeckt waren. Meine Ausdauer und Entschlossenheit schwanden, zu viel Anstrengung hatte ich bereits aufgewandt. Ich war keine Kämpferin, ich hatte noch nie zuvor jemanden gar geschubst, nicht einmal als Kind.

Wieder stieß mich Rebecca von sich, und diesmal waren meine Arme und Beine zu schwerfällig, um dagegen anzukommen. Dem Dämon gelang es endlich, seine Konzentration aufrechtzuerhalten, und dies verlieh ihm schier unbegrenzte Energie.

Warum blieb Darvill tatenlos? Er sollte ein erfahrener Dämonenjäger sein, warum scheiterte er so kläglich und überließ mich meinem Schicksal? Nein! Ich musste positiv denken und ihm vertrauen, bestimmt würde er gleich eingreifen – es war nur so verdammt schwer, wenn alle Gliedmaßen schmerzten. Von der Wunde am Rücken ganz zu schweigen. Bei dem Gerangel war sie wahrscheinlich aufgegangen.

Gerade als ich mich über die Schwäche des Mannes wunderte, tauchte er über uns auf und riss den Dämon von mir weg, mit einem Satz waren sie gleich einige Dutzend Yard von mir entfernt. So schnell konnte ich kaum gucken. Rebecca hing über dem Boden, Darvill hielt sie am Hals. Sein Arm blutete, aber das Blut war nicht rot, sondern schwarz und so dickflüssig wie Schmieröl.

»Du hast dich also endlich entschlossen, deine wahre Form zu zeigen«, keuchte Rebecca mit einem gezwungenen Grinsen auf den Lippen und trat gegen Darvills Brust. Der Aufprall brachte ihn nicht einmal ins Wanken, doch sie kam dennoch los und krachte auf alle viere zu Boden.

Unter der Schlammschicht kamen ihre menschlichen Züge zum Vorschein, mit einem Ausdruck, der bei Weitem nicht so kühn war wie zuvor. Sie hastete auf die Beine. Ein schwaches Zittern verriet, dass es nun sie war, die Angst hatte, und doch gab sie ein heiseres Lachen von sich.

»Du bist und warst schon immer erbärmlich, mein Lieber. Auch wenn du mittlerweile um ein Vielfaches stärker bist als ich, dich von einem Menschenmädchen so aus der Fassung bringen zu lassen, ist einfach nur urkomisch.«

Rebecca ging auf Darvill zu, der sich schwer atmend zur Seite drehte. Da sah ich es.

Sein Gesicht war abscheulich und beängstigend – schlimmer, als das von Rebecca je gewesen war. Die Augen waren rote Schlitze unter dicken schwarzen Brauen, die wütende Falten über der Nase schlugen. Die Nasenlöcher weiteten sich mit jedem Atemzug über dünnen blauen Lippen, die kaum die scharfen Zähne bedeckten, die in einem animalischen Maul saßen. An den langen Schneidezähnen tropfte dampfender Speichel herunter.

Ich erschauderte angewidert. War er einer von ihnen? Oder war dies eine weitere Illusion, die Rebecca mich sehen ließ?

Rebecca grinste über meine Verwirrung.

»Du fragst dich, wie er so schnell hierhergekommen ist? Das ist deine Antwort. Er hat von Angst gezehrt, womöglich der seiner Angestellten, um an Geschwindigkeit zu gewinnen, so wie er jetzt von deiner zehrt, um stärker zu werden.«

Diesmal konnte ich meine Furcht nicht bändigen. Sie flutete mein Herz und meinen Verstand mit einem unaufhaltbaren Schwall des Grauens, aber Rebeccas Gesicht blieb menschlich. Es war Darvills, das noch grässlicher wurde. Unter seiner fast durchsichtigen Haut wurden violette Adern sichtbar. Die roten Augen erstrahlten wie Flammen der Hölle, seine Zähne wurden länger.

»Gut gespielt«, sagte Rebecca und klatschte dramatisch langsam in die Hände. »Ich hatte nicht erwartet, dass du den Mut haben würdest, all die Angst so gekonnt zu verzehren und meine eigenen Waffen gegen mich zu –«

Sie kam nicht dazu, ihren Satz zu beenden. Darvill holte aus seiner Tasche ein Medaillon hervor, öffnete es und hielt es Rebecca vors Gesicht. Ein blaues Licht umhüllte sie, und schwarzer Staub wurde aus dem besessenen Körper ins Medaillon gesogen. Rebeccas Hülle brach zusammen und das schöne Gesicht wurde augenblicklich alt. Die Haut knitterte und bröckelte auseinander, das Fleisch brannte weg, die Knochen zerfielen zu Staub, bis nur noch ein Hauch weißen Puders in den Nachthimmel aufstieg und verdampfte.

Das Medaillon leuchtete hellblau, dann lila, und dann erlosch das Glühen.

Megan, die die Geschehnisse reglos beobachtet hatte, brach zusammen wie eine Marionette, der die Fäden zerschnitten wurden.

Starr beobachtete ich das Spektakel. Selbst nachdem alle Geräusche und Lichter erloschen waren, war ich nicht in der Lage, zu sprechen oder mich zu bewegen, und fixierte nur das Medaillon, als unterläge ich einer Hypnose.

»Es tut mir leid«, flüsterte Darvill. Er war der Gleiche wie immer – ein gut aussehender und großer Gentleman, nur seine Arroganz schien verblasst zu sein. »Ich wollte nicht, dass du auf diese Weise von meinem Geheimnis erfährst.«

Ich wusste nicht, was ich sagen sollte. Als er sich mir zuwandte, begann die Angst mit neuer Kraft durch meine Adern zu strömen, was sein Aussehen sofort zum Wandeln brachte. Angst brachte noch mehr Angst mit sich, und Darvill veränderte sich so sehr, dass ich es nicht länger ertragen konnte, ihn anzusehen.

»Bitte fürchte dich nicht vor mir«, kreischte er mit der furchterregenden Stimme eines Teufels und streckte seine knochige Klaue nach mir aus. »Ich tue dir nichts.«

Ich kniff die Augen zusammen. Mein erschöpfter Verstand raste, und eines wusste ich ganz sicher: Wenn Darvill mich töten wollte, konnte ich nichts tun, um ihn aufzuhalten, und so hatte es keinen

Sinn, die Angst zu bekämpfen. Hilflos stand ich da und erwartete mein Schicksal.

Seine Klaue berührte nie meine Haut, stattdessen strich eine kalte Brise an meinem Gesicht vorbei und schien ein leises »Verzeih mir« zuzuflüstern. Ich ballte die Fäuste und wartete eine Ewigkeit, aber nichts geschah. Als ich endlich den Mut aufbrachte, die Augen zu öffnen, war ich allein, keine Spur von Darvill oder Megan. Nur die ersten Sonnenstrahlen, die durch die Wolken einer langen, langen Nacht brachen, leisteten mir Gesellschaft.

Kapitel 20

Ein Funke von Wunder

Taumelnd schleifte ich meine Füße über die feuchte Erde entlang des sich um die Grabsteine windenden Pfades. Sollte mir ein Fremder über den Weg laufen, so würde er mich für einen von den Toten auferstandenen Geist halten – genau so fühlte ich mich auch. Mit dreckigen Fingern strich ich mir das verklumpte Haar aus dem Gesicht. Das Erlebte hatte mich so sehr erschöpft, dass es mir kaum gelang, meine Gedanken zu ordnen. Nichts von alldem könnte ich jemals weiterverraten, sonst blühte mir, den Rest meines Lebens in einer psychiatrischen Anstalt zu verbringen.

Ich wollte einfach nur nach Hause und zu meiner alten Routine zurückkehren, als der aufregendste Teil der Woche darin bestand, den winzigen Lagerraum der Werkstatt meines Onkels zu sortieren. Aber selbst im benommenen Zustand verstand ich, dass dies keine Möglichkeit war. Es gab kein Zurück zu einem normalen Leben, denn Darvill war immer noch da draußen und viele andere wie er und Rebecca. Jemand musste sie aufhalten, nur wer? Als meine Gedanken, für die ich zu müde war, in purer Verzweiflung mündeten, erreichten meine Füße das Tor.

St. Sepulchre's Friedhof stand auf der Tafel. Ich wusste genau, wo das war. Darvills Anwesen war nur eine halbe Meile entfernt. Bis nach Hause jedoch waren es von hier dreißig Minuten zu Fuß; so ungern ich auch anderen Menschen auf dem langen Weg begegnen wollte, nach Westford Manor zurückzukehren war keine Option. Es gab Dinge, die waren unverzeihlich, und Darvill hatte sie endgültig

alle erfüllt. Nicht einmal ich mit meinen losen Moralvorstellungen konnte darüber hinwegsehen.

Es war so früh, dass die Stadt noch schlief, vielleicht würde ich Glück haben und unbemerkt bleiben.

Vom Friedhof aus schlich ich mich am Gebüsch entlang zur nächstgelegenen Gasse, von fensterlosen Wänden flankiert erlangte ich ein Gefühl von Sicherheit. Im grauen Dämmerlicht erkannte ich weit und breit niemanden, hörte aber in der Ferne eine einsame Kutsche und einige Straßen weiter das Rattern von Rollläden.

Je weiter ich gen Zentrum vordrang, desto mehr häuften sich die Geräusche einer erwachenden Großstadt und desto näher erklangen sie. In der Reflexion eines Fensters erkannte ich mein Spiegelbild und erschrak. Meine Erscheinung war noch schlimmer als erwartet. Das Gesicht war verdreckt, die Augen rot und geschwollen, mein Haar war zerzaust und es klemmten zwei vertrocknete Blätter darin. Das einst mintgrüne Kleid war nun eher braun und am Rock sowie an den Ärmeln gerissen, meine Arme und Beine waren von Schlammspritzern übersät, und am unheimlichsten wirkte das klebrige Blut an meiner Schläfe. Die Verletzung musste beim Gerangel entstanden sein, ich hatte sie gar nicht bemerkt.

Voll Abscheu schaute ich weg und bog in die nächste Seitenstraße ab, hinter mir scheppterte es, und ich sprang hinter die Überreste eines Kleiderschranks, der seit Jahren gegen die hintere Wand einer Bäckerei lehnte und den Kindern in der Gegend als Spielgerät diente. Dann blinzelte ich die Straße runter.

Eine Katze saß auf einer Fensterbank, von der sie einen Blumentopf hinuntergeschubst hatte. Ich schnaufte erleichtert durch und mein Atem stieg in einer Wolke auf. Es war schrecklich kalt. Die Aufregung hatte mich warm gehalten, doch nun fror ich regelrecht.

Bis zu meinem Zuhause waren es nur noch zwei Querstraßen, die ich rennend hinter mir ließ, bis schließlich das alte und abgenutzte Schild *Mr Copper & Co's Collection of Canes* in Sichtweite kam. Ich packte den Türgriff und stellte dankbar fest, dass Onkel mal wieder vergessen hatte abzuschließen. Mein Schlüssel war noch im Mantel irgendwo auf Westford Manor.

Beim Eintreten achtete ich darauf, die Tür sehr langsam zu öffnen, damit die heimtückische Klingel meine Ankunft nicht verriet. Ich war nachts so oft unterwegs gewesen, dass ich darin Expertin war. Dann schloss ich sie fest zu und legte den Riegel um. Es war ein Schloss aus der Herstellung meines Vaters und bot zumindest ein Gefühl von Sicherheit vor den Monstern da draußen.

Ich rieb meine eiskalten Hände aneinander und war glücklich, endlich im Warmen zu sein.

Auf dem Weg zu meinem Zimmer unter dem Dachboden wich ich den knarrenden Stufen der Treppe aus und schaffte es ans Ziel, ohne dem Holz auch nur einen Laut zu entlocken. Das war sogar für meine Verhältnisse eine Meisterleistung.

Ich zog mir die Fetzen aus und warf sie unter das Bett, rieb Gesicht und Arme mit einem Tuch ab und zog ein frisches Nachthemd an. Das Haar war immer noch ein Durcheinander, ich kämmte es mit den Fingern und würde mich später richtig darum kümmern. Jetzt aus der Küche Wasser zu holen war mir zu heikel, falls Onkel doch schon wach war.

Erschöpft schmiegte ich mich in mein Bett, es roch nach Zuhause, nach Geborgenheit. Luxuriös wie die Möbel in Darvills Villa war es zwar nicht, dafür weit weg von Dämonen und besessenen Porträts.

Der ersehnte Schlaf blieb aus, mein Verstand kam einfach nicht zur Ruhe. Zu sehr war er damit beschäftigt, die unfassbaren Ereignisse zu verarbeiten. Über zwei Stunden lang drehte und wälzte ich mich und durchlebte die Schrecken der Nacht in wirren Wachträumen. All die verdrängten Fragen schlugen auf mich ein.

Was war Darvill wirklich?

Wie viele Dämonen waren noch da draußen?

Was konnte ich tun, um sie aufzuhalten?

Und wie tief war mein Bruder in all das verwickelt?

Rebecca war eine Spur gewesen, und jetzt war sie in einem Medaillon versiegelt und für immer zum Schweigen gebracht.

Ich starrte an die fleckige Decke. Mein Kopf war schwer, und meine Gliedmaßen fühlten sich an, als wären sie aus Blei. Sowohl Nachthemd als auch Bettlaken klebten an mir, während kalter Schweiß am Nacken hinabfloss.

Schwerfällig zog ich die Füße vom Bett und stemmte mich hoch. Arme, Beine, Rücken – alles schmerzte und war verkatert.

Als ich aufblickte, erschrak ich mich abermals beim Anblick der Reflexion in dem kleinen Spiegel in der gegenüberliegenden Ecke. Die Schatten unter meinen Augen waren noch tiefer geworden, das getrocknete Blut im Haar und auf der Haut war nun schwarz verkrustet, mein Gesicht war vom Erlebten weiß wie Papier geworden.

Onkel würde einen Herzattacke bekommen, wenn er mich so antreffen würde. Ich musste in die Waschküche, und zwar schnell.

Wieder gelang es mir, durchs Haus zu schleichen, ohne entdeckt zu werden. Ein Lächeln stahl sich auf meine Lippen bei dem Gedanken, dass nach allem, was ich durchgemacht hatte, meine größte Sorge darin bestand, Onkel Unannehmlichkeiten zu bereiten.

Als ich gewaschen und angezogen war und die Kratzer an der Schläfe mit einer ordentlichen Frisur verdeckt hatte, wagte ich mich in den Laden.

Es war erst kurz nach neun.

Normalerweise war Onkel zu diesem Zeitpunkt bereits hinter seiner Theke und erstellte eine Liste an Dingen, die zu erledigen waren. Vielleicht hatte er heute verschlafen?

Dies war die perfekte Gelegenheit, ihn mit Tee und Rührei zu überraschen. Erfreut von dem Gedanken, ging ich in die kleine Küche, brachte das Wasser zum Kochen und schlug die Eier auf. Während sie in der Pfanne brutzelten, fiel mein Blick auf unsere drei Küchenmesser, die aus einem Holzblock neben dem Herd ragten.

Ein kalter Schauer lief mir über den Rücken, als die Erinnerung an Rebeccas Dolch mich wie ein Blitz traf. Mein Atem beschleunigte sich und wurde flacher, meine Muskeln verkrampften und meine Sicht wurde trüb.

Ich kämpfte gegen die Panik an, so wie ich es gelernt hatte, versuchte meine Gedanken aus den Wirren des Horrors zu befreien.

Das Erlebte würde ich nicht über mein Leben bestimmen lassen, so wie es Erics Verschwinden über Jahre getan hatte. Ich war nun eine andere Person und würde die Dunkelheit in mir mit schönen Dingen ausgleichen. Ein erneuter Schock fuhr durch meinen Körper, als ich mich daran erinnerte, wie sich Darvill als Sammler schöner

Dinge bezeichnet hatte. War das ein Versuch, seine dämonische Seite zu unterdrücken? Ich warf den Kopf in den Nacken, das konnte mir egal sein.

Während ich die Decke anstarrte, zwang ich meinen Atem, langsamer zu werden, und an nichts zu denken. Mit dem Blick folgte ich den Rissen an der Wand entlang und fühlte, wie mein Körper sich langsam entspannte.

Als ich die Kontrolle vollends wiedererlangte, stellte ich mich den Messern, als würde ich sie herausfordern, erneute Bilder des Grauens in mein Gedächtnis zurückzurufen – auch denen würde ich mich widersetzen! Doch der vorangegangene Effekt blieb aus, es waren nur Messer.

Ich nahm das kleinste von ihnen, wickelte die Klinge in ein Tuch und steckte es in die Seitentasche meines Rocks. Auch wenn ich die Dämonen aus meinem Inneren verbannte, gab es sie noch immer in der Außenwelt, und ich wollte ihnen nie wieder unvorbereitet begegnen.

Dann wandte ich mich den Eiern zu, die dringend umgerührt werden mussten, und pulte mit dem Holzlöffel einige verbrannte Stellen ab. Ich bemühte mich, alles schön herzurichten, auch wenn das Gericht nicht sonderlich eindrucksvoll war. Unsere Teller und Tassen waren alt und hatten Risse – sie waren nicht zu vergleichen mit Darvills edlem Geschirr. Vor einiger Zeit hätte ich ihn dafür noch beneidet, doch jetzt war mir nichts lieber als unser bescheidenes Hab und Gut.

Ich arrangierte alles mit so viel Liebe, dass wir genauso gut die Königin hätten empfangen können.

Einen Moment lang überlegte ich, ob ich Blumen holen sollte, und verliebte mich in den Gedanken. An der Stufe zur Ladentür wuchs Löwenzahn, der stets allen Witterungen trotzte und immer wiederkehrte, egal wie oft wir ihn rupften. Normalerweise hielt ich ihn für Unkraut, aber als ich hinaustrat, kam er mir schöner vor als jede Rose. Ebenso wie unser Geschirr stand er für ein einfaches, ehrliches Leben, frei von Dämonen. Je länger ich ihn betrachtete, desto geringer wurde mein Wunsch, ihn zu pflücken. Sollte er lieber bleiben, wo er war, und jeden Kunden erhobenen gelben Hauptes begrüßen.

Wieder im Laden, sah ich auf die Uhr und stellte überrascht fest, dass es schon halb zehn und Onkel noch immer nicht zu hören war. Bevor der Tee und die Eier kalt wurden, beschloss ich, ihn zu wecken.

In letzter Zeit war ich kaum daheim gewesen, und er würde sich sicher ärgern, den Tag zu verschlafen, an dem ich keine Verpflichtungen hatte. Bestimmt hatte er mich vermisst, ich hatte ihn ganz allein gelassen. Ich fühlte mich schuldig für die Vernachlässigung, nachdem er so viel für mich getan hatte, aber ich war mehr als bereit, die verlorenen Wochen nachzuholen.

Ich klopfte an seine Tür, erst leise, dann lauter. Nach weiteren Versuchen ohne Antwort drehte ich den Knauf und öffnete sie vorsichtig.

»Onkel?«, fragte ich, bevor ich den Kopf durch den Spalt steckte. »Bist du noch im Bett?«

Ich trat hinein. Sein Zimmer war kaum größer als meines und ebenso spärlich möbliert. Das Bett war gemacht, die Rasierutensilien lagen ordentlich auf dem Nachttisch – es war genau so, wie er es jeden Morgen herrichtete.

»Seltsam«, murmelte ich nur, um die Stille zu füllen, und begann das Haus zu durchsuchen, ein Unterfangen, das nicht lang dauerte. In meinem Zimmer unter dem Dachboden war er nicht, ebenso wenig in seinem im ersten Stock, auch auf der Verkaufsfläche, in der Werkstatt und Rumpelkammer des Erdgeschosses fand ich kein Lebenszeichen von ihm, und in der Küche und Waschküche im Keller traf ich auch niemanden an.

Vielleicht war er früher ausgegangen, um Besorgungen zu erledigen? Ich blieb in der Küche und beschloss, den Tee zu trinken und die Eier zu essen, bevor sie kalt und zäh wurden. Die Minuten krochen weiter und wurden zu Stunden. Es wurde immer schwieriger, sich keine Sorgen zu machen. So musste er sich jedes Mal gefühlt haben, wenn ich lange wegblieb. Er musste auf die Uhr gestarrt haben, genau wie ich es jetzt tat, und die Zeiger dafür verflucht haben, dass sie sich so langsam bewegten. Mit den Fingern auf dem Tisch trommelnd, lauschte ich nach der Tür, doch diese blieb still. Sorgen waren ein schreckliches Gefühl, und ich verspürte eine weitere, allzu vertraute Welle von Schuldgefühlen, wenn ich daran dachte, wie oft ich Onkel diese bereitet hatte.

Dann läutete endlich die Klingel und ich sprang auf und lief die Treppe hinauf, um meinen Verwandten zu begrüßen, aber an seiner statt trat jemand ganz anderes herein. Ich kannte den Mann nicht, und weil es ein Kunde sein könnte, überspielte ich meine Enttäuschung mit professioneller Zuvorkommnis.

»Wie kann ich Ihnen helfen?«, erkundigte ich mich und legte die Hände zusammen, auch ein Lächeln zwang ich mir auf die Lippen, obwohl mein Gesicht sich ganz steif anfüllte.

Der Mann war eher klein und rundlich. Er hatte weißes, buschiges Haar, das in krassem Kontrast zu seinem alten schwarzen Anzug stand. Unbehaglich trat er von einem Fuß auf den anderen und nahm dann seinen Hut ab.

»Miss Copper?«, fragte er vorsichtig.

»Ja?«

»Es geht um Ihren Onkel«, sagte er leise und hielt inne. »Er ist heute Morgen auf dem Markt zusammengebrochen und wurde ins Krankenhaus gebracht.« Er hielt erneut inne und beobachtete meinen Gesichtsausdruck, der vollkommen leer wurde. »Möchten Sie vielleicht nach ihm sehen?«

Ich musste mich an der Theke festhalten. Es war das »Vielleicht«, das mir einen besonderen Schlag versetzte. Am liebsten hätte ich den Mann angeschrien, was ihm einfiele, so zu tun, als bestünde die Möglichkeit, dass ich nicht sofort zu Onkel eilen würde. Ob er ernsthaft annahm, dass es mir egal sein könnte. Allerdings war die Person, der die Wut tatsächlich galt, ich selbst. Ich war es gewesen, die meinen nächsten Menschen wie einen Fremden behandelt hatte.

Zum Glück bemerkte ich dies, bevor ich den Mund öffnete. Noch aufschlussreicher war die Erkenntnis, dass die Wut nur dazu diente, die darunter liegende Traurigkeit und Schuld zu verbergen. Ich wusste all das, da ich mich in den vergangenen Wochen selbst besser kennengelernt hatte, als mir lieb war.

Und so sagte ich nur »Ja bitte« und folgte ihm hinaus. Der Mann im schwarzen Anzug wies den Weg.

»Er ist direkt vor meinem Stand zusammengebrochen.«

Ich schluckte trocken. »Danke, dass Sie für ihn da waren.«

Der Fremde drehte seinen Hut in der Hand und nickte mir traurig zu.

Als wir die Menschenmenge in der High Street passierten, streifte mich eine Dienstmagd mit ihrem riesigen Einkaufskorb am Rücken und ich zuckte vor Schmerz zusammen.

»Alles in Ordnung, Miss Copper?«, erkundigte sich mein Begleiter sofort.

»Ja, ich wurde nur angerempelt«, spielte ich die Situation herunter. Es erschien mir weiser, keine Aufmerksamkeit auf die Wunde und ihren Ursprung zu ziehen. Dennoch bemerkte ich die Zuvorkommnis des Mannes.

Menschen, die sich kümmerten, waren selten, besonders in einer Großstadt. Nach all der Dunkelheit der letzten Tage war ich dankbar, in einem Fremden Güte erleben zu dürfen. Onkel ins Krankenhaus zu begleiten und anschließend in den Laden zu kommen, hat ihm sicherlich Umstände bereitet, aber er hatte es trotzdem getan, ohne jegliche Gegenleistung.

Schließlich blieb er vor einem der schönsten Gebäude der Stadt stehen, das gebaut worden war, um zu den großartigen Colleges der University of Oxford zu passen.

»Ihren Onkel finden Sie im dritten Stock in Zimmer 3.57«, sagte der Mann. »Es tut mir sehr leid, Miss Copper, und ich hoffe, er kommt wieder auf die Beine.«

Als ich das Krankenhaus sah, fragte ich mich, ob wir uns eine Behandlung an solch einem Ort leisten konnten. Ich hatte erwartet, in den grauen Zementklotz am Rande der Stadt gebracht zu werden, nicht in eine der renommiertesten medizinischen Einrichtungen unserer Zeit.

»Danke«, sagte ich, »dass Sie gekommen sind, um mich zu holen.«

Der Mann sah mich mitfühlend an. »Bin froh, dass ich helfen konnte.«

Als er mit gesenktem Kopf davonschlurfte, hauchte ich ihm ein weiteres Danke hinterher und wandte mich dann dem imposanten Eingang des Krankenhauses zu. Plötzlich fiel mir auf, dass meine Hände zitterten. Aufgrund der Aufregung hatte ich nicht bemerkt, wie kalt es war, und völlig vergessen, mir etwas überzuziehen. Mein Mantel war noch immer auf Westford Manor. Den würde ich wahrscheinlich nie wiedersehen.

Obwohl ich der Kälte entfliehen wollte, dauerte es einen Moment, bis ich den Mut aufbrachte, um einzutreten.

Das Tor war so hoch, dass ich mit Timothy, Fran und Megan auf meinen Schultern hätte durchlaufen können. Eine güldene Plakette mit einem Emblem aus drei Karos und zwei schrägen Linien ragte darüber. Die Universitäten hatten auch alle solche Erkennungszeichen, die für Normalsterbliche wie sinnfreie Verzierungen wirkten, in Wirklichkeit aber vor Bedeutung und Geschichte nur so strotzten, wenn man elitär genug war, diese erkennen zu können.

Drinnen im weiten Flur hallten die vielen Schritte der Schwestern und Ärzte wider, die zwischen den Zimmern ein und aus gingen. Ich schenkte niemandem Beachtung und bahnte mir meinen Weg in den dritten Stock, um dort nach Zimmer 3.57 zu suchen. Es war ganz am Ende des langen Flurs, der bespickt war mit deckenhohen Fenstern. Meine Absätze hallten auf dem Marmor, als ich eintrat und mich in einer großen Halle mit zwanzig, vielleicht dreißig Betten wiederfand, die mit viel Abstand zueinander entlang der hohen Fenster aufgereiht waren.

Nur jedes dritte war mit einem Patienten belegt. Dicke Vorhänge aus schneeweißem Stoff trennten jedes Abteil von dem nächsten. Langsam schritt ich den Gang entlang, bis jemand schwach meinen Namen hauchte.

»Onkel«, rief ich und eilte zu ihm. Er lag auf einem großen Kissen und hatte nicht einmal die Kraft, den Kopf zu heben.

»O Onkel.«

Die Tränen brannten mir in den Augen, als ich den alten Mann in einem so verletzlichen Zustand sah. Seine Haut war fast so weiß wie sein Haar, und er sah viel dünner aus, als ich ihn zuletzt gesehen hatte.

»Der Arzt hat gesagt, dass es mir gut geht«, schnaubte Mr Copper mit einer Stimme, die es schwer machte, ihm zu glauben.

»Was ist passiert?«

»Mein Herz«, erwiderte er und berührte seine Brust mit der offenen Handfläche, seine Finger zitterten vor Anstrengung. »Es hat einfach ausgesetzt.«

So oft hatte ich scherzhaft gedacht, dass meine Taten ihm eine Herzattacke bescheren würden, aber jetzt war es überhaupt nicht

lustig. Ich wusste nicht, ob die Tatsache, dass es auf dem Markt passiert war, meine Schuldgefühle minderte oder verschlimmerte. Einerseits war er nicht allein gewesen, andererseits war er einer Menge Fremder schutzlos ausgeliefert gewesen.

»Ich mache mir solche Vorwürfe!«

»Das musst du nicht.« Mr Copper beendete seinen Satz mit einem Husten.

Die Kehle schnürte sich mir zu, sodass ich kein Wort herausbrachte. Es war meine Schuld, dass ich nicht für ihn da gewesen war, und dass ich ihm so viele Sorgen bereitet hatte.

Sein Zusammenbruch war so bescheiden gewesen wie seine Teilnahme an meinem Leben. Die ganze Zeit hatte er mir Trost gespendet, war jemand gewesen, an den ich mich klammern konnte, wenn Schwierigkeiten auftraten, und jemand, der zur Seite trat, wenn ich ihn nicht brauchte. Ich erinnerte mich kaum an die letzte nette Geste, die ich für ihn getan, oder an das letzte liebe Wort, das ich an ihn gerichtet hatte. Und jetzt war ich seinem Verlust näher gekommen denn je. Es war ein schreckliches Gefühl.

Als ich den armen Mann anstarrte, begann ich mich sogar schuldig zu fühlen, weil ich mich schuldig fühlte, anstatt traurig zu sein. Schuld war leichter zu ertragen als Trauer und Verlust. Trauer hatte nichts als ein Gefühl der Hilflosigkeit zur Folge, während Schuldgefühle Wut hervorriefen. Es war die Strafe dafür, dass ich Onkel so oft vernachlässigt und ihm gegenüber keine Wertschätzung gezeigt hatte.

»Gibt es etwas, das ich für dich tun kann?« Ich war zu allem bereit.

»Eine Kleinigkeit«, sagte er. »Wenn es nicht zu viel ist und dich nicht von deinen Verpflichtungen gegenüber Mr Darvill ablenkt –«

»Das wird es nicht«, versprach ich eilig.

Er lächelte schwach. »Könntest du Kunden mit ausstehenden Bestellungen mitteilen, dass die Fertigstellung einige Tage länger dauern wird als erwartet?«

Ich nahm seine Hand in meine beiden.

»Ja natürlich, Onkel.«

Auch jetzt dachte er nur an andere. Er war ein guter und ehrlicher Mann, mir war es noch nie so sehr bewusst gewesen wie jetzt.

»Ich bin so dankbar, Onkel, dass du …« Ich konnte mich nicht dazu bringen, den Satz zu beenden. Meine Stimme begann zu beben.

»Der Dank gilt den Menschen, die mir geholfen haben.«

Ich nickte. Güte war die eine Seite unserer Welt und Dämonen die andere. Erstere war viel zu leicht zu übersehen. Aber wenn man darauf achtete, konnte man sie nicht verfehlen. Es tat gut, daran erinnert zu werden, auch wenn die Umstände, unter denen es geschah, bedauernswert waren.

»Miss«, sagte plötzlich jemand hinter mir. Als ich mich umdrehte, stand eine Krankenschwester in graublauer Uniform am Fußende des Bettes. »Es tut mir schrecklich leid, die Besuchszeit ist vorbei und beginnt erst wieder am Nachmittag. Ich fürchte, ich muss Sie bitten zu gehen.«

»Oh«, erwiderte ich, »das wusste ich nicht, ich bin schon weg.«

Die Schwester nickte und bedeutete mir mit der Hand, ihr zu folgen.

»Ich komme später wieder, Onkel«, sagte ich, und wieder lächelte der Mann, obwohl er kaum die Kraft dazu hatte. Ich konnte nicht ausdrücken, wie froh ich war, dass er noch lebte, und gab ihm eine vorsichtige Umarmung. Er streichelte mich nur schwach am Arm. Dann folgte ich der Dame.

Es wäre nicht auszumalen gewesen, wenn er plötzlich … Ich konnte mich nicht einmal dazu durchringen, daran zu denken.

Als wir auf den Flur traten und ich sicher sein konnte, dass Onkel uns nicht hören würde, wagte ich eine brennende Frage zu stellen.

»Können Sie mir verraten, was uns der Aufenthalt kosten wird?«

Die Schwester winkte ab. »Machen Sie sich keine Sorgen, Miss, die Rechnung wurde beglichen und Ihr Onkel wird die beste Behandlung erhalten.«

Sie schenkte mir ein breites Lächeln, das darauf hindeutete, dass die Bezahlung, die das Krankenhaus erhalten hatte, großzügig gewesen sein musste. Mir kam nur eine Person in den Sinn, die dahinterstecken konnte.

Was fiel ihm ein, sich einzumischen?

Ich folgte der Krankenschwester die hallende Treppe hinunter und den gewölbten Gang entlang. Uns kam eine Gruppe von Männern

in weißen Kitteln und mit Klemmbrettern unterm Arm entgegen. Sie alle schauten so wichtig und überlegen wie die Studenten von Oxford – bestimmt waren sie auch mal welche gewesen. In so eine Institution passten Onkel und ich nun wirklich nicht, das konnte nur Darvills Einfluss gewesen sein. Musste er seine Finger wirklich überall im Spiel haben?

»Vielen Dank für Ihren Besuch«, sagte die Schwester freundlich und wies mit der offenen Handfläche zum hohen Eingangstor. Sie war bestimmt in Eile und hatte viel zu tun und sich dennoch Zeit genommen, mich zu begleiten. Wie viel Geld hatte dieser Mistkerl dem Krankenhaus gezahlt?

Ich bedankte mich aufrichtig und entschuldigte mich für die Unannehmlichkeiten. Als ich an hohen Säulen und goldenen Plaketten vorbei auf den belebten Platz lief, fiel mir sofort der rote Mantel auf, der wie eine Flamme aus der Menge herausstach.

Kapitel 21

Ein Rest an Hass

»Es tut mir leid, Susanna«, sprach die Stimme, die ich am liebsten nie wieder gehört hätte, obwohl ich gelernt hatte, dass man vor seinen Dämonen nicht davonlaufen konnte. Ich tat es dennoch und beschleunigte meinen Gang.

»Lass mich in Ruhe!«, keifte ich ihn an. Die Zeit für Formalitäten und respektvolle Ansprachen war endgültig vorbei.

Trotz meiner deutlichen Worte hielt er Schritt. Über seinem Arm hing mein alter Mantel. Er hatte wirklich Nerven! Dachte er, ich würde vergessen, was passiert war, nur weil er mir den zurückbrachte? Um ihn entgegenzunehmen, war ich sowieso zu stolz, auch wenn mir die Kälte eine Gänsehaut beschwerte.

»Woher weißt du überhaupt von meinem Onkel, und denkst du wirklich, dass ich durch dein Bezahlen seiner Krankenhausrechnung vergesse, was ich gesehen habe?«

»Genau jetzt kann ich dich nicht allein lassen«, gab er leise zurück. »Timothy erzählte mir, dass ein Dienstmädchen, das vom Markt wiedergekommen war, Mr Copper auf der Straße zusammenbrechen sah.«

Darvill blieb nur einen Schritt hinter mir, obwohl ich fast in einen Lauf verfiel und Schlangenlinien durch die Menge zog. Auf so einer belebten Straße war es schwer, davonzulaufen, aber Motivation war alles.

Ich hatte diesen Mann verachtet, dann geschätzt, Zuneigung zu ihm aufgebaut und hasste ihn nun mehr als je zuvor. Es hatte sich herausgestellt, dass der erste Eindruck ins Schwarze getroffen hatte. Er

war tatsächlich ein Lügner, ein Betrüger und obendrein ein Teufel – ein echter!

Ich bog in eine enge Seitengasse ab, da ich es satthatte, den Leuten auszuweichen. Sie war ein leerer und unebener Pfad zwischen den hohen Wänden einer Bank und einem Universitätsgebäude. So hoch waren die Mauern um uns herum, dass kaum Licht vordrang. Dieser Kontrast zeichnete Oxford aus. Zum einen waren da die breiten Straßen mit ihren majestätischen Gebäuden, zum anderen die schmalen Gassen, die kaum Beachtung fanden, auch wenn sie mittendurch führten. Es war, als würde man unsichtbar werden, wenn man in eine solche Gasse hineinlief, und das war mir in meiner Wut mehr als recht.

»Und warum kannst du mich nicht in Ruhe lassen?« Ich wirbelte herum und sah ihm direkt in die teuflischen Augen. Angst hatte ich keine vor ihm, auch wenn er nur einen halben Schritt von mir entfernt stand. So viel Schlimmes war bereits geschehen, was sollte ich da noch fürchten? Daher sah er wie gewohnt charmant und attraktiv aus.

»Weil ich dich brauche«, sagte er und streckte mir den Mantel entgegen, daraufhin konnte ich nur ungläubig schnauben und machte keine Anstalten, das Kleidungsstück entgegenzunehmen. Keine einzige noch so kleine Gefälligkeit wollte ich von ihm!

»Ich habe deine Lügen und Spielchen so satt«, sagte ich kopfschüttelnd.

»Und du brauchst mich«, fuhr er fort. Seine Augen funkelten, als würde er gleich anfangen zu weinen. »Jetzt nimm endlich den Mantel, du zitterst am ganzen Körper.«

»Tu nicht so, als ginge dich das etwas an! Du bist ein elender Schauspieler«, spie ich mit so viel Wut hervor, dass ich ihn geradezu anspuckte, und riss ihm den Mantel aus der Hand, weil ich es leid war, dass er mir damit vor der Nase herumwedelte. »Du bist wirklich die letzte Person … Kreatur, die ich brauche.«

Ich hüllte mich in das alte Leder und war heimlich froh, endlich Schutz vor den Temperaturen zu haben. Darvill runzelte die Stirn und presste die Lippen zusammen.

»Wie kann man nur so stur sein?«, grunzte er mürrisch. »Und was wirst du jetzt tun? Willst du die scheiternden Geschäfte deines

Onkels fortführen, während er sich erholt, oder möchtest du ganz allein Dämonen jagen, ohne die geringste Ahnung, wie das geht?«

Ich biss mir auf die Unterlippe, denn genau das waren meine Vorhaben, auch wenn es kaum Aussicht auf Erfolg gab.

»Welche Wahl habe ich?«

Er rückte näher an mich heran.

»Bleib bei mir und lass uns so weitermachen wie bisher. Siehst du nicht, wie erfolgreich wir zusammen sind? Du und ich haben den Dämon gebannt, an dem dein Bruder und ich vor Jahren gescheitert sind.«

»Erfolg nennt man das?« forderte ich mit bebender Stimme. »Völlig unvorbereitet hast du mich diesem Monster zum Fraß vorgeworfen!« Sosehr ich versuchte, die Erinnerung an die Ereignisse und die beängstigenden Gefühle unter Kontrolle zu halten, die Wunden schmerzten noch immer. »Ich werde nie wieder so hilflos und naiv sein.«

Ich griff in die Tasche meines Rocks, riss das Küchenmesser heraus und drückte es gegen seinen Hals, sodass er sich weg- und gegen die Mauer hinter ihm lehnen musste. »Wenn ich so unfähig bin, wie du sagst, was nütze ich dir dann?«

»Ich brauche nicht dich, sondern uns.« Er legte seine Finger um meine Hand, mit der ich das Messer hielt. »Die Summe dessen, was wir gemeinsam sind. Ich brauche dich, um Angst zu haben, Angst davor, dass dir etwas zustößt. Diese Angst macht mich menschlich und verhindert, dass ich dem Dämon in mir jemals erliege. Sie erlaubt mir, über mich hinauszuwachsen.« Sein Griff wurde stärker. »Ich jage schon lange, ich kann dir nicht sagen, wie müde ich davon bin. Manchmal weiß ich gar nicht mehr, wofür ich das tue.«

Sein Gesichtsausdruck trübte sich. »Ich wollte nie Jäger werden, aber welche Wahl hatte ich, als ich von der tiefen Dunkelheit unserer Welt erfuhr?« Er deutete auf sich selbst mit einem Blick, der meinen Ekel ihm gegenüber widerspiegelte. »Damals war ich nichts als ein naiver und hochnäsiger Student am Exeter College Oxford. Mein Professor hat mich rekrutiert, mich eingeweiht und mir alles beigebracht. Er war mein Mentor und mein Freund gewesen, ich kann dir gar nicht sagen, wie tief die Dunkelheit war, die mich einnahm, als eine

unserer vielen Jagden ihn das Leben kostete. Es hat alles gefordert, was ich hatte, um diesen Verlust zu überleben und die Kraft aufzubringen, allein weiterzumachen. Seither habe ich nie einen Menschen so nah an mich herangelassen wie ihn – nicht einmal deinen Bruder. Bis zuletzt dachte ich, das würde für immer so bleiben, aber du hast dich in mein finsteres Herz geschlichen, ohne dass ich es gemerkt habe, bis es fast zu spät war. Ohne diese menschlichen Gefühle hätte ich Rebecca nie gebannt.«

»Warum erzählst du mir das ausgerechnet jetzt? Ich will das nicht hören«, schrie ich ihn an und versuchte meine Hand aus seinem Griff zu befreien. Mir war klar, dass er mir physisch überlegen war und ich mit meiner Waffe nur so nah an ihn herangekommen war, weil er es erlaubte. Aber nun kam ich nicht mehr weg, und das verdeutlichte nur meine Schwäche.

»Ich wollte nie die Dinge tun, die ich tun musste, um zu überleben. Ich suchte nach Alternativen, doch es ist so leicht, die eigenen Prinzipien aus den Augen zu verlieren, wenn man nichts und niemanden hat, der einen leitet.« Sein Blick durchbohrte mich. »Ich traf dich, als mich die Dunkelheit übermannte, als ich mich und meinen Weg fast aufgegeben hatte. Du hast mich mit deiner Neugier und wilden Art auf den richtigen Pfad zurückgeführt.« Seine Pupillen weiteten sich. »Du bist eine bemerkenswerte junge Frau – ein Mensch, der keine Angst vor Dämonen hat! Ich bin ein Risiko eingegangen, dich auf offener Straße zu treffen, wenn doch deine Angst vor mir den Wandel herbeiruft. Aber ich wusste, dass ich mich auf deine Stärke verlassen kann. Lass uns unsere Stärken vereinen und der Dunkelheit trotzen.«

Ich biss meine Zähne so stark zusammen, dass mein Kiefer schmerzte. Er drückte meine Hand mit dem Messer gegen seinen Hals, sodass es die erste Hautschicht durchtrennte. »Andernfalls bring zu Ende, was du begonnen hast. Wenn du meinst, du kannst ohne mich Dämonen jagen, dann beweise es und ich überlasse dir meinen Platz. Es wäre mir eine Ehre, als erster von dir gebannt zu werden.«

Ich spürte, wie meine Entschlossenheit ins Schwanken geriet, und verfluchte mich dafür, dass ich seinen Worten erlag.

»Musst du dich nicht von Menschenfleisch ernähren, um zu überleben?«, fragte ich und versuchte die Abscheu wieder heraufzubeschwören, die noch vor einem Moment so stark gewesen war.

»Der Drang dazu ist überwältigend – auch jetzt.« Sein Blick wanderte zu meiner Brust, und das Herz darin schlug schneller. »Aber ich entscheide mich stattdessen dafür, von der Energie anderer Dämonen zu überleben«, sagte er und zwang seinen Blick von mir weg. »Ich entziehe ihnen ihre Energie, ihr Leben und versiegele die bösen Mächte in den Objekten, die ich dir gezeigt habe.«

»Sagtest du nicht, man müsste ein liebendes Herz opfern, um eins zu werden mit dem Teufel?«

Er nickte. »Auch als ich wurde, was ich bin, habe ich keinen Menschen angegriffen, sondern ein besessenes Herz erwählt. Das Herz eines Dämons ist ebenfalls ein liebendes, wenn es auch ausschließlich sich selbst liebt.«

»Wie wird man ein Dämon?«

»So wie du die Dunkelheit in dir bekämpfst, wenn du versuchst, die Dämonen zu besiegen, musst du alles Licht aus deiner Existenz auslöschen und dich den dunkelsten Gedanken deiner Seele öffnen und dann entweder einen Menschen oder, wie es nur wenige wagen, einen Dämon töten.«

Ich weigerte mich, mein Gesicht etwas verraten zu lassen, und starrte ihn daher steif an.

»Es war grausam von Rebecca, dich mein Geheimnis auf diese Weise herausfinden zu lassen, doch ich verspreche dir, ich hätte es dir gesagt. Ich brauchte nur Zeit.«

»Ja, Dämonen scheinen zu Grausamkeit zu neigen.« Ich warf ihm einen bedeutungsvollen Blick zu, dem er mit Würde standhielt.

»Mein Kampf ist ein einsamer, und selbst enge Freunde haben gezeigt, dass sie sich jederzeit gegen mich wenden können. Es ist gefährlich für mich, dir zu vertrauen, aber noch gefährlicher ist es für mich, allein zu bleiben. Ich habe Angst, Susanna, Angst, dass ich eines Tages meine Menschlichkeit vollends verliere und wirklich einer von ihnen werde.« Er lächelte ein trauriges Lächeln, das mich an das erinnerte, das mein Onkel mir geschenkt hatte. »Besonders, da ich durch meine Jagd stärker geworden bin, als es ein Dämon je werden sollte.«

»Hörst du jemals auf, zu prahlen und mich dabei auch noch zu erpressen?«, wollte ich wissen. »Selbst jetzt, wenn du um mein Bündnis bittest, klingt es immer noch wie eine Drohung, als würdest du schreckliche Dinge tun, wenn ich mich deinem Willen nicht füge.«

»Du irrst dich«, erwiderte er mit einem Anflug von Verzweiflung. »Es ist keine Drohung, sondern ein Flehen.«

So erbittert hatte ich ihn noch nie erlebt. Der Ernst, der von seinen Lippen strömte, gab mir ein Gefühl der Kontrolle. Er hatte keine Gründe mehr, zu lügen oder Dinge zu verbergen, zumindest hoffte ich das. Begierig, mehr zu erfahren, wagte ich nicht zu blinzeln und versuchte jede seiner Regungen einzufangen. Verdammt! Er hatte mich schon wieder in seinen Bann gezogen.

»Was versuchst du zu erreichen?«

Er seufzte. »Die Welt hat keinen Nutzen für Dämonen, sie sind ein Relikt, eine Last aus längst vergangenen Tagen.« Er hielt inne und ließ seinen Blick über die pulsierende Menge auf der Hauptstraße hinter uns schweifen. »Und so versuche ich, den unnötigen Ballast loszuwerden.«

Er ließ meine Hand los, und sie sank mit dem Messer zusammen leblos an mir herab. Seine Finger streckte er nach mir aus, ließ sie aber in der Luft zwischen uns hängen, ohne mich zu berühren, als wartete er auf meine Erlaubnis.

»Es passt nicht zu einem Dämon, nett zu fragen – es ist zu meiner Natur geworden, Menschen zu manipulieren, zu erpressen und ohne Wahl zu lassen. Für dich mache ich eine Ausnahme.«

Mein Herz setzte einen Schlag aus – ob es nun an der Nähe lag oder an der Aufregung, die seine Worte geweckt hatten, konnte ich nicht sagen.

»Wirst du mir helfen, Dämonen zu jagen, bis der letzte gebannt ist?«

»Warum ich?«, fragte ich mit einer Stimme, die kaum über ein Flüstern hinauskam.

»Weil du die Kontrolle über deine Ängste hast. Das habe ich sofort an dir bemerkt, und weil du getan hast, was niemand vor dir geschafft hat.«

Mein Atem flachte ab und beschleunigte sich.

»Du hast mein Herz berührt.« Das Lächeln auf seinen Lippen war von Traurigkeit durchtränkt. »Ich wünschte, wir wären uns früher begegnet und du hättest den Mann kennengelernt, der ich mal war.«

»Aber ich bin nichts Besonderes, ich bin eine Einzelgängerin, ein Sonderling ohne einen einzigen bemerkenswerten Charakterzug.« In seinen Zügen suchte ich nach den Spuren eines Witzes, vielleicht verspottete er mich doch.

»Ebenso wie ich – unter jenen meiner Art werde ich als seltsam angesehen«, sagte er leise. »Manchmal können zwei einsame Kreaturen ohne bemerkenswerte Eigenschaften gemeinsam Großes erreichen.«

Ich hielt seinen Blick, unfähig zu antworten. Er setzte etwas tief in mir in Gang, obwohl ich mich seit unserem Kennenlernen mit aller Kraft dagegen gewehrt hatte. Jetzt, da das Gefühl so stark war, dass ich es nicht länger ignorieren konnte, erkannte ich deutlich, was es war: Leidenschaft.

Auch wenn ich mir immer wieder einredete, dass er mich nur benutzte, hatte ich schon lange aufgehört, mich ausgenutzt zu fühlen. Zu sehr liebte ich das Abenteuer, das er in mein Leben brachte. Diese Gefühle waren verrückt, deshalb kämpfte ich mit aller Kraft dagegen an – doch warum eigentlich? Selbst wenn es verrückt war, vor wessen Urteil fürchtete ich mich? Einen Ruf hatte ich nicht zu verlieren, denn dieser war bereits durch die Verbindung zu meinem Bruder verdorben – eine Verbindung, auf die ich nie stolzer gewesen war. Mein Bruder war Dämonenjäger gewesen. Eine noblere Berufung konnte es nicht geben, und auch dass er versucht hatte, Darvill anzugreifen, als er erfuhr, dass dieser ein Dämon war, ergab nun Sinn. Eric hatte sich offensichtlich damals entschieden, Darvill nicht zu trauen. Das war nicht gut für ihn ausgegangen. Was sollte ich nun tun, da ich vor der gleichen Wahl stand? Mich der verrückten Idee fügen und ein Bündnis mit einem Dämonenjäger eingehen, der selbst ein Dämon war, oder davonlaufen?

»Und dann?«

Darvill schaute fragend.

»Wenn wir sie alle besiegt haben?«

»Und dann, wenn ich keine Dämonen mehr zu jagen habe, werde auch ich verenden.« Er schmunzelte über meinen verblüfften

Gesichtsausdruck. »Aber keine Angst, du hättest Glück, wenn es zu deinen Lebzeiten passiert.«

Erneut suchte ich seine Augen nach Hinweisen auf Spott ab. »Wenn ich diesem Wahnsinn zustimme, und ich sage nicht, dass ich es tue, dann möchte ich dabei sein, wenn du dein Ende findest.«

Er grinste frech. »Ziemlich ehrgeizig.«

»Du solltest mittlerweile wissen, dass ich genau das bin.«

Er lachte leise.

Ich musterte ihn und ließ einen letzten kritischen Gedanken zu. »Du hast mich so oft in die Irre geführt, woher weiß ich, dass ich dir jetzt vertrauen kann? Mein Bruder hat dir nicht vertraut. Warum sollte ich es tun?«

»Weil es das Richtige ist«, antwortete er. »Ich habe es deinem Bruder nie übel genommen, dass er mich angegriffen hat, und habe sogar danach noch versucht, ihm zu helfen. Richte dich nicht nach Erics Entscheidungen, denn die haben ihn auf keinen guten Pfad geführt, sonst wäre er jetzt bei dir.«

Mit rasendem Herz und Gedanken trat ich von ihm weg.

»Ich muss nachdenken.«

Die übliche unleserliche Maske legte sich über seine Züge. »Selbstverständlich.« Seine Hand, die in der Luft zwischen uns hing, sank herab.

Kapitel 22

Ein Andrang der Versuchung

Ich war entschlossen, die Fehler der Vergangenheit nicht zu wiederholen und eine bessere Nichte zu sein. Infolgedessen besuchte ich Onkel täglich und verbrachte viel Zeit an seiner Seite, um zu reden oder ihm einfach nur schweigend Gesellschaft zu leisten.

»Ich muss dir etwas beichten«, verkündete er eines Vormittags und setzte sich in seinem Bett auf, als ich gerade ankam.

Ich ließ den Mantel von meinen Schultern gleiten. Einige Schneeflocken klebten noch am Kragen und schmolzen vor meinen Augen. Wie gewohnt, hängte ich ihn über die Heizung hinter Onkels Bett und nahm auf dem Holzhocker daneben Platz. Die Freude darüber, dass Onkel nun nach zwei Wochen endlich wieder zu Kräften kam, konnte ich kaum in Worte fassen. Mittlerweile konnte er sich selbstständig aufrichten.

»Ich kann kaum erwarten, es zu hören«, sagte ich und setzte mich kerzengerade hin.

Verlegen kratzte er sich am Hinterkopf. »Um ehrlich zu sein, ist es vor zwei Tagen passiert, ich hab mich nicht recht getraut, es dir vorher zu sagen ...«, gab er wie ein schuldiges Kind zu. »Aber!« Er klatschte in die Hände. »Es gibt kein Zurück.«

Ich schmunzelte. »Ich kann dir gar nicht sagen, wie glücklich ich bin, dich so gut gelaunt zu sehen, Onkel. Auch wenn ich kein Wort verstehe.«

Er grinste. »Ich habe eine Entscheidung getroffen«, verkündete er und atmete tief durch. »*Mr Copper & Co's Collection of Canes* steht zum Verkauf.«

Ich blinzelte ein paarmal, drehte die Worte im Kopf herum, und dann weiteten sich meine Augen. »Du gibst den Laden auf?«

»Ja«, sagte Onkel mit unerschütterlicher Entschlossenheit in seiner Stimme, aber zu Boden gerichtetem Blick. Das bedeutete, dass es keine leichte, sondern eine wohlüberlegte Entscheidung war.

»Es ist Zeit. Ich werde alt und müde, und sosehr ich es auch liebe, muss ich mir eingestehen, dass das Geschäft nicht mehr den Zweck erfüllt, für den es errichtet wurde. Diese Entscheidung ist mir leichtergefallen, da du eine Anstellung hast. Ohne Mr Darvill und seine Unterstützung hätte ich den Laden nicht schließen können.«

Ich biss mir auf die Lippe. Onkel wusste natürlich nichts von den jüngsten Ereignissen und dass ich aktuell keinerlei Beziehung zu Darvill pflegte. Die Antwort, die ich ihm schuldete, hatte ich bis heute aufgeschoben. Dass Onkel meinetwegen seinen Entschluss revidierte, wollte ich aber auf keinen Fall. Ob mit Darvill oder ohne – ich würde schon über die Runden kommen.

Sein Geschäft war alles für Onkel gewesen. Er war sehr tapfer, sich davon zu lösen. Bestimmt nagten die Zweifel an ihm, und er wünschte sich Bekräftigung durch mich.

»Das ist großartig, Onkel.« Ich rückte an die Kante des Hockers und hoffte, dass meine weit aufgerissenen Augen Ermutigung ausstrahlten und nicht Panik. »Mit dem Geld kannst du dir sicher eine gemütliche kleine Wohnung suchen.«

Er errötete ein wenig. »Ich sollte ganz gut zurechtkommen. Mit meinen Ersparnissen und den bereits erhaltenen zwei Kaufangeboten werde ich ein angenehmes Leben haben.«

»Du hast schon Angebote?« Ich konnte die Verwunderung nicht unterdrücken. Das Geschäft war sehr klein und hatte seine besten Jahre längst hinter sich. Außerdem war es in einer Seitenstraße, die kaum jemand passierte.

»Eins lukrativer als das andere! Sie übersteigen meine Erwartungen bei Weitem! Die Verkaufsanzeige wurde vor zwei Tagen in der *Oxford Gazette* veröffentlicht, und ich war selbst ziemlich überrascht, wie schnell Resonanz kam.«

»Das ist ja großartig! Toll! Ich weiß gar nicht, was ich sagen soll!« Während ich in Lob zerfloss, schoben zwei Krankenschwestern einen

Rolltisch herein. Auf der oberen Etage stand ein dampfender Topf, auf der unteren waren Teller und Besteck.

»Ist es schon Mittag?« Mit diesen Worten warf ich einen Blick zur Wanduhr am Ende der Patientenhalle und sprang auf. »Ich habe ganz die Zeit vergessen! Meine Verabredung mit James ... ich meine Mr Darvill zum Luncheon war bereits vor fünfzehn Minuten.« Noch während ich es aussprach, merkte ich, dass Darvills Einfluss mich mehr und mehr wie einen Snob klingen ließ. Selbst die Krankenschwestern sahen mich argwöhnisch von der Seite an.

»Dann musst du dich sputen!«, tadelte Mr Copper. »Es ist unhöflich, einen Gentleman warten zu lassen.«

Ich zog hastig den aufgeheizten Mantel an und schmunzelte. »Mittlerweile sollte er sich daran gewöhnt haben.«

»Susie«, mahnte Onkel vorwurfsvoll. Bevor er mich weiter tadeln konnte, rannte ich los.

Ich war bereit, dem Teufel eine Antwort zu geben.

Draußen begrüßte mich ein wolkenverhangener Himmel, von dem aus faul die Schneeflocken hinabsegelten. Die Kuppeln und Türme der Universitätsgebäude verschwanden hinter einem grauen Schleier. Trotz der guten Nachrichten von Onkel spiegelte das Wetter meine Laune perfekt wider.

Sogar die beiden Adler am Eingang von Westford Manor wirkten noch grimmiger, als ich an ihnen vorbeilief. Ich empfand nicht mehr das Bedürfnis, herumschleichen zu müssen und den Hintereingang zu nehmen. Beherzt packte ich den Türklopfer und schlug den Ring gegen den darunter liegenden Knopf. Meine feuchten Handflächen hinterließen einen Abdruck auf dem polierten Metall. Ich war nervös. Was, wenn er meine Antwort nicht guthieß?

Darvill öffnete persönlich die Tür.

»Du kommst genau pünktlich«, eröffnete er mit einer einladenden Handbewegung, doch ich blieb an der Schwelle stehen.

»Ich bin doch aber zu spät.«

»Lass es mich anders ausdrücken: Du kommst genau zu dem Zeitpunkt, zu dem ich dich erwartet habe.« Er grinste.

»Man kann einem alten Dämon also doch noch neue Tricks beibringen.«

»Ganz recht. Willst du nicht eintreten?«

»Nein«, erwiderte ich entschlossen. »Meine Antwort möchte ich dir hier geben, ehe mich der Mut verlässt.«

Darvill drehte sich mit geschwollener Brust zu mir, sein verspielter Ausdruck wurde ernst.

»Wie lautet deine Antwort?«

Er stand mit lockeren Schultern vor mir, in seiner Haltung war keine Anspannung zu erkennen – ganz im Gegensatz zu meiner. Es fühlte sich an, als verkrampfte sich jeder Muskel.

Ich atmete tief ein. »Seit ich dich zum ersten Mal getroffen habe, wusste ich, dass ich mich in Acht nehmen muss. Immer und immer wieder hast du dich mir von der hässlichsten Seite gezeigt. Immer und immer wieder habe ich mir versprochen, dich von ganzem Herzen zu hassen. Doch trotz allem, was du getan hast, kamen stets Gefühle in mir hoch, die ich nicht unterdrücken konnte. Wie kann man jemandem gegenüber Zuneigung ... nein ...«

Ich ballte die Hände zu Fäusten und schnaubte.

»Ich muss endlich ehrlich zu mir selbst sein. Wie kann man jemandem gegenüber Liebe empfinden, der nur schrecklich zu einem ist? Das zeugt doch von nichts anderem als Wahn und Selbstzerstörung. Das habe ich mir immer wieder gesagt.«

Ich schnaufte durch. Tränen brachten meine Augen zum Schimmern und den Atem zum Beben. »Man kann jedoch nicht von Selbstzerstörung reden, wenn nichts mehr da ist, um zerstört zu werden. Von mir war, schon als wir uns trafen, nichts übrig gewesen. Ich hatte mir verboten zu leben. Ja, du hast den letzten Rest meines alten Ichs zunichtegemacht, und ich danke dir dafür. Denn nun kann ich aus der Asche auferstehen und eine neue Person werden – ohne die Fesseln, die mich hielten. Du bietest mir ein neues Leben, einen neuen Sinn, der die Welt besser machen soll, und wie kann ich mich dem entziehen?«

Nun liefen die Tränen, die ich mich immer geschämt hatte zu zeigen, stolz die Wangen hinab. Sie waren ein Zeichen dafür, dass ich mir tief aus der Seele sprach.

»Ich liebe dich, so verdorben du auch sein magst, für all das Gute, für das du kämpfst. Ich liebe die Person, die du aus mir machst, und

ich liebe das Wir, von dem du gesprochen hast. Meine Antwort ist nicht einfach nur Ja, sondern die aufrichtige Bitte, mich zu akzeptieren und zu ertragen und gemeinsam für ein besseres Morgen zu kämpfen.«

Das war das Ende meines Monologs, und nun kam der harte Teil: das Warten auf Darvills Reaktion.

Quälende Stille lag zwischen uns, sein Gesicht verriet nichts. Er trat zu mir vor, öffnete seine Arme und packte mich mit einer Wucht, die mir den Atem raubte. Mit unmenschlicher Stärke drückte er mich fest an sich. Ich legte den Kopf an seine Brust und spürte die Narben unter seinem Hemd gegen meine Wange. Meine Arme ließ ich hochwandern und schloss sie um ihn. In diesem Moment war ich einfach nur glücklich und erleichtert. Zum ersten Mal seit Langem wusste ich, wohin ich gehörte – und zu wem.

»Keine Lügen mehr, keine Halbwahrheiten und Verzerrungen.« Sein Seidenhemd vor meinen Lippen dämpfte die Intensität meiner Worte.

Er schob mich gerade genug von sich, um mir in die Augen zu sehen. »Dann lass mich mit einer Wahrheit beginnen, die ich bisher geheim gehalten habe.« Sein heißer Atem berührte meine zittrigen Lippen. »Du bist mir wichtig. Nicht nur als Mittel zum Zweck ...«

Ich verdrehte meine verweinten Augen. »Was für eine Ehre«, erwiderte ich mit einem Lachen.

»... sondern als die Frau, die ich liebe.«

Mein Mund öffnete sich vor Verwunderung, und er schloss ihn mit seinem. Der Kuss erfüllte meinen ganzen Körper mit kribbelnder Euphorie. Durfte ich wirklich so glücklich sein?

Unsere Lippen lösten sich, und ein verschmitzter Ausdruck legte sich über Darvills funkelnde Augen.

»Erwarte keine überschwänglichen romantischen Gesten von mir. Der einzige Schmuck, den ich dir schenke, wird besessen sein.«

Ich lachte auf. »Und ich werde ganz sicher nie wieder mit dir tanzen. Das eine Mal hat mir gereicht.«

»Denk nicht, dass ich dir je Blumen bringe.«

»Oder dass ich mich mit dir jemals auf einem Ball sehen lasse!«

»Außer dort ist ein Dämon.«

»Aber wirklich nur dann, und wir gehen getrennt hin, mit so einem arroganten Schnösel will ich nicht gesehen werden.«

Nun lachte auch er. »Dito.«

Erneut zog er mich an sich. Der Kuss war begieriger als sein Vorgänger. Mit seiner rechten Hand auf meinem Rücken presste er mich gegen seinen Körper, mit der linken fuhr er durch mein Haar. Ich vergrub die Finger in seinem roten Mantel und verlor mich in dem Moment. Immer fester klammerte ich mich an ihn.

Moment mal. Warum trug er seinen Mantel? Wo wollte er hin?

Er verließ selten das Haus, außer er ging auf Dämonenjagd. Das hatte ich nun gelernt.

Ich trennte meine Lippen von seinen. Seine Augen loderten vor Leidenschaft, als ich in sie sah. Das war gefährlich. Die Versuchung, sich darin zu verlieren, war groß. Ich wollte nichts sehnlicher, als einfach nachzugeben. Doch es gab Wichtigeres.

»Warst du gerade dabei auszugehen?«, fragte ich und trat aus seiner Umarmung heraus.

Er fuhr sich mit den Fingern, deren Berührung ich immer noch auf meinem Körper spürte, durchs Haar.

»*Wir* waren gerade dabei auszugehen«, korrigierte er. »Doch momentan spiele ich eher mit dem Gedanken, zu Hause zu bleiben.« Er sah mich mit einer Intensität an, die meine Willenskraft auf eine harte Probe stellte.

Sein Zögern ließ darauf vermuten, dass er die Entscheidung mir überließ, und obwohl ich nichts lieber wollte, als ihn zu küssen, war ich entschlossen, mich standhaft zu zeigen. Es war nicht so, dass ich mich um meine Tugend sorgte, schließlich hatte ich bereits alle gesellschaftlichen Normen gebrochen. Aber ich wollte mich nicht von blindem Verlangen hinreißen lassen. Mein Wille musste stets die Oberhand behalten, damit ich stark war gegen die Einflüsse von Dämonen – auch gegen einen ganz bestimmten Dämon. Ich durfte keine Ausnahmen machen.

»Worauf warten wir dann noch?«, fragte ich. »Lass uns losgehen.«

Darvill warf den Kopf zurück und brüllte: »Timothy! Bring mir Zylinder und Gehstock und fahr die Kutsche vor.«

Aus dem Nichts tauchte der Junge mit den gewünschten Gegenständen auf.

Ich errötete. War er in der Nähe gewesen und hatte alles verfolgt? Sogar die Liebeserklärung? Wie peinlich!

Selbst wenn es so war, ließ Timothy sich nichts anmerken. Pflichtbewusst stattete er den Hausherrn aus und rannte dann an mir vorbei und um das Gebäude herum. Das Traben von Pferden und Rattern der Räder auf dem Kies ertönte, kurz bevor das Gespann um die Ecke kam und vor uns hielt.

»Nach dir«, sagte Darvill und hielt mir seine Hand hin. Ich ließ mich auf dem komfortablen Ledersitz nieder. Dann stieg Darvill ein. Diesmal setzte er sich dicht neben mich.

»Es ist leider nur eine kurze Fahrt«, flüsterte er in mein Ohr und legte einen Finger unter mein Kinn. Er wandte meinen Kopf zu sich. Ich vergaß den Wunsch nach Kontrolle und sehnte mich stattdessen nach seinen Lippen. Ich musste nicht lange warten, bis seine die meinen berührten. Sanft legte er eine Hand auf mein Knie und die andere um meine Taille.

»Wie lange wollte ich das schon machen«, raunte er gegen meinen Mund.

»Wie lange?«

Er schmunzelte und strich mir eine Strähne aus dem Gesicht. »Seit ich dich in dem Ballkleid gesehen habe … nein, eigentlich schon vorher.«

»Ich hätte nie gedacht, dass ich mit den Schönheiten an deinen Wänden mithalten könnte«, erwiderte ich. »Ich dachte nicht, dass jemand wie du –«

»Jemand wie ich?« Ein mokantes Funkeln leuchtete in seinen Augen auf. »Jemand so Gutaussehendes und Unwiderstehliches?«

Ich verdrehte die Augen und lachte. »Nein, jemand so Selbstverliebtes und Arrogant–«

Er unterbrach mich mit noch einem Kuss.

»Du bist wunderschön, Susanna«, sprach er leise und küsste meine Wange. »Auch ohne eimerweise Puder und zig Haarteile.« Er küsste mich kurz vorm Ohr. »Auch ohne schicke Kleider.« Er küsste mich am Hals. »Bestimmt auch ohne jegliche Kleider.«

Ich schob ihn weg. »Du bist wirklich ein Teufel.« Mir wurde ganz heiß um die Ohren. Dennoch konnte ich nicht anders, als zu grinsen. Seine Worte machten mich glücklich.

»Und du bist mein Engel.« Er beugte sich wieder vor, um mich zu küssen.

Ich lehnte mich zurück. »Das bin ich ganz sicher nicht. Engel stehlen nicht.«

Er zuckte mit den Schultern. »Was sagt das dann wohl über meine Moralvorstellungen aus?« Mit einem Seufzen beantwortete er seine eigene Frage. »Dass ich schon viel zu lange Dämonen jage.«

»Sind wir auf dem Weg zu einem?«, wollte ich wissen.

Er lehnte sich zurück und wurde ernst. »Ja.«

»Was ist meine Aufgabe?«, fragte ich plötzlich atemlos.

Darvill musterte mich. »Zusehen und lernen. Der Dämon ist nicht stark, hat aber bereits eine Menge Ärger gemacht.«

»Wie kommst du den Dämonen auf die Spur?«

»Die *Oxford Gazette*«, antwortete er plump. »Wenn man weiß, worauf man achten muss, lässt sich ein dämonischer Mord leicht von einem menschlichen unterscheiden. Manchmal lade ich den Hauptkommissar zum Tee ein. Deswegen hatte der Wachtmann neulich solche Angst vor mir. Ich bin gut gestellt mit seinem Vorgesetzten. Sowohl Presse als auch Polizei sind sehr hilfreich bei der Dämonenjagd. Leider sind sie nicht besonders effektiv und brauchen immer mal wieder einen Schubs in die richtige Richtung ... oder einen Wink mit dem Zaunpfahl. Den Mord an Sebastian Harrington haben sie noch immer nicht geklärt, dabei habe ich ihnen schon so viele Hinweise auf Rebecca gegeben. Ich habe mittlerweile fast alles versucht. Mir bleibt wirklich nur noch, es in knallroten Buchstaben an ihre Fenster zu schreiben ...«

»Das wusste ich alles gar nicht.«

»Es gibt noch vieles, was du nicht weißt. Aber ich werde dich lehren, denn ich möchte nicht, dass dir etwas passiert.« Er legte wieder seine Arme um mich. »Du bist jetzt mein.«

»Und diesmal freiwillig.«

Kapitel 23

Ein Hauch Überlegenheit

Die Kutsche hielt an einer abgelegenen Villa. Das Gebäude war heruntergekommen und alt. Die Tür leistete keinen Widerstand, als Darvill sie eintrat. Das morsche Holz splitterte und brach zu Boden. Eine dichte Staubwolke stieg auf.

»Du musst deine Gedanken voll unter Kontrolle haben, um den Dämon in ein Objekt zu drängen, ohne von Furcht oder Zweifeln übermannt zu werden«, führte Darvill aus und trat in das verlassen wirkende Haus. Ich folgte ihm unsicheren Schrittes.

An den Wänden hingen Spinnweben und Bilder, die man unter einer dicken Staubschicht kaum erkennen konnte. Darvill wischte über eins nach dem anderen mit dem Ärmel drüber. Ein Früchteteller verbarg sich auf einer Leinwand, Sonnenblumen auf der anderen und das Gesicht eines Mannes auf dem dritten. Darvill riss es samt Tapete und Putz von der Wand und ging weiter.

Zu unseren Füßen verlief ein verblasster grüner Teppich, auf den die Decke hinabgebröckelt war.

Ich versuchte dicht hinter meinem Partner zu bleiben, stieg dabei über die Überreste eines Stuhls, die Fetzen der abgelösten Tapete und eine zerbrochene Vase.

Darvill marschierte zielsicher die knarrende Holztreppe hinauf.

»Zeig dich, Dorian.«

Die Wände erzitterten vor seiner Stimme.

Ein Rascheln ertönte von oben und Schritte, die sich schnell entfernten. Mit zwei Sätzen erklomm Darvill die teilweise eingebrochene Holztreppe und rannte um die Ecke. Ich eilte ihm nach. Wir fielen in

ein Zimmer ein, wo ein schlanker Mann in bunter Weste gerade aus dem Fenster springen wollte. Darvill warf das Porträt vor seine Füße, packte ihn am Kragen und riss ihn zu Boden.

»Nein, nicht!«, wimmerte der Fremde und streckte seine Hände schützend vor sich aus. Dorian war jung und hatte zarte Porzellanhaut. Mit großen blauen Augen funkelte er Darvill ängstlich an. Das schulterlange Haar glänzte trotz der düsteren Umgebung.

Darvill ließ dem Flehen zum Trotz keine Gnade walten und drückte seine Arme gegen die morschen Holzdielen am Boden.

»Versuch es«, wies Darvill mich an.

Dorian wehrte sich mit aller Kraft, und Darvill hatte Mühe, ihn zu halten.

»Ich?«, stammelte ich.

»Ja, los!«

»Nein!«, kreischte der Fremde.

Ich sah auf das Porträt, dann auf den Mann, der darauf abgebildet war. Angst hatte ich keine, schließlich war Darvill an meiner Seite, aber …

»Du hast mir doch gar nichts erklärt! Ich weiß weder was ich tun soll noch wie.« Frustriert fuchtelte ich mit den Armen herum.

»Es ist ein Kampf der Geister! Der, dessen Wille stärker ist, siegt über den anderen. Wenn du Angst hast, schwächt das deinen Geist.«

»Das sagt mir immer noch nicht, was ich konkret tun soll.« Ich fuchtelte noch intensiver mit den Händen, als ob das irgendwie helfen konnte, seine kryptischen Anweisungen zu übersetzen.

»Den Dämon bannen!«

»Verdammt, wie denn?«

»Mit deinem Geist!« Die Irritation in Darvills Stimme wuchs zunehmend, was die letzten Worte wie ein Knurren klingen ließ. Für Darvill schien die ganze Prozedur so selbstverständlich, dass er sie nicht einmal erklären konnte, ich hingegen hatte nicht den blassesten Schimmer, wo ich ansetzen sollte.

»Bist du jetzt auch noch sauer auf mich? Ich hab doch gar nichts gemacht!«, verteidigte ich mich.

»Das ist das Problem«, keifte er zurück.

Der Mann unter Darvill zappelte um sein Leben, und Darvill drückte ihn mit aller Kraft zu Boden. Beiden stand der Schweiß im Gesicht.

»Wenn ihr euch uneinig seid, so lasst mich doch bitte gehen, ich verspreche, ich werde mich bessern und – «

»Sei still!«, unterbrachen Darvill und ich im Duett Dorians Wortschwall. Die Wut in unseren Stimmen galt eher einander als dem jämmerlichen Dämon und seinen Lügen.

»Mach doch jetzt, Susanna ... versuch es ... irgendwas«, stöhnte Darvill angestrengt und genervt.

»Du bist der schlechteste Lehrer der Welt«, pampte ich ihn an und fixierte den strampelnden Schönling. Ich richtete meine Gedanken darauf, ihn in das Bild zu drängen, doch nichts passierte. Mit aller Kraft konzentrierte ich mich auf den Wunsch, den Dämon zu bannen, etwas Besseres fiel mir nicht ein.

Hätte ich doch nur darauf bestanden, auf Westford Manor zu bleiben, dann hätte ich ihn zwingen können, mir die Dämonenjagd besser zu erklären, anstatt sie jetzt unter Zeitdruck auszudiskutieren. Und wir hätten uns weiter küssen können ...

Unterdessen trat Dorian Darvill ins Gesicht. Letzterer stürzte daraufhin mit dem ganzen Körper auf ihn.

»Das dauert zu lange, Susanna«, keuchte Darvill. »Du darfst deinen Geist nicht abschweifen lassen.«

»Tue ich nicht«, protestierte ich.

»Dann denkst du nicht daran, wie wir uns geküsst haben?«

»Nur kurz«, gab ich kleinlaut zu.

»Du elender Verräter«, kreischte Dorian und versuchte Darvill zu beißen. Das waren ganz andere Töne und Taten als eben noch – Dämonen konnten wirklich doppelzüngig sein! Zum Glück wich Darvill ihm gekonnt aus.

»Los jetzt«, forderte Darvill.

Ich konzentrierte mich mit aller Kraft, und mit einem Mal begann der Fremde zu leuchten. Eine Dunstwolke stieg von ihm auf und wanderte in das Porträt. Genau wie es bei Rebecca gewesen war, zerfiel der Körper zu Staub.

Ich fuhr überrascht zurück. »War ich das?«

»Natürlich nicht«, schnaufte Darvill. Er richtete sich auf und klopfte seine Kleidung ab. »Ich hatte keine Geduld mehr. Aber mach dir nichts draus. Wir werden es weiter versuchen.« Er legte seine Hand auf meine Schulter und grinste. »Wirklich übel kann ich dir nicht nehmen, dass deine Gedanken nur um mich kreisen.«

»Das stimmt nicht! Ich habe mich wirklich bemüht«, gab ich zurück. »Ohne das geringste Verständnis ist das eben unmöglich.«

»Pass auf, dass du versehentlich nicht mich wegsperrst, wenn du an niemand anderen denken kannst.«

Mir entglitten die Gesichtszüge. »Das geht?«

Darvill lachte. »Dafür müsstest du wirklich gut sein, und davon sind wir noch sehr weit entfernt. Außerdem solltest du vorher herausfinden, was mir lieb und teuer ist.« Er fixierte mich herausfordernd.

Ich fuhr zurück. »Ich sperre deinen Dämon ganz sicher nicht in mir selbst ein.«

Er lachte auf. »Ganz schön anmaßend! Das Selbstbewusstsein hättest du zum Kampf mitbringen sollen.«

»Meine Einstellung war besser als deine Erklärungen«, erwiderte ich grimmig. »Wie soll ich eine solche Kontrolle über meine Gedanken erlangen, dass ich damit Dämonen bannen kann? Und wie kann ich die einsetzen?«

Er sah gedankenverloren aus dem zerbrochenen Fenster. »Wenn du so weit bist, wirst du schon wissen, was zu tun ist.«

Ich warf die Hände in die Luft. »Ist das dein Ernst? Ich werde es einfach wissen, so mir nichts, dir nichts? Du bist völlig nutzlos!«

»Dito.«

Wir funkelten uns an.

»Darf ich mich noch mal umentscheiden? Ich möchte doch lieber nicht mit dir Dämonen jagen.«

»Ach ja? Hast du etwas Besseres zu tun?«

»Im Moment erscheint mir alles besser.«

»Ist das so?«

»Ja!«

Er schritt auf mich zu und packte mich an den Schultern, dann zog er mich an sich heran und presste seine Lippen mit solcher Leidenschaft gegen meine, dass ich vergass zu atmen. Das Kribbeln fuhr

durch meinen Körper, ich klammerte mich an Darvills Brust und gab mich dem Kuss hin. Es war, als würde die Zeit stillstehen, und ich wollte für immer so in seiner Umarmung bleiben. Auch dass unsere Umgebung ein heruntergekommenes Haus war, das den Anschein erweckte, als könnte das Dach jederzeit einstürzen, änderte nichts an dem Umstand.

Doch so abrupt, wie er mich geküsst hatte, so plötzlich ließ er von mir ab. Überrascht und ein wenig enttäuscht blinzelte ich ihn an.

»Möchtest du deine Aussage noch mal revidieren?«

Als Antwort zog ich ihn an seiner Ascot-Krawatte an mich und küsste ihn.

Mit aller Kraft hielt ich an diesem Moment fest und versuchte ihn mir einzuprägen. Das einzig Plausible aus Darvills Unterrichtung war die Bedeutung eines starken Geistes. Und genau dafür würde ich jeden noch so kleinen Augenblick des Glücks in meinem Herzen einschließen, bis darin kein Platz mehr blieb für Zweifel, Angst und Zorn. Das würde mein Schild gegen die Dunkelheit werden.

Und alles andere würde ich mir dann irgendwie aneignen, so schlecht sich Darvill auch als Lehrer anstellen mochte. Besonders viele Anweisungen hatte er mir noch nie gegeben.

»Wo wir das nun geklärt hätten, lass uns von hier verschwinden, bevor uns jemand bemerkt.«

Er packte das Bild und mich bei der Hand und wies den Weg hinaus, vorbei an all den Trümmern und dem Gerümpel eines ehemals gutbürgerlichen Hauses.

»Was ist hier geschehen?«

Darvill seufzte. »Nur wenige erlangen eine solche Kontrolle wie ich oder Rebecca, deswegen war sie auch eine so starke Gegnerin. Die meisten Dämonen sind einfach nur gewalttätig und hinterlassen nichts als Zerstörung. Sie werden von ihren Gelüsten beherrscht und schaffen es nicht, sich in die Gesellschaft zu integrieren, sie vereinsamen und können ihre Anonymität nicht lange wahren. Das Resultat ist, dass sie ihr Ansehen verlieren oder nach ihnen gar gefahndet wird. Es bleibt ihnen nur noch, sich zu verstecken. Das ist auch Dorian widerfahren. Er war Student in Oxford, ließ sich von der Dunkelheit in seinem Herzen verführen und verschwand. Leider war er gekonnt

im Versteckspiel, ich hatte nicht geahnt, dass er die Dreistigkeit hätte, sein eigenes Haus zu bewohnen, in dem er damals auf sein Personal losgegangen ist und einen Brand gelegt hat.«

Ich schnappte scharf nach Luft. »An die Geschichte vom wahnsinnigen Studenten erinnere ich mich. Sie hat wochenlang Schlagzeilen in der *Oxford Gazette* gemacht, und die Nachbarn haben von nichts anderem gesprochen. Es hatte sogar geheißen, dass sein Haus verflucht wäre.«

»Genau das hat ihm den perfekten Schutz geboten, bis ich neulich auf seine Spur kam und ihn nun endlich erwischt habe.«

Wir traten hinaus. Die Sonne stand tief und warf einen goldenen Schimmer über die Dächer, während die Straße in Schatten versank. Wir befanden uns in einer wohlhabenden Gegend.

Bis auf Dorians Haus mit dem verwucherten Garten und umgefallenen Baum wirkten die anderen Häuser gepflegt und einladend. Allesamt hatten sie weitläufige Vorgärten und große Erkerfenster mit Verzierungen und Efeu an den Fassaden.

Darvill beschleunigte seinen Gang.

»Wo ist Timothy mit der Kutsche?«, fragte ich ihm nacheilend. Er hielt weiterhin meine Hand, und ich wollte nicht zurückfallen, sodass er sie losließ.

»Ich lasse ihn nie direkt vor der Tür warten, das ist zu auffällig. Er hat die Anweisung bekommen, um den Häuserblock in der Parallelstraße im Kreis zu fahren. Da ist er!«

Timothy schien Darvill zuerst bemerkt zu haben und fuhr bereits auf uns zu.

Wir stiegen hastig ein, und die Kutsche war in Bewegung, noch bevor Darvill die Tür zuschlug.

»Und genau weil die meisten Dämonen brutale Monster sind, musst du sie schnell bannen und darfst nicht trödeln.« Bedeutungsschwer blickte er zu mir und deutete damit an, dass er mir die Schuld an meinem Scheitern gab.

Anstatt wieder zu streiten, ließ ich seine Implikation unkommentiert und suchte nach einem konstruktiven Ansatz.

»Kannst du mir erklären, wie ich mit einem Dämon in geistigen Zweikampf treten kann?«

Darvill runzelte die Stirn und presste die Lippen zusammen. Nachdenklich starrte er an mir vorbei.

»Nein«, gestand er schließlich mit Bedauern in der Stimme. »Das kann ich wirklich nicht. Du musst es von dir aus erspüren.«

Wir seufzten beide gleichzeitig, und darüber musste ich lachen.

»Ich bin wirklich verrückt, mich auf dich einzulassen.«

»Und das ist mein großes Glück.«

Verschmitzt grinste er mich an.

Die Räder knirschten über groben Kies und kamen zum Stehen.

»Darf ich bitten?« Darvill hielt mir die Tür auf. »Wir haben noch so einiges zu besprechen.«

Ich bedankte mich bei Timothy und folgte Darvill ins Anwesen.

Die Porträts schüchterten mich nicht mehr ein. Das bedeutete, dass die Macht der Dunkelheit langsam nachließ und dass mein Geist stärker wurde. Es war nur eine kleine Errungenschaft, doch sie ließ mich hoffen, dass ich die Dämonenjagd vielleicht eines Tages ebenfalls meistern würde.

»Ich muss mich für einen Moment entschuldigen«, verkündete Darvill, als er im Foyer seinen Mantel abnahm. »Dorian hat mir das Hemd zerrissen. Ich gehe mich umziehen.«

Ich nickte und schaute ihm stumm nach, als er die Treppe hinaufstieg. So miserabel er als Lehrer war, so talentiert zeigte er sich im Kampf. Er hatte seine ganz eigene Dunkelheit zu bewältigen, und doch nahm er mich mit auf die beschwerliche Reise. Trotz der vielen Hürden, die vor uns lagen, war ich stolz, dass wir uns ihnen stellten.

Erhobenen Hauptes ging ich voraus in den großen Saal.

Für manche Menschen war das Gute selbstverständlicher als für andere. Ich konnte nicht umhin, Onkel für seinen selbstlosen Charakter und die fleißige Arbeitsmoral zu bewundern, die er trotz aller Schwierigkeiten sein ganzes Leben lang beibehalten hatte. Die Entscheidung, sein Geschäft zu verkaufen, war eine Überraschung, auf die ich nicht vorbereitet gewesen war. Es freute mich, dass er sein Wohlergehen priorisierte.

Auf einem der runden Tische aus poliertem Kirschbaum lag die *Oxford Gazette* aus. Ich schlug sie auf und fand Onkels Geschäft unter den Anzeigen auf der vorletzten Seite:

Traditionsreiches Geschäft in Oxford zum Verkauf:
Mr Copper & Co's Collection of Canes
Machen Sie noch heute Ihr Angebot!

Darunter stand eine Adresse, an die die Angebote gesendet werden sollten, und ein weiterer Hinweis, dass alle verbleibenden Gehstöcke zum halben Preis verkauft wurden. Ich grinste von Ohr zu Ohr und blätterte dann weiter. Mittendrin war eine weitere Vermisstenanzeige mit einem großen Porträt eines sehr bekannten Gesichts.

SKANDAL IN DER VILLA DE BELLES:
MISS REBECCA TERREL IST VERSCHWUNDEN!

Genau wie beim Verschwinden von Lady Barlow, gab es eine Adresse, an die man seine Hinweise senden konnte, aber ich würde sicherlich niemandem erzählen, was ich wusste. Sowohl Lady Barlow als auch Rebecca waren genau richtig dort, wo sie waren.

Das Medaillon mit Rebeccas Porträt hatte einen erstklassigen Platz erhalten, wie ich jetzt feststellte. Es lag in einer versiegelten Glasschatulle mitten im großen Saal aus. Ich schaute es mir an, baute anschließend eine große Distanz dazu auf. Sogar aus ihrem Gefängnis heraus spürte ich, wie sie versuchte, nach mir zu greifen. Hoffentlich würde das Medaillon ebenso wie die Porträts ihre Macht über mich verlieren. Dazu musste ich selbstbewusster werden. Die Dunkelheit konnte nur so lang siegen, wie man sich nicht dagegen wehrte, und ich würde mir nie wieder erlauben, so schwach zu sein, wie ich es einmal war.

»Susanna?«, hörte ich Darvill meinen Namen aus dem Foyer rufen. »Susanna!«, tönte es mit mehr Nachdruck.

Ich lugte durch die Doppeltür des Saals. »Ja?«

»Ach, da bist du! Ich dachte, du hättest dich mal wieder davongestohlen.« Er stöhnte erleichtert auf.

»Ich denke immer, du wärst ein Teufel, aber je besser ich dich kennenlerne, desto eher finde ich Ähnlichkeiten mit einem Jungen, der seine Spielsachen nicht teilen mag«, erwiderte ich mit einem Lachen.

»Man sieht nun mal das, worauf man das Auge richtet«, sagte er grimmig.

Darvill wirkte aufgetaut und schien nicht mehr so stark auf der Hut zu sein in meiner Gegenwart. Er musste auf seinem großen Anwesen sehr einsam gewesen sein, von allen darin nicht nur durch seinen Status, sondern auch durch sein Geheimnis getrennt.

»Lass uns über die nächste Jagd sprechen.«

Er betrat den Saal, und nur wenige Augenblicke später folgten hinter ihm zwei Dienstmädchen. Sie richteten Tee und eine Etagere mit eleganten kleinen Köstlichkeiten an.

Eine von ihnen war Fran. Sie lächelte mir zu, ich erwiderte mit einem breiten Grinsen. Zwar kannten wir uns noch kaum, doch ich hatte das Gefühl, wir könnten Freundinnen werden. Sie schien mir wie jemand, von dessen positiver Lebenseinstellung ich viel lernen könnte, und ihre offene Art mir gegenüber deutete darauf hin, dass sie mich mochte. Aber alles zu seiner Zeit. Jetzt hatten wir anderes zu besprechen, und wie Darvill mich bereits ermahnt hatte, durfte ich mich nicht ablenken lassen, wenn ich gegen die Dämonen bestehen wollte.

Als die Leckereien aufgetischt waren, musste ich schmunzeln. Darvill schaute fragend auf.

»Dämonenjagd und High Tea passen einfach nicht zusammen«, flüsterte ich ihm zu, während die Dienstmädchen den Raum verließen.

»Unsere Angelegenheiten können so düster sein, was ist da eine bessere Kompensation als Schönheit und Luxus?«

»Sind das Petit Four?«, rief ich aus und nahm eines der bunten Würfel, ohne auf eine Einladung zu warten. Ich hatte solche Küchlein schon oft in den Fensterfronten teurer Konditoreien gesehen, aber noch nie welche selbst probiert.

Darvill sprach es zwar nicht aus, doch meine Euphorie brachte auch seine Augen zum Leuchten.

»Ich mag schöne Dinge, und wenn sie obendrein noch lecker sind, umso besser.«

»Wie kommt es dann, dass dein Arbeitszimmer immer in einem chaotischen Zustand ist?««

»Ich sagte, ich mag Schönheit ... nicht putzen, und ich kann die Zimmermädchen nicht da reinlassen«, er machte eine Pause, »da sind einfach zu viele sensible Dinge und Dokumente, die ich nur einem anderen Jäger anvertrauen würde.«

Ich nahm noch ein Petit Four und setzte mich auf ein Sofa mit Seidenpolstern. In dem Moment klopfte es an der Doppeltür.

»Herein«, bat Darvill laut.

In den Saal trat Megan. »Benötigen Sie noch etwas?«

»Danke, nein«, entgegnete der Herr. »Wir möchten in der nächsten Stunde nicht gestört werden – egal was passiert.«

Das Dienstmädchen nickte, knickste und verschwand wieder.

Ich schüttelte den Kopf. »Sie ist immer noch hier?«

»Sie beteuert, sich an nichts zu erinnern, und ich glaube ihr«, sagte Darvill. »Aber ich akzeptiere keine Feindseligkeit dir gegenüber, und das habe ich ihr sehr deutlich gemacht. Wenn sie ihre Position behalten will, sollte sie sich vergegenwärtigen, wo ihre Pflichten und Loyalitäten liegen. Und kaum ein Angestellter ist so loyal wie jener, der versucht, einen Fehler wiedergutzumachen.«

Diese Seite an ihm hatte ich noch gar nicht kennengelernt. Er schien ein fairer Arbeitgeber zu sein und glaubte sogar an zweite Chancen. Ich hoffte, dass sich meine Beziehung zu Megan im Laufe der Zeit doch noch verbessern würde. Der erste Schritt meinerseits bestand darin, ihr zu verzeihen und zu akzeptieren, dass ihre Handlungen einzig an Rebeccas Manipulation gelegen hatten. Albträume hatte ich noch immer von dieser Nacht, das war genau die Dunkelheit, die ich bezwingen musste. Wenn Darvill Megan weiterhin sein Vertrauen schenkte, so wollte ich das auch.

Der Hausherr ging zur Doppeltür hinüber und schloss sie ab. Dann drehte er sich zu mir. Mein Herz setzte einen Schlag aus.

Als würde er jeden Schritt genau durchdenken, kam er auf mich zu und drückte meine Hand. Ein sanfter Blick lag in seinen Zügen. Wir sahen uns einen Moment lang in die Augen, meine Lippen brachen aus in ein Lächeln, das Darvill erwiderte. Ich hoffte, dass er mich erneut küssen würde.

»Also, sollen wir übers Geschäft sprechen?«, fragte er nüchtern.

»Gern«, erwiderte ich mit zugeschnürter Kehle, während das Lächeln noch immer auf meinen Lippen ausharrte. An die Seltenheit der schönen Momente zwischen uns musste ich mich wohl gewöhnen, und das machte sie umso kostbarer.

»Der erste Punkt auf meiner Liste«, sagte Darvill, der mit seiner Teetasse und einem Lachssandwich im Zimmer auf und ab ging, »ist der Verkauf des Ladens deines Onkels. Ich habe die Anzeige neulich in der *Oxford Gazette* gesehen und ihm mein Angebot unterbreitet – natürlich unter falschem Namen, da ich nicht möchte, dass dein Onkel es als Wohltätigkeit ansieht. Ich hoffe, das ist auch in deinem Sinne.«

Das war klassisch Darvill. Ich hatte vermutet, dass eines der Angebote, von denen Onkel erzählt hatte, seines gewesen sein musste.

»Danke«, sagte ich, »ich weiß das zu schätzen, aber dein Angebot ist nicht das einzige.«

Darvill sah überrascht aus. »Prächtig!«

»Ich denke, mein Onkel hat eine kluge Entscheidung getroffen.«

»Ich stimme zu.«

»Sehr gut, weiter geht es«, fuhr ich fort, als plötzlich eines der großen Fenster in tausend Teile barst und ein Scherbenregen über den Saal niederprasselte.

Beschützend sprang Darvill vor mich und bedeckte mich mit seinem Körper. Als ich unter ihm hervorlugte, konnte ich meinen Augen kaum glauben.

»Eric!«

Kapitel 24

Ein Überbleibsel der Vergangenheit

»Eric!« Ich kam unter Darvill hervor und sprang auf die Beine, meine Knie fühlten sich wie Watte an. »Bruder, was in aller Welt?«
Eric Copper kletterte durch das zerbrochene Fenster und sprang mit der Anmut einer Raubkatze auf den von Splittern bedeckten Teppich.

Ich wollte zu ihm rennen und die Arme um ihn werfen, aber als ich einen Schritt in seine Richtung machte, schoss Darvills Arm vor mich und versperrte mir den Weg. Beschützend positionierte er sich zwischen meinem Bruder und mir, während Eric seinen Rücken durchstreckte und mich mit einem tiefen Stirnrunzeln und lodernder Wut in den Augen musterte.

»Du dummes Mädchen«, murmelte er leise. Sein Äußeres hatte sich über die Jahre seines Verschwindens stark verändert. Das Gesicht war kantiger geworden, die Augen hatten ihren sanften Blick verloren. Er trug sein dunkelbraunes Haar länger und hatte es zu einem kurzen Zopf zusammengebunden. Den größten Wandel hatte sein Körper durchgemacht. Früher war er eher mollig gewesen, jetzt war er schlank – fast schon dürr. Durch den braunen Ledermantel erkannte ich muskulöse Arme. So waren sie schon damals gewesen, das war durch das Schmieden gekommen.

Unter dem Mantel, der viel eleganter war als sein alter, den ich sonst trug, zierte eine bestickte Weste seinen Torso. Darunter schaute ein graues Seidenhemd hervor. Die Kleidung deutete darauf hin, dass er nicht an finanziellem Mangel litt. Ihm fehlte allerdings der stilvolle Geschmack, der Darvill auszeichnete. Erics modische Zusammensetzung wirkte willkürlich und passte kaum zusammen. Das wäre mir

früher nie aufgefallen, aber Darvills Einfluss und der Besuch des Balls hatten ihre Spuren hinterlassen.

»Lass sie in Ruhe«, knurrte Darvill.

Ich sah von einem Mann zum anderen, doch scheiterte daran, die Situation richtig zu deuten.

»Ich bin gekommen, um dich zu holen, Darvill«, sagte Eric mit so viel Gift im Ton, dass er es schaffte, mir einen Schauer über den Rücken zu jagen.

»Sei kein Narr, Eric«, erwiderte Darvill mit fester Stimme. »Wir wissen beide, dass du gegen mich keine Chance hast.«

Eric grinste. »Das war vielleicht vor vier Jahren so gewesen, aber ich bin nicht mehr so grün wie damals und werde das beenden, was ich damals angefangen habe.«

»Wovon redest du?«, fragte ich mit einer Stimme so rau, als hätte ich jahrelang nicht gesprochen.

Auf zitternden Beinen trat ich vor und Darvill senkte seinen Arm, blieb jedoch dicht bei mir, als könnte Eric mich sonst verletzen.

»Eric, ich habe überall nach Hinweisen gesucht, wo bist du gewesen?«

Die Tränen stiegen mir in die Augen, und ich erinnerte mich an die grausige Geschichte, die Darvill erzählt hatte. Die Narbe auf seiner Brust blitzte vor meinem inneren Auge auf.

»Wie kannst du mit diesem Monster zusammen sein, Susie?«, fragte Eric und ballte wütend die Fäuste.

»Er ist kein Monster«, widersprach ich kraftvoll. »Eric, du verstehst nicht.«

»Ha«, bellte mein Bruder wütend. »Ich verstehe nicht?« Er trat vor und Darvill schob mich hinter sich. »Du bist es, die nichts versteht. Dieser Mann ist ein Dämon! *Ein Dämon!* Es gibt keine guten unter ihnen, egal was er dich glauben gemacht hat. Es liegt in ihrer Natur, zu morden und Elend zu verbreiten, davon ernähren sie sich.« Eric schrie jetzt und sah aus wie ein Verrückter. Er erschreckte mich so sehr, dass ich die Angst nicht mehr verdrängen konnte, wie ich es gelernt hatte.

Die Sorge um Eric schwächte meinen Geist, und da sah ich es, die Rötung in den Augen meines Bruders, die gräuliche Schattierung auf

seiner Haut, die blauen Adern unter seinen Augen und das teuflische Grinsen, das von scharfen Zähnen gesäumt war.

Ein Schluchzen blieb mir in der Kehle stecken, als diese sich verengte.

»Es tut mir leid«, sagte Darvill sanft. »Das ist … meine Schuld.«

Eric lachte, und das kreischende Geräusch schmerzte in meinen Ohren so sehr, dass ich sie bedecken musste.

»Verdammt richtig! Es ist deine Schuld, *Partner*«, spie Eric hasserfüllt. »Du warst derjenige, der die brillante Idee hatte, sich in Dämonen zu verwandeln, um stärkere Jäger zu werden – Dämonen, die ihresgleichen jagen.« Voll dramatischen Hohnes äffte er Darvills Worte nach. »Du hast gesagt, wenn wir genug Selbstbeherrschung aufbringen, könnten wir die teuflischen Triebe unterdrücken und unsere Kraft zum Guten nutzen. Das war eine Lüge!«

Eric keuchte, seine lodernden Augen traten hervor, was die Grimasse noch beängstigender machte.

»Es hat nicht funktioniert! Du kannst den Hunger nach Menschenfleisch und die Bosheit, die in deinem Herzen pulsiert, nicht unterdrücken!«

»Doch, *ich* kann das«, sagte Darvill ruhig. »Ich habe noch nie einen Menschen verletzt.« Er warf mir einen bedeutungsvollen Blick zu. »Zumindest nicht physisch.«

Ich ergriff seine Hand und drückte sie. Es gab Zeiten, in denen ich mich durch seine Handlungen emotional verletzt gefühlt hatte, aber er hatte recht, ich hatte noch nie erlebt, dass er jemandem wehgetan hatte, der kein Dämon war. Im Gegenteil, er versuchte alles, um gut zu sein. Oft überkompensierte er den Schrecken seiner dämonischen Natur sogar. Onkel, Timothy und sogar Megan wurde seine Güte zuteil, ganz zu schweigen von all den Menschen, die er rettete, indem er die vielen Dämonen versiegelte, deren Köpfe wie Trophäen seine Wände zierten.

»Halt dein Maul!«, kreischte Eric. »Du warst schon immer so arrogant zu denken, du wärst besser als alle anderen! Aber wenn ich die dunklen Triebe nicht kontrollieren kann, kannst du es genauso wenig! Früher oder später wirst du nicht widerstehen können und Susie das Herz herausreißen.«

Eric sprang ihn an, und Darvill stieß mich aus dem Weg. Ich fiel in die Glasscherben, sie stachen mir in die Handflächen, doch den schlimmsten Stich empfand ich im Herzen.

Hektisch drehte ich mich zu den beiden Kontrahenten und beobachtete, wie sie sich auf dem Boden wälzten, als Darvill Eric von sich trat. Eric knallte gegen den Tisch mit dem Tee und den Leckereien. Das zarte Porzellan und die Desserts schmetterten gegen die seidene Tapete und tränkten sie braun-rot. Tee spritzte in alle Richtungen.

»Nein, Eric, hör auf«, keuchte ich und wollte mich auf meinen Bruder stürzen, so sicher war ich mir, dass er mich nicht verletzen würde, egal wie heftig sein Zorn war.

»Bleib weg, Susanna!«, schrie Darvill. Anstatt sich selbst zu verteidigen, sprang er vor, um mich zu schützen. Das verschaffte Eric eine günstige Gelegenheit. Er packte nach einem Tortenheber und warf ihn nach uns. Darvill schaffte es nicht rechtzeitig, die Arme zu heben, und fing die spitze Seite mit der Brust. Als er den Heber rausriss, quoll Blut aus der Wunde und tränkte sein Hemd in tiefes Rot.

Meine Angst nahm zu. Darvill tat das, was gegen Rebecca zum Erfolg geführt hatte. Er zehrte von meinen Gefühlen, und sein Aussehen veränderte sich wie das von Eric.

»Bekämpf deine Furcht«, zischte Darvill mich an. »Dein Bruder ist so hungrig nach ihr, für mich bleibt kaum etwas übrig.«

»Warum stirbst du nicht endlich?«, rief Eric und sprang erneut auf seinen Feind zu, doch gerade als er näher kam, wurden seine dämonischen Züge weicher.

Obwohl mein Herz und Verstand rasten, gelang es mir, ein Stück Fassung zurückzugewinnen. Meine Erfahrungen halfen mir, auch wenn diese Begegnung noch schlimmer war als die mit Rebecca. Dies war mein Bruder, der gegen den Mann kämpfte, den ich liebte. Ich wollte weder dass der eine gewann noch dass der andere verlor. Sie sollten einfach nur aufhören. *Aufhören!*

»Warum tust du das?«, fragte ich zitternd vor Trauer und Anstrengung, gerade als Darvill Eric von sich wegtrat. Mein Bruder schlug gegen die Wand neben dem zerbrochenen Fenster und riss den Vorhang mit sich runter.

»Weil er mich dazu gebracht hat, das zu werden.« Er befreite sich aus dem purpurroten Stoff.

»Als wir gegen Rebecca nicht ankamen und gerade so mit dem Leben davonkamen, unterbreitete er mir diese wahnsinnige Idee. Nun ist es meine Natur zu töten, ich zerreiße meine Opfer, und es macht mir Spaß.« Erics Gesicht verschmolz zu einem widerlichen Grinsen sadistischer Freude. »Genau wie ihm.«

Er trat auf mich zu, erneut schnitt Darvill ihm den Weg ab. Beide schätzten einander ab, als ob sie auf den Angriff des jeweils anderen warteten.

»Du irrst dich!«, versuchte ich es noch einmal. »Du kannst es, du konntest schon immer alles, was du dir in den Kopf gesetzt hast. Darvill und ich werden dir helfen.«

»Er hat dich geblendet, Susie«, knurrte Eric und fixierte mich mit seinen wütenden Augen, die jetzt fast menschlich waren. »Selbst ich kann dich kaum ansehen, ohne den überwältigenden Drang zu verspüren, dir das Herz aus der Brust zu reißen und das Leben zu verspeisen, das durch deine Adern fließt, und du bist meine Schwester, die ich in meinen Armen gehalten habe, als du noch ein Baby warst; die ich gelehrt habe, wie man Schlösser konstruiert, gießt und schmiedet und knackt.« Durch seine Wut sickerte eine dunkle Traurigkeit.

»Bist du deshalb verschwunden?«

Er nickte. »Ich hatte Angst, dich zu verletzen, und ich habe viele verletzt, nicht nur Dämonen. Ich bin von einem Ort zum anderen gestreift, weil ich ständig Gefahr lief, mich durch diese dunklen Gelüste zu enttarnen.« Er sah auf seine Hände.

»Das lief viele Jahre gut. Ich habe keinen Gedanken an dich verschwendet. Aber vor Kurzem hat es mich in die Gegend verschlagen, weil ich von Rebeccas Auftauchen gehört habe, und mit ihr hatte ich noch eine Rechnung offen. Sie ist ebenso schuld an meinem Zustand wie Darvill.« Er ballte seine Hände zu zitternden Fäusten.

»In der Zeitung habe ich gelesen, dass Onkel seinen Laden verkauft. Die Frage, was mit dir war, ließ mir keine Ruhe.«

Eric warf Darvill einen bösen Blick zu. »Meine Sorgen waren berechtigt, denn als ich in der Stadt nach dir fragte, wurde sein Name beunruhigend oft erwähnt. Ich werde ihn töten, und dann werde ich

wieder verschwinden.« Er keuchte. »Tu einfach so, als wurde ich vor Jahren hingerichtet und das alles nie passiert.«

»Eric, bitte lass uns dir einen besseren Weg zeigen. Dass du aus Sorge um mich hier bist, beweist, dass dir Menschlichkeit innewohnt«, flehte ich und sah Darvill Hilfe suchend an. Er presste eine bebende Faust gegen die Wunde auf seiner Brust, sein Ausdruck war hart, darin erkannte ich keine Hoffnung.

»Sieh ihn an, Susanna. Er ist völlig von Sinnen, schlimmer noch als bei seinem ersten Angriff auf mich«, verkündete Darvill in bitterem Ton. »Es tut mir leid, aber ich habe mich geirrt. Er ist nicht mehr zu retten.«

»Du arroganter Mistkerl!«, kreischte Eric und griff Darvill erneut an, während der Hausherr sich nur verteidigte, ohne einen Gegenangriff zu starten.

»James!«, japste ich voller Sorge.

»Keine Angst«, gab er zurück. »Ich halte mein Versprechen.«

Ich erinnerte mich, dass er zugestimmt hatte, Eric nichts zu tun.

»*Ich überlasse deinen Bruder dir*«, hatte Darvill damals beteuert. Er könnte ihn wahrscheinlich genauso versiegeln, wie er Rebecca versiegelt hatte, aber er weigerte sich.

Mir zuliebe.

Doch wenn er nichts tat, würde Eric ihn wie versprochen töten. Der Wahn in den Augen meines Bruders, jedes Mal wenn er auf Darvill zuging, machte deutlich, dass er nicht aufhören würde.

Ich vergrub die Nägel im Kleid und ertastete in der einen Tasche das Messer und in der anderen den Schlüssel zum Laden unseres Onkels. Noch war es mein Zuhause, noch war der Laden in unserem Besitz. Das symbolisierte der alte und rostige Eisenschlüssel – der erste, den Eric je gegossen hatte.

Ich holte ihn hervor und starrte ihn eine gefühlte Ewigkeit lang an, während im Hintergrund die Geräusche des Kampfes und Darvills Stöhnen ertönten.

Ohne sie explizit aufzuzählen, hatte Eric zugegeben, in den letzten Jahren eine Vielzahl von Verbrechen begangen zu haben, er hatte anderen Menschen Leid zugefügt, um es mir zu ersparen.

Auf wen sonst sollte die Aufgabe fallen, diesen Wahnsinn zu beenden? Ich konnte Darvill nicht darum bitten. Eric war meine Familie, ich musste diejenige sein, die meinen Bruder aufhielt, wenn er sich nicht selbst bessern konnte.

Ich schaute zu Eric. Stets hatte ich ihn bewundert und geschätzt, mich so sehr danach gesehnt, ihn wiederzusehen, und nun wünschte ich, er wäre nie aufgetaucht. Dann hätte ich zumindest weiter hoffen können, dass er wohlauf war, anstatt zu erfahren, dass er ein Mörder und Dämon ist. Den Schmerz in meiner Brust konnte ich kaum beschreiben.

Ich schloss die Augen und hielt den Schlüssel in der Hand. Das war ein Gegenstand, der meinem Bruder noch immer am Herzen liegen musste, denn es war die Verkaufsanzeige des Ladens, die ihn zurückgebracht hatte.

Wenn ich es schaffe, mit seinem Geist in den Zweikampf zu treten, würde ich meinen Bruder vielleicht in dem Schlüssel versiegeln können. Aber dann wäre er von dieser Welt verschwunden, eingesperrt in einem winzigen Gefängnis.

Die Tränen rollten über meine Wangen.

Welche Wahl blieb mir? Wenn ich nicht bald handelte, könnte Eric Darvill töten, vielleicht sogar mich, und sicherlich noch mehr unschuldige Menschen. Ein Hoffnungsschimmer drang in mein Herz, als mir klar wurde, dass seine Versiegelung auch bedeutete, dass er wieder befreit werden konnte. War das nicht der Grund, warum Darvill versuchte, all diese alten Artefakte zu sichern, die von bösen Geistern besessen waren? War das nicht der Grund, warum er all diese Porträts so aufbewahrte, dass er sie stets im Auge behalten konnte?

Vielleicht musste es nicht das Ende sein, wenn ich ihn versiegelte.

»Aargh«, erklang Darvills qualvolles Knurren.

Ich hatte keine Zeit mehr, darüber nachzudenken. Ich konzentrierte mich auf den Schlüssel und auf meinen Bruder. Deutlich erspürte ich seine finstere Aura und absorbierte diese in meinen Gedanken. Mit ihr hielt auch die Angst Einzug in mein Herz, doch diese stieß ich von mir.

»Was machst du da?«, kreischte mein dämonischer Bruder. Ein blaues Licht schien schwach um seine Gestalt.

Ich warf ihm einen Blick zu, schloss aber wieder die Augen, um meine Entschlossenheit aufrechtzuerhalten. Ich verdrängte all die Dunkelheit aus den Gedanken und konzentrierte mich darauf, diese in den Schlüssel zu drängen. Ich strengte mich so stark an, dass meine Schläfen schmerzten und der Schweiß mir auf der Stirn ausbrach. Ich drängte die Finsternis meines Bruders mit aller Kraft hinein.

»Susanna«, sagte eine Stimme, aber ich ignorierte sie, ich konnte nicht zulassen, dass meine Konzentration abbrach.

»Susanna«, sagte dieselbe Stimme noch einmal. Ich war so tief in Gedanken, dass ich sie nicht einmal zuordnen konnte. »Du darfst jetzt aufhören, du hast es geschafft.«

Sofort öffnete ich die Augen und sah in Darvills. Ein sanftes Lächeln lag auf seinen Lippen. Sein Gesicht war verletzt. Ein tiefer Kratzer verlief von der Stirn aus quer über Nase und Wange. Ich sprang ihn an und warf die Arme um seinen Hals.

Er stöhnte, ich drückte ihn trotzdem fest, und er lachte schwach. »Au.«

Über Darvills Schulter blickte ich auf ein Knäuel, das bedeckt war vom abgerissenen Vorhang und dem braunen Mantel meines Bruders. Seine Kleidung war alles, was übrig geblieben war. Meine Sicht verschwamm, als mehr Tränen hervorquollen.

»Es gibt noch Hoffnung«, murmelte ich in Darvills zerfetztes, blutiges Hemd. »Nicht wahr?«

»Ja«, sagte er. »Die gibt es immer.«

Ich schluchzte. »Ich hatte solche Angst um dich.«

Er streichelte meinen Kopf. »Ich weiß, und ich bin stolz auf dich.«

»Warum hast du mir nicht gesagt, was aus Eric geworden ist? Du wusstest all die Zeit, weshalb er weg war.« Ich schaute zu ihm hoch. Durch einen feuchten Schleier erkannte ich seinen mitfühlenden Blick. Das waren nicht die Augen eines Dämons, sondern eines Menschen, der zusehen musste, wie jemand, den er liebte, verletzt wurde.

»Wie hätte ich dir sagen sollen, was dein Bruder geworden war? Und auch noch durch meine Schuld?«

Ich wischte mir die Tränen ab und packte den Schlüssel fest in der Hand.

»Wenn noch etwas von meinem Bruder übrig ist, dann werden wir einen Weg finden, ihn zurückzuholen.«

Darvill legte seine Hand unter mein Kinn und zwang mich, zu ihm aufzusehen. In seinen Augen strahlte tiefe Wertschätzung.

»Ich weiß nicht, ob dir bewusst ist, was du heute geleistet hast«, sagte er bewundernd. »Vor mir steht nicht mehr das einsame Mädchen, dem ich in einem kleinen Gehstockgeschäft begegnet bin. Sondern eine tapfere Frau, die an meiner Seite gegen ihre Ängste und die Dämonen dieser Welt kämpft. Vergiss das nicht, egal wie stark die Dunkelheit nach deinem Herzen greift.«

Ich biss mir auf die Lippe und nickte.

»Warum ist es so schwer, das Richtige zu tun?«

»Weil es sonst keine Dämonen, keinen Hass und keine Angst gäbe. Und woher wüssten wir dann, was Tapferkeit und Stärke sind?«

Ich nickte und hörte im gleichen Moment ein Stöhnen, was Darvill dazu brachte, überrascht herumzuwirbeln. Er fixierte das Knäuel aus Stoffen, und ich tat es ihm nach.

Der Vorhang samt Mantel zitterte, und unter ihnen kam eine knochige Hand zum Vorschein. Mein Herz setzte einen Schlag aus, und Darvill stellte sich schützend vor mich, während die dürre Gestalt meines Bruders unter dem Mantel hervorkroch. Sein Gesicht war so sehr in sich eingefallen, als stünde Eric kurz vor dem Hungertod. Die Kleidung hing von seiner Statur, als bestünde er nur aus Haut und Knochen.

»Danke«, hauchte er und sank erschöpft zu Boden. Sein Rücken senkte und hob sich mit der Luft, die noch immer durch seine Lunge floss. Was hatte das zu bedeuten?

Sein dürres Gesicht mit den hervorstehenden Wangenknochen und tiefen Augenhöhlen lag zur Seite gedreht auf dem Boden. Ich musterte es eindringlich, als könnte man die Antwort darin finden, und da zerflossen seine rissigen Lippen zu einem Lächeln.

»Du hast mich erlöst, Susie«, sagte er schwach. »Du hast mich befreit. Dein Mitleid und deine Liebe haben mich vom Dämon getrennt, und ich konnte genau spüren, wie du ihn in den Schlüssel bannst, doch mich verschonst.«

Ich schlug mir beide Hände auf den Mund. Hatte ich tatsächlich meinen Bruder wieder? Verblüfft sah ich zu Darvill, der das Geschehen mit großen und doch skeptisch dreinblickenden Augen beobachtete. Er kauerte sich vor Eric und zog ihn am Kragen hoch. Mit zusammengekniffenen Augen musterte er das kränkliche Gesicht meines Bruders, der kaum seine Augenlider zu öffnen vermochte.

»Er sagt die Wahrheit«, verkündete Darvill voller Begeisterung. »Von seinem Körper geht keine dämonische Energie mehr aus.«

Sogar ich konnte es spüren. Die Schwere, die ihn umgeben hatte, die die Luft um ihn herum auflud und den Atem belastete, war weg. Er wirkte viel friedlicher, auch wenn er kaum mehr als eine Hülle seiner selbst war.

Darvill nahm meinen Bruder am Oberarm und zog ihn auf ein Sofa. Eric sackte auf dem roten Polster in sich zusammen.

»Weißt du, was das bedeutet?«, fragte mich Darvill mit aufgerissenen Augen und packte mich an beiden Schultern.

Ich starrte ihn an, unfähig, meine rasenden Gedanken zu ordnen.

»Du hast einen Weg gefunden, den Dämon vom Geist des Trägers zu trennen und so dessen Leben zu verschonen. Susanna! Das ändert alles! Wie hast du das gemacht, und meinst du, dass du es wieder hinbekommen würdest?«

Darvill war so voller Euphorie, dass er mich ansteckte.

»Ich denke schon«, erwiderte ich zögerlich, aber voller Hoffnung. »Das heißt«, ich wagte kaum, es laut auszusprechen, »auch dich kann man retten, James.«

Er lachte auf, in seinem Lachen hörte ich tiefe Erleichterung.

»Möglich, doch bis dahin haben wir noch sehr viel Arbeit vor uns.« Er sah zu Eric. »Was meinst du? Traust du dich wieder in den Ring?«

»Ich habe einiges gutzumachen«, murmelte Eric heiser in seiner gekrümmten Haltung. »Wenn ihr es mir erlaubt, tue ich alles.«

Mein Herz setzte einen Schlag aus, und ich packte Darvill und drückte mich an ihn. Eine Mischung aus Freude über den Ausgang des Kampfes und Bedauern über die Taten meines Bruders entlud sich in einem Schwall Tränen.

Wie sollte ich meinem Bruder gegenüber fühlen? Konnte ich einfach dem Dämon an allem die Schuld geben oder trug Eric eine Mitverantwortung für die Schwäche seines Geistes?

Das waren Fragen für einen anderen Tag. Im Moment wollte ich mich der Euphorie und Erleichterung darüber hingeben, dass Darvill außer Gefahr war und ich ihn eines Tages von seinem Dämon befreien konnte. Wie ich mir versprochen hatte, würde ich von nun an die Lupe auf die positiven Dinge legen und der Dunkelheit keinen Raum lassen. Ausgerechnet Darvill, der schlechteste Lehrer der Welt, hatte mich diese wichtige Lektion gelehrt.

»Ich stehe für immer in deiner Schuld«, hauchte ich gegen seine blutige Brust.

»Wofür?«, fragte er amüsiert.

»Dafür, dass du so ein penetranter Teufel bist.«

»Immer gern.«

ENDE

Epilog

Achtundfünfzig Jahre später

»Ich habe es dir gesagt.«

»Hm.«

»Du wolltest mir nicht glauben.«

Es war ein früher Frühlingsmorgen. Zwar berührten die ersten Sonnenstrahlen bereits die Turmspitze der Kirche St. Mary und tränkten den Himmel in Pastellfarben, doch aufgewacht schien außer uns noch niemand zu sein.

Von einer einsamen Bank aus überblickten wir an der Mauer des Exeter College Oxford vorbei den Radcliffe Square. Am Nacken kitzelten mich die Blätter eines Apfelbaums.

Er verdrehte die Augen. »Zählst du nach all den Jahren immer noch mit, wer wann recht hatte?«

»Ja. Und ich liege in Führung.«

»Das bezweifle ich.«

»Und schon wieder hast du unrecht! Du machst es mir auch wirklich leicht.«

Eine Brise wirbelte mein silbernes Haar umher und befreite die Sonne von den Wolken. Ein goldener Strahl ergoss sich über den Platz und brachte den sandfarbenen Stein der Radcliffe Camera zum Leuchten. Es war die schönsten Bibliothek Oxfords, und doch hatte ich sie nie besucht, nur ausgewählten Akademikern war der Zutritt gestattet. Wobei das für jemanden wie mich kein Hindernis darstellte.

Nach all den Jahren an Darvills Seite hatte ich gelernt, dass nicht alles, was elitär und exklusiv wirkte, es auch war. Die Grenzen und Mauern zwischen den Gebildeten und Wohlhabenden und dem

einfachen Volk waren mir in meiner Jugend unüberwindbar vorgekommen. Doch das waren sie nur für jene, die sich nicht trauten.

Die Bank, auf der wir saßen, befand sich im Fellows Garden des Exeter College Oxford. Eigentlich durften sich auch hier nur Professoren und Studenten tummeln.

Was sollte ich sagen? Ich hatte mich zu trauen gelernt – auf Gedeih und Verderb.

»Schon gut, schon gut«, gab Darvill dramatisch gequält von sich. »Ich gebe es zu, ich hatte nicht geglaubt, dass du den Tag miterleben würdest, aber er ist nun da. Ich bin der letzte Dämon.«

»War das nun so schwer?«

»Ein Teil meiner menschlichen Seele ist zerbrochen.«

Diesmal war ich es, die die Augen verdrehte. Im Gegensatz zu seinen waren die meinen von tiefen Falten umrundet, und sahen auch nicht mehr so gut. Da half auch die dicke Brille leider kaum.

Genug Kraft, den letzten Dämon der Welt zu bannen, hatte ich allerdings allemal noch in mir.

»Ich muss zugeben«, sprach er mit einem Lachen weiter, »es kam ein Punkt, an dem wir so viel gemeinsam erreicht hatten, dass ich dir wirklich übel genommen hätte, wenn du das Zeitliche gesegnet hättest, ohne dein Versprechen einzuhalten.«

»Haha!« Ich wedelte vor seiner Nase mit dem Zeigefinger herum. »Das hätte dir so gepasst. Mich wirst du bis zum bitteren Ende nicht los! Und jetzt zeig ein bisschen mehr Respekt einer alten Dame gegenüber.«

»Ich bitte dich, du bist nach wie vor jünger als ich.«

»Red keinen Unsinn! Ich sehe aus wie ein verschrumpeltes Obst, bei dem man nicht mehr erkennt, was es mal war. Und du wirkst immer noch, als hätte dich ein römischer Künstler aus weißem Marmor gemeißelt.«

Er blickte mir tief in die von Falten umringten Augen und führte seine Finger an meine Wange. Ich schmiegte mich an seine Handfläche und wurde sentimental. Die Jahrzehnte zogen durch mein Gedächtnis. Jede noch so kleine Erinnerung machte mir deutlich, wie sehr ich ihn doch liebte, diesen arroganten Teufel.

»Wenn ich dich anschaue, Susie«, flüsterte er an mein Ohr. »Dann sehe ich die wunderschöne junge Frau mit hochgesteckten Locken, in einem nachtblauen Kleid, besetzt mit Perlen, die auf dem Weg zu einem Ball ist.«

Ich schüttelte den Kopf. »Du bist so ein Lügner.«

»Soll ich damit aufhören?«

»Nein.«

Meine Stimme war alt und kratzig, seine tief und melodisch.

»Sieh mich an«, forderte Darvill und stemmte einen Finger unter mein Kinn. Ich war nur noch ein kleines Stück von seinem aristokratischen Antlitz entfernt. »Präg es dir ein, denn in wenigen Momenten, wenn der Dämon meinen Körper verlässt, wird all das«, er gestikulierte an sich herab, »vom biologischen Alter eingeholt. Dann erfahren wir, ob du einen alten Mann lieben kannst oder ob du all die Jahre nur wegen meines Äußeren mit mir zusammen warst.«

Ich lachte. »Du hast mich erwischt! Wenn wir hier fertig sind, suche ich mir einen Jüngeren.«

Er presste seine Lippen auf meine. »Ich werde das Feld nicht ohne Kampf räumen.«

Ich lachte und drückte seine Hand. »Wollen wir anfangen?«

Er nickte.

Ich holte tief Luft und kramte in meiner Tasche.

»Hast du herausgefunden, welcher Gegenstand mir lieb und teuer ist?«

Als Antwort auf seine Frage holte ich ein altes, verblasstes Foto hervor, das Darvill und meinen Bruder gemeinsam zeigte. Onkel hatte es mir einst gegeben. Es markierte den Beginn unserer gemeinsamen Jagd.

Er lächelte.

Ich nahm seine Hand und konzentrierte mich.

So viel Zeit hatte ich in seiner Nähe verbracht, dass mir seine dämonische Aura unheimlich vertraut war. Ihre Präsenz war zur Selbstverständlichkeit geworden, sodass ich sie kaum wahrnahm, und doch brauchte ich nur wenige Sekunden, um sie zu erspüren und mich auf sie zu fokussieren.

Darvill war dem Dämon in seinem Inneren bei Weitem überlegen. Sein Geist war stärker als der des Ungeheuers, doch das bedeutete nicht, dass ich ein leichtes Spiel haben würde.

Über die Jahre hatten wir dieses Monster gemeinsam mit der Energie gebannter Dämonen ernährt, um Darvill am Leben zu erhalten. Es war mächtig, und ich spürte, dass es nur darauf gewartet hatte, sich mir zu stellen. Wir waren beide in gleichem Maße froh, miteinander in den lang ersehnten Zweikampf zu treten.

Dieser Dämon kannte alle meine Schwächen, und als ich begann, die Dunkelheit in Darvills Herzen hinauszusaugen und in das alte Foto zu drängen, warf er sich auf mich mit der gesamten Last der Welt.

Es fühlte sich an, als wollte er gar nicht die Dunkelheit in mir nähren und so meine Überzeugung vom Guten ins Wanken bringen, wie es Dämonen sonst taten, sondern mich einfach mit seiner Macht zerquetschen.

Das Atmen fiel mir zunehmend schwerer, und ich spürte, wie die Anstrengung, als ich dagegenhielt, meinen Herzschlag aus dem Rhythmus brachte.

Doch ich hatte dem Dämon etwas entgegenzusetzen, was er unmöglich erwarten konnte. Meine Liebe.

Ob er wollte oder nicht, er hatte uns im Kampf gegen die Dunkelheit der Welt unterstützt. All die Jahre war er ein Teil von Darvill gewesen, und ich liebte alles an meinem Partner, das Gute sowie das Schlechte, denn nur die Kombination aller seiner Eigenschaften machte ihn aus.

Mit Mitleid begegnete ich der Kreatur, die meinen Tod herbeisehnte, und trennte ihn so von Darvills Seele. Als der Dämon für sich allein war, hielt ihn nichts mehr zurück und er tobte und schlug um sich. Von seinem hasserfüllten Kreischen, das nur ich hören konnte, schmerzte mir der Kopf.

»Ich werde dich in den Tod reißen«, versprach er.

Mein Alter schwächte und stärkte mich zugleich. Die Ausdauer meiner Jugend hatte ich nicht mehr, doch die Erfahrung ließ mich wichtige Entscheidungen schneller treffen. Und so fokussierte ich mich auf alles Gute und Wundervolle, das in meinem Leben je passiert war.

»Ich weiß«, gab ich wieder. »Das wusste ich schon immer.«

Seit ich Darvill getroffen hatte, war mir klar, dass er mein Verderben sein würde, und ich hatte es längst akzeptiert, denn er war auch mein Glück und mein Leben.

Das gleißende Licht in meinem Inneren umzingelte die Bestie und trieb sie immer weiter zurück, bis ein blaues Licht erstrahlte.

Mit diesem Licht hatte alles begonnen, und mit ihm endete es nun.

Als ich meine Augen öffnete, saß vor mir ein alter erschöpfter Greis in seinen Neunzigern.

»Du siehst ja noch schlimmer aus, als ich gehofft hatte«, murmelte ich durch von Erschöpfung zittrige Lippen.

»Tu nicht so, als ob du das beurteilen kannst. Ich weiß genau, dass du seit Jahren fast blind bist«, krächzte der alte Mann. Auch wenn die Stimme kratzig und heiser klang, hörte ich darin die gewohnte Melodie.

Er führte seinen Arm um meine Schulter, und ich lehnte mich gegen ihn.

»Hat sich das alles gelohnt?«, fragte er mit Bedauern. »Ich habe mein gesamtes Leben anderen gewidmet. Für dich, die Liebe meines Lebens, ist nichts mehr übrig geblieben. Das ist nicht gerecht«, brabbelte er vor sich hin.

»Ich habe mich so sehr auf diesen Tag gefreut, mach ihn mir nicht kaputt, du seniler Tattergreis«, meckerte ich.

»Wenn du denkst, dass deine unverschämte Art mit dem Alter an Charme gewonnen hat, dann irrst du dich gewaltig«, keifte er zurück.

Ich spürte einen Schmerz in der Brust und wusste, dass uns nicht mehr viel Zeit blieb. Auch wenn ich ewig so hätte weitermachen können und bis ans Ende aller Tage mit ihm zanken könnte, so sollten es nicht meine letzten Worte an ihn sein.

»Ich liebe dich, James«, erwiderte ich daher. »Es ist gerecht. Ich durfte den großartigen Mann beobachten, zu dem du wurdest, wenn das Wohl anderer auf dem Spiel stand. Ich durfte dich mein Leben lang bewundern und zu dir aufsehen. Auch als ich alt wurde, hast du weiter gestrahlt und gekämpft bis zum Letzten und auch mich zum Strahlen gebracht. Bis zum heutigen Tag habe ich mich nützlich gefühlt und durfte die Welt mit dir gemeinsam besser machen.

Lass nun einfach mal mich für dich da sein, so kurz oder lang unsere gemeinsame Zeit noch andauern wird. Ohne Verpflichtungen und das Gefühl, nicht genug füreinander zu sein. Denn wir sind genug und waren es schon immer.«

Er drückte mich fest an sich, und ich spürte genau, wie wenig Kraft in seinen Muskeln geblieben war. Sein Geist war aber nie stärker und endlich frei.

ENDE. DIESMAL WIRKLICH.

Anna Jane Greenville
Herz aus Dornen – Das Geheimnis von Coal Manor
ISBN 978-3-95991-477-2
»Berühre meine Hand und verrate mir, was du siehst.«

London, 1879.
Über dem wohlhabenden Hausherrn John Coal liegt der finstere Schatten der Vergangenheit. Von einem Mädchen namens »Love« verlangt er, das rätselhafte Verschwinden seiner Gemahlin aufzuklären. Doch was kann schon eine junge Frau bewirken, die aufgrund ihrer besonderen Gabe für verrückt erklärt wurde? Sind ihre Visionen wirklich der Schlüssel zum Geheimnis von Coal Manor?
Wenn sie nur die Liebe im Herzen des mysteriösen Gentlemans wiedererwecken könnte, würde die Dunkelheit, die ihn umgibt, vielleicht weichen …

Kapitel 1
Anstalt und Abnormität

Grauer Rauch strömte unnachgiebig aus den Schornsteinen und vermischte sich mit der dichten Wolkendecke des leuchtend weißen Himmels. Darunter erstreckte sich ein unendliches Meer aus Dächern bis hin zum Horizont. Geschäftige Menschenmassen stürmten durch die breiten Straßen und engen Gassen, sie überquerten in Scharen die zahlreichen Brücken, die über die weitläufige Themse ragten. Getragen von sanften Wellen lagen viele Boote am Pier und spiegelten sich in der ruhigen Wasseroberfläche gemeinsam mit dem bunten Treiben an den Ufern.

Der Fluss offenbarte ein ganz anderes Bild Londons, als es das menschliche Auge wahrnahm. Und doch war auch die verzerrte Reflexion der Metropole in den Wellen der Themse eine Art von Realität. Ohnehin gab es verschiedene Auffassungen darüber, was real war und was nicht. So unterschied sich meine Wahrnehmung stark von der anderer Menschen. Ich fand nicht, dass das ein Vergehen war und doch hatte ich den Himmel genau deswegen seit Wochen, womöglich sogar seit Monaten nicht sehen dürfen. An meinem gegenwärtigen Wohnort gab es keine Fenster, kein Licht, keine Hoffnung. Stattdessen erfüllte Gestöhne der Verzweiflung die Luft, eingepfercht zwischen den feuchten Steinwänden und gefangen von kalten Ketten. Es war nicht der schlimmste Ort, an dem ich je gewesen war, und er machte mir keine Angst. Mein Aufenthalt war lediglich vorübergehend – alles war vorübergehend. Bis ich wieder frei war, stellte ich mir vor, wie Rauch und Wolkendecke über den Dächern miteinander verschmolzen und wie die Menschen lebhaft über die Brücken eilten und wie sich alles funkelnd in der Themse widerspiegelte. Meine Vorstellungskraft konnte mir keiner nehmen. Solange mein Geist frei war, war ich es ebenso.

»Folgen Sie mir, Sir«, erklang die krächzende Stimme des Wärters weit entfernt in den gewölbten Fluren und hallte durch den kargen Korridor vor meinen Gittern. Das Wehklagen nahm zu und ver-

mischte sich mit Beleidigungen und ohrenbetäubendem Kreischen. Der Schritt des Besuchers blieb dennoch schwer und ruhig, weshalb ich davon ausging, dass er weder eingeschüchtert noch beeindruckt war von der Vorstellung der Insassen. Manche Leute verdienten ein Leben hinter Gittern nicht, während es für andere besser war, von der Außenwelt getrennt zu sein. Sowohl zu ihrem eigenen Wohl als auch zu dem anderer.

Die einzig natürliche Reaktion auf diese verrückte Welt war es, selbst verrückt zu werden. Jeder, der etwas anderes vorgab, war tatsächlich wahnsinnig und viel angsterregender als jene, die in der Irrenanstalt anzutreffen waren.

»Dort ist sie«, sagte der Wärter. Die vielen Eisenschlüssel an seinem großen Ring schlugen in gewohnter Melodie aneinander, als er nach einem bestimmten suchte. Diese Schlüssel waren der Ausdruck seiner Macht über diejenigen, die auf der anderen Seite der Gitter lebten, und er spazierte stets mit Stolz vor den Zellen, um seine Erhabenheit zu demonstrieren.

Der Wärter war ein kleiner und schmächtiger Mann, der seinen Mangel an Größe mit Gemeinheiten kompensierte. Jeder in der Anstalt hasste ihn – Insassen wie Mitarbeiter. Aus diesem Grund hatte er die Aufsicht über die Kellerzellen, denn hier residierte der größte Abschaum der Gesellschaft. In den oberen Stockwerken wohnten Patienten, deren Verwandte für ihre Behandlung aufkamen. Diese genossen relativen Komfort, mit Ausnahme der gelegentlichen Misshandlungen durch das Personal und der Experimente der Ärzte. Die Leute hier unten waren noch nicht einmal die Elektrizität der Schocktherapie wert, es gab keine Betten und das Essen, das diese Bezeichnung kaum verdiente, wurde alle zwei Tage gebracht. Nur wenn staatliche Inspektionen anstanden, ließ man uns für wenige Stunden in die lichtdurchfluteten Räume oberhalb der Erde und bestrafte uns streng, sollten wir erwähnen, unter welchen Bedingungen wir gehalten wurden.

Gegenüber den hiesigen Arbeitskräften hegte ich dennoch keinen Groll. Nichts, was ich dem Wärter an den Hals wünschen könnte, wäre in irgendeiner Weise schlimmer als das, was er bereits erlebt hatte. Von seinem trinkenden Vater im Alter von sieben Jahren verlassen,

lebte er von da an auf der Straße und wurde Teil einer gefährlichen Gang, um nicht zu verhungern. Seine Gangbrüder hatten ihn schrecklich behandelt, über ihn gelacht und ihn dazu gezwungen, eine Vielzahl von Straftaten zu begehen. Mit 15 riss er sich von ihnen los und kämpfte sich mit dem Verrichten kleinerer Arbeiten durch, rutschte allerdings wieder in die Kriminalität ab. Bis er seine große Liebe fand und sie ihm einen besseren Weg zeigte, ihn reformierte und dann verließ, als der exzessive Alkoholkonsum begann. Heute, im Alter von 62, war sein Leben erfüllt von Alkohol, Glücksspiel und den Stunden, die er im Kellerverlies zubrachte, wo er entweder die Insassen verhöhnte oder seinen Rausch ausschlief. So eine traurige Gestalt konnte ich nicht hassen, genauso wenig wie sonst irgendjemanden, den ich bisher getroffen hatte. Unabhängig davon, wie schlecht man mich behandelt hatte. Wenn man die Geschichte jeder Person kannte, sobald man deren Hand berührte, konnte man keine Geringschätzung für irgendwen empfinden. Diese sogenannte »Gabe« war es, die Menschen wie den Herrn, der in diesem Augenblick meine Zelle betrat, anzog.

»Seien Sie vorsichtig, Sir, sie ist besonders boshaft«, rief der Wärter von der anderen Seite der Gitter. Er hatte schrecklich große Angst vor mir. Die Wahrheit war eine mächtige Waffe gegen jemanden, der sich von ihr abzuwenden versuchte.

Der Gast ignorierte die Warnung. In seinen Schritten war keine Furcht, er näherte sich mir mit derselben Gelassenheit, wie er den Korridor entlanggegangen war. Als er sich neben mir niederließ, hörte ich viele Kleidungsschichten rascheln. Ein Hinweis darauf, dass der Mann wohlhabend war. Er roch nach frischer Luft, nach der Außenwelt, nach Freiheit.

Als er meine Augenbinde herunterzog und weiches Leder meine Wange streifte, durchfuhr mich eine Eiseskälte. Ich blinzelte gegen das helle Licht der Lampe in seiner Hand, während er diese vorsichtig auf dem Boden abstellte. Sein Gesicht war hart und sein Haar so schwarz wie Rabenfedern. Stechende, hellblaue Augen unter dicken, länglichen Brauen schauten mit durchdringender Skepsis auf mich herab. Die Winkel seines harten Mundes waren nach unten gerichtet, während er mich mit zunehmender Missbilligung musterte. Wahrscheinlich hatte er in dieses Treffen nicht nur seine wertvolle

Zeit investiert, sondern auch sein Geld, denn der Wärter ließ keine Gelegenheit verstreichen, an einen Schilling zu kommen. Doch alles, was der Gast nun vor sich hatte, war eine kleine, schmutzige Kreatur mit wildem Haar und zerfetztem Kleid, die verloren und mit gefesselten Händen und Füßen in der Ecke einer dunklen Zelle saß. Er fragte sich bestimmt, was für eine Gefahr ich darstellen konnte, wenn solch rigorose Sicherheitsvorkehrungen getroffen werden mussten. Dieselbe Frage schwebte auch mir vor.

»Berühre meine Hand und verrate mir, was du siehst«, sagte er mit tiefer Stimme und verschleierte seine Neugierde nahezu perfekt in der Monotonie der gesprochenen Worte. Er legte seinen schwarzen Lederhandschuh ab. Darunter kam die weiche Haut seiner großen Hand zum Vorschein, als er mir diese entgegenstreckte.

Ich blieb reglos sitzen, denn meine eigenen Hände waren mit einem Tuch verbunden, um mich an der Berührung anderer zu hindern – wenn er zu dumm war, das zu erkennen, war er die Verschwendung meines Atems an ihn nicht wert. Auch wenn ich eingesperrt und in Ketten gelegt war, war ich kein Hund, der auf das erste Fingerschnippen hin Kunststücke vollführte.

Der Mann betrachtete mich geduldig. Er trug einen eleganten, schwarzen Anzug und ich musste zugeben, dass er ein stattliches Gesicht hatte. Allerdings war ich wahrscheinlich aufgrund meiner sonstigen Gesellschaft bereit, dasselbe über jeden Bettler zu sagen.

»Ah.« Er bemerkte das Problem. »Ich bitte vielmals um Verzeihung«, sagte er emotionslos und zog an der Schnur, um meine Hände zu befreien. Erneut streckte er mir seine entgegen.

»Sir«, erwiderte ich in seine kalten Augen blickend. »Erwarten Sie tatsächlich von einer Frau, Ihre Hand zu berühren, wenn ihre eigene schmutzig und taub ist vom tagelangen Druck strammer Fesseln? Erwarten Sie, dass ich mich gelassen mit Ihnen unterhalte, wenn meine eigene Position beschämend gering ist?«

Der Mann zögerte einen Moment, erhob sich dann aber und schritt ruhig in Richtung des Ausgangs. Neben dem Wärter hielt er an.

»Gib der jungen Frau etwas zu essen und zu trinken und lass ihr ein Bad ein. Der Gestank hier unten ist unerträglich.« Obwohl er mit großer Gelassenheit sprach, wirkten seine Forderungen wie ein

Befehl. »Anschließend können wir die Unterhaltung fortsetzen.« Er schaute bedeutungsvoll zu mir herüber.

Der Ausblick auf eine Mahlzeit und ein Bad ließen mein Herz höherschlagen und ich erhob mich langsam und ungeschickt vom Steinboden. Meine Gelenke waren steif und die schweren Hand- und Fußketten machten schnelle Bewegungen unmöglich. Die Glieder klirrten laut, als ich mich den Gittern näherte. Der Wärter sah mich auf sich zukommen, sprang auf und schwang seine Schlüssel nach mir, woraufhin ich zurückstolperte und das Gleichgewicht verlor. Umgehend schlug er die Tür zu und schloss ab.

»Was soll das?«, donnerte der große, dunkle Mann. Das Gestöhne aus den Nachbarzellen verstummte für einen Moment und wurde kurz darauf noch lauter und aggressiver. Die Irren begannen den Gast anzufeuern, den Wärter umzubringen, doch er schob die jämmerliche Kreatur lediglich zur Seite, drehte den Schlüssel und öffnete die Tür. Er trat ein und nahm meine Hände, um mir aufzuhelfen.

Das Pochen in meinem Kopf und der Hunger in meinem Magen verlangsamten meine Reaktion zu sehr, als dass ich mich der Berührung hätte entziehen können. Augenblicklich ging mein Geist eine Verbindung mit seinem ein. Mir schlugen eine Dunkelheit und Grausamkeit der bedrückendsten Art entgegen, dergleichen hatte ich noch nie gesehen. Sie übermannten mich dermaßen, dass ich nicht in der Lage war, an ihnen vorbeizublicken und in seine Kindheit zu schauen, wie ich es sonst ohne Probleme tat. Sein Herz war so schwarz und gnadenlos wie die Welt, die ich vor meinen verbundenen Augen gesehen hatte.

Mit einem Ruck riss ich mich von ihm los und stolperte zurück in meine Ecke und sank zu Boden. Meine Hände zitterten von seiner Berührung.

»Es tut mir leid, Sir. Ich besitze nicht die Kräfte, die Ihnen der Wärter versprochen hat«, gab ich kaum hörbar von mir. Die Vision hatte mich dermaßen aus der Fassung gebracht, dass es mir schwerfiel, dies zu verbergen. »Er verlangt stolze Preise für uns Irre und behauptet, wir hätten magische Fähigkeiten. In Wahrheit ist er aber nicht mehr als ein Betrüger und wir sind kaum etwas anderes als verrückt. Sie scheinen ein großherziger Mann zu sein, weshalb ich Ihnen eine solche Fehlinvestition und Zeitverschwendung ersparen möchte«, log ich, als ginge es um mein Leben – denn womöglich tat es genau das.

»Sie lügt!«, krächzte der Wärter hinter den Gittern, wo er sich sicher fühlte.

Der Mann musterte den aufgebrachten Aufseher und daraufhin mich. »Du würdest lieber hierbleiben, als mit mir zu kommen?«

»Ja, Sir«, sagte ich leise, während der Wärter verdrießlich grunzte und seine Faust gegen die Stäbe schlug. Er war mutig, solange eine Metallabsperrung zwischen uns war.

»In dem Fall können die Gerüchte nur stimmen«, raunte der wohlhabende Mann und lächelte zu mir herunter. Ein Zittern fuhr durch meinen Körper, als er sich niederkniete. »Verrate mir, was du gesehen hast.«

»Nichts, Sir.« Ich versuchte mich von ihm wegzubewegen, doch ich war bereits ganz in die Ecke gerückt.

Er griff nach meiner Hand.

»Nein, Sir, lassen Sie los!«

»Was siehst du?«

Ich kniff die Augen zu, doch das verstärkte die Vision nur, ich versuchte meine Hand wegzuziehen, doch er hielt viel zu stark fest.

»Schuldgefühle wiegen so schwer wie ein Felsen … Sie ist Ihre Frau, doch Sie können sie nicht erreichen … Trauer und Verzweiflung kulminieren in Hass, der zu Flammen entfacht und nichts als Schmerz und Kummer verbreitet. Sir, lassen Sie meine Hand los, bevor Brandwunden entstehen.« Die Tränen flossen meine Wangen hinab, als er mich endlich losließ.

»Wärter«, rief er dem bibbernden Mann zu, der meine Visionen mehr fürchtete als sonst jemand. »Gib mir den Schlüssel.«

»Sie haben mir 50 Pfund für das Mädchen versprochen.«

»Wenn du ihre Ketten selbst abnimmst, bekommst du das Doppelte, wenn du mir den Schlüssel zuwirfst, bekommst du bloß 20.«

Der Wärter dachte keine Sekunde über das Angebot nach und warf die Schlüssel von sich weg, als hätte der große Eisenring plötzlich Feuer gefangen. Der Mann vor mir fing ihn gekonnt und schmunzelte. Geduldig probierte er alle zwei Dutzend kleineren Schlüssel, bis er den richtigen fand. Als ich frei war von den Ketten, stand der Mann auf, doch ich tat es ihm nicht nach.

Manche Menschen waren schwerer zu lesen als andere, doch hatte mich noch keine Berührung so kraftlos zurückgelassen, nach nur einem

kurzen Einblick in die Gedankenwelt. Ich wollte nicht mit ihm gehen. Im Vergleich zu seinem Herzen war die Anstalt ein Süßwarengeschäft.

»Bitte, Sir, ich kann Ihnen nicht helfen … Ich weiß nicht, wo die von Ihnen gesuchte Person sich aufhält«, argumentierte ich, doch wollte meine Stimme nicht lauter werden als ein Flüstern.

»Du wirst das schon machen«, erwiderte der Mann mit unerschütterlicher Überzeugung. »Kannst du laufen, oder soll ich dich tragen?«

»Nein!«

Falten legten sich über seine Stirn.

»Fassen Sie mich … Fassen Sie mich bitte nicht an, ich denke nicht, dass ich es ertragen kann.«

Mühsam zog ich mich an der Wand hoch. Bereits vor der Ankunft des Mannes war mein Körper geschwächt gewesen, doch nachdem ich seine Dunkelheit gespürt hatte, konnte ich meine Gliedmaßen kaum heben.

Der Mann gab dem Wärter 20 Pfund, als wäre die große Summe nichts, und wartete darauf, dass ich die Zelle verließ.

»Miss«, sagte der Wärter mit plötzlichem Respekt und kleinlauter Stimme, da ich in seinen Augen eine freie Person geworden war. Ich selbst empfand mich nun viel mehr als Gefangene als bisher. »Bitte verraten Sie niemandem, was Sie in meinem Herzen gesehen haben.« Seine dünnen Lippen standen leicht offen und zeigten seine gammelnden Zähne, während er mich mit schreckerfüllten, winzigen Augen ansah.

Ich konnte nicht anders, als ihm zuzulächeln. »Werde ich nicht.«

Obwohl ich mich nur langsam entlang der Wand fortbewegte, folgte mir John Coal geduldig. Mehr als diesen Namen und sein Geburtsdatum, das knapp 29 Jahre zurücklag, hatte ich in der düsteren Gedankenwelt des Mannes nicht erkennen können.

»Es regnet draußen, du solltest meinen Mantel nehmen«, bot er aus höflicher und respektvoller Distanz an.

»Sir, bitte verstehen Sie es nicht als Beleidigung, wenn ich sage, dass ich keines Ihrer Besitztümer an mich nehmen kann … Ich kann es einfach nicht«, sprach ich und schaute auf meine nackten Füße. Sie machten kleine Schritte auf dem Pflasterstein, als würde ich noch immer Fußketten tragen. Ich hörte, wie er leise lachte.

»Du bist alles, was ich mir erhofft hatte.« …

Magali Volkmann
Die Republik der Knochen
ISBN: 978-3-95991-963-0, Softcover mit Farbschnitt

Eines Tages soll Riora über die Republik Anamoya regieren – zumindest, wenn es nach ihrem Onkel geht, der sie neben der Politik auch die geheime Kunst der Nekromantie lehrt. Doch als ihre Mutter ermordet wird, scheitert ihre Magie, und Rioras Welt bricht in sich zusammen. Warum musste ihre Mutter sterben? Welche Geheimnisse verbirgt die Republik, die von Intrigen und Korruption durchzogen ist?

Riora schwört sich, den Schuldigen zu finden, wobei sie unerwartete Hilfe von dem Künstler Arias erhält. Obwohl sie sofort mit ihm aneinandergerät, muss sie ihm vertrauen. Denn ihre Familie ist nicht die einzige, die verbotene Magie beherrscht – und der Mörder hat weitaus mehr vor, als Blut in Anamoya zu vergießen …

Anika Miller
Magiestaub
ISBN: 978-3-95991-557-1, Softcover mit Farbschnitt

Ein verbrannter Name. Tanzender Magiestaub.

Während sich das Magiewissenschaftsstudium für andere um Bestnoten und Creditpoints dreht, geht es für Amelie Fournier um Leben und Tod. Seit Jahrhunderten ist die Magie verschwunden und auf Amelie lastet die gewaltige Aufgabe, diese zurückzubringen. Scheitert sie, ist sowohl ihre Existenz bedroht als auch das Schicksal ihrer Liebsten und das der gesamten Welt.

Für ein Privatleben bleibt daher keine Zeit. Erst recht nicht für ein Rendezvous mit dem Magieziner und Sohn ihres Chefs Raphael Chevalier, der ganz eigene Pläne verfolgt. Mit denen bringt er allerdings nicht nur Amelies Forschung und ihr Herz in Gefahr – sondern auch ihr Leben.

Line Wenzel
Academia – Das unbekannte Element
ISBN: 978-3-95991-981-4, Softcover mit Farbschnitt

New York City, Frühjahr 1929
Als das neue Gerichtsgebäude der Stadt während der Eröffnungszeremonie zusammenbricht, werden die beiden rivalisierenden Universitäten für Hermetik und Astronomie in einen weitreichenden Skandal verwickelt.
Aus fragwürdigen Gründen werden die Hermetikstudentin Nia Himlan und der Astronom Aden Fenice ausgewählt, um zu untersuchen, inwieweit ihre Universitäten an dem Vorfall schuld sind.
Schon bald werden ihre Ermittlungen jedoch durch Interessenkonflikte behindert und durch die Einmischung einer dritten Universität weiter erschwert.
Als weitere Entwicklungen deutlich machen, dass die Universitätsverwalter mehr darauf bedacht sind, ihren Ruf zu wahren, als die Wahrheit aufzudecken, erkennen Nia und Aden, dass sie viel zu gewinnen haben, wenn sie das Geheimnis aufklären. Doch können sie alles verlieren, wenn sie es nicht tun.